Edmond et Jules de Goncourt

Madame Gervaisais

Édition présentée,
établie et annotée par
Marc Fumaroli
Professeur
à l'Université de Paris IV

Gallimard

PRÉFACE

Tous les chemins mènent à Rome, et à certains moments, il semblait que tous les sujets d'études et tous les thèmes de conversation frôlassent ce terrain défendu. Ce terrain défendu, c'était, d'une façon générale, le retour des morts sur la terre et, tout spécialement, la discussion de ce qui peut survivre, dans la mémoire, d'amis perdus par de jeunes enfants.

Henry James (Le Tour d'écrou).

Mais tandis que j'ai contemplé la Rome antique paisiblement, sans être troublé (j'aurais pu, près du forum de Nerva, adorer ces fragments du temple de Minerve, dans leur pauvreté et leur dégradation), il m'a été impossible de tirer une joie de la deuxième Rome. Sa signification me troublait. J'étais poursuivi par l'idée de ma propre misère et de toutes les autres misères dont je sais l'existence. Je ne puis supporter le mensonge de la rédemption des hommes qui dresse si orgueilleusement sa tête dans le ciel.

Sigmund Freud
(Lettre à Fliess du 19 septembre 1901).

I

Madame Gervaisais est le dernier roman des Goncourt. Peu après l'achèvement et la publication du livre, en 1869, le plus jeune des deux frères, Jules, dont la syphilis avait, comme celle de Baudelaire deux ans plus tôt, dégénéré en paralysie

*générale, entre dans la phase ultime de la maladie et meurt.
L'œuvre jumelle de Jules et d'Edmond, dont le premier roman
avait paru au moment du coup d'État du 2 Décembre 1851,
s'achevait ainsi avec le Second Empire, en 1870. Edmond
survivra un quart de siècle à son frère, continuant seul leur*
Journal, *et poursuivant l'œuvre d'essayiste et de romancier
commencée sous leurs deux prénoms.*

   Les circonstances ont fait de Madame Gervaisais *le
testament du couple des deux frères. Et celui-ci, comme par une
prémonition funeste de deuil, a prêté à son œuvre ultime une
noire hantise de miroir qui ne se laisse pas oublier. Cette sourde
fascination ne serait-elle qu'un effet d'optique, une projection
après coup de l'événement réel sur l'œuvre de fiction ? Il se trouve
que dans le cas de* Madame Gervaisais, *cet effet d'optique, si
c'en est un, peut invoquer en sa faveur autre chose qu'une simple
coïncidence. Par un concours de circonstances unique, ce que
pourrait en effet comporter de projection* a posteriori *l'éclairage du roman par la mort de Jules et le désespoir d'Edmond est
corrigé par le témoignage tardif, mais saisissant, du* Journal
*d'Edmond sur les origines autobiographiques de l'œuvre : celle-
ci est ancrée dans les eaux les plus dangereuses de leur
navigation commune, parmi des remous et sur des récifs dont
leurs cartes ne donnaient à l'avance qu'une idée imprécise.*

   Déjà, dans Germinie Lacerteux, *publié quatre ans avant*
Madame Gervaisais, *en 1865, un arrière-plan d'autobiographie se dissimulait sous la double prétention de la préface :
scientifique (« aujourd'hui que le Roman s'est imposé les études
et les devoirs de la science... ») et éthico-religieuse (« que le
Roman ait cette religion que le siècle passé appelait de ce large
et vaste nom :* Humanité ; *il lui suffit de cette conscience : son
droit est là* »). *Fondateur d'école et annexionniste, Zola
accréditera cette version de* Germinie, « *roman natura-
liste*[1] » :

1. Émile Zola, *Les Romanciers naturalistes* (1881), dans *Œuvres
complètes,* éd. Henri Mitterand, Paris, Cercle du Livre précieux,
1968, t. XI, p. 169. Zola écrit un peu plus haut : « J'avoue préférer
Germinie Lacerteux, parmi les romans de MM. de Goncourt. »

Le livre fait entrer le peuple dans le roman ; pour la première fois, le héros en casquette et l'héroïne en bonnet de linge y sont étudiés par des écrivains d'observation et de style. En outre, il ne s'agit pas d'une histoire plus ou moins intéressante mais d'une véritable leçon d'anatomie morale et physique... Cela suffit pour étaler tout un coin saignant de l'humanité. Le lecteur sent les sanglots lui monter à la gorge. Il arrive que cette dissection est un spectacle poignant, plein d'une haute moralité.

En fait, sous l'alibi sociologique et humanitariste, dont Zola pourtant attribue la réussite à la « névrose » des deux romanciers, Germinie Lacerteux *est aussi une allégorie autobiographique. Le point de départ des Goncourt est l'histoire de Rose Malingre, qui n'était pas seulement un cas social et un objet d'observation sociologique. Cette servante avait pratiquement élevé Jules, et elle tenait auprès des deux frères le rôle de leur mère morte en 1848. Après la mort de Rose, dont le dévouement ne s'était jamais démenti, ils avaient appris avec un effarement qui n'était pas exempt de satisfaction curieuse que la « pauvre Rose » avait mené à leur insu une vie de stupre et d'humiliations. Le double de leur « sainte mère », la servante au grand cœur, avait réussi à leur cacher sa chute aux enfers. A sa suite, ils y descendirent à leur tour en observateurs et romanciers, saisissant l'occasion de cette tragédie domestique pour traiter un sujet et décrire un milieu apparemment peu faits pour les auteurs de* La Femme au xviiie siècle. Zola *résumera le paradoxe en parlant de « stylistes élégants qui s'encanaillent pour l'amour de l'art ».* Germinie *peut apparaître en effet comme un hommage émouvant rendu, non sans mérite, par deux patrons esthètes à leur malheureuse servante. L'hommage n'allait pas sans une charge férocement satirique, quoique enveloppée de pittoresque « canaille », contre le « peuple » qui avait perdu Germinie, et entre autres contre ses deux amants, Jupillon le bellâtre et Gautruche l'ivrogne. Mais l'Eurydice en bonnet de linge qui introduit ses patrons dans des bas-fonds dignes des* Mystères de Paris, *quoique la pitié soit appelée sur elle, n'est pas épargnée. Gantée de velours, et procédant avec une lente précision chirurgicale, la misogynie des Goncourt démonte pièce à pièce et anéantit en sourdine la louve écorchée et insatiable qu'ils avaient eu la faiblesse d'excepter, sur la foi de leur « sainte mère », de sa vocation féminine. De biais, le coup porte d'ailleurs sur la mère elle-même que Germinie a rejointe dans l'empire des morts.*

Avec Madame Gervaisais, *leur Eurydice n'était plus une simple servante, commode bouc émissaire, mais une femme de leur famille, de leur milieu, et qui au surplus tenait dans leur imagination un rang au moins égal à celui de leur mère : leur tante Nephtalie de Courmont. Celle-ci était morte en 1844, mais elle demeurait à ce point présente dans la conscience jumelle des romanciers que, vingt ans encore après la publication de* Madame Gervaisais, *à l'occasion de sa réédition chez Lemerre en 1892, Edmond pourra l'évoquer longuement dans le* Journal, *remontant avec aisance vers des souvenirs d'enfance qui datent de la monarchie de Juillet. Le personnage romanesque, dans ce cas, n'est plus le substitut avili et quasi burlesque d'une des divinités féminines de la mythologie personnelle des deux romanciers, c'est le reflet direct de l'une d'entre elles, la tante Nephtalie, qui, de l'enfance à la vieillesse, n'a cessé de hanter Edmond et dont il a fait partager la hantise à son jeune frère.*

Les premières indications sur « le roman de ma tante », de la main de Jules, apparaissent dans le Journal *dès 1856, peu après le premier voyage en Italie des Goncourt. La rédaction est mise en chantier en 1867, après un second voyage à Rome entrepris cette fois uniquement pour retrouver les traces de cette femme morte loin des siens, en 1844, dans la capitale pontificale. La gestation de l'œuvre a duré plus de dix ans. Elle a donné lieu, pour des écrivains plutôt casaniers, à deux voyages à l'étranger. Elle a laissé des traces abondantes d'un travail soutenu : un carnet de voyage en Italie (1855-1856) illustré d'aquarelles et de dessins de Jules, et où les deux romanciers s'exercent déjà sur des « morceaux » en vue du futur roman ; un*

*carnet de notes de lecture qui atteste à quel effort d'érudition se
sont livrés les deux frères — bons historiens par ailleurs — pour
reconstituer l'univers moral de leur tante à Rome, où elle s'était
« convertie » au catholicisme avant de mourir. Pendant la
période où le roman est en train, le* Journal *rédigé en commun
par Edmond et Jules ne contient que des allusions très éparses et
cryptiques au « modèle » dont ils s'inspirent pour le personnage
central et quasi unique de leur fiction. Plus abondantes en
revanche, les notations relatives au sujet de l'œuvre : la
« conversion » de Nephtalie de Courmont, venue d'une famille
agnostique sinon anticléricale, à la foi catholique. Les propos de
table des « dîners Magny », dont le* Journal *semaine après
semaine rapporte l'essentiel, retentissent sur l'esprit du roman, de
1862 à 1869. Les convives de ces fameux « dîners d'athées »,
Flaubert, Gautier, Sainte-Beuve, Renan, Berthelot, le médecin
Robin, entre autres, échauffent le mépris des Goncourt pour la
religion, leur adhésion à la seule véracité moderne, celle des
sciences, et leur misogynie. George Sand, la seule femme à être
admise tardivement et pour peu de temps dans ces banquets de
l'intelligence moderne et virile, est traitée dans le* Journal *avec
un dédain goguenard. Un autre pôle de la vie sociale des deux
frères est alors le salon de la princesse Mathilde, cousine de
Napoléon III et qui, s'entourant d'écrivains et d'artistes,
fronde quelque peu la cour des Tuileries. Dans le grand débat de
politique étrangère qui agite la bonne société du Second Empire
finissant, la question de l'unité italienne, intimement liée à la
question romaine, la princesse et ses amis, pour faire pièce à
l'impératrice dévote, sont hostiles à la souveraineté temporelle du
pape et au soutien que lui apportent, jusqu'à la défaite de
Sedan, les troupes de Napoléon III. Bien que les Goncourt
n'aient pas donné de couleur expressément politique à leur roman
sur Rome, le sujet est d'actualité et le tour très anticlérical qu'il
lui ont prêté épouse les préjugés de l' « avant-garde » littéraire
à laquelle ils se flattent d'appartenir, autant que ceux de la
petite cour de Mathilde qu'ils s'enorgueillissent de fréquenter
assidûment.*

Madame Gervaisais, *par son contenu et, nous le verrons,*

*par sa forme, « date » bien de la fin du Second Empire. Mais
quand le « modèle » du personnage central du roman fait enfin
son apparition, en 1892, dans le* Journal d'Edmond*, il s'est
comme purifié du sujet romanesque et de l'idéologie dont il
s'était chargé entre 1856 et 1869. Eurydice revient d'elle-même
et pour elle-même, un de ces « souvenirs involontaires » dont
Proust a écrit qu'ils sont « la matière première » pour l'artiste,
« précisément parce qu'ils sont involontaires », et que, « se formant d'eux-mêmes, attirés par la ressemblance d'une minute
identique », ils nous rendent les choses « dans un exact dosage de
mémoire et d'oubli », les libérant de « toute contingence », les
résumant dans leur « essence extra-temporelle », dans la seconde
innocence de la beauté*[2]. *Et de fait, alors, tel un de ces
« antiques » qui, sous le coup de pioche, sont retrouvés dans la
muraille moderne où ils avaient servi de moellons, Nephtalie de
Courmont, la tante des Goncourt, visite Edmond « dans un exact
dosage de mémoire et d'oubli », dans une sorte de tendresse
réciproque et d'apaisement. Cette rencontre a comme un air de
réconciliation et de pardon. Celle qui avait été ensevelie autant
qu'évoquée dans le somptueux tombeau de* Madame Gervaisais *revient auprès du vieil aîné veuf, détenteur dès l'enfance
du visage de la défunte, qu'il avait livrée vingt ans plus tôt à
l'atelier de fabrication romanesque commun entre son frère et
lui. Les deux moments d'invention littéraire et de souvenir
involontaire, de travail prédateur sur un sujet et de libre jeu de
la réminiscence, que Proust conjuguera dans la création de la*
Recherche, *sont ici distincts comme le crime et le rachat,
décalés chronologiquement et littérairement, répartis entre
l'étape faustienne de la magie noire à deux et celle de la magie
blanche, expiatrice et solitaire, de la « visite » du* Journal.
Lire Madame Gervaisais *suppose que l'on ait lu d'abord la
postface écrite par Edmond le 30 août 1892, pour mesurer toute
la distance entre la paix du souvenir et le carnage de la création
romanesque.*

2. Marcel Proust, interview donnée au *Temps,* la veille de la
parution de *Du côté de chez Swann,* novembre 1913, reproduite dans
Contre Sainte-Beuve, Paris, Gallimard, 1978, p. 558-559.

Ces jours-ci, écrit-il, il m'est venu le désir de portraire la vraie Mme Gervaisais, qui fut une tante à moi, et de dire l'influence que Mme Nephtalie de Courmont, cette femme d'élite, eut sur les goûts et les aptitudes de ma vie.

La rue de la Paix, quand j'y passe maintenant, il m'arrive parfois de ne pas la voir telle qu'elle est, de n'y pas lire les noms de Reboux, de Doucet, de Vever, de Worth, mais d'y chercher, sous les noms effacés dans ma mémoire, des boutiques et des commerces qui ne sont plus ceux d'aujourd'hui, mais qui étaient ceux d'il y a cinquante, soixante ans. Et je m'étonne de ne plus trouver, à la place de la boutique du bijoutier Ravaut ou du parfumeur Guerlain, la pharmacie anglaise qui était à la droite ou à la gauche de la grande porte-cochère qui porte le n° 1.

Au-dessus, au premier, existait un grand appartement, qu'habitait ma tante, sous de hauts plafonds qui pénétraient mon enfance de respect. Et mes yeux ont gardé de ma chère parente le *souvenir de loin,* comme dit le peuple, le souvenir de ses cheveux bouffants en nimbe, de son front bombé et nacré, de ses yeux qu'on eût dit lointains dans leur cernure, de ses traits à fines arêtes, auxquels la phtisie fit garder, toute sa vie, la minceur de la jeunesse, du néant de sa poitrine dans l'étoffe qui l'enveloppait en flottant, des lignes austères de son corps, — enfin de sa beauté spirituelle que, dans mon roman, j'ai un peu battue et brouillée avec la beauté psychique de Mme Berthelot[3].

Toutefois, je dois le dire, l'aspect un peu sévère de la femme, le sérieux de sa physionomie, le milieu de gravité mélancolique dans lequel elle se tenait, quand j'étais encore un tout petit enfant, m'imposaient une

---

3. Voir Robert Ricatte, *La Création romanesque chez les Goncourt (1851-1870),* ouvr. cit. dans notre bibliographie. Voir la note 10 de notre édition du roman.

certaine intimidation auprès d'elle et comme une
petite peur de sa personne, pas assez vivante, pas
assez humaine.

De cet appartement où j'ai vu pour la première fois
ma tante, il ne me reste qu'un souvenir, le souvenir
d'un cabinet de toilette à la garniture d'innombrables
flacons de cristal taillé et où la lumière du matin
mettait des lueurs de saphir, d'améthyste, de rubis, et
qui donnaient à ma jeune imagination, au sortir de la
lecture d'*Aladin ou la lampe merveilleuse,* comme la
sensation du transport de mon être dans le jardin aux
fruits de pierre précieuse. Et je me rappelle — je ne
sais dans quelles circonstances, j'avais couché deux ou
trois nuits chez ma tante — la jouissance physique
que j'avais dans ce cabinet aux lueurs féeriques, à me
laver les mains jusqu'aux coudes dans de la pâte
d'amandes : le lavage de mains à la mode chez les
femmes distinguées de la génération de Louis-Philippe.

A des années de là, c'était au bout de la rue de la
Paix — le second de la maison faisait le coin de la rue
des Petits-Champs et de la place Vendôme — que ma
tante occupait un vieil appartement charmant, un
appartement qui coûtait, je crois bien, diable m'emporte ! en ce temps-là, 1.800 francs [4]. Dans le gai salon
donnant sur la place Vendôme, on trouvait ma tante,
toujours lisant, sous un portrait en pied de sa mère, qui
avait l'air d'un portrait d'une sœur, d'une sœur
mondaine : un des plus beaux Greuze que je connaisse
et où, sous la grâce de la peinture du maître français, il
y a la fluide coulée du pinceau de Rubens [5]. Le peintre,

   4. Variante 1896 : 2 500 F (note de l'éd. Ricatte du *Journal,* t. IV,
p. 303).
   5. La mère de Nephtalie s'appelait Mélanie Tissot, avant d'épouser en 1799 Édouard Lefebvre. C'était la fille de riches négociants.
Le portrait de Greuze est aujourd'hui à San Remo chez Mme Le Bas
de Courmont (note de Robert Ricatte).

qui avait donné des leçons à la jeune fille, l'a représentée mariée, en la mignonnesse de sa jolie figure, de son élégant corps, tournant le dos à un clavecin, sur lequel, par derrière, une de ses mains cherche un accord, tandis que l'autre main tient une orange aux trois petites feuilles vertes ; un rappel sans doute de son séjour en Italie et de la carrière diplomatique, en ce pays, du père de ma tante...

Et c'était, quand on entrait dans le salon, un lent soulèvement des paupières de la liseuse, comme si elle sortait de l'abîme de sa lecture.

Alors, devenu plus grand, je commençai à perdre la petite appréhension timide que j'éprouvais aux côtés de ma tante, je commençai à me familiariser avec sa douce gravité et son sérieux sourieur, remportant au collège, des heures passées près d'elle, — sans pouvoir me l'expliquer, — des impressions plus profondes, plus durables, plus captivantes, toute la semaine, que celles que je recevais ailleurs.

De ce second appartement, ma mémoire a gardé, comme d'un rêve, le souvenir d'un dîner avec Rachel, tout au commencement de ses débuts, d'un dîner où il n'y avait qu'Andral, le médecin de ma tante, son frère et sa femme, ma mère et moi, d'un dîner où le talent de la grande artiste dramatique était pour nous seuls et où je me sentais tout fier et tout gonflé d'être des convives.

Mais ce dîner, c'était l'hiver, où je ne voyais ma tante que pendant quelques heures, le jour de mes sorties, tandis que l'été, tandis que le mois des vacances était une époque où ma petite existence, du matin au soir, était toute rapprochée de sa vie.

Dans ce temps, ma tante possédait à Ménilmontant une ancienne *petite maison,* donnée par le duc d'Orléans à Mlle Marquise ou à une autre illustre impure[6]. Oh !

6. Voir *La Maison d'un artiste,* éd. Billy, t. 1, p. 30-32. La propriété se trouvait sur le territoire de Belleville ; la maison d'habitation en

le lieu enchanteur resté dans ma pensée et que, crainte
de désenchantement, je n'ai jamais voulu revoir
depuis ! La belle maison seigneuriale du XVIIIᵉ siècle,
avec son immense salle à manger, décorée de grandes
natures mortes, d'espèces de fruiteries tenues par des
gorgiases Flamandes, aux blondes chairs, et qui
étaient bien certainement des Jordaens ; avec ses deux
ou trois salons, aux boiseries tourmentées ; avec son
grand jardin à la française, où s'élevaient deux petits
temples à l'Amour, et avec son potager aux treilles à
l'italienne, farouchement gardé par le vieux jardinier
Germain, qui vous jetait son râteau dans les reins,
quand il vous surprenait à voler des raisins ; et avec
son petit parc et au bout du parc, son bois ombreux
d'arbres verts, où étaient enterrés le père et la mère de
ma tante ; et encore, avec des dédales de communs et
d'écuries, au fond de l'une desquelles on trouvait un
original de la famille, occupé à fabriquer une voiture à
trois roues et qui devait, un jour, aller toute seule.

Mais dans cette maison, mon lieu de prédilection
était une salle de spectacle ruinée, devenue une
resserre d'instruments de jardinage, une salle aux
assises des places effondrées, comme en ces cirques en
pleine campagne de la vieille Italie, et où je m'asseyais
sur les pierres disjointes et où je passais des heures à
regarder, dans le trou noir de la scène, des pièces qui se
jouaient dans mon cerveau.

En ce ci-devant logis princier, ma tante, la femme de
son frère, mère de l'ambassadeur actuel près le Saint-

forme de temple grec, datant de 1770, subsiste encore dans
l'orphelinat des Sœurs de Saint-Vincent-de-Paul, 119, rue de
Ménilmontant. La propriété avait été achetée par les grands-parents
maternels de Nephtalie Le Bas de Courmont. Mᵐᵉ de Goncourt vint
y passer l'été après la mort de son mari, survenue en 1834. *La Maison
d'un artiste* date de 1836 ces souvenirs d'enfance et donne le nom de la
danseuse du duc d'Orléans, Mˡˡᵉ Marquise (note de Robert Ricatte).

Siège, ma mère : les trois belles-sœurs menaient, tout l'été, une vie commune [7].

Là, comme ma tante n'avait pas le mépris de l'enfant, du gamin, quand il lui semblait trouver chez lui une intelligence, elle me souffrait auprès d'elle la plus grande partie de la journée, me donnant toutes ses petites commissions, me faisant l'accompagner au jardin, porter le panier où elle mettait les fleurs, qu'elle choisissait elle-même pour les vases des salons, s'amusant de mes *Pourquoi ?* et me faisant l'honneur d'y répondre sérieusement. Et je me tenais un peu derrière elle, comme pris d'un sentiment d'adoration religieuse pour cette femme, qui me semblait d'une essence autre que celle des femmes de ma famille et qui, dans l'accueil, le port, la parole, la caresse de la physionomie, quand elle vous souriait, avait sur vous un empire que je ne trouvais qu'à elle, qu'à elle seule.

Et il arrivait que ma mère, se trouvant sans autorité sur moi, quand j'avais commis quelque méfait, la chargeait de me gronder, et ma tante, en quelques paroles hautainement dédaigneuses, sans que jamais il y eût en moi l'instinctive révolte du garçonnet en faute, me causait une telle confusion que je ressentais une véritable honte d'une peccadille.

Du reste, pour mieux connaître la femme et, je le répète, l'influence qu'elle a exercée sur moi, voici l'un de ces dimanches de Ménilmontant, que j'ai publié dans *La Maison d'un artiste.*

« Vers les deux heures, les trois femmes, habillées de jolies robes de mousseline claire et chaussées de ces petits souliers de prunelle dont on voit les rubans se croiser autour des chevilles dans les dessins de Gavarni

---

7. Mme Jules de Courmont était née Nephtalie Lefebvre de Béhaine : elle était la tante d'Édouard Lefebvre de Béhaine, secrétaire d'ambassade à Rome au moment où parut *Madame Gervaisais* (note de Robert Ricatte).

de *La Mode,* descendaient la montée se dirigeant vers Paris. Un charmant trio, que la réunion de ces trois femmes : ma tante avec sa figure brune pleine d'une beauté spirituelle, sa belle-sœur, une créole blonde, avec ses yeux d'azur, sa peau blanchement rosée et la paresse molle de sa taille, ma mère, avec sa douce figure et son petit pied.

« Et l'on gagnait le boulevard Beaumarchais et le faubourg Saint-Antoine. Ma tante se trouvait être, en ces années, une des quatre ou cinq personnes de Paris énamourées de vieilleries, du *beau* des siècles passés, des verres de Venise, des ivoires sculptés, des meubles de marqueterie, des velours de Gênes, des points d'Alençon, des porcelaines de Saxe. Nous arrivions chez les marchands de curiosités, à l'heure où se disposant à partir pour aller dîner en quelque *tourne-bride* près de Vincennes, les volets étaient déjà fermés et où, dans la boutique sombre, la porte seule, encore entrebâillée, mettait une filtrée de jour parmi les ténèbres des amoncellements de choses précieuses. Alors, c'était dans la demi-nuit de ce chaos vague et poussiéreux, un farfouillement des trois femmes lumineuses, un farfouillement hâtif et chercheur, faisant le bruit de souris trotte-menu dans un tas de décombres, et des allongements, en des recoins d'ombre, de mains gantées de frais, un peu peureuses de salir leurs gants, et de coquets ramènements du bout des pieds chaussés de prunelle, puis des poussées à petits coups en pleine lumière de morceaux de bronze doré ou de bois sculpté, entassés à terre contre les murs.

« Et toujours, au bout de la battue, quelque heureuse trouvaille, qu'on me mettait dans les bras et que je portais comme j'aurais porté le Saint-Sacrement, les yeux sur le bout de mes pieds et sur tout ce qui pouvait me faire tomber. Et le retour avait lieu dans le premier et expansif bonheur de l'acquisition, faisant tout heureux le dos des trois femmes, avec, de temps en temps, le retournement de la tête de ma tante, qui me jetait dans un sourire : " Edmond, fais bien attention de ne pas le casser ! "

« Ce sont certainement ces dimanches qui ont fait de moi le bibeloteur que j'ai été, que je suis, que je serai toute ma vie. »

Mais ce n'est pas seulement le goût de l'art que je dois à ma tante — et du petit et du grand : c'est elle qui m'a donné le goût de la littérature. Elle était, ma tante, un esprit réfléchi de femme, nourri, comme je l'ai dit, de hautes lectures, et dont la parole, dans la voix la plus joliment féminine, — une parole de philosophe ou de peintre, — au milieu des paroles bourgeoises que j'entendais, avait une action sur mon entendement et l'intriguait et le charmait. Je me souviens qu'elle disait un jour, à propos de je ne sais quel livre : « L'auteur a *touché le tuf.* » Et cette phrase demeura longtemps dans ma jeune cervelle, l'occupant et la faisant travailler. Je crois même que c'est dans sa bouche que j'ai entendu pour la première fois, bien avant qu'ils ne fussent vulgarisés, les mots *subjectif* et *objectif.* Dès ce temps, elle mettait en moi l'amour des vocables choisis, techniques, imagés, des vocables lumineux, pareils, selon la belle expression de Joubert, « à des miroirs où sont visibles nos pensées », — amour qui plus tard devenait l'amour de la chose bien écrite [8].

8. Le passage de Joubert qui nous paraît se rapprocher le plus de la formule citée par Goncourt est celui-ci : « Les beaux mots ont une forme, un son, une couleur et une transparence qui en font le lieu convenable où il faut placer les belles pensées, pour les rendre visibles aux hommes » (Joubert, *Pensées,* éd. 1864, t. II, p. 361, titre XXIV, 4, 7) [note de Robert Ricatte]. A noter aussi que les frères Goncourt, lisant une édition de Joubert, en 1861, écrivent : « Cela sent la petite école genevoise, Mme Necker, Tracy, Jouffroy. Le mauvais Sainte-Beuve vient de là » (*Journal,* éd. Ricatte, t. I, p. 988). Ne serait-ce pas une réaction de Jules ? Edmond, plus âgé, se sentait peut-être moins étranger à la culture de sa tante, formée sous la Restauration.

Avec la séduction qu'une femme supérieure met dans de l'éducation élevée, on ne sait pas combien grande peut être sa puissance sur une intelligence d'enfant. Enfin, c'est curieux, ma tante, je l'écoutais parler, formuler ses phrases, échappant à la banalité et au commun de la conversation de tout le monde, — sans cependant qu'elles fussent teintées de *bleu,* je l'écoutais avec le plaisir d'un enfant amoureux de musique et qui en entend [9]. Et certes, dans l'ouverture de mon esprit et dans la formation de mon talent futur, elle a fait cent fois plus que les illustres maîtres qu'on veut bien me donner.

Pauvre tante, je la revois quelques années après la vente de Ménilmontant, à une de mes premières grandes sorties autorisées par ma mère ; je la revois dans une petite maison de campagne, louée en hâte, un mois où elle était très souffrante, dans la banlieue, une maison cocasse à créneaux, collée contre un grand mur, avec, au-dessous, un jardin comme au fond d'un puits. C'était le matin. Ma tante était encore couchée. Flore, sa vieille femme de chambre, qui avait sur le nez un pois chiche paraissant sautiller, quand les choses allaient mal à la maison, me disait que sa maîtresse avait passé une mauvaise nuit. Et aussitôt que ma tante m'eut embrassé, son premier mot à sa femme de chambre était : « Donne-moi un mouchoir. » Et je m'apercevais qu'elle lui tendait le mouchoir de la nuit plein de sang et que ses maigres mains cherchaient à cacher. Et je la revois encore, avant son départ, dans un appartement de la rue Tronchet, comme perdue, comme un peu effacée, dans le brouillard d'émanations de plantes médicinales [10].

A Rome, le récit de la vie de Mme Gervaisais, de la

<hr>

9. *Sans cependant qu'elles fussent teintées de bleu :* entendez que ses phrases n'étaient pas d'un bas-bleu (note de Robert Ricatte).

10. *Avant son départ :* Mme de Courmont part pour Rome en 1842.

vie de ma tante, en notre *roman mystique* est de la pure et authentique histoire. Il n'y a absolument que deux tricheries à l'endroit de la vérité dans tout le livre.

L'enfant tendre, à l'intelligence paresseuse, que j'ai peint sous le nom de Pierre-Charles, était mort d'une méningite, avant le départ de sa mère pour l'Italie ; et sur ce pauvre et intéressant enfant, présentant un sujet plus neuf sous la plume d'un romancier, j'ai fait peser le brisement de cœur et les souffrances morales de son frère cadet en la folie religieuse de sa mère[11].

Et enfin, ma tante n'est pas morte en entrant dans la salle d'audience du pape, mais en s'habillant pour aller à cette audience[12].

Cette mélopée monotone et comme murmurée pour soi-même, éteignant les scintillements et atténuant les rehauts de « l'écriture artiste », est une trouvaille du vieil Edmond. Les dernières années du Journal *en offrent quelques autres exemples. A l'appel de cette voix basse, qui semble hésiter parfois, le fantôme de Nephtalie de Courmont se lève, à demi effacé, en vif contraste avec le portrait « à la Rubens » de sa mère par Greuze, dans son salon donnant sur la place Vendôme, en plus vif contraste encore avec le portrait bitumineux de la « folle mystique » dressé autrefois par Edmond et son frère. Sous cet éclairage d'enfance, avant la chute, la jeune femme apparaît à la manière d'une Sibylle annonçant à Edmond et suscitant son avenir d'écrivain, qui à son tour entraîne celui de Jules, trop jeune pour avoir subi l'ascendant de Nephtalie autrement que par la médiation de son frère. Dans son cabinet de toilette de la rue de*

---

11. Le Pierre-Charles du roman, de par son caractère, est le petit Arthur de Courmont (1832 ?-1841), mais, dans le roman, sa vie à Rome auprès de sa mère est empruntée à celle du frère cadet d'Arthur, Alphonse, qui avait entre huit et dix ans durant le séjour à Rome de Nephtalie (note de Robert Ricatte).

12. C'est la fin du roman, où les Goncourt ont décalé de quelques heures la mort de Nephtalie pour qu'elle ait lieu en présence du pape.

la Paix, comme dans les expéditions qu'elle organise chez les marchands de « vieilleries » du faubourg Saint-Antoine, elle est l'initiatrice du culte du bibelot et de l'amour de l'objet d'art qu'Edmond fera partager à son frère. Sa maison de Ménilmontant, une « folie » du XVIIIᵉ siècle, est un peu la corne d'abondance répandue dans l'imagination d'Edmond et d'où sortiront, signés des deux frères, les Portraits intimes du XVIIIᵉ siècle, L'Histoire de Marie-Antoinette, L'Art du XVIIIᵉ siècle, Les Maîtresses de Louis XV et La Femme au XVIIIᵉ siècle, autant de « fabriques » ouvragées élevées par ces étranges misogynes à la gloire d'une civilisation toute féminine. Muse et fée, Nephtalie est aussi et surtout la puissance tutélaire dont Edmond a reçu, ou plutôt recueilli sur ses lèvres, la tradition de cette langue dans la langue qu'est la littérature. Dans Madame Gervaisais, l'héroïne finit par repousser la porte sur son enfant infirme, à peu près privé de la parole, et qui ne vit que par et pour sa mère.

Dans les souvenirs d'Edmond, quelque chose de funèbre s'associe néanmoins à l'image de Nephtalie. La « petite peur » qu'Edmond enfant ne peut s'empêcher d'éprouver dans le milieu « mélancolique » qui émane de sa tante, à son aspect « un peu sévère », devient révélation précoce du nevermore dans les deux dernières entrevues que l'adolescent eut avec elle, avant qu'elle ne partît se soigner au soleil de Rome et y mourir, « très souffrante », auprès d'un jardin « comme au fond d'un puits », son mouchoir taché de sang, ou s'effaçant déjà « dans le brouillard d'émanations de plantes médicinales », rue Tronchet. Quelques mois avant qu'Edmond n'eût consigné ces réminiscences, dans un autre accès de « souvenir involontaire », le 18 mars 1892, le ramenant cette fois vers « l'image de son père », mort quand il avait douze ans, le vieil homme évoquait brièvement Nephtalie dans sa fonction redoutable de Parque, initiatrice de mort aussi bien que de beauté :

Et le soir, rentrant à la pension Goubaux, dans un rêve qui tenait du cauchemar, ma tante de Courmont, l'intelligente femme dont j'ai fait Mᵐᵉ Gervaisais, celle

qui tout enfant m'a appris le goût des belles choses,
m'apparaissait, en une réalité à douter si ce n'était pas
une vraie apparition, me disant : « Edmond, ton père
ne passera pas trois jours. » C'était la nuit du dimanche ; et le mardi soir, on venait me chercher pour aller
à l'enterrement de mon père [13].

Dans le Journal *d'Edmond, Mme de Goncourt mère, c'est
avant tout celle de Jules, le cadet, « son bel enfant », « son petit
lauréat du Grand Concours », « son cher adoré » ; Nephtalie
est pour Edmond le double spirituel de sa mère, un regard d'éveil
posé spécialement sur lui. Elle est l'origine d'une œuvre et d'un
destin. L'origine d'une œuvre dont Edmond reçoit d'elle les
premières amorces et comme le programme. L'origine d'un
destin intimement lié à la littérature et qui a fait de lui, héritier
de sa mère et de Nephtalie auprès de Jules, le survivant de son
frère et paradoxalement son héritier. Entre les deux versants de
sa vie d'écrivain, celui qui l'associe à son frère et celui qui l'en
laisse privé,* Madame Gervaisais, *que Jules appelait « le
roman de ma tante ». Comme si le fil donné au départ par la
Parque et la Fée, et dont les deux frères avaient fini par se servir
pour tisser l'allégorie de sa chute, avait été alors rompu par elle,
précipitant Jules dans la mort et laissant Edmond seul devant le
métier. Edmond tourne autour de l'idée que* Madame Gervaisais *a été cause de la mort de son frère, et c'est lui qui était visé
par le châtiment :*

J'ai raconté, dans une lettre à Zola écrite au
lendemain de sa mort, le soin amoureux qu'il mettait à
l'élaboration de la forme, à la ciselure des phrases, au
choix des mots, reprenant des morceaux écrits en
commun et qui nous avaient satisfaits tout d'abord, les
retravaillant des heures, des demi-journées, avec une
opiniâtreté presque colère, ici changeant une épithète,
là faisant entrer dans une période un rythme, plus loin

13. *Journal,* éd. cit., t. IV, p. 215.

refaçonnant un tour de phrase, fatiguant, usant sa cervelle à la poursuite de cette perfection du style, si difficile, parfois impossible de la langue française, dans l'expression des sensations modernes et, après ce labeur, restant de longs moments brisé sur un canapé, silencieux dans le nuage d'un cigare opiacé. Et cet effort du style, jamais il ne s'y livra avec plus d'acharnement que dans le dernier roman qu'il devait écrire, dans *Madame Gervaisais*, où peut-être la maladie, qui était en train de le tuer, lui donna dans certains fragments, je le croirais, comme l'ivresse religieuse d'un ravissement [14].

Dans sa fureur de farder, orner, embellir, faire voir par la magie littéraire l'image de Nephtalie empruntée à son frère, Jules a fini par rejoindre la morte, le « nuage de cigare opiacé » où il commence à se dissoudre se confondant avec le « brouillard d'émanations de plantes médicinales » au sein duquel Nephtalie, avant de partir pour Rome, s'évanouissait aux yeux d'Edmond.

Elle était partie sur les ordres de son médecin, accompagnée de son second fils Alphonse, qui lui survécut et que ses cousins Goncourt, ses hôtes et ceux de son père veuf au château de Croissy, citent souvent, sans indulgence, dans leur Journal. *Peu avant son départ, elle avait perdu son fils aîné, Arthur, « un enfant tendre à l'intelligence paresseuse », qui mourut à Deuil, en Seine-et-Oise. C'est cet enfant tôt disparu qui sera substitué par les Goncourt à l'autre, le survivant, et envoyé à Rome aux côtés de Mme Gervaisais, sous le nom de Pierre-Charles. Inversant le mythe de Niobé, les deux romanciers ont fait de l'enfant le témoin désespéré de la chute et du foudroiement de sa mère. Edmond ne tarda pas, sitôt le roman achevé, à éprouver lui-même le déchirement et le deuil de Niobé.*

14. *Journal,* éd. cit., t. IV, p. 892-893. Voir aussi, t. II, p. 595 : « De quelle expiation sommes-nous victimes ? » et p. 571 : « M'interrogeant longuement, j'ai la conviction qu'il est mort du travail de la forme, de *la peine du style.* »

La lente agonie de son frère dans les premiers mois de 1870,
telle que la rapporte le Journal *qu'il continue à tenir seul,*
révèle tout ce qu'il y avait de maternel *dans la passion qu'il*
portait à Jules :

Ma mère, sur votre lit de mort, vous m'avez mis la
main de votre enfant chéri et préféré dans la mienne,
en me recommandant cet enfant avec un regard qu'on
n'oublie pas [15].

Étrange misogynie de ce couple, qui ne désacralise à ce point
la femme que parce qu'il croit, dans sa gémellité complète, en
détenir seul les secrets. Héritier auprès de Jules de leur mère par
le sang, Edmond a aussi transmis à Jules le legs spirituel de
Nephtalie, la littérature. Mais avec elle aussi, la malédiction et
la mort. Les deux missions n'étaient-elles pas incompatibles ?

A cette heure, je maudis la littérature. Peut-être sans
moi, se serait-il fait peintre. Doué comme il l'était, il
aurait fait son nom sans s'arracher la cervelle... et il
vivrait [16].

Et c'est avec l'obsession d'une faute obscure que son deuil
s'exhale en lamentations dignes d'Hécube, ou d'Andromaque :

Dire que c'est fini, fini à tout jamais ! Dire que cette
liaison intime et inséparable de vingt-deux ans, dire
que ces jours, ces nuits passées toujours ensemble,
depuis la mort de notre mère en 1848, dire que ce long
temps, pendant lequel il n'y a eu entre nous que deux
séparations de vingt-quatre heures, dire que c'est fini,
fini à tout jamais ! Est-ce possible ?
Je ne l'aurai plus marchant à côté de moi, quand je
me promènerai. Je ne l'aurai plus en face de moi,

15. *Journal,* éd. cit., t. II, p. 566.
16. *Ibid.*

quand je mangerai. Dans mon sommeil, je ne sentirai
pas son sommeil dans la chambre à côté. Je n'aurai
plus avec mes yeux ses yeux pour voir les pays, les
tableaux, la vie moderne. Je n'aurai plus son intelligence jumelle pour dire avant moi ce que j'allais dire,
ou pour répéter ce que j'étais en train de dire. Dans
quelques jours, dans quelques heures va entrer dans
ma vie, si remplie de cette affection qui, je puis le dire,
était mon seul et unique bonheur, va entrer l'épouvan-
table solitude du vieil homme sur la terre [17].

*Or cette douleur et ce deuil de tragédie antique avaient été
répétés par avance dans* Madame Gervaisais, *à la fois dans
le silence de Pierre-Charles qui se brise enfin dans le cri final
du roman :* « Ma mère ! » *et dans ce que les romanciers lui font
voir et souffrir, l'aliénation progressive de sa mère détruite par
la phtisie. Même alternance dans le roman et le* Journal
*d'éclaircies et de crises, mêmes symptômes autistiques qui font
disparaître le sourire, l'attention à l'autre sur le visage de l'être
aimé. Edmond écrit après coup ce que Pierre-Charles, privé de
la parole, ne pouvait exprimer :*

J'ai peur, et j'ai peur seulement de ce quelque chose
d'indéfinissable et d'un autre être qui se glisse en lui [18].

*Reniant sa maternité, M*me *Gervaisais en était venue à
ignorer l'existence de son enfant. Auparavant, elle avait coupé
tous les liens sociaux, abandonné tout le* decorum *de la grande
bourgeoise raffinée : de même Edmond observe chez son frère la
ruine de la* « personne comme il faut », « bien née », « bien
élevée » :

Il fallait enfin que chez lui, comme sous le coup des
anciennes vengeances divines, toutes les aristocraties

---

17. *Ibid.*, p. 565.
18. *Ibid.*, p. 557.

naturelles, toutes les supériorités pour ainsi dire inhérentes à la peau fussent dégradées jusqu'à l'animalité [19] !

Les extases de Mme Gervaisais, dont Pierre-Charles est seul témoin, ont leur équivalent dans les états étranges où la paralysie générale plonge Jules :

C'étaient des élancements qui ressemblaient à des envolées d'oiseau blessé, en même temps que sur sa figure apaisée aux yeux congestionnés de sang, au front tout blanc, à la bouche entr'ouverte et pâlement violette, était venue une expression qui n'était plus humaine, l'expression voilée et mystérieuse d'un Vinci [20].

Il n'est pas jusqu'à la phase finale de la maladie de l'écrivain, une crise de phtisie, qui n'ajoute à la coïncidence entre l'agonie de l'héroïne et celle de l'un des deux auteurs. La fidèle suivante de la tragédie domestique du roman, Honorine, y tient lieu de la bonne Pélagie qui assiste Edmond, à distance respectueuse, dans sa longue veillée au chevet du frère qui s'en va.

Ainsi le destin du couple fictif, l'enfant et la mère, prophétise celui des auteurs de la fiction. Fallait-il que ceux-ci aient offensé en l'écrivant ce qu'une part d'eux-mêmes (ou l'un d'entre eux, plus que l'autre) considérait comme sacré, pour que, « comme sous le coup des anciennes vengeances divines », cette part violée fît irruption dans leur réalité et les identifiât cruellement à leur propre texte ! Par-delà le réalisme médical, en dépit de ses auteurs, Madame Gervaisais *s'apparente au* Spirite *de Théophile Gautier et à la* Ligeia *d'Edgar Poe* [21] :

---

19. *Ibid.*
20. *Ibid.*, p. 564.
21. Sur le mythe romantique de la « Morte qui parle », voir le beau livre de Léon Cellier, *Mallarmé et la morte qui parle*, Paris, P.U.F., 1959, entre autres le chap. IV, « Gautier maître et ombre ». Les

chassé par le réalisme, le fantastique se venge sur ses négateurs.
Par-delà son esthétique scientiste et son idéologie anticléricale,
contre les intentions des romanciers, Madame Gervaisais
applique à ses auteurs la « réversibilité » maistrienne et
baudelairienne. Dans les deux cas, le miroir littéraire où le
couple d'écrivains avait cru évoquer, en faisant avouer sa vérité
ultime à une morte, la Beauté moderne, au prix d'offenser une
mémoire qui était si chère à Edmond, a émis en réponse, les
frappant de plein fouet, une vérité de foudre et de mort.

Ce roman méconnu est une assez prodigieuse chrysalide
littéraire : sur lui se referment avec une sorte de tristesse funèbre
les ailes de l'imagination romantique, catholique avec Chateau-
briand et Balzac, fantastique avec Nodier et Gautier; et il
contient, encore repliées mais entièrement développées, celles de
l'imagination « décadente » dont Huysmans déploiera toutes les
couleurs. Zola ne s'y trompe pas, qui, tout en annexant l'œuvre
des frères Goncourt, discerne déjà en elle Byzance :

Si la foule, *écrit-il,* ne s'agenouille jamais devant
eux, ils auront une chapelle d'un luxe précieux, une
chapelle byzantine avec de l'or et des peintures curieu-
ses, dans laquelle les raffinés iront faire leurs dévotions [22].

II

Madame Gervaisais, *le titre annonce un personnage : il*
n'énonce pas le lieu qui sera le protagoniste du drame, Rome.
C'est le seul roman des Goncourt qui n'ait pas Paris pour décor.
Le choix était sans doute dicté par le souvenir de Nephtalie. Il

---

Goncourt, très liés au vieux Gautier, ont subi intimement son
influence, ainsi que celle d'Hoffmann et du « fantastique » romantique.

22. *Zola,* ouvr. cit., éd. cit., p. 174.

*était propice au sujet du roman, la « conversion » d'une
« femme supérieure » au catholicisme, d'une Parisienne
moderne à la religion romaine, c'est-à-dire aux yeux des
Goncourt, solidaires d'une tradition familiale, mais surtout
tenants d'une modernité littéraire liée au « progrès » des
sciences historiques et physiques, l'histoire d'une chute. Paris,
dans* Madame Gervaisais, *n'apparaît que de loin, dans
quelques retours en arrière sur le passé de l'héroïne, sur son
milieu d'origine, austère mais digne et éclairé. Tout recommence
et tout finit pour elle à Rome et par Rome : elle y arrive au
premier chapitre, et elle y meurt au dernier, selon une unité de
lieu, de temps et d'action qui n'est pas loin d'être classique.
Rome appelle la tragédie. La tragédie appelle les personnages
de haut rang. Il n'en est pas pour les Goncourt de plus haut que
le leur :* Madame Gervaisais *est la tragédie romaine d'une
grande bourgeoise parisienne. Fort hostiles au* XVII*e siècle (« si
ennuyeux, si antipathique, d'une si mauvaise langue entre la
langue grasse du* XVI*e et la langue claire du* XVIII*e...* [23] *»),
fort étrangers à l'Antiquité qu'ils méprisent leur ami Paul de
Saint-Victor d'admirer niaisement, ils ont eu besoin d'une
médiation moderne pour consentir à ce* decorum *de la
grandeur. Leur goût, reniant David et tout ce qui relie le
premier romantisme au néo-classicisme, s'est donné pour âge
d'or la Régence et le règne de Louis XV, Watteau, Gabriel de
Saint-Aubin et Fragonard. Leur œuvre d'historiens des mœurs
et de l'art du* XVIII*e siècle a beaucoup fait pour donner au style
Napoléon III une couleur rocaille qui depuis n'a plus quitté les
beaux quartiers. Mais leur vocation littéraire s'était déclarée en
1849, l'année même où commence à paraître la première édition
des* Mémoires d'Outre-Tombe. *Et par là ils devinrent les
fils tardifs du vieux René. Le seul livre dont Jules ait eu le goût
pendant sa longue agonie, qui commence, rappelons-le, peu de
temps après la parution de* Madame Gervaisais, *ce sont les*
Mémoires :

---

23. *Journal,* t. I, p. 1123 (1862).

Avant-hier jeudi, *écrit Edmond le 18 juin 1870,* il me lisait encore les *Mémoires* de Chateaubriand : c'était le seul intérêt et la seule distraction du pauvre enfant[24].

Un peu plus tôt, le 9 mai, Jules, en train de lire Chateaubriand, avait dû s'interrompre :

Ce lundi, il lisait une page des *Mémoires d'Outre-Tombe,* il est pris d'une petite colère à propos d'un mot qu'il prononce mal. Il s'arrête tout à coup. Je m'approche de lui, j'ai devant moi un être de pierre, qui ne me répond pas et reste muet sur la page ouverte. Je lui dis de continuer, il demeure silencieux ; je le regarde, je lui vois un air étrange, avec comme des larmes et de l'effroi dans les yeux. Je le prends dans mes bras, je le soulève, je l'embrasse. Alors ses lèvres jettent avec effort des sons, qui ne sont plus des paroles, des murmures, des bruissements douloureux qui ne disent rien... Serait-ce, mon Dieu, une paralysie de la parole ?... Tout à coup le voici qui reprend le volume, et veut lire, veut absolument lire. Il lit : « Le cardinal Pa[*cca*] », puis plus rien : impossible de finir le mot... Il froisse la page, il l'approche de ses yeux, il la rapproche tout près et encore plus près ; on dirait qu'il veut s'entrer l'imprimé dans les yeux. La désespération de ce vouloir, la colère de cet effort ne peut s'écrire. Non, jamais jamais je n'ai été témoin d'un spectacle aussi douloureux, aussi cruel. C'était comme l'enragement d'une conscience d'homme de lettres, de fabricateur de livres, qui s'aperçoit qu'il ne sait plus même lire[25].

Le passage sur lequel s'arrête la vie d'homme de lettres de Jules de Goncourt se trouve au livre XXXI des Mémoires,

---

24. *Journal,* t. II, p. 563.
25. *Ibid.,* p. 559.

consacré à l'ambassade de Chateaubriand à Rome, en 1828-1829, au moment où René fait le récit du conclave qui suit la mort du pape Léon XII. Nous apprenons ainsi indirectement à quel point l'imagination des deux frères, fixée sur Rome depuis plusieurs années par leur sujet, s'était imprégnée de la vision qu'en offre Chateaubriand dans ses Mémoires. Ceux-ci avaient d'ailleurs été conçus à Rome en 1803, et ils font place par deux fois, en deux livres qui résument le mieux l'esprit de tout l'ouvrage, à la capitale du catholicisme. D'abord à la date de 1803, sous le pontificat humilié de Pie VII : théâtre de la grandeur classique, Rome y est aussi le carrefour de toutes les mélancolies romantiques :

Le Tibre sépare les deux gloires : assises dans la même poussière, Rome païenne s'enfonce de plus en plus dans ses tombeaux, et Rome chrétienne redescend peu à peu dans ses catacombes [26].

Dans ce tragique décor de ruines et de sépultures, Chateaubriand met en scène, par un savant montage discontinu de lettres, l'arrivée de Pauline de Beaumont et sa fin, précédée d'une ultime promenade au soleil, dans le Colisée aux trois quarts écroulé :

Elle leva les yeux ; elle les promena lentement sur ces portiques morts eux-mêmes depuis tant d'années, et qui avaient tant vu mourir ; les ruines étaient décorées de ronces et d'ancolies safranées par l'automne, et noyées dans la lumière. La femme expirante abaissa ensuite, de gradins en gradins jusqu'à l'arène, ses regards qui quittaient le soleil ; elle les arrêta sur la croix de l'autel, et me dit : « Allons, j'ai froid. » Je la reconduisis chez elle ; elle se coucha et ne se releva plus [27].

26. Chateaubriand, *Mémoires d'Outre-Tombe*, Paris, Pléiade, 1951, t. I, p. 500.
27. *Ibid.*, t. I, p. 514.

*Le sobre récit des funérailles parachève cette élégie funèbre
qui lie en une fugue inoubliable l'extinction d'une belle âme et
l'auguste déclin des deux Rome. Comment les deux romanciers
n'auraient-ils pas été tentés de rapprocher la mort de Pauline de
Beaumont à Rome de celle de Nephtalie de Courmont, leur
tante, dans la même ville et de la même maladie ? Le « lieu »
classique amplifié par* Madame Gervaisais *avait été d'abord
fixé par les* Mémoires. *Un autre « lieu », plus récent, mais
déjà abondamment traité par les voyageurs et romanciers, est
renouvelé par Chateaubriand au livre XXXI, dans la lettre à
M*me* Récamier décrivant les obsèques de Léon XII dans la
chapelle Sixtine, et l'effet, « dans les ombres » qui « envahis-
saient lentement les fresques de la chapelle », du fameux*
Miserere *d'Allegri. La lettre se conclut par une sentence digne
du vieux Corneille ou du vieux Poussin :*

C'est une belle chose que Rome pour tout oublier,
mépriser tout et mourir [28].

*Lors de leur voyage en Italie, en 1855-1856, Edmond et
Jules s'exercèrent, sur deux colonnes, à rivaliser dans la
description d'une liturgie funèbre à la Sixtine, et surtout de
l'effet conjugué des fresques de Michel-Ange et du* Miserere.
*Les deux exercices fusionneront dans le chapitre XXV du
roman, étape décisive de la conquête de M*me* Gervaisais par
Rome.*

Il n'y reste plus rien, sauf un effet de grandeur qui hausse
Madame Gervaisais *à l'étage noble du roman réaliste, de
cette mélancolie funèbre mais pénétrée d'un espoir rédempteur,
dont Chateaubriand avait voulu parer Rome. La majesté des
ruines antiques, la prière du* Miserere, *vidées de leur sens
chrétien, ne sont plus que des leurres arrachant une Parisienne à
sa raison française et moderne pour la jeter entre les mains des
prêtres italiens et dans les ténèbres de la folie mystique.*

---

28. *Ibid.*, t. II, p. 340.

*L'inversion perverse du texte-mère ne saurait être plus persévé-
rante.*

Rome, dans Madame Gervaisais, *est devenue une cité-
piège. Ne déployant d'abord que ses attraits superbes ou
voluptueux, elle y révèle peu à peu, trop insensiblement pour que
sa prisonnière ait l'occasion de se reprendre, l'appétit des
spectres pour la chair et le sang frais venus d'ailleurs. Les deux
figures de prêtres qui, tour à tour, l'un avec onction, l'autre avec
brutalité, s'emparent de la conscience de Mme Gervaisais et
l'aident à rompre ses derniers liens avec Paris ne sont que les
tentacules enfin risqués hors des fleurs, des pompes, des chefs-
d'œuvre sous lesquels ils se lovaient, par la pieuvre romaine. Et
le crescendo irrésistible et lent qui fait passer l'étrangère fascinée
du P. Giansanti, encore modéré dans ses exigences, au
P. Sibilla, vite secondé par l'ignare et servile docteur Scarafoni,
semble froidement calculé par la Ville avide pour happer plus
sûrement la Parisienne et la savourer jusqu'à épuisement. Rome
chez les Goncourt n'est plus que la métaphore, de style classique
et baroque, du château gothique des romans noirs d'Ann
Radcliffe et de Monk Lewis : elle n'attire que pour mieux
engloutir. Le changement de domicile de Mme Gervaisais,
passant d'une* locanda *riante place d'Espagne à une sorte de
bouge dans le Transtévère, déménagement qui correspond à la
fois à un changement de directeur de conscience, de l'insinuant
jésuite Giansanti au terrible trinitaire Sibilla, et à un
changement d'église, des fastes décoratifs du Gesù à l'obscurité
funéraire de Sainte-Marie-du-Transtévère ou de Saint-Chrysogone, obéit au même mouvement qui, dans le roman noir,
entraîne la victime de l'étage de réception du château, où règne
encore un air familier, aux souterrains où l'inquiétante étrangeté
éclate dans toute sa violence agressive et destructrice. D'un
domicile à l'autre, d'un prêtre à l'autre, d'une église à l'autre,
Mme Gervaisais franchit le Tibre, qui dans cette descente aux
Enfers tient lieu de Tartare, fleuve des morts. D'une rive à
l'autre, ce n'est pas seulement l'agrément du domicile qui se
perd, de l'ensoleillement vital du premier, de son confort
relativement bourgeois, à l'austérité sombre et carcérale du*

second, c'est aussi la lumière même de la ville, le plein air méridional du Forum, de la villa Borghèse, de la Trinité-des-Monts, ses réfractions dans les grottes d'opéra des églises faisant place à la ténèbre et au salpêtre des catacombes. Le déplacement dans l'espace révèle les coulisses au-delà du décor, le squelette sous les draperies qui trompaient sur sa présence et son appétit.

La première rencontre de Mme Gervaisais avec la Ville a lieu à l'intérieur de celle-ci, comme si Rome avait le pouvoir d'émettre d'elle-même non seulement des êtres animés qui obéissent à son esprit caché, mais des paysages, des décors, aussi divers et illusoires que ceux de la magicienne Alcine. L'héroïne aperçoit d'abord du haut du Capitole le champ de ruines du Forum, version classique des tours et des murailles écrêtées par le temps, travaillées par la végétation, du château gothique qui, de loin, inspire à ses futures victimes le sentiment romantique du sublime. Une visite de nuit achevant les impressions d'une visite de jour, « par un soleil brûlant », le Campo Vaccino apparaît successivement dans la pleine lumière diurne et dans la pénombre de la clarté lunaire :

Et perdue en une mélancolie pensive, elle regardait le sublime décor de l'obscurité, l'immobilité des ruines, leur profondeur sombre, l'auguste sommeil de la nuit sur leur solennité solide, l'ombre d'ébène du Capitole sur le groupe des trois colonnes, la majesté grandie de la solitude déserte de ce portique sur le vide barrant le ciel et ses étoiles.

C'est encore à ce stade la Rome de René, jusque dans cette « Vallée des mânes » élyséenne et virgilienne que Mme Gervaisais croit voir s'ouvrir au pied du Palatin enténébré. Rien encore n'éveille l'inquiétude du lecteur, que les ruines romaines écartent de la piste du roman gothique, souvent il est vrai situé en Italie, mais dans une Italie médiévale et féodale. L'héroïne, elle, est plongée dans une « mélancolie pensive », au fond de laquelle toutefois perce le « cri incisif d'un ciseau dur » d'un prémoni-

toire grillon. Première touche, encore très allusive, de la Mort qui guette, de toute la violence saturnienne du passé, au tréfonds de la Ville silencieuse. Rome s'affaire aussitôt à effacer cette suggestion fugitive en déballant tout le charme de ses rues animées où l'art et l'histoire se mêlent au pittoresque de la vie populaire. Encore Parisienne, Mme Gervaisais « chine » parmi les boutiques de la via Condotti, comme son modèle Nephtalie de Courmont en avait l'habitude au faubourg Saint-Antoine. Cette période euphorique culmine avec la visite de la villa Pamphili, où Rome s'emploie à faire frémir, sous les yeux et les sens éveillés, dégelés, de la sévère Parisienne, le voile de Maïa de la beauté voluptueuse et du bonheur. C'est un peu la Rome de Stendhal, mais aussi celle de Goethe, et la rencontre à la fin de la promenade d'un violoneux accompagnant une jeune chanteuse est une citation de Whilhelm Meister, *où Mignon chante « Connais-tu le pays où fleurit l'oranger » pour la plus vive nostalgie de son auditoire de Nordiques embrumés.*

Alors seulement, après ce prélude enchanteur, le rideau commence à se lever sur le drame. Un portrait de l'héroïne, de la victime de choix, inaugure cette phase nouvelle : sa beauté « d'un caractère et d'un style supérieurs à l'humaine beauté de la femme », sa séduction de « personne à part », « à peine terrestre », sont en partie le résultat de la maladie, en partie celui d'une vie intérieure nourrie de philosophie spiritualiste et d'introspection, dédiée à l'amour d'un enfant infirme. Ce portrait à la Poe précède la seconde vision panoramique de Rome qui cette fois, du haut du Janicule où Mme Gervaisais l'embrasse du regard, fait entendre une note distinctement menaçante :

Une solennité immobile et muette, une grandeur de mort, un repos pétrifié, le sommeil d'une ville endormie par une puissance magique ou vidée par une peste, pesait sur la cité sans vie, aux fenêtres vides, aux cheminées sans fumée, au silence sans bruit d'activité ni d'industrie, où rien ne tombait qu'un tintement de cloche, espacé de minute en minute.

Le lecteur est mis en éveil. L'héroïne elle-même est avertie, non seulement par l'ami diplomate qui l'avise sur les dangers du climat, mais par un premier accès violent de phtisie qui suit la promenade, et par la pensée qui l'obsède, tendrement soucieuse pour son enfant, d'une mort prochaine. Une lumière crépusculaire s'abat sur le récit, dissolvant la réalité, faisant se lever le fantastique, inclinant Mme Gervaisais au « rêve traversé du zigzag des chauves-souris ». Elle franchit un premier pas. Elle pénètre dans les églises. Le piège ne se referme pas encore. Mme Gervaisais ne voit d'abord dans leur pénombre de grotte que « le repos et l'hospitalité d'un palais pacifique ».

Elle va y être saisie par surprise, ainsi d'ailleurs que le lecteur du roman. En faisant de leur héroïne parisienne « une catholique des églises gothiques », et en lui prêtant une accoutumance devenue bientôt envoûtement pour ce que l'on ne nomme pas encore le « baroque romain », les Goncourt ne se contentent pas de faire découvrir au public français un style qui lui était, et lui restera longtemps encore, étranger. Fidèles à leur méthode de faire agir les mécanismes du roman gothique sous des couleurs inédites, ils transportent les sortilèges prêtés par le romantisme noir aux voûtes, aux vitraux, aux forêts de colonnes, au labyrinthe mystérieux des cathédrales médiévales (Notre-Dame de Paris a paru en 1831), aux coupoles peintes et au décor luxuriant des églises post-tridentines. Leur originalité est ici totale : elle fait autant d'honneur à leur talent de précurseurs du goût *que leur réhabilitation du style rocaille ou leur introduction du japonisme dans la sensibilité plastique européenne. Cette fois pourtant, la mutation du jugement esthétique que préparent les descriptions d'églises de* Madame Gervaisais *sera très lente à atteindre le public et les artistes : le goût pour le « baroque » n'a pris son plein essor en France qu'après 1945. Écoutés sur-le-champ comme initiateurs du Louis XV et du Japon, les Goncourt n'ont pas été suivis à Rome. Dans les deux premiers cas, ils étaient sincères. Pour le « baroque », ils étaient loin de l'être, ils partageaient le préjugé français tout en le faisant surmonter par leur malheureuse héroïne, qui s'en trouve très mal. Sans doute, par une*

remarquable anticipation, les deux romanciers font-ils percevoir
pour la première fois l'art sacerdotal de la Rome du XVIe et du
XVIIe siècle tel que nous avons appris à le percevoir depuis, à
travers la lentille fantasmatique d'un pathos inventé d'abord
pour rendre « pittoresque », « fantastique » et « sublime »
l'art gothique. Ils ont su rendre inquiétant, sensuel et troublant
un decorum vidé de son sens sacramentel et liturgique. Avant
tout le monde, ils ont vu dans le Gesù une sorte d'hôtel de la
Païva pour sabbats de l'âme. Mais ce contresens était trop
ouvertement le calcul d'une noire ironie. L'élan de la description
impressionniste laisse trop percer le mépris pour l'objet décrit,
dont ils laissent à leur héroïne la responsabilité d'en être
chavirée. Leur goût restait en fait très en retrait sur leur art.

Celui-ci s'emploie tout d'abord à faire percevoir l'effet
hypnotique produit sur Mme Gervaisais par le jeu des reflets sur
les marbres jaspés et lisses, des scintillements sur la surface des
pierres dures polies :

A mesure qu'elle y vivait, elle prenait une habitude
d'être, pendant le chaud du jour, au milieu de cette
pierre veinée, brillante et à moitié bijou, de ce froid
luisant des couleurs doucement roses, doucement
jaunes, doucement vertes, fondues en une espèce de
nacre irisant de ses teintes changeantes le prisme de
toute une nef. Immobile, contemplative, elle avait un
plaisir à se voir enveloppée de cette clarté miroitante
où la chaude magnificence des dorures, l'opulence des
parois et la somptuosité des tentures semblaient s'évaporer et se volatiliser dans un air agatisé par tous les
reflets des porphyres et des jaspes.

En fait, l'héroïne a atteint le point froid de la ville-château
dont elle n'avait connu jusque-là que les abords et les extérieurs
méridionaux. Mais ce froid de grotte et de tombeau ne se révèle à
elle que masqué par des effets optiques de lanterne magique, par
les frôlements à distance, sur ses sens fiévreux, de surfaces
glacées. Quand la Mort se révèle à elle, dans le décor sculpté de

la « *porte de la Mort* » *de Saint-Pierre, c'est encore en majesté,*
enveloppée dans une « *tenture écrasante* » *et théâtrale, régnant*
sur l'enfilade de confessionnaux où se parlent toutes les langues
de l'univers, triomphant dans l'inscription latine qui cerne la
coupole de la basilique : PETRUS ES ET SUPER HANC PETRAM
ÆDIFICABO, *pour laquelle les Goncourt suggèrent le sens*
second et caché de pierre tombale, de pierre angulaire d'une
puissance universelle dont la raison d'être est l'horreur de
la vie.

Un intermède mondain, ponctué par l'Opéra et le Carnaval,
impose une stase à cette lente captation. Les cérémonies de la
Semaine sainte vont lui permettre de nouveaux progrès. Là
encore le règne du froid (« *un jour recueilli, pieux et froid, un*
jour de mars... » *) se pare de splendeurs visuelles et de lointains*
attraits sensibles, pompe liturgique et solennité colorée de la cour
de vieillards en représentation. Mais cette fois, comme se
déployant à partir du « *cri incisif* » *du grillon du Forum, et du*
tintement de cloche entendu sur le Janicule, la musique surgit
dans Saint-Pierre et la chapelle Sixtine, « *comme une criée*
d'enfants dans des échos de montagnes », *puis le* « *plain-chant*
dramatisé de la passion de Jésus-Christ », *jouant sur le corps*
malade de Mme Gervaisais, comme sur une harpe nerveuse :

Charmée nerveusement, avec de petits tressaillements derrière la tête, Mme Gervaisais demeurait,
languissamment navrée sous le bruit grave de cette
basse balançant la gamme des mélancolies [...] Ce chant,
cette voix qui avait fini par l'ineffable note mourante et
crucifiée, le *Lamma sabachtani* du Golgotha, laissaient à
Mme Gervaisais un long écho qu'elle emportait, une
vibration dont le tressaillement aux endroits sensibles
de son être, montait jusqu'à ses lèvres qui, d'elles-
mêmes, tout bas en répétaient le soupir suprême.

Par la musique d'église du XVIe et du XVIIe siècle, sur
laquelle les Goncourt reversent, anticipant une fois de plus le
goût de notre propre temps, les effets que Baudelaire attribuait

au « *chant de perdition* » *de Richard Wagner, la possession de la Parisienne exilée a vraiment commencé. Michelet, en 1862, avait, dans* La Sorcière, *introduit à grand fracas le thème de la* « Messe noire ». *Les cérémonies de la Semaine sainte dans ce roman de 1869 en sont la première amplification littéraire, avant que Huysmans ne le ramène à Paris en 1891, dans* Là-bas. *Ce sabbat, d'autant plus impressionnant qu'il ne s'avoue pas pour tel et emprunte les dehors augustes du cérémonial romain chanté par Chateaubriand, est présidé par le pape en personne, souverain saturnien,* « *ressemblant, sous le dais de sa chaise, nuageux d'encens, à une statue sainte du Passé* ».

L'emprise décisive est réservée à la chapelle Sixtine et le morceau de bravoure sur le Miserere *d'Allegri, en contrepoint avec l'enfer de Michel-Ange, en fait une sorte de baquet de Mesmer dont l'électricité serait la voix humaine, et où le corps de Mme Gervaisais s'éveille à des* « *faisandages* » *inconnus :*

Les voix ne cessaient pas, — des voix d'airain ; des voix qui jetaient sur les versets le bruit sourd de la terre sur un cercueil ; des voix d'un tendre aigu, des voix de cristal qui se brisaient ; des voix qui s'enflaient d'un ruisseau de larmes ; des voix qui s'envolaient l'une autour de l'autre ; des voix dolentes où montait et descendait une plainte chevrotante ; des voix pathétiques ; des voix de supplication adorante qu'emportait l'ouragan du plain-chant ; des voix tressaillantes dans des vocalises de sanglots ; des voix dont le vif élancement retombait tout à coup à un abîme de silence, d'où rejaillissaient aussitôt d'autres voix sonores : des voix étranges et troublantes, des voix flûtées et mouillées, des voix entre l'enfant et la femme, des voix d'hommes féminisées, des voix d'un enrouement que ferait, dans un gosier, une mue angélique, des voix neutres et sans sexe, vierges et martyres, des voix fragiles et poignantes, attaquant les nerfs avec l'imprévu et l'antinaturel du son.

Et la contrepartie « réelle » de cet océan de plaintes, de ce
« triste hôpital tout rempli de murmures » qu'est devenu, par
inversion « gothique », le chant sublime du XVIIe siècle dévot,
est offerte à Mme Gervaisais par le spectacle de la dévotion
populaire, le Samedi saint, à Saint-Jean-de-Latran :

Mme Gervaisais était surprise qu'un grand artiste
n'eût pas saisi cette sculpture des poses, des lassitudes,
des méditations, des absorptions, l'aveuglement de
cette dévotion éblouie, la stupeur presque bestiale de
cette prière. Le tableau surtout la frappa des confessions élancées de femmes qui, debout, la bouche
tendue, plaquée contre le cuivre du confessionnal, se
soutenaient et s'appuyaient avec leurs deux mains près
de leur tête, posées à plat contre le bois, dans le
mouvement de ces buveuses de campagne approchant
la bouche d'un filet d'eau plus haut que leur bouche.

Sur cette foule de Salpêtrière, la bénédiction urbi et orbi du
souverain pontife prend le sens redoutable d'une appropriation,
par le Grand Fantôme couronné, ironiquement célébré par les
Goncourt « dans toute la candeur magnifique de son costume »,
« dans sa gloire blanche », de son peuple malade et damné,
qu'une autre occasion montrera à l'héroïne grouillant autour
d'un Christ crucifié et « colorié d'une couleur morbide »,
choisissant « les parties frissonnantes et chatouilleuses du corps
divin pour y promener leur amour ».

L'effet de contagion n'est pas encore pleinement atteint.
S'appuyant sur ses derniers dégoûts de Parisienne, Mme Ger-
vaisais réussit à surnager quelque temps au-dessus de cette marée
qui monte et l'engloutit. Elle croit du moins que la distance
esthétique la protège de tant de sollicitations qui l'émeuvent.
Elle ignore ce que ses créateurs savent, et qu'ils sauront mieux
encore après avoir terminé leur roman, que l'art même défend
mal contre une beauté qui n'est rien d'autre à leurs yeux que la
séduction de la maladie et de la mort, la phosphorescence d'un
corps qui se défait, accordée ici à celle d'une ville qui n'en finit

pas de se défaire. Il fallait un choc pour déchirer ses dernières convictions platoniciennes, et faire glisser Mme *Gervaisais, déjà happée de toutes parts, là-bas. La maladie de Pierre-Charles, le « miracle » de sa guérison après une prière au pied de la Vierge miraculeuse de la* Madonna del Parto, *dans l'église San-Agostino, lui font franchir l'irréversible frontière. En cette circonstance, les deux logeuses romaines, alliées implicites du grand complot, jouent leur rôle à la perfection. Prenant appui sur le désespoir de la mère, elles l'arrachent au médecin, l'entraînent dans l'église, « lieu de vertige et de mystère », « antre de superstition », puis elles font valoir le soulagement que fait naître en elle la guérison de son fils pour accréditer la version du « miracle » que M*^me^ *Gervaisais ne peut s'empêcher d'admettre à demi. La rencontre, au pied d'un chêne vert, à Castel-Gandolfo, de la comtesse Lomanossow, une Russe convertie et exaltée (version caricaturale de M*^me^ *Swetchine, l'amie de Lacordaire), parachève l'effet du « miracle », et met la dernière touche à ce relais des initiatrices féminines. Vampirisée heureuse et extatique, la comtesse déteint sur sa compagne, l'implique dans une sorte de solidarité contagieuse. En quittant M*^me^ *Gervaisais, elle lui laisse « le mot de passe » qui va permettre à l'héroïne de trouver le « contact » avec le monde ténébreux qu'elle avait cru ne contempler que de loin, et qui la « tenait » à son insu depuis son arrivée à Rome.*

Et le sens critique, la haute ironie qui étaient en elle, abandonnaient tous les jours un peu plus cet esprit dominé par la tendance d'impressions qui ne cherchaient plus à être que des impressions acceptées et soumises d'adoration.

Sous l'impression des Pensées religieuses *que la comtesse convertie lui a laissées, M*^me^ *Gervaisais se met aux lectures pieuses. Par une transition insensible de l'intelligence parisienne d'où elle vient à la religiosité italienne où elle est en train de glisser, elle s'attache d'abord à des auteurs français :* l'Intro-duction à la vie dévote, *de saint François de Sales, dont la*

*douceur fleurie, un peu italianisante, dérive chez les Goncourt en
séduction doucereuse, aguicheuse, « œillade intérieure » sachant
se rendre complice l'éros féminin ; les* Conférences de carême
de Lacordaire, *en 1835-1836, à Notre-Dame, qui offrent à
cette Française cultivée une version de la foi romaine accordée
aux conquêtes modernes de la culture, et n'exigeant pas le
sacrifice du « cœur et de la raison » romantiques. Mais entre
ces deux lectures françaises, elle a eu la révélation, plus proche
des « œillades » de François de Sales que des élans généreux de
Lacordaire, des voluptés du Gesù. La superbe période par
laquelle les Goncourt fondent en pluie de sensations visuelles et
tactiles le décor intérieur de la fameuse église jésuite est la
réussite suprême de leur transmutation du baroque romain. Ils
avaient fait valoir auparavant ses pouvoirs d'hypnose. Ils lui
prêtent enfin l'autre secret « gothique », l'autre étape de la
fascination, l'envahissement de tous les sens par des promesses
d'assouvissement pervers, sourdement sadique, mêlé de souffrance et de volupté. Dans la « fête enflammée » du Gesù, le
Dieu italien fait entrer dans son jeu le marquis de Sade. Barrès
et D'Annunzio tout entiers sont déjà là. Et M*^me^ *Gervaisais, les
femmes dévotes ayant terminé leur office, adresse enfin sa fièvre
à leurs maîtres, les prêtres, les « hommes noirs ». Un sermon
du P. Giansanti, un jésuite traité par les Goncourt sur le modèle
des caricatures de Gavarni illustrant* Le Juif errant *de Sue
(« un acteur, un mime,* commediante, tragediante, *dont
l'éloquence gesticulante et ambulatoire arpentait l'estrade »),
fait plus d'effet sur M*^me^ *Gervaisais, avec son* pathos *de
tréteaux, que toute lecture : elle se croit personnellement
interpellée. Elle ne va plus tarder à devenir la pénitente et la
dirigée du grossier orateur.*

*Désormais enfouie dans les églises, les confessionnaux,
M*^me^ *Gervaisais s'éloigne de la Rome des vivants. Le chapitre LX, dans une sorte d'éloquente méditation des deux
narrateurs dosant savamment l'éloge et l'anathème, est un adieu
à la Ville des belles et fausses apparences, récapitulant les
étapes de la « conversion » de l'héroïne, autrement dit de son
initiation à ce qui en elle adhère au travail de la mort :*

Vaste embrasement, immense contagion sainte, que la Religion à Rome... Tout s'y rencontre pour vaincre et conquérir une âme par l'obsession, la persécution, la conspiration naturelle des choses environnantes ; tout y est rassemblé pour mettre un cœur près de la conversion, par la perpétuité, la succession ininterrompue des atteintes, des impressions, des sensations, et accomplir en lui à la fin ce fréquent miracle du pavé de la Ville éternelle, le miracle d'un chemin de Damas, où les esprits les plus forts d'hommes ou de femmes, terrassés, tombent à genoux.

*Retournant contre leurs auteurs l'argumentation qu'à l'envi reprenaient les apologistes ultramontains (*Les Trois Rome *de l'abbé Gaume, 1847 : les* Lettres d'un pèlerin, *d'Edmond Lafond, 1856 ;* Le Parfum de Rome, *de Louis Veuillot, 1862), les Goncourt feignent d'accepter les titres de Rome comme capitale religieuse, mais d'une religion archaïque, divorcée de l'esprit moderne, et dont la citadelle n'est plus qu'un hôpital et un asile où maladie et folie prospéreraient comme au Moyen Age à l'abri des secours de la médecine et des lumières de la science. C'est une sorte de vieille rivale déchue et dangereuse de la littérature, qui l'a vaincue en s'alliant aux sciences modernes. Les prêtres, artificieusement grandis par les prestiges d'un art d'un autre âge, sont devenus des imposteurs depuis que le règne des écrivains, soutenu par celui des médecins et des savants, a commencé. Rome en somme relève de l'ethnologie. A quel point l'optique des Goncourt est étrangère à la passion proprement* politique, *il suffit pour s'en convaincre de comparer* Madame Gervaisais *à un autre roman sur Rome, publié en 1831, réédité opportunément en 1849,* Rome souterraine *de Charles Didier. Là aussi la capitale du catholicisme est décrite à travers les techniques du roman noir. Mais la lutte que décrit Charles Didier, d'origine genevoise et calviniste, entre une papauté et un clergé politiquement nocifs, alliés à l'Autriche, et les généreux* carbonari *romains, héritiers de la République romaine et du christianisme primitif, rachète une Rome par* *l'autre, l'imposture de l'État pontifical par le passé héroïque et l'avenir glorieux. En concentrant leur roman sur un personnage unique, et en faisant collaborer à sa chute Rome tout entière, ses paysages, ses monuments antiques, ses églises de la Contre-Réforme, son peuple dévot et rusé, ses touristes et son clergé, les Goncourt se sont volontairement privés des facilités du mélodrame à péripéties. En revanche, ils ont porté à Rome un coup que seuls des écrivains de tradition catholique pouvaient lui porter, en la présentant sans exception comme une sorte de chef-lieu vaudou, que la civilisation littéraire et scientifique parisienne était en état de décrire sans s'y laisser piper. Il faudra à Paul Bourget, dans* Cosmopolis *(1892), inverser les données, mettre en évidence le nihilisme suicidaire de modernes mondains sur fond de romanité rédemptrice, pour renouer avec la tradition apologétique des voyageurs catholiques du Second Empire. La réponse viendra en 1896 avec la* Rome *de Zola, où la leçon de Charles Didier n'est pas oubliée, mais où surtout l'image d'une Rome sorcière, piège de la « pensée sauvage » pour la conscience française éclairée, est reprise des Goncourt avec une vivacité frénétique et efficace.*

Avec l'apostrophe à Rome du chapitre XL, les narrateurs ont cessé de garder leur réserve vis-à-vis du lecteur. Celui-ci sait que Mme Gervaisais, convertie, est perdue. Le seul suspens qui subsiste porte sur la nature des soubresauts qui rythmeront son agonie. Avec l'entrée en scène du P. Sibilla, spécialiste des missions en Afrique et de la rédemption des Nègres, c'est un peu le tiers monde romain qui prend en charge la fragile Parisienne. Cet « homme héroïque et de foi âpre et militante », loin de rechercher Mme Gervaisais, se dérobe d'abord à ses avances. Il est trop au fait des « fantaisies » que développent à son propos les pénitentes trop zélées. Seule une « puissante influence en cour papale » peut le convaincre de prendre Mme Gervaisais sous sa direction. Suprême ruse de Rome : elle exaspère le désir de se perdre chez ceux qu'elle veut perdre. Désormais, aux mains du féroce directeur de conscience, que sa trop distinguée pénitente irrite au suprême degré, celle-ci est l'objet de tortures et de brutalités qui vont crescendo. Les narrateurs prennent mani-

festement un vif plaisir à décrire l'empoignade du bourreau
irrité et de sa victime consentante :

Le Trinitaire eut pour cette âme rare, distinguée, de
délicate aristocratie, des attouchements brusques, des
rudesses intentionnelles, des duretés voulues ; il la
mania, la tâta, la retourna, la maltraita avec une sorte
de colère, une impitoyabilité presque jalouse, prenant
à tâche de l'abaisser, de la ravaler à l'avilissement et à
l'amertume, jetant le découragement, le mépris, le
dégoût à ses actions, à ses efforts, à sa bonne volonté,
lui parlant comme à un être de cendre et de poussière,
descendant à elle comme à la plus misérable des
pécheresses.

Si jamais l'indignation a été le symptôme du mensonge, c'est
bien dans le long pamphlet contre ce cruel moine, sorti tout droit
du séminaire de Monk Lewis, et dont les Goncourt décrivent
avec une délectation qui n'a d'égale que celle de leur héroïne les
manœuvres sadiques. Tout se passe comme si Mme Gervaisais,
en se donnant ce maître, s'était enfin trouvée :

La sévérité, l'épouvante du représentant inexorable
de Dieu, semblaient la pousser à un élancement
ressemblant presque à une adoration tremblante et
battue.

De son propre mouvement, pour se rapprocher du tortionnaire,
elle franchit le Tibre et va se jeter dans un logis ressemblant fort
*à l'*in-pace *cher aux romanciers gothiques, dans « un quartier*
sauvagement populacier », dans une rue portant le nom de Via
del Cimitero. *Là, « dans une immense maison délabrée, à la*
grande porte fermée d'une barre de fer, aux fenêtres de rez-de-
chaussée grillées de barreaux », elle s'adonne à la lecture de
*l'*Imitation *que les Goncourt dépeignent, imitant de près sur ce*
point la vision qu'en donnait Le Juif errant *d'Eugène Sue, et*
dans le même contexte de persécution cléricale, comme un manuel

de masochisme avant la lettre et de nécrophilie perverse. Sous les coups du P. Sibilla, elle passe dans sa « chambre nue », ayant perdu le sens de « la matérialité humaine et terrestre », de « tout le visible et le sensible » si chers à ses créateurs, de la peur tremblante de Dieu le Père à l'amour extatique de son Fils, que les Exercices spirituels *de saint Ignace lui permettent de se représenter d'une façon quasi charnelle :*

Dès lors, affranchie du long tourment de sa frayeur, elle commença à jouir, tremblante, émue, ébranlée par tout l'être, de l'intimité chaste et délicate de son jeune Maître, avec des tressaillements dans la prière, un attendrissement de délices, ces touchements et ces douceurs spirituelles, cette inénarrable jouissance des *grâces sensibles* après lesquelles ses tendresses avaient si amèrement soupiré sans pouvoir y atteindre.

Curieusement, comme pour masquer le poncif du jésuite démoniaque, les Goncourt l'ont scindé en deux personnages : c'est à la cruauté du trinitaire Sibilla qu'ils ont réservé la réussite des Exercices *enseignés d'abord en vain à sa pénitente par le jésuite Giansanti. Cette réussite est bientôt suivie d'une crise de sécheresse dont le P. Sibilla profite pour imposer à sa victime le plus atroce des sacrifices : celui de l'amour de son fils. Dès lors le terrain est prêt pour l'initiation à l'ultime secret de Rome, le meurtre de la Nature, la Mort.*

C'est ainsi qu'elle descendait à la parfaite imitation de la mort dans la vie, à la *mort spirituelle* que les Pères de l'Église comparent si justement à la mort naturelle, en lui en attribuant les effets, les suites et les conséquences... Comme morte à elle-même, les disgrâces, la confusion, les opprobres, les affronts, les humiliations, les souffrances, les injustices, les louanges et les mépris, les maux et les bonheurs, pouvaient passer sur elle, sans un mouvement de sa chair : elle avait par avance, pour tout endurer, l'insensibilité de son corps mis au tombeau.

*Cadavre survivant à l'extase, animée d'un reste de vie quasi mesmérique, elle s'enfonce alors, entraînant « sans pitié » son fils, dans le labyrinthe funéraire des catacombes, ou au charnier de la chapelle des Capucins, érigé par les Goncourt en naos grotesque et terrifiant où éclate, enfin dénudé, le rire triomphal du Vampire romain. Et lorsque, vidée de son sang, M*ᵐᵉ *Gervaisais trouve encore le reste d'énergie nécessaire pour se rendre auprès du pape, tandis que son frère, ambassadeur du monde des vivants, croit l'avoir sauvée des griffes de la Ville, elle s'écroule aux pieds du pontife comme pour un hommage suprême au vicaire, dans la Nature, du Dieu avide de la Volupté et de la Mort !*

III

Une femme, un enfant, des prêtres. Madame Gervaisais *se prête,* comme Madame Bovary, *à une lecture de roman à thèse anticléricale. En ce sens, les Goncourt y répliquent après Flaubert au* Curé de village *de Balzac (1839), dont les conceptions maistriennes venaient d'être reprises en 1864 par Barbey d'Aurevilly dans* Un prêtre marié. *Si différents que soient ces deux romans, ils célèbrent d'après Joseph de Maistre la grandeur du sacerdoce, la fécondité rédemptrice de la confession, une économie du salut où la femme s'allie au prêtre et trouve par lui le chemin du rachat. Balzac fait découvrir à son héroïne criminelle, Véronique Graslin, les trésors d'intuition que lui réserve un saint prêtre, le curé Bonnet :*

Elle fut étonnée de trouver ces subtiles observations et cette piété tendre chez monsieur Bonnet ; mais, comme on l'a vu déjà, l'exquise délicatesse qu'aucune passion n'avait altérée chez cet homme lui donnait pour les douleurs de ses ouailles le sens maternel de la femme. Ce *mens divinior,* cette tendresse apostolique, met le prêtre au-dessus des autres hommes, en fait un être divin. Madame Graslin n'avait pas encore assez pratiqué monsieur Bonnet pour avoir pu reconnaître cette beauté cachée dans l'âme comme une source, et d'où procèdent la grâce, la fraîcheur, la vraie vie[29].

Véronique renchérira d'ailleurs sur la direction de M. Bonnet et s'adonnera à des pénitences secrètes si cruelles qu'elles équivalent à une sorte de lent suicide. Le catholicisme, chez les romanciers romantiques qui en font l'apologie, ne peut s'empêcher d'être inquiétant. C'est davantage encore le cas chez Barbey, où le doux abbé Méautis n'hésite pas à révéler à la sublime Calixte, fille du « prêtre marié » et vivante victime offerte pour la conversion de son père, que celui-ci s'est converti par amour paternel, et non par foi sincère : une vie de sacrifice n'a abouti qu'à un surcroît de crime et de blasphème. Cette révélation entraîne la mort de Calixte désespérée et le suicide du père athée.

Contre cette veine maistrienne de la fiction romantique, et en général contre la renaissance romantique du catholicisme, Michelet était le chef de file de l'anticléricalisme. C'était un ami des Goncourt, qui admiraient en lui, non sans agacement, l'historien, l'écrivain, le penseur. En 1861, à l'occasion d'une réédition de son livre Le Prêtre, la Femme et la Famille, *ils rapportent dans le* Journal *les propos que vient de leur tenir Michelet :*

Il faut convenir que nous autres romantiques, nous avons été de bien grands misérables. Nous avons poétisé, idéalisé le curé de campagne. Nous aurions dû toujours le peindre sous le côté ridicule, le peindre crasseux... Voyez les grands philosophes du XVIIIe siècle, Voltaire : il a fait toujours le prêtre crasseux[30].

De fait, dans son traité, publié d'abord en 1845, peu après le fameux cours professé en commun au Collège de France avec

29. Balzac, *Le Curé de village*, édition « Folio », 1975, p. 177 ; Pléiade, tome IX, 1978, p. 754.

30. *Journal,* t. I, p. 904.

Edgar Quinet sur les jésuites (publié dès 1843), Michelet
donnait des rapports entre « la femme » et « le prêtre » une
vision de roman noir qui n'a pas dû manquer de frapper les
Goncourt :

Nos femmes, nos filles, *constate Michelet,* sont
élevées, gouvernées par nos ennemis [31].

Or qu'est-ce que l'Église ? Et que veut-elle des femmes ?

Un vieux système mort, qui fonctionne mécanique-
ment, ne peut vouloir que des mortes. La vie réclame
en eux ; ils sentent cruellement qu'ils sont privés de
famille, et ne s'en consolent qu'en troublant la nôtre [32].

Comment expliquer que « la femme » puisse se plier à la
volonté de ces vampires ?

Les femmes aiment volontiers les forts. Comment se
fait-il donc ici qu'elles aient suivi les faibles ? Il faut
bien qu'il y ait un art pour prêter la force aux faibles.
Cet art ténébreux qui est celui de surprendre la
volonté, de la fasciner, de l'assoupir, de l'anéantir, je
l'ai cherché dans ce volume. Le XVIIe siècle en eut la
théorie. Le nôtre en continue la pratique [33].

Cette sophistique a beau mimer le « cœur », elle a ses
limites. L'horreur secrète des prêtres pour la vie, et donc pour la
maternité, se trahit à leur attitude envers les enfants :

Rien de plus pénible que de les voir près d'une
femme s'essayer gauchement à caresser son enfant. Ils

---

31. Michelet, *Le Prêtre, la Femme et la Famille,* Paris, Flammarion,
1861, avant-propos de la première édition (1845), p. 4.
32. *Ibid.*
33. *Ibid.,* p. 8.

ont près de celui-ci la triste attitude de flatteurs, de
courtisans, rien de paternel [34].

En fait le sacerdoce a pour suite logique le sadisme :

Une vie systématiquement négative, une vie de
mort, développe dans l'homme les instincts hostiles à
la vie ; qui souffre, fait volontiers souffrir [35].

*Et Michelet recourt avec insistance à l'imaginaire « gothi-
que » pour flétrir les « hommes noirs » :*

Si les morts reviennent, en plein jour, si ces reve-
nants gothiques hantent nos rues, au grand soleil,
c'est que les vivants ont laissé faiblir en eux l'esprit de
vie. Déposés par l'histoire, à côté des morts plus
anciens, dûment inhumés et bénis selon les rites
funéraires, comment réapparaissent-ils ?... Leur vue
seule est un grand signe, un grave avertissement [36].

*Après avoir appelé tous les laïques à embrasser « la cause des
femmes », aliénées par le vampirisme sacerdotal de l'amour de
leur époux et de leurs enfants, Michelet étudie en pamphlétaire
plus qu'en historien la spiritualité et les méthodes d'éducation
que le catholicisme tridentin a mis au point pour les femmes au
XVIIe siècle. Il offre ainsi aux auteurs de Madame Gervaisais le cadre général et l'orientation de leurs lectures sur la
spiritualité classique dont le carnet préparatoire au roman porte
les traces abondantes. Les Goncourt ont toutefois mis à jour leur
bibliographie (très sommaire chez Michelet) en consultant
Renan, en lisant le* Port-Royal *de Sainte-Beuve et en
dépouillant quelques volumes de l'*Encyclopédie *de Migne.
Toutes ces lectures qui vont de François de Sales à Fénelon, de
M. Olier à Antoinette Bourrignon, sont guidées néanmoins par*

34. *Ibid.*, p. 45.
35. *Ibid.*, p. 21.
36. *Ibid.*, p. 27.

un préjugé emprunté à Michelet. Et pour cet historien dont l'imagination et l'art du raccourci ne gardent aucune mesure, toute la spiritualité du Grand Siècle peut se ramener à une seule méthode :

Cette méthode qu'on a appelée *quiétisme* lorsqu'on l'a réduite en système et qui, comme on le verra tout à l'heure, est celle en général de la direction dévote, n'est autre chose que le développement de notre passivité, de nos instincts d'inertie ; le résultat, à la longue, c'est la paralysie de la volonté, l'anéantissement de ce qui constitue l'homme même [37].

Du XVIIᵉ au XIXᵉ siècle, la baisse de qualité intellectuelle du clergé n'a rien changé au fond : la « méthode » catholique est restée la même, c'est l'apprentissage, par accoutumance à l'inertie et à l'hébétude, de la mort dans la vie. Les extraits du carnet relatifs à la littérature catholique au XIXᵉ siècle cherchent une confirmation à la thèse de Michelet. Celui-ci offrait même aux deux frères la ligne directrice de leur sujet dans un petit conte noir dont il illustre son pamphlet et qui s'achève ainsi :

Pauvre Princesse ! Pauvre mouche, vous voilà donc prise ! Pourquoi aussi vous arrêter dans cette maison de fée, et laisser à l'araignée le temps de faire son filet [38] !

Il n'est pas jusqu'au passage du P. Giansanti au P. Sibilla, du prêtre onctueux au prêtre brutal , qui ne trouve son point de départ dans une analyse de Michelet :

37. *Ibid.*, p. 72. Voir aussi p. 162. Il y a toutefois dans cette caricature haineuse et sommaire une intuition qui touche juste : Fénelon est le père de la spiritualité affective et mystique du catholicisme romantique. Là où Michelet montre son parti pris simplificateur, c'est lorsque, p. 150, il range Bossuet dans le quiétisme, « méthode d'assoupissement et d'inertie ». Pascal lui-même en relève (*ibid.*).

38. *Ibid.*, p. 210.

La distinction d'esprit, la forte culture, ne sont pas si nécessaires qu'on pense pour dominer les âmes qui veulent être dominées. Est-ce à dire que pour être grossier, on ait moins de ruse ? Les paysans sont des gens avisés, d'une infatigable constance à suivre tel petit intérêt. Voyez que d'années, de moyens divers, de moyens souvent obliques, celui-ci emploiera pour ajouter deux pieds de terre à sa terre ? Croyez-vous que son fils, M. le curé, sera moins patient, moins ardent pour gagner une âme, pour dominer telle femme, pour entrer dans telle famille ?... Ils parlent haut, fort et ferme ; des gens instruits seraient plus réservés, moins propres à fasciner les faibles ; ils n'oseraient tenter si hardiment, dans les choses spirituelles, un magnétisme grossier [39].

C'est encore chez l'auteur de La Sorcière *que les deux romanciers ont trouvé l'amorce de la complicité qu'ils établissent entre les prestiges de l'art d'église, restaurés par le* Génie du christianisme, *et le pouvoir du sacerdoce sur la sensibilité féminine :*

Certes, si l'on juge de l'homme habillé par l'habit, celui qui se revêt d'une Notre-Dame de Paris, d'une cathédrale de Cologne, c'est apparemment un géant du monde spirituel... Quelle place que cette église, quelle demeure, et quel hôte immense y doit donc habiter. La fantasmagorie ajoute encore ici à la grandeur. Toute proportion change. L'œil trompé se ment à lui-même. Lumières sublimes, ombres puissantes, tout au profit de l'illusion. L'homme qu'à sa mine basse vous preniez dans la rue pour le magister du village, ici c'est un prophète... Il est transfiguré par ce cadre grandiose ; sa lourdeur devient force et majesté ; sa voix a des échos formidables. La femme et l'enfant

39. *Ibid.*, p. 181-182.

ont peur... Voyez-vous cette solennelle figure qui, sous l'or et la pourpre des habits pontificaux, monte avec la pensée d'un peuple, la prière de dix mille hommes, au triomphal escalier du chœur de Saint-Denis ?... Eh ! bien, c'est lui, cet archange terrible qui, tout à l'heure descend pour elle, et maintenant d'un abord doux et facile, vient là-bas, dans cette chapelle obscure, l'entendre aux heures languissantes de l'après-midi [40] !

*Il ne restait plus aux Goncourt qu'à transporter dans les décors baroques de Rome le mécanisme fascinatoire installé par Michelet à Notre-Dame ou Saint-Denis pour que le Gesù, soutenant le P. Giansanti, perdît sans rémission M*me *Gervaisais. Ce n'est pas que Michelet ait omis de traiter de « l'art jésuite » : mais il le méprisait trop pour envisager qu'une « femme supérieure » pût en être dupe :*

Le pis, c'est que ceux qui n'ont plus d'idée que la chair ne savent plus la représenter ; l'idée devenant de plus en plus matérielle et molle, la forme s'effaçant, s'abaissant d'image en image, ignoble, bellâtre, douceâtre, lourde, mousse, c'est-à-dire informe [41].

Il a fallu toute la virtuosité de l'écriture « artiste » pour extraire des poèmes en prose de cette bordée d'injures. L'avantage que les Goncourt avaient de suivre Michelet, au risque de se compromettre avec le roman à thèse, est qu'ils se démarquaient ainsi de Flaubert qui, prêtant la « crasse », du moins intellectuelle, à l'abbé Bournisien, lui avait interdit toute prise « méthodique », par les beaux-arts, ou par la direction de conscience, sur sa vaillante Emma.

Dernier trait qui rattache Madame Gervaisais à la philippique anticléricale de Michelet : la place fugitive que tient dans le roman le gallican Flamen de Gerbois, le seul

40. *Ibid.*, p. 185.
41. *Ibid.*, p. 177.

« homme fort » qui avant l'arrivée tardive du frère de l'héroïne
ait tenté de s'opposer à la chute de la Parisienne dans le sabbat
ultramontain :

Qu'est devenu, s'écrie Michelet, ce tout petit jansénisme, petit, mais vigoureux ? Je cherche, et je ne vois
que la tombe de Lanjuinais. Où est M. de Montlosier,
où sont nos loyaux gallicans qui voulaient l'harmonie
de l'État et de l'Église ? Disparus. Ils ont délaissé
l'État qui les délaissait. Qu'est-ce qui oserait aujour-
d'hui en France se dire gallican, se réclamer de l'Église
de France [42] ?

« L'esprit de mort » des légions jésuites a triomphé dans
l'Église de « l'esprit de vie » qu'y préservait le noyau purement
français du gallicanisme et du jansénisme. Et sur ce point les
Goncourt étaient confortés aussi bien par le Port-Royal de
Sainte-Beuve que par la conversation de Renan, qui regrettera,
dans ses Souvenirs d'enfance et de jeunesse, *que la*
tradition gallicane ait succombé, après la Révolution, à
l'ultramontanisme. Dans le roman, M. Flamen de Gerbois est
présenté comme un isolé, un exilé, dont les idées, rapprochées
sans nuances de celles de Lamennais et de Lacordaire, sont au
ban de l'Église officielle. C'est évidemment beaucoup simplifier
les choses : l'essentiel pour les romanciers était de suggérer que
« l'esprit de vie » dans l'Église, sous Pie IX, au temps du
Syllabus, *de la proclamation du dogme de l'Immaculée*
Conception, à la veille du concile du Vatican réuni pour
proclamer le dogme de l'infaillibilité pontificale, était voué à
succomber sous « l'esprit de mort ».

Faut-il pour autant réduire Madame Gervaisais *au*
roman à thèse ? Les Goncourt étaient trop sur leurs gardes pour
tomber dans ce piège. Quelle qu'ait été leur sympathie pour
Michelet, le genre du pamphlet où l'historien excellait répugnait

42. *Ibid.*, p. 294.

à leur goût d'esthètes, et plus encore le culte de Michelet pour la femme :

Il y a bien des stupidités dans Michelet, *écrivent-ils dans le* Journal *le 3 octobre 1861.* Quoi de plus stupide que de voir un caractère presque divin, une marque sacrée de la femme dans les règles, qui la rendent folle — elle en convient elle-même — huit jours par mois et font le malheur de l'homme [43].

Pourtant, dans Madame Gervaisais, *ils semblent faire trêve à leur misogynie ordinaire, et mettre en scène une « femme d'élite ». En fait, même ici, cette misogynie prend largement sa revanche des concessions tactiques qu'elle a cru devoir s'imposer pour se satisfaire plus complètement. Mme Gervaisais n'est pas une victime innocente. Et « l'esprit de mort » que les romanciers attribuent à Rome est tout autant dans leur héroïne. Nous ne sommes pas dans l'univers tranché des conflits d'idées, mais dans un univers fantasmatique dont les divers* dramatis personae, *chargés des obsessions de leurs créateurs, s'attirent réciproquement et échangent tacitement leurs vertiges. Les Goncourt ne cessent de suggérer que quelque chose dans leur héroïne aspire à sa ruine, appelle et même finit par provoquer ses bourreaux. La « méthode » mise en œuvre par les prêtres n'est pas seule en cause. Ni même la phtisie de leur victime, dont les narrateurs lient les progrès à ceux de la folie mystique. Ou plutôt la phtisie est un autre symptôme de ce quelque chose par quoi les prêtres ont prise sur elle, et qui collabore activement à leur œuvre de ruine. Ce quelque chose, c'est le corps. Le corps féminin où Michelet célèbre la Nature, et où les Goncourt qui la haïssent voient à l'œuvre les puissances négatives de la maladie et de la mort. Rome offre à ce corps l'occasion de mettre en déroute l'intelligence virile dont d'excellentes études, une solide éducation bourgeoise, et l'exemple de son père, noble figure d'ancien conventionnel fidèle à ses principes, avaient doté*

43. *Journal*, t. I, p. 969.

Mᵐᵉ Gervaisais. L'édifice de civilisation parisienne tombe en poussière au contact de Rome, ville-corps autant que ville-spectre, ville-prêtre dont les séductions sensuelles éveillent et exaspèrent les virtualités morbides d'un corps féminin qui s'ignorait jusque-là. La chute dans les enfers de Rome est aussi une chute dans les humeurs et les vapeurs d'une chair ivre de sa chute. Deux négativités, l'une institutionnelle, celle de Rome et de l'Église, l'autre individuelle, celle d'une femme qui ne se savait pas femme, s'appellent, se comprennent, et se complètent dans l'œuvre de mort. Et sitôt la rencontre amorcée, ce qui se passe dans le roman n'est pas différent en substance, quoique sur un registre esthétique plus noble, de la chute, dans le stupre et dans sa logique destructrice, de Germinie Lacerteux. Mᵐᵉ Gervaisais a beau repousser avec hauteur, lors d'une réception à l'Académie de France, les avances d'un bellâtre italien. Elle ne sera pas Germinie à Rome. Mais en apparence seulement. Car déjà, lors de cette fête, cette veuve qui n'a connu l'amour ni dans ni hors mariage a trouvé le chemin de la volupté dans les velours de la religion romaine et, une fois « révélée », elle devient aussi insatiable de sa propre perte que Germinie. Son impatience sous le joug trop civilisé du P. Giansanti, son enthousiasme à se plier aux pires exigences du P. Sibilla, à inventer elle-même des tourments, montrent assez qu'elle s'est autant servie de Rome que Rome ne l'a asservie. « Le catholicisme, proclamait le robuste Flaubert aux dîners Magny, est le raffinement suprême du sadisme. » Dans leur Journal, *les Goncourt réservent aux femmes ce raffinement :*

« La religion pour la femme n'est pas la discipline à laquelle l'homme se soumet ; c'est un épanchement amoureux, une occasion de dévouement romanesque. C'est dans les jeunes filles un exutoire licite... et si les confesseurs sont trop doux, elles se jettent aux sévères [44].

44. *Ibid.,* p. 138 (1854).

Ou encore, cette brève sentence :

La religion est une partie du sexe de la femme[45].

La « *femme supérieure* », *dans* Madame Gervaisais, *est
réduite à la condition commune. Le blasphème contre l'Église
est doublé d'un blasphème contre Nephtalie. Les savantes
équivoques des deux romanciers renvoient dos à dos les bourreaux
et la victime, la Ville corruptrice et la femme corrompue, mais
corrompue parce qu'elle aspirait sourdement à l'être, à renier son
intelligence, à renier son cœur, à se donner fanatiquement à la
Mort. Les Goncourt la privent même de la grandeur révoltée de
la sorcière chère à Michelet : ils en font un corps tétanisé mort
avant même de mourir, une seconde Germinie plus déchue encore
puisque capable de torturer par le silence et le refus de tendresse
son enfant innocent. Le corps ici n'est plus le tombeau de l'âme,
mais son horrible vérité médicale.*

*Mais pourquoi le corps féminin ? Tout se passe comme si les
Goncourt se délivraient sur lui des implications de leur nihilisme
esthétique, le poussant au désert tel le bouc émissaire biblique
pour protéger leur oasis gémellaire et y récolter douillettement les
fruits du « bonheur dans le crime ». Dans leur premier roman,*
Charles Demailly, *ils avaient décrit la ruine morale et la
mort d'un écrivain imprudent lié d'amour à une femme, qui a
prise sur lui et l'anéantit par haine instinctive du talent. En
décrivant dans* Madame Gervaisais *l'autodestruction d'une
femme, ils conjuraient le péril qui menaçait leur solitude à deux.
L'ironie du sort a voulu que ce roman, dont la perfide misogynie
allait plus loin qu'aucune de leurs œuvres antérieures, a fait
éclater dans leur savant empyrée cela même qu'ils croyaient en
avoir chassé par projection sur l'Autre, la maladie, la folie, la
mort. Nephtalie s'est vengée de l'hommage empoisonné qu'ils lui
avaient rendu.*

*On peut aller plus loin, et donner un sens moins anecdotique
à cette opération conjuratoire qui tourna si mal. En faisant de*

45. *Ibid.*, p. 400 (1857).

*leur personnage principal une grande dame philosophe qui, à
Rome, bascule dans la sensation, de la sensation dans les
abysses mystiques, et du mysticisme dans l'inhumanité et la
mort, les Goncourt ont allégorisé la menace qui pesait sur leur
art, qu'ils ont cru écarter en la représentant. La philosophie
qu'ils prêtent à leur héroïne parisienne, contemporaine de Louis-
Philippe, est en gros celle de Victor Cousin et surtout de
Théodore Jouffroy, père de leur ami Charles Jouffroy, affai-
riste et directeur de* La Gazette des théâtres *sous le Second
Empire*[46]. *D'une génération bourgeoise antérieure à la leur,
M*me *Gervaisais avait avec ses maîtres en philosophie rejeté
l'empirisme sensualiste du* XVIII*e siècle aussi bien que la foi
affective de descendance fénelonienne. Adepte d'un « bon sens »
qui relativise à la fois la science et la croyance, cette « libre
penseuse » est au départ une spiritualiste agnostique qui a le
culte de la triple Idée platonicienne du Vrai, du Beau et du
Bien. Les Goncourt, qui, du moins par Edmond, participent de
toutes leurs fibres à cette synthèse éclectique typique de la
bourgeoisie orléaniste, ont rompu avec elle dans leur art. Leur
technique de romanciers « impressionnistes » renoue avec le
sensualisme et l'empirisme du* XVIII*e siècle, que leur œuvre
d'historiens érige en âge d'or. Ils ont le sentiment que leur
génération, celle qui se rassemble avec eux chez Magny, celle de
Flaubert, de Renan, de Berthelot, a enregistré la défaite de cette
synthèse : tandis que la beauté littéraire s'associait à la vérité de
la science dans le même progrès des Lumières, la religion
affective et mysticisante de l'Eglise romaine, logique avec sa
condamnation de Lamennais, multipliait avec Pie IX ses
foudres contre les « Lumières » modernes, avec un effet de
contagion sur la bourgeoisie et sur les foules qui semblait
combattre victorieusement le « progrès ».*

*L'échec de M*me *Gervaisais est donc aussi celui de l'Idée selon*

46. Voir *Journal*, I, 526. Les Goncourt, ici comme lors du mariage
de la sœur de Charles (I, 954), ironisent sur « la chute » des enfants
du philosophe qui, sous le Second Empire, n'ont d'autre règle que
l'argent.

Cousin et Jouffroy, qui avaient cru pouvoir repousser l'héritage de Locke et celui de Fénelon, le scientisme matérialiste et l'irrationalisme dévot, deux faces de la même médaille post-cartésienne. Cette idée du juste milieu tombe avec Mme Gervaisais dans la glu du sensible, objet de manipulations de la part d'un clergé obscurantiste, objet de littérature impressionniste pour les romanciers, objet de monographie médicale pour la science. Cette parabole allégorique résume aux yeux des Goncourt la situation spirituelle du Second Empire finissant, et affirme leur choix poétique, qui les tient, croient-ils, à l'abri du nihilisme du savant comme du nihilisme du mystique. Le sacrifice de Mme Gervaisais est offert à la Littérature, un nihilisme aussi, mais de la beauté, d'une beauté phosphorescence du sensible en train de s'anéantir, plus compatissante que la science, mais compatible avec elle, moderne comme elle. Le choix, pour y consommer ce sacrifice, de la Ville éternelle, achève l'allégorie tout en lui conférant le caractère de la grandeur. « Île sonnante » d'un catholicisme déserté par la modernité littéraire et scientifique, Rome, capitale de la rédemption du sensible par l'Idée divine, s'inverse dans le roman en tombeau de l'Idée dont la défaite corrompt le sensible autant qu'elle est corrompue par lui : la satire de la citadelle chrétienne du platonisme répond à l'humiliation de Psyché dans ses murs augustes.

Les écrivains capables d'un tel double blasphème étaient-ils de poids à en soutenir la violence à eux-mêmes partiellement cachée ? Leur conscience était encore du côté de Jouffroy et de Cousin quand leur art était déjà du côté de Schopenhauer et de leur jeune contemporain encore inconnu, Mallarmé. Il n'est pas surprenant que le plus jeune, le plus inquiet des deux frères, ait porté tout le poids de leur écartèlement moral entre l'idéalisme et le positivisme, entre les options du premier et du second romantisme.

Ce roman, où leur esthétique impressionniste atteint au sommet de la conscience de soi, est aussi, en dépit de Zola et de sa préférence pour Germinie Lacerteux, *leur chef-d'œuvre d'artistes. Mais c'est le chef-d'œuvre d'une technique de l'inquiétude. Un parti pris de courts chapitres fait de* Madame Gervaisais *un recueil de fragments où dominent les poèmes en prose, une sorte de* Spleen de Rome *anti-baudelairien, à la troisième personne de l'imparfait flaubertien, une chronique du déclin qui brouille à l'infini les relations des auteurs, du personnage central et quasi unique, et du lecteur. Celui-ci est dans une position constamment déconcertée et déroutée qui n'est pas entièrement voulue par les deux narrateurs, aussi peu décidés que possible à dire avec Flaubert «* Mme Gervaisais, c'est nous *», ou avec Baudelaire : «* Rome est notre bûcher. *» Tantôt le lecteur peut croire qu'ils le prennent pour confident, à la manière de Balzac, de leurs sentiments et de leur interprétation du destin de leur héroïne. Et l'on frôle, sans jamais y accéder vraiment, le roman à thèse morale ou médicale. Tantôt il peut croire que le point de vue des auteurs n'est qu'une convention pour mieux le faire participer de celui de l'héroïne, et l'on frôle, sans y entrer vraiment, le monologue intérieur au style indirect libre, à la manière de Flaubert dont les Goncourt rêvent manifestement de refaire* Madame Bovary. *Le plus souvent, il est contraint de louvoyer entre le voyeurisme et l'apitoiement larmoyant, entre le regard clinique et le regard mélodramatique, qu'affecte en même temps un romancier éminemment* double. *Cette oscillation, dont Renan était passé maître dans la* Vie de Jésus, *tissant dans la même phrase le détachement sceptique du savant et l'émotion identificatrice du croyant, n'est pas ici entièrement sous le contrôle des deux auteurs. Ils n'ont pas l'humour assez retors pour ce jeu, et ils n'ont pas non plus l'héroïsme de Flaubert s'identifiant à Emma sans rien sacrifier de sa lucidité clinique sur son personnage. L'immense mérite des Goncourt est du moins d'avoir vu la difficulté et d'avoir tenté de la surmonter sans se compromettre. La difficulté était de maintenir le roman au-dessus des deux grands genres rivaux qu'il cherche alors à absorber en les dépassant : la monographie scientifique, médicale ou historique, et l'autobiographie spirituelle. L'on retrouve, dans l'ordre de la forme, le dilemme que révèle l'analyse idéologique de l'œuvre. Le carnet préparatoire à* Madame Gervaisais *démontre à quel point les Goncourt se*

*sont pénétrés de ces deux littératures antithétiques avant de
tenter, après Flaubert et autrement que lui, de trouver leur
propre solution, sur un sujet qui à tant d'égards pouvait leur
paraître toucher plus au cœur du problème que celui de*
Madame Bovary. *Cette solution est celle de la mosaïque, de
la juxtaposition de « morceaux » qui eux-mêmes, le plus
souvent descriptifs, sont des bouquets de sensations, dont le
fondu est obtenu par un jeu chromatique du lumineux au
ténébreux, de l'éclatant au sombre, du voluptueux au douloureux. Tout un ensemble de vastes lectures, avec ses deux pans* a
priori *incompatibles, le scientifique et le confessionnel, est ainsi
recomposé et « sublimé » pour la plus grande gloire de la
littérature. De la monographie médicale (Moreau de Tours,
Favrot, Trélat, Robin), de son regard analytique qui discerne
dans « les révolutions de l'âme » les « souffrances du corps »,
les Goncourt ont extrait l'art de décrire un personnage par une
succession de symptômes, et non plus par nappes continues de
passions. L'inconvénient était que la série de symptômes, chez
les médecins du* XIXe *siècle comme chez M. Purgon, mène
inexorablement à la perte du patient. Ce qui nuit, ici comme
chez Zola, au suspens romanesque. Dans* Madame Gervaisais, *l'art du coloriste vient au secours du fatalisme médical.
Les répits de lumière dans l'avancée de l'ombre, les ressources du
noir rivalisant avec celles de la couleur, soutiennent l'intérêt
d'une intrigue linéaire et qui est d'ailleurs sacrifiée, comme plus
tard dans* A Rebours *de Huysmans, à la sorcellerie évocatoire
de la période, du paragraphe, et à leur teneur de sensations. De
la monographie historique (leurs propres travaux sur le*
XVIIIe *siècle, Michelet, Sainte-Beuve, Renan) ils ont retenu le
sens de la note, de la notice, de l'anecdote, qui, s'intercalant
entre les descriptions, morcelant la narration, introduisent une
autre source de suspens émietté, tout en soutenant l'effet de
véracité. Sur ce point,* La Sorcière *de Michelet, entièrement
composée de digressions, de* marginalia, *d'historiettes, pouvait
leur servir de modèle. L'ennui dans un roman, c'est que ces
notices et anecdotes incrustées (apophtegmes du docteur Monterone et de Pie IX, biographie de M. Flamen de Gerbois, notice*

sur les Auditeurs de Rote, sur l'histoire de l'ordre des Trinitaires) introduisent des niveaux de vraisemblance extrêmement disparates. C'était d'ailleurs le cas pour le romanesque historique de l'archiviste Michelet. Dans Madame Gervaisais, *la vibration du point de vue central est telle que ces disparates n'ont pas le temps d'être perçues : elles contribuent au scintillement général. Enfin, de la biographie ou de l'autobiographie spirituelle, si florissantes sous le Second Empire*[47], *rééditions ou œuvres neuves, de la* Vie de Marie Alacoque *à celle de M*lle *de Longevialle, du* Journal de conversion de M*me* Swetchine *au* Récit d'une sœur *de M*me Craven, *de la* Vie de Louise-Adélaïde de Bourbon-Condé *au* Journal d'Eugénie de Guérin, *les Goncourt ont capté les teintes de tristesse, les saveurs fades et souffrantes d'eau bénite et de sang. Ils en ont imprégné les chapitres de l'expérience mystique de leur héroïne. Et tour à tour miroitent, dans leur prose cloisonnée de pastiches, la mélancolie éloquente de Chateaubriand, la précision du fantastique de Gautier et de Poe, l'ironie satirique de Baudelaire, voire la rhétorique mélodramatique du feuilleton, dans un effort déjà « décadent » pour transfigurer l'agonie de l'héroïne en ostension de la Littérature moderne, princesse veuve de l'Idée, étincelante des reflets innombrables d'un astre mort :*

47. Sur l'éclat du catholicisme sous le Second Empire, voir *Nouvelle Histoire de l'Église,* Paris, Seuil, 1975, t. 5, p. 121-139. Rappelons quelques grandes dates : 1854 : proclamation du dogme de l'Immaculée Conception ; 1856 : la fête du Sacré-Cœur est étendue à l'Église universelle ; 1864 : encyclique *Quanta cura,* complétée par le *Syllabus errorum* condamnant les idées modernes et le libéralisme ; la même année est béatifiée Marie Alacoque, initiatrice du culte du Sacré-Cœur de Jésus, et dont Michelet s'était cruellement moqué en 1845 dans *Le Prêtre...* ; en 1869, Henri Lasserre publie *Notre-Dame de Lourdes* qui fait connaître au grand public Bernadette Soubirous et les apparitions de la Vierge ; en 1869 encore, s'ouvre le concile du Vatican qui proclamera début 1870 le dogme de l'infaillibilité pontificale ; en septembre 1870, les troupes piémontaises occupent l'État pontifical, jusqu'alors préservé par les troupes de Napoléon III.

Elle dit le mot : Anastase !
Né pour d'éternels parchemins,

Avant qu'un sépulcre ne rie
Sous aucun climat, son aïeul,
De porter ce nom : Pulchérie !
Caché par le trop grand glaïeul[48].

*

*Par son ambition de dépasser à la fois la jeune science et la
vieille religion dans un langage de sphinx qui contienne et mette
« en abysme » tous les autres,* Madame Gervaisais *est une
étape capitale de la mutation du romantisme au symbolisme.
Cadette et rivale malheureuse de* Madame Bovary, *elle a
pour caricature de son ambition et de sa genèse* Bouvard et
Pécuchet, *pour apothéose l'*A Rebours *de Huysmans. Il n'est
pas sûr que la sensibilité catholique, par l'auteur de* Là-bas,
*n'ait pas subi le contrecoup de ce roman apparemment
blasphématoire. Le* Cosmopolis *de Bourget en est un autre
signe. Jules a payé cet effort de sa vie. Et Edmond, en expiant le
blasphème du couple contre Nephtalie, dans l'admirable « souvenir involontaire » de 1892, a de surcroît tendu à Proust un
des rameaux d'or de sa* Recherche. Etiam peccata...

Marc Fumaroli.
10 juin 1981.

Note sur le texte de Madame Gervaisais.

Nous publions *Madame Gervaisais* d'après l'édition 1892
parue chez Alphonse Lemerre, la dernière revue du vivant

48. Stéphane Mallarmé, « Prose pour des Esseintes », *La Revue
Indépendante,* janvier 1885.

d'un des deux auteurs, en l'occurrence Edmond. Une édition critique devrait tenir compte du manuscrit qui, donné par Edmond à Philippe Burty (voir *Journal,* éd. Ricatte, t. 4, p. 60-61, 14 mars 1891), a figuré dans la collection Paul Gallimard, et dont on a perdu la trace depuis. Nous serions reconnaissant à tout lecteur qui saurait la localisation actuelle de ce manuscrit d'avoir l'obligeance de la signaler aux Éditions Gallimard. Nous avons tenu le plus grand compte pour l'annotation du carnet préparatoire à *Madame Gervaisais,* qui figure actuellement dans une collection privée anglaise.

Madame Gervaisais

A LA MÉMOIRE

DE

MADAME***

I

« Quarante *scudi* ?

— Oui, signora.

— Cela fait, n'est-ce pas, en monnaie de France, deux cents francs ?

— Deux cents francs ?... fit la Romaine qui montrait l'appartement à l'étrangère : elle parut chercher, compter dans sa tête. — Oui, oui... deux cents francs. Mais la signora n'a pas bien vu... »

Et, jetant son châle brusquement sur un lit défait, elle se mit à marcher de chambre en chambre, avec de vives ondulations de taille, en parlant avec la volubilité d'une *padrona* de chambres meublées : « Voyez-vous, ils sont partis ce matin... Une famille anglaise... des gens malpropres, qui jetaient de l'eau partout... Tout est en désordre... On n'a pas eu le temps de rien ranger... »

Mais l'étrangère n'écoutait pas : elle s'était arrêtée devant une fenêtre, avec l'enfant qu'elle avait à la main et qui se tenait dans sa robe, et elle lui montrait ce qu'on voyait de là, la place d'Espagne et l'escalier de la Trinité-du-Mont. Puis elle lui demanda : « Pierre-Charles, veux-tu rester ici ? »

L'enfant ne répondit pas, mais il leva vers sa mère des yeux tout grands de bonheur.

« *Che bellezza !* » fit la loueuse, avec le cri de l'admiration romaine devant tout ce qui est beau.

A ce mot, l'étrangère regarda une minute son fils, de ce regard de mère qui semble embrasser, sur le visage de son enfant, la beauté qu'on lui trouve.

« Et cette petite langue, elle ne parle donc pas ? dit l'Italienne.

— Il est un peu retardé pour son âge... Et le front de l'étrangère devint tout à coup sérieux. Elle reprit presque aussitôt d'un ton brusque : — Ainsi, c'est bien cela, n'est-ce pas ?... une petite antichambre, la cuisine de l'autre côté du palier avec une chambre de domestique, et ces quatre pièces qui se suivent...

— Oui, signora... Nous, nous nous retirerons dans la petite chambre du fond... Nous n'avons pas besoin de plus pour nous deux, n'est-ce pas, ma mère ? »

Et la Romaine se tourna vers une vieille femme, aux superbes traits ruinés, qui se tenait debout dans la dignité de sa robe de deuil, silencieuse, assistant à cette conversation échangée en une langue qu'elle ne comprenait pas, et dont elle semblait tout deviner avec l'intelligence méridionale de ses yeux.

« Eh bien ! c'est convenu... j'arrête l'appartement...

— Ah ! signora, ce n'est pas cher... Si, cette année, il y avait plus d'étrangers à Rome...

— Dites-moi : la maison est tranquille ? Il n'y a pas de bruit ? C'est que, tout à l'heure... je suis entrée dans une maison... Quand j'ai lu dans l'allée : *Maestro di Musica*...

— Oh ! ici... En bas, vous avez vu, c'est un libraire, avec la chalcographie que mon père avait autrefois... et en haut ses magasins... et pour nous, nous ne recevons jamais personne...

— C'est que je suis souffrante, un peu souffrante... J'ai besoin de calme, de beaucoup de calme...

— Ah !... Madame est souffrante ? dit lentement la padrona, en qui venait de se glisser cette peur populaire des loueuses de Rome pour la contagion des maladies de poitrine, rencontrée déjà par Chateaubriand lorsqu'il y cherchait un dernier logis pour Mme de Beaumont[1] ; et comme elle essayait de tourner dans sa tête une phrase qui fit s'expliquer l'étrangère sur son mal, celle-ci, prenant un ton haut et bref :

— Tenez, mademoiselle, finissons... Voici les deux cents francs du premier mois... »

Et elle posa l'argent sur une table.

« Je verrai après, si je me trouve bien ici...

— Ma mère va aller décrocher l'écriteau de location, dit la fille ; et trempant la plume dans la boue d'un encrier séché : — A quel nom faut-il donner le reçu ? »

L'étrangère tendit une carte sur laquelle était :

MADAME GERVAISAIS[2]

L'Italienne se pencha, s'appliquant à copier le nom, et en relevant la tête elle aperçut l'enfant qui, tenant retournée la main gantée de sa mère, l'embrassait à la place de la paume.

« Doit-il être aimé !

— Oh ! il n'a plus que sa mère pour cela... soupira la mère.

— Madame sait que nous sommes obligées de donner les passeports à la police...

— On m'a gardé le mien à l'hôtel. Je vous le remettrai demain en prenant possession de l'appartement...

— Madame n'aura pas besoin qu'on lui fasse à déjeuner ?

— Non... je compte prendre dans quelques jours un domestique d'ici qui me fera la cuisine. A demain, mesdames... Viens, Pierre-Charles... »

Et s'adressant à sa femme de chambre qui se rencognait dans le fond de la pièce, avec le cœur gros et la tristesse prête à éclater d'une Bourguignonne dépaysée :

« Allons donc, Honorine! Nous reviendrons, ma fille... »

Sur la porte :

« Ah! j'avais oublié, madame, fit l'Italienne en recourant après elle. Je dois vous prévenir pour les *scarpe,* les souliers... à moins que ce ne soit votre femme de chambre...

— Ma femme de chambre ne fait que nos lits...

— Alors... ce sera deux baïoques pour chaque paire... C'est le petit profit de la *serva.*

— Eh bien! la serva aura ses deux baïoques... »

Et Mme Gervaisais ne put s'empêcher de sourire du bon marché avec lequel on fait à Rome la joie du pauvre.

II

Les tables de l'*Hôtel de la Minerve* étaient pleines ce soir-là, et de place en place des touristes consciencieux lisaient le « Guide » dans leur assiette à soupe encore vide.

« Non... de la soupe grasse pour moi... et mon enfant, » dit Mme Gervaisais à un garçon qui lui apportait le potage maigre de la table, servie en maigre, à laquelle, sans le savoir, elle s'était assise.

A cette demande, un ecclésiastique sanguin, en train de réciter à côté d'elle son *Benedicite* debout, lui jeta un regard qu'il abaissa presque aussitôt, et recula un peu sa chaise en s'asseyant.

Dans la salle à manger monumentale où se levaient des Vertus, des martyres et des héroïnes chrétiennes en plâtre, sur une imitation peinte de mosaïque, mangeait le monde mélangé des visiteurs de la Ville éternelle : des hôtes de partout, des catholiques, des laïcs à redingote cléricale, des prêtres de toute sorte et de tout costume, des échantillons de peuple et d'aristocratie d'Église, des évêques à la calotte violette, beaucoup de curés de pays à gros vin et à gros accent, de maigres abbés de compagnie escortant de vieilles dames dans le pèlerinage de leur curiosité pieuse, des commerçants enrichis payant à leurs femmes le voyage des gens distingués, d'épais industriels estropiant les noms de saintes, et que leurs filles reprenaient tout haut avec les leçons encore fraîches de leur éducation de couvent, des commis voyageurs expliquant savamment à leurs voisins comme quoi les vins des pays tempérés sont sujets à *graisser* dans les États Romains ; enfin, tout ce fond de passants cosmopolites, anonymes, impersonnels et vagues, dont la vie d'hôtel, le coudoiement du repas, rapproche et fait communier la vulgarité.

De tout ce monde, à un bout de la table, se détachait, observant de haut les convives, un chevalier d'ordre noble, enveloppé de cette robe qui habille la vieillesse religieuse de la grâce correcte du blanc. Il parlait, avec des gestes d'homme du monde, à l'oreille d'une Italienne dont les cheveux étaient noués d'un ruban feu, rappelant une bandelette de coiffure antique.

Et à mesure que le dîner avançait, que l'expansion se répandait des estomacs remplis, la causerie des voisinages se mêlait et devenait générale. Alors éclatait et s'épanouissait la bêtise du Français à table d'hôte, prenant toutes ses comparaisons, ses mesures, d'après les idées, les préjugés, les produits français, voulant partout à l'étranger retrouver la France, et n'admettant rien du droit des autres peuples à être un autre peuple que celui qu'il est. Des paroles professorales, de grossières ignorances, critiquaient les mœurs, les habitudes, les institutions du pays. Il s'élevait des plaintes de civilisés débarqués dans un pays sauvage de la part des messieurs, auxquels on avait servi du café au lait

dans des verres. Il y avait des gens qui disaient, à
propos de la petitesse des poulets rôtis, que cela
donnait une triste idée du gouvernement, et un homme
chauve, à visage considérable, accusait l'édilité de
« l'endroit » de ne pas même faire balayer tous les
matins la prison de Saint-Pierre.

Mme Gervaisais fut contente de penser que c'était
son dernier dîner à la *Minerve.* Tout ce bruit niais qui
l'entourait, l'ennuyait, la blessait presque : elle éprouvait une espèce d'écœurement à entendre là la sottise
parler si haut. Son amour-propre de Française, de
Parisienne, souffrait de ces inepties sortant de la
bouche de compatriotes, et il y avait en elle une
humiliation, en même temps qu'un agacement presque
douloureux, à toucher de si près et dans sa plus grosse
expression le béotisme exubérant que développe, par
un singulier et ironique privilège, le spectacle de la
plus grande ville du monde chez le peuple le plus
spirituel de la terre.

« Prends une orange et allons-nous-en... » finit-elle
par dire à son enfant, avant le dessert, à bout de
patience, et choquée de la tenue de son voisin,
l'ecclésiastique au *Benedicite,* qui, ragaillardi par le
dîner, et le coude avancé près d'elle, se tapotait
l'épaule avec la carte des vins.

Elle remonta le grand escalier, en frôlant un capucin
qui, plaqué contre la loge du portier, immobile, tendait
aux passants une *bussola ;* et par les longs corridors où
s'apercevaient, dans des coins, des malles de prélats
ayant l'apparence de boîtes d'argenterie en maroquin
rouge, gaufrées d'or, elle arriva à sa chambre, où elle
s'enferma avec son fils.

Le jour baissait ; et avec le jour qui baissait, revenait
en elle le sentiment de tristesse dont certains tempéra-
ments de femme ne peuvent se défendre à la venue du
soir, au moment défaillant, à l'heure tombante de la
journée. Peu à peu, elle était envahie par cette espèce

de mélancolie, songeuse, instinctivement peureuse, que donnent aux malades la crainte de l'ombre et la menace de la nuit. Elle prit son fils sur ses genoux et se mit à le bercer, pressant contre son sein le premier sommeil de son enfant, en lui murmurant la *Berceuse* de Schumann[3], la bouche sur sa tête et la voix dans ses cheveux.

En la couchant, sa femme de chambre lui dit :

« Est-ce que Madame ne prend pas de la potion que M. Andral lui a recommandé de prendre tous les soirs ?

— Mon Dieu ! Honorine, si vous voulez... donnez-m'en, cela m'empêchera peut-être de sentir les puces de la *Minerve.* »

III

Le lendemain, Mme Gervaisais entrait dans l'appartement qu'elle avait loué.

Derrière l'enfant sautant les marches, elle monta le petit escalier de marbre à carreaux noirs et blancs, éclairé de baies à jour où le soleil passait à travers des fleurs dans des pots. La porte fermée sur les porteurs, elle eut le plaisir de cette délivrance qu'on éprouve à la sortie de l'auberge, de l'hôtel, de la maison à tout le monde. Elle se livra au petit bonheur de voir défaire ses malles, de s'installer, de s'arranger, de se sentir dans un intérieur où elle allait retrouver, pour un long temps, la propriété et la douceur du chez-soi.

L'appartement était le banal appartement garni que Rome loue aux *forestiers,* et où se voyait pourtant le caractère du mobilier romain, surtout dans la grande pièce faisant l'angle de la rue *delle Carrozze* et de la place d'Espagne. Le plafond, peint en blanc, se divisait en quatre compartiments, à filets bleus et rouges, encadrant de légères arabesques qui balançaient des paniers de fleurs au bout d'un fil. Des ornements en camaïeu gris s'entrelaçaient sur le fond bleu du papier local. Le parquet disparaissait sous les bandes d'un tapis turc, rouges, jaunes, noires et blanches. Des rideaux de calicot, agités par l'air du dehors, voltigeaient aux fenêtres, sous un lambrequin de damas à effilés. Des petits canapés en bois de noyer, d'une raideur antique, se renversaient contre le mur, avec leurs petits bâtons courbes de bois noir et leur étroit dossier où s'apercevait au milieu, dans un rond, une Muse touchant de la lyre, pareille à une mauvaise médaille de marqueterie. Des chaises du même style faisaient cercle autour d'un guéridon soutenu par trois pieds tragiques, et des consoles jaunes étaient portées par des gaînes d'hermès aux têtes de femme, en métal doré.

Du côté de la rue *delle Carrozze,* il y avait une cheminée de marbre blanc. Son étroit chambranle supportait une glace qui levait, sur deux pieds de griffon dorés, ses trois compartiments dans un triple cadre de bois de rose, que surmontait un petit entablement à balustres de cuivre : une glace du pays ayant l'air d'un vantail arraché d'un cabinet.

En face, le piano, que Mme Gervaisais avait envoyé placer dès la veille, était ouvert sous un grand tableau d'une Chronologie des Papes, brodée en noir sur canevas, dans un encadrement de clefs et de tiares, pieux ouvrage de la patience de la fille de la maison, qu'accompagnaient, accrochés de travers, des paysages de Claude Lorrain, signés du graveur Parboni.

Et par toute la chambre, sur la cheminée, sur les consoles, sur les guéridons, étaient posés, pressés, mêlés toutes sortes de menus objets, des réductions d'obélisques, des échantillons de marbre, des coupes d'albâtre, des colonnettes portant des figurines de

bronze, un lion de Canova en terre cuite, des « dunkerques[4] » étrusques : ce tas de petits morceaux de
grandes choses, comme amassés par une vieille fille sur
sa commode, qui semblent les joujoux et les reliques
des Lares de la Bourgeoisie romaine.

Ce fut dans cette pièce que Mme Gervaisais se mit
bientôt à aller d'un siège à un autre, tombant assise,
avec le reste de lassitude du voyage, et demeurant
penchée sur sa femme de chambre, à laquelle elle
donnait ses ordres pour déplacer ou déranger ceci ou
cela : elle ne se relevait que quand le geste obstiné de
la main de son enfant lui montrait un objet plus haut
que lui, et qu'il voulait voir, comme les touche-à-tout
de son âge, en le tenant, une minute, dans ses petits
doigts.

A la fin, elle alla se reposer à l'angle de la pièce, où
pendait une épreuve avant la lettre de la *Transfiguration,* dans un renfoncement d'ombre devant lequel se
croisait sur le tapis la lumière des deux fenêtres ; elle se
trouva bien là, et elle crut y avoir rencontré son coin,
cet endroit aimé que toute femme choisit, où elle
habite pour en faire sa place d'adoption, y être
heureusement et tranquillement en compagnie d'elle-
même, y lire, y écrire, y rêver. Faisant son creux dans
les petits coussins du canapé, les ramassant autour
d'elle pour se soutenir, elle dit à Honorine d'apporter
une table devant elle et de placer dessus son buvard,
ses livres. Une corbeille d'osier, tressée or et blanc,
était accrochée au-dessus de sa tête : elle envoya
chercher des fleurs pour la remplir. Et quand le lit de
son fils eut été placé dans la chambre voisine de façon
que l'enfant chéri fût sous les yeux de son cœur, qu'elle
pût le voir dormir par la porte ouverte, ce qu'elle
respirait, ce qui l'enveloppait, la lumière riante, la
pièce égayée et amusante, lui inspirèrent le mouvement de contentement que donnent aux natures mala-
dives et nerveuses, affectées par les riens attristants des

choses, l'espèce de sympathie, l'entour ami des murs,
l'air heureux d'un logis où il ne paraît pas qu'on doive
souffrir.

IV

Dans son sommeil du matin, Mme Gervaisais sentit
sur son visage une lumière et une chaleur. C'était
comme un doux éblouissement qui aurait chatouillé,
dans leur nuit, ses paupières fermées.

Elle ouvrit les yeux : elle avait sur elle un rayon
glissant d'une persienne mal fermée et frappant en
plein sur son oreiller.

Elle sortit de son lit, heureuse de ce réveil nouveau
dans le plaisir de vivre, auquel les maussades matins
de Paris habituent si peu les existences parisiennes ; et,
jetant un peignoir sur ses épaules, ouvrant la fenêtre
toute grande, elle se mit à contempler le ciel d'un beau
jour de Rome : un ciel bleu, où elle crut voir la
promesse d'un éternel beau temps ; un ciel bleu, de ce
bleu léger, doux et laiteux, que donne la gouache à un
ciel d'aquarelle ; un ciel immensément bleu, sans un
nuage, sans un flocon, sans une tache ; un ciel profond,
transparent, et qui montait comme de l'azur à l'éther ;
un ciel qui avait la clarté cristalline des cieux qui
regardent de l'eau, la limpidité de l'infini flottant sur
une mer du Midi ; ce ciel romain auquel le voisinage de
la Méditerranée et toutes les causes inconnues de la
félicité d'un ciel font garder, toute la journée, la
jeunesse, la fraîcheur et l'éveil de son matin .

Elle s'oubliait, appuyée sur la barre de la fenêtre,
une joue appuyée dans sa main, aspirant ce bleu, le
haut du corps battu du voltigement des rideaux : la
porte s'ouvrit derrière elle.

« Dort-il encore ? demanda-t-elle à Honorine.

— Non, Madame... Et si Madame veut venir... »

Honorine dit cela en souriant, et menant sa maîtresse dans sa chambre, elle la fit se pencher par une
petite fenêtre.

Sous la fenêtre, il y avait une cour, un trou, un puits,
mais un puits[5] de jour comme en fait là-bas le soleil
tombant d'aplomb entre quatre murs. Et au fond, un
jardinet couleur de féerie, où les fruits ressemblaient à
des fruits d'or, où de l'eau mettait comme une
poussière liquide de diamants et de saphirs, à travers
des lueurs de feux de Bengale que se renvoyaient les
murailles peintes à l'italienne, crûment bleues. La joie
du Midi glissait et jouait sur le luisant des feuilles, le
brillant des fleurs, bourdonnait dans le silence et la
chaleur ; et des vols de mouches, tour à tour blanches
sur le vert et noires sur le blanc, s'embrouillaient dans
l'air, ou bien y planaient, les ailes imperceptiblement
frémissantes, ainsi que des atomes de bonheur suspendus dans l'atmosphère. — Un oranger en espalier, de
petits citronniers dans de grands pots de terre rouge,
des *boules-de-neige* montant à des morceaux de treilles
de roseaux, où l'on avait accroché des *fiaschetti* vides de
vin d'Orviete à côté de brosses à soulier, c'était
cependant tout ce jardin, au bout duquel le filet d'une
source claire s'égouttait, du haut d'une niche rocheuse,
dans un fragment cassé de tombeau antique.

Pierre-Charles se trouvait là Il avait été naturellement vers l'eau ; et dans la niche, monté sur le
morceau de marbre aux stries dégradées, sa chemise
de nuit plaquant aux endroits mouillés sur les ron-
deurs de son petit corps, les bras nus jusqu'à l'épaule,
les pieds chaussés de ses hautes bottines dont les
boutons n'étaient pas mis, la tête un peu appuyée sur
la rocaille, les cheveux mêlés à des plantes pendantes,
prenant la source dans le creux de ses deux mains
élevées, rapprochées et ouvertes, il laissait retomber

l'eau qui débordait, en s'amassant, de la coupe de ses
doigts, gentiment immobile, sérieux presque, avec une
sorte de sentiment de sa jolie pose, de la charmante et
enfantine statue de fontaine qu'il mettait là.

V

« Pierre-Charles ! » lui cria sa mère, de la fenêtre.
L'enfant sauta vite de la fontaine, et grimpant
l'escalier en courant, il fut au bout d'un instant dans
les bras de sa mère, frais et sentant la fleur mouillée,
essoufflé et rose, se pressant contre elle, l'embrassant
sur la figure, les yeux, les bras, les mains, à des places
de son peignoir, avec les caresses d'un petit animal
tendre, avec des baisers qui léchaient presque.

« Allons ! Honorine, dépêchons-nous de l'habiller...
Je suis vaillante ce matin... Nous allons sortir toute la
journée... Il faut le faire beau, mon fils, aujourd'hui. »

Et la toilette commença. La mère attacha au cou de
l'enfant une de ces collerettes d'alors qui encadraient si
bien d'un tuyauté de linge blanc la joue de l'enfance.
Aidée par Honorine, elle lui passa ses grands bas
écossais, son court pantalon de velours noir. Le petit
bonhomme se laissait faire, regardait ce qu'on lui
mettait, avec un plaisir profond, presque recueilli, une
gravité de bonheur que n'ont pas les garçons de cet
âge. Il entra dans sa veste de velours. Sa mère lui noua
au cou un ruban de soie cerise. Puis Honorine le
chaussa d'escarpins à talons, lui posa sur la tête un
toquet de velours noir ayant pour aigrette une plume
de héron tenue par l'agrafe d'argent d'un chardon
d'Écosse : l'enfant était habillé ; — et charmé dans ce
costume artistique, un peu théâtral, qu'avait inventé
pour lui le goût de sa mère, il restait comme respec-
tueux de lui-même.

« Eh bien ! Honorine, dit Mme Gervaisais en passant le doigt entre la collerette et le cou de l'enfant, elles me paraissent d'assez bonnes personnes, ces femmes de la maison... Vous ont-elles mise un peu au fait ?

— Ces femmes-là ?... Mais, madame, je ne comprends rien à ce qu'elles disent... La jeune même, qui parle français...

— Vous comprendrez bien vite. . Vous êtes intelligente, et...

— Oh ! madame ! fit Honorine avec le profond accablement de tristesse d'une femme du peuple qui sent, d'elle aux autres, la séparation éternelle d'une langue qui n'est pas la sienne, d'une langue qu'elle ne pourra jamais entendre.

— Allez ! ma pauvre Honorine, il n'y a pas de ma faute... Vous savez que si nous sommes ici...

— Je sais bien, madame, je sais bien. »

Et Honorine baissa la tête. Elle reprit :

« Ce n'est pas pour reprocher à Madame... Madame sait bien que je suivrais Madame au bout du monde... — Et s'animant, s'exaltant :

— Moi, sans vous !... Vous qui avez été pour moi... Moi ! sans le petit ! »

Elle saisit l'enfant et le pressa contre elle presque furieusement. Elle répéta encore :

« Moi !... moi ! »

— Vous êtes folle, Honorine ! fit Mme Gervaisais en tendant une main, sur laquelle Honorine se jeta avec une explosion de larmes.

— Allez mettre votre chapeau... Tenez ! nous partons... »

« Pauvre fille ! » se dit tout bas sa maîtresse en la regardant aller.

Au moment où elle commençait à être grosse de Pierre-Charles, il était arrivé à Mme Gervaisais de perdre une vieille femme de chambre qui l'avait élevée. N'ayant pas immédiatement trouvé à la remplacer selon sa convenance, elle avait pris chez elle, en attendant, une ouvrière habituée de la maison et qui y venait en journée deux ou trois fois par semaine. Au bout de quelque temps, trouvant chez cette fille, dont la figure était déjà pour elle une habitude, des soins, des attentions, une distinction de tenue et un agrément de service qui lui plaisaient, elle en faisait sa nouvelle femme de chambre. Ses couches arrivées, elle éprouvait le dévouement d'Honorine qui veillait à son lit dix nuits de suite et la sauvait. Le jour où le médecin déclara tout danger passé, elle la vit entrer le soir chez elle avec un air de malheur : Honorine lui dit qu'elle ne voulait point la tromper, que c'était elle qui avait été dans l'affaire du vol chez Mme Wynant, la femme du banquier hollandais, qu'on avait bien reconnu qu'elle était innocente, et qu'on l'avait acquittée. Mais elle avait été en prison avec les voleuses, sur le banc des accusés, entre les gendarmes. Et racontant cela, elle semblait presque en avoir gardé la honte sur elle. Depuis, elle avait cherché à se replacer, mais quand elle avait avoué son « histoire », on ne l'avait pas gardée ; et elle s'était vue forcée d'aller travailler en journée.

À cette confession, le mauvais premier mouvement de Mme Gervaisais avait été de la payer de ses soins avec de l'argent, et de s'en débarrasser ainsi. Puis, repensant à ce que cette fille avait été pour elle dans sa maladie, à ce qu'elle lui devait d'une autre reconnaissance, elle rougit presque d'avoir eu l'idée de faire à cette malheureuse un crime d'une erreur de la justice. Elle demanda des renseignements au Président du Tribunal, un ami de son mari, qui avait dirigé les débats de l'affaire : l'innocence d'Honorine ne pouvait faire un doute. Là-dessus, la femme de chambre était restée au service de Mme Gervaisais, reconnaissante à sa maîtresse de lui avoir été meilleure que la vie, de l'espèce de courage qu'elle avait mis à la garder, au

mépris de l'opinion ; heureuse dans la maison, mais
conservant du soupçon, de l'injustice qui avait pesé sur
elle, un fond d'amertume contre le monde entier. Elle
n'avait jamais pu oublier. Et il lui revenait à tout
moment comme les crises d'un cœur brisé qui éclatait
en accès nerveux de passion étouffée, pareils à celui de
ce jour. Elle croyait qu'elle avait laissé de l'honneur de
son honnêteté sur le banc du tribunal. Elle sentait
vaguement ce qui reste de suspicion ou au moins de
prévention contre une *jugée* comme elle. Son acquitte-
ment ne l'avait pas lavée à ses yeux mêmes d'une
espèce de souillure pour toujours, et dont elle acceptait
quelque chose.

Aussi n'avait-elle jamais voulu se marier. Son
unique attachement était cette mère et son enfant, les
deux êtres auxquels elle s'était vouée corps et âme,
véritablement donnée et damnée, les enveloppant d'un
amour jaloux, enragé, dévorant. Toutes ces expressions se peignaient sur son visage jeune et joli, mais
tiré, contracté, devenu dur, presque méchant, sous le
tourment de son passé et de ses défiances ; et derrière
les talons de cette mère et de ce fils, elle avait l'air de
ces chiens dévoués, mais mauvais, hargneux et jap-
peurs, prêts à mordre ceux qui s'approcheraient trop
près.

Honorine était rentrée.

« Appelez une voiture sur la place, » lui dit
Mme Gervaisais.

VI

« Au Forum... » dit Mme Gervaisais.

La calèche remonta une grande rue, bordée de
boutiques, de palais, d'églises, puis une *via* étroite. Et

tout à coup s'ouvrit un espace, une petite plaine
abandonnée, un champ vague, une terre de poussière à
l'herbe rase.

Le cocher avait arrêté ses chevaux : machinalement,
instinctivement, Mme Gervaisais se leva.

C'était le *Campo Vaccino* : des portiques survivant à
des temples écroulés, des colonnades isolées qui ne
s'appuyaient plus qu'au ciel, des colonnes foudroyées
soutenant des entablements où des graminées ron-
geaient des noms d'empereurs, des arcs de triomphe
enterrés de vingt pieds et de vingt siècles, des fosses
encombrées de fragments et de miettes d'édifices,
d'énormes voûtes de basiliques, aux caissons effondrés,
repercées par le bleu du jour ; — au bout de la Voie
Sacrée, de grandes dalles gisantes, des quartiers de
lave, pavés de feu refroidi, usés par le pas enchaîné des
Nations, creusés par les ornières de la Victoire : — ici,
la vieillesse d'or des pierres ; là, au-devant d'églises, le
marbre païen pourri, les troncs de cipolin dépolis,
exfoliés, usés du temps, blessés de coups, ayant des
entailles comme des armures et de grands trous
comme de vieux arbres ; — partout des débris formidables, religieux et superbes, sur lesquels semblait avoir
passé la rouille de l'eau et le noir de la flamme, un
incendie et un déluge, toutes les colères de l'homme et
du ciel, — telle fut, dans sa grandeur invaincue, la
première apparition de Rome antique à Mme Gervaisais.

Elle se promena longtemps sans fatigue, tirant par la
main l'ennui traînard de son enfant.

Puis passant l'Arc de triomphe au bout du Forum,
elle alla au Colisée. Elle marcha sous ces galeries,
pareilles à de gigantesques catacombes à jour, portant
l'Amphithéâtre colosse sur ces arceaux bâtis de carrés
cyclopéens, où la furie des Barbares n'a pu faire
d'autre entame que des trous de ver ; et elle se trouva
dans l'arène.

Le soleil y brûlait : elle alla s'asseoir dans l'ombre étroite, tombant d'un des petits autels, à peinture écaillée, qui font le tour du Cirque, et elle embrassa le théâtre immense qui écrasa d'abord son regard et sa pensée.

Des oiseaux volaient familièrement dans le monstrueux nid de pierre : là, où pas une place, seulement grande comme une marguerite, n'a été sans sa rosée de sang, de l'herbe poussait, la même herbe indifférente que partout. L'abrupt du roc envahissait les gradins ; les loges dégradées redevenaient des trous fauves, les cavernes même d'Afrique où Rome allait chercher les lions, dont elle appauvrissait les déserts pour les plaisirs de son Peuple-Roi. Des arbres poussaient, des forêts de broussailles grimpaient de bancs en bancs, sautaient des trous de quatre-vingts pieds d'ombre. La ruine revenait à la nature, comme elle y revient à Rome, avec la pierre qui retourne au rocher, le marbre qui retourne à la pierre, les thermes qui se transforment en grottes, les palais que le sol nivelle, les dômes que fait éclater une racine d'arbuste, les blocs que détache un grain tombé d'un bec de moineau, les colisées où se fouille la carrière comme au flanc inépuisable d'une montagne, les tombeaux qui s'ensevelissent eux-mêmes, les statues rechangées en cailloux, — toutes les revendications et toutes les reprises de la terre éternelle sur la Ville éternelle.

Peu à peu, Mme Gervaisais s'abîma dans une contemplation sévère et dans des méditations hautes. Des lectures lui revinrent, des pages d'histoire se réveillèrent dans sa mémoire [6]. Lentement, il se fit en elle-même une évocation de ce qui s'était succédé là. Elle se rebâtit toute vivante cette grande scène où s'étaient rencontrées, comme des deux bouts et des deux extrémités du cœur humain, la passion de voir mourir et la folie de mourir... Elle rêvait, elle songeait, quand des cris déchirèrent le vaste repos du lieu cruel :

des gamins déguenillés poursuivaient des lézards, en
plaquant la corne sonnante de leur pied sur le gradin
touché de la robe des Vestales, ou sur la voûte de
travertin d'une porte Libitine.

Le soir, la journée lui revint. Son fils couché, et
reposant avec le souffle de ses bonnes nuits, elle partit
pour revoir le Forum.

Elle s'appuya au parapet du chemin en escalier qui
monte au Capitole : sa silhouette se dessina sur les
cannelures cassées de l'Arc de Septime Sévère. Et
perdue en une mélancolie pensive, elle regardait le
sublime décor de l'obscurité, l'immobilité des ruines,
leur profondeur sombre, l'auguste sommeil de la nuit
sur leur solennité solide, l'ombre d'ébène du Capitole
sur le groupe des trois colonnes, la majesté grandie et
la solitude déserte de ce portique sur le vide barrant le
ciel et ses étoiles. Au loin, sous la courbe du grand arc
triomphal, parmi la clarté nocturne, blanchissait une
espèce de vallée de Mânes, une sorte de promenade
élyséenne et virgilienne, où le rare passant du sentier
devenait une apparence vaporeuse. Et tout eût dormi
là, sans un grillon qui, avec le cri incisif d'un ciseau
dur, coupait les secondes au pied des monuments
ruineux, mais immortels et sourds aux heures.

VII

Le lendemain de cette grande journée de fatigue,
Mme Gervaisais commençait une vie régulière, uniforme, une vie coupée de petites courses, de promenades qu'elle ne pressait pas.

Levée, habillée à huit heures et demie, pour jouir du
matin, elle faisait une marche de près de deux heures,
avant la chaleur et le feu du jour. Elle allait à une

église, à quelque reste ancien, à un marché, à tout ce qui, dans cette ville-musée, arrête le pas et le regard avec un souvenir, une sculpture, un décor, une borne qui est quelquefois le pied de marbre d'un grand Dieu faisant rêver sa statue ! Au sortir de Paris, du moellon moderne, de la pierre neuve, de la cité sans art, la Parisienne goûtait un plaisir d'artiste à errer par cette cité d'histoire, pavée, bâtie, reconstruite avec les chefs-d'œuvre et les fragments précieux des siècles.

Elle s'intéressait à ce pittoresque des murs, des cours, des palais, des masures, des pans du passé, où s'ouvrait parfois, comme la bouche sauvage et fraîche d'un antre, un trou noir de fruiterie, enguirlandée de verdures, d'herbes et de chevelures de fenouil. Partout elle trouvait des tableaux qui lui faisaient regretter cet abandon de la peinture, ce sacrifice d'un des goûts les plus chers de sa vie, que les médecins avaient exigé et obtenu d'elle. Et presque toujours elle revenait par la rue des *Condotti,* la rue de la *curiosité.* Elle faisait des stations aux boutiques de mosaïques, de bijouterie, aux devantures des antiquaires, à l'étal du bric-à-brac antique, aux vitrines poussiéreuses, encombrées de lampes étrusques, de majoliques, de fragments de lacrymatoires irisés, de sébiles de vieilles monnaies : elle fouillait ces fonds de magasins obscurs, caphar-naüms où étaient enterrés des bustes, des cabinets florentins, des coffrets en porphyre, des marbres et des ors qui luisaient. Souvent elle entrait en levant le filet bleu ou brun qui fait aux boutiques, d'un treillis de soie, une porte aérienne : elle retournait un objet, le marchandait, l'emportait [7].

Elle était toujours rentrée avant onze heures, l'heure de son déjeuner. Elle déjeunait lentement, prolongeant ce tête-à-tête avec son enfant à table, comme un repas d'amoureux. Le déjeuner fini, elle avait l'habitude de jouer du piano jusqu'à l'arrivée d'Honorine qui venait prendre Pierre-Charles pour le faire dormir, tout habillé sur son lit. Seule alors, elle s'installait à sa place aimée. Passant là les heures du soleil, elle usait leur lourdeur dans une vague rêvasserie de sieste, une sorte de sommeillement d'idées : et au milieu du demi-jour de la chambre, elle restait les yeux ouverts, et presque endormis dans la transparence molle de cette pénombre faite par les persiennes fermées, un peu soulevées seulement sur leurs fourchettes, au bas de la fenêtre ouverte où jouait un petit triangle de lumière.

De temps en temps, elle suivait entre les lames des persiennes le spectacle changeant de la place d'Espagne, l'avancement de la journée sur le grand escalier de la Trinité-du-Mont abandonné peu à peu, avec la marche des heures, par l'ombre de la grande maison à sa droite. Le jet d'eau se levait, argenté, retombant en blanc de perles dans la vasque noire de la fontaine en bateau, et rappelant la *nef* d'une ancienne table : à côté, des hommes couchés dormaient comme à la marge d'une source. Une boutique d'*acquaiuolo* était là, avec sa tente de toile à matelas appuyée au haut de la haute borne fleurdelisée. Sur l'escalier se faisait l'ascension lente et balancée, la montée sculpturale des Romaines, portant des paquets sur la tête, tandis que sur ses côtés les « modèles » assises attendaient leur séance de cinquante baïoques, et que des chiens à vendre tiraient sur leur corde attachée dans le trou d'une marche de pierre.

Quatre heures arrivaient. Une voiture, appelée de la place, l'emportait au Pincio, et la promenait deux heures, lui faisant gagner le dîner. Le plus souvent, après son dîner, elle ne sortait pas, demeurait à la fenêtre, écoutait le bruit décroissant de la place...

Peu à peu les deux campaniles de la Trinité-du-Mont devenaient pâlement blancs sur le ciel pâlement bleu. Mme Gervaisais se mettait à raconter des contes à son enfant qui, fatigué, les paupières battantes, ne les écoutait bientôt plus, mais voulait toujours entendre la voix de sa mère. Honorine apportait dans le sombre de la chambre la lampe à abat-jour du pays. L'enfant mettait un moment ses doigts aux points de feu qui représentaient dessus « l'illumination de Saint-Pierre » et « la girandole de la place du Peuple ».

Alors Honorine l'emmenait.

Mme Gervaisais, assise à son bureau, veillait jusqu'à dix heures ; de temps en temps elle avançait un peu la tête, regardait dormir la grâce de son enfant. — A dix heures, elle se couchait et s'endormait à ce bruit d'eau, à l'harmonie liquide de ces fontaines qui sont à Rome la musique berçante de la Nuit jusque dans les cours des hôtels.

VIII

Rome est la ville des bouquets.

Aux coins des rues, à la rue des *Condotti,* à la rue *del Babuino,* les fleuristes étalent, sur de petits reposoirs rustiques, les bouquets bariolés, cueillis tout vifs à ces bas jardins du Pincio où monte, semblable à une fanfare, la flore éclatante et criarde du pays ; à côté de ces bouquets, ces bouquets aux teintes mariées, harmonisées dans le tendre et le doux des nuances, vrais chefs-d'œuvre de la *fioraia* romaine ; et ces bouquets encore qui ne sont plus des bouquets, mais des paniers fleuris, de petits guéridons de roses sur un lit de fougère, avec des anses de roses, des corbeilles de camélias blancs sur lesquels rondit une branche de lilas blanc, ou d'azalées légères comme des gazes, des paniers de cette petite fleur qu'on nomme *ida,* un souffle, une poussière de fleur.

Tous les jours, Mme Gervaisais revenait de sa promenade du matin avec un de ces paniers. Les fleurs, pendant la journée, s'épanouissaient dans la pièce où elle se tenait ; et avec la fin du jour elles commençaient à mourir en suavités exquises, en parfums expirants, comme si de leurs couleurs fanées s'exhalaient leurs adieux odorants. Bientôt ce fut un besoin dans la vie de Mme Gervaisais que ce bouquet, mettant une respiration auprès d'elle, un rayon dans sa chambre, presque une compagnie dans sa solitude. A regarder un camélia luisant et verni, une rose aux bords défaillants, au cœur de soufre où semble extravasée une goutte de sang, ses yeux avaient une volupté. L'éclat, la gaieté, l'illumination de la fleur, sa vie légère et tendre, l'immatérialité de ses couleurs de jour et de ciel, Mme Gervaisais ne les avait jamais perçus jusque-là comme elle les percevait ; et la jouissance de cette sensation était pour elle toute nouvelle et imprévue. En France, ainsi que toute femme qui est une femme, elle s'entourait bien de fleurs, mais elle n'avait jamais senti cette émanation de l'âme de la fleur. Elle s'étonnait de ce raffinement d'impression qui lui était venu depuis son séjour à Rome, avec tant d'autres acuités de perceptions. Elle se demandait si, aux pays et aux peuples qui s'approchent du soleil, il n'est pas donné un organisme plus sensibilisé qu'ailleurs, plus fait pour goûter et embrasser les séductions simples des choses naturelles, d'une lumière, d'une couleur, d'une fraîcheur, d'un beau bouquet, d'un beau ciel, d'un bonheur quelconque, que la terre offre là pour rien. Elle se rappelait un verre d'eau qu'elle avait bu, un des premiers soirs, à une porte d'un petit café, et qu'elle avait savouré comme la meilleure boisson qu'elle eût jamais bue. Il lui semblait que ces pays chauds avaient ainsi toutes sortes de petites félicités de sol et de climat ignorées des pays froids, une magique *acqua felice* coulant un peu partout pour tous. Et de jour en jour elle sentait des riens de sa vie prendre pour elle l'intensité d'agrément, de plaisir, que les riens ont

dans l'amour. Tous ses sens, dans ce Midi, s'affinaient,
devenaient délicats et poètes.

IX

Avec cette disposition, cette ouverture aux jouissances naturelles que les natures fines et choisies éprou-
vent au bout de quelques semaines de séjour à Rome,
la visite à la villa Pamphili fut un enchantement pour
Mme Gervaisais.

Sa calèche passait sous l'arc d'entrée garni de ces
jardinières faites de sarcophages où un buisson épi-
neux s'élance du trou vide d'une cendre antique. Et
elle se trouvait sous une voûte de verdure, haute,
serrée et sombre, piquée çà et là de petites raies du
soleil qui avaient l'air d'éclairer de la pluie toute
fraîche tombée sur le lisse noir des feuilles. Le bois,
s'ouvrant à tout moment, laissait apercevoir, à droite
et à gauche, des haies d'aloès, des ravins veloutés de
gazon, des touffes lumineuses d'argentéa, des pelouses
étincelantes, des brillants d'herbe, des coins d'ombre
tremblante où dormait une inscription sur un bout de
pierre sortant de terre, une rampe de verdure, de
débris antiques, d'arbrisseaux de fleurs, montant à ce
fond magique du parc, à sa couronne de pins d'Italie, à
cette perspective fermée par des étages d'arbres aux
têtes pareilles à d'immenses bouquets portés l'un sur
l'autre, épanouis et arrondis sur l'azur. Et parfois, à un
tournant de la route sur la campagne, la grandeur
inattendue du dôme de Saint-Pierre, s'encadrant dans
une échappée, comblait le ciel.

La grande allée la menait ainsi au petit palais de la
villa, à ces murs plaqués de bustes, de statues, tout
incrustés de bas-reliefs en ronde bosse ; bijou de

l'Algarde qui ressemblait, éclatant de blancheur entre
le jour vif et le feuillage dense, au modèle en plâtre
d'un cabinet d'orfèvrerie du XIVe siècle florentin. Et de
là, devant elle, s'étendait et se déroulait, dans sa
pompe, sa splendeur, son triomphe, sa végétation de
fête, son architecture d'opéra, sa magnificence de
félicité, de volupté et d'amour, le jardin italien, le divin
jardin d'Italie. Au bas de la terrasse chargée de grands
pots de terre cuite aux armes d'un pape, au delà de
petits parterres aux arabesques à dessins de cailloutis,
cerclés de la chenille courante d'une bordure de buis,
elle embrassa le décor d'escaliers et de rampes, de
statues et de portiques, qui mêlent à la nature les
beautés d'un palais, ces murailles d'ornement où
montent les floraisons éclatantes, violettes, blanches,
jaunes d'or, qui ne sont plus que des treilles de fleurs
sans feuilles, ces fontaines sur lesquelles se penche un
fleuve fruste, envahi d'enfants à demi rongés par le
temps, ces eaux courantes, ces eaux sommeillantes, ces
îles de deux arbres au milieu de ces petits lacs aux
bords de citronniers ; tout un paysage d'une telle
illusion de ravissement que c'était pour Mme Gervaisais un paysage d'imagination, un endroit d'idéal
qu'elle aurait déjà vu dans un poème. Elle se crut dans
un chant du Tasse, et le souvenir lui revint des jardins
d'Armide.

Elle s'accouda à la terrasse. L'air de la journée à la
fois chaude et ventilée, cet air romain caressant la peau
du flottement et du chatouillement d'une étoffe
soyeuse, ce souffle subtil, vif, léger, si agissant sur la
fibre des mélancolies septentrionales ; autour d'elle,
cette apparence de bonheur que tout semblait avoir là,
ce qui se levait partout de joie, de paix splendide,
l'universelle sérénité, amenèrent chez elle une absorption contemplative où, se dégageant d'elle-même et se
laissant glisser à la douceur environnante, elle
demeura quelque temps amollie, détendue, dans une

délivrance de ses idées, un paresseux lazzaronisme
d'âme.

Puis elle descendit dans le parc et y trouva de belles
surprises : ici, un chêne vert, solennel, ayant sur son
écorce une patine de métal et la rugosité d'une peau de
bête centenaire, barrant la route d'un rejeton de
branche qui était lui-même un autre arbre d'un
verdoiement sourd, éclairé du reflet toujours remuant
d'une eau jaillissante au-dessous de lui ; là, une haie de
camélias plaquant ses feuilles et ses fleurs de cire
contre le rocailleux d'une galerie de rochers. Au milieu
d'un tapis vert, en plein soleil, le marbre d'une colonne
brûlait de blanc devant un dattier, faisant songer à la
borne d'un dernier pas d'une armée de Rome dans une
oasis de Libye. Plus loin, des hémicycles de pierres à
pilastres, à balustres, à niches, s'arrondissaient en
espaliers sauvages, hérissés et colères, où se tordaient
les yuccas serpentins, les cactus piquants. Et des
fraîcheurs de fontaine jaillissaient, avec des éclairs, de
buissons de roseaux mouillés et dont les lances égout-
taient de la lumière humide.

Elle arriva ainsi, au bout du jardin, à cette colonnade penchée des grands pins d'Italie, dressant en
ligne la majesté de leurs nefs à jour. Et à mesure
qu'elle avançait sous ce grand bois monumental, aux
troncs gris, aux parasols entre-croisés de branches
violettes, à la chaude verdure de mousse et de cendre
verte, elle trouvait une élégance grandiose et un
élancement oriental à ces palmiers de l'Italie, dressés
sur ses terrasses, sur ses palais, ses églises, ses collines,
en rois de l'horizon. Ils lui apparaissaient comme les
arbres de soleil, de luxe et de représentation, sous
lesquels on se figurera toujours les jupes d'un Décamé-
ron abrité par l'ombre de cette cime qui fait à l'œil
l'illusion unique d'élever, de reculer, d'éclairer le bleu
du ciel.

L'enfant, un peu las d'aller, de marcher, de chercher

dans l'herbe, était resté attardé à quelque vingt pas en
arrière, quand tout à coup sa mère retourna la tête à
une voix d'Italienne chantant un morceau d'opéra :
c'était, au milieu d'un cercle de quelques promeneurs
arrêtés, une femme pauvrement et décemment vêtue,
derrière laquelle se tenait un vieillard ayant en main
un violon qu'il laissait muet[8]. Et tout à fait près des
chanteurs, assis sur un tronc de pin abattu, Mme Gervaisais aperçut son fils dont la petite main levée au-
dessus de sa tête menait le rythme du chant avec une
fleur qu'il promenait dans l'air, ainsi que le bâton d'un
chef d'orchestre. Tout le monde le regardait, regardait
sa beauté, son regard profond, le blanc venu à son
front, au-dessus de ses sourcils, ce soudain rayon
d'intelligence et de passion, cette espèce d'envolée de
tout le petit être dans le chant de la grande artiste en
plein vent. Et le vieillard même, avec sa tête de vieux
chanteur, grave et triste, suivait la main de l'enfant, lui
souriant comme du fond de ses jeunes années, gaie-
ment ému, les yeux à demi fermés.

X

La vie de Mme Gervaisais continuait, occupée,
enfermée. Les longueurs des journées et des soirs, elle
les oubliait dans les livres, restant assise sur son
canapé souvent des heures, sans se lever, à lire, à
prendre des notes dans ce qu'elle lisait, à se perdre
dans des réflexions, à la fois distraites et tendues, qui
lui faisaient de temps en temps relever sur ses tempes,
de ses doigts longs, les bandeaux détachés et rigides de
ses cheveux noirs.

A ces moments, sa beauté se levait d'elle, une beauté
d'un caractère et d'un style supérieurs à l'humaine

beauté de la femme : ses grandes masses plates de
cheveux en nimbe, son front bombé et lisse, ses grands
yeux, qu'on eût dits lointains dans l'ombre de leur
cernure, ses traits à fines arêtes, auxquels la maladie
avait fait garder, à trente-sept ans, la minceur de leur
jeunesse [9], une peau pâle, même un peu brune, mettaient chez Mme Gervaisais la séduction attirante et
étrange d'une personne à part, inoubliable, profonde
et magnétique, d'une pure vivante de pensée, à peine
terrestre, et dont le visage ne serait plus que celui d'un
esprit [10]. Et chez elle encore, la longueur du cou,
l'étroitesse des épaules, l'absence de poitrine, le néant
du haut du corps, dans l'étoffe qui l'enveloppait en
flottant, une maigreur sans sexe et presque séraphique,
la ligne austère d'une créature psychique, ajoutaient
encore à cet air au delà de la vie, qui donnait à tout son
être l'apparence d'une figure de l'extra-monde.

Sur la petite étagère en bois tourné, attachée au mur
par quatre tresses de soie jaune, étaient, à portée de sa
main, ses livres amis, portant ces noms graves :
Dugald Stewart, Kant, Jouffroy.

XI

Il y eut, sous le règne de Louis-Philippe, une petite
élite de femmes bourgeoises, qui eurent le goût des
choses d'intelligence : presque toutes n'ont laissé que
la courte mémoire d'un salon étroit, et parfois quelques pages discrètes que relisent des amis [11].

Mme Gervaisais était un exemple et un type de cette
race de femmes presque disparue aujourd'hui. Son
intelligence, née sérieuse, s'était trouvée portée par la
vie vers les études sérieuses. Ayant perdu sa mère tout
enfant, élevée par un vieillard, elle ne se rappelait

guère de son enfance qu'un vieux et sombre cabinet de
lecture du passage de l'Opéra, où son père allait lire les
journaux et où, à force de supplications, elle obtenait
d'être laissée par lui pendant la promenade qu'il allait
faire jusqu'au dîner. Heures de bonheur de la petite,
blanche et rose, loin du soleil qui l'appelait sur la
porte, disparue entre les noirs et éternels liseurs de
gazettes, enfoncée et perdue dans la lecture céleste
d'un innocent bouquin du vieux fonds. Ses seules
poupées avaient été cela : les livres de ce cabinet de
lecture.

Chez la jeune fille, la musique et la peinture étaient
venues s'ajouter à la lecture, pour remplir le temps
solitaire d'une existence ignorant le monde et déjà tout
intérieure [12].

Ainsi grandie, élevée sous l'âme sévère de son père,
dans un air stoïque et à l'écho presque antique des
souvenirs qu'apportaient tous les soirs au foyer de
vieux amis politiques, camarades des mêmes destins ;
ayant eu autour d'elle, dès sa première jeunesse, la
leçon de mâles idées et de libres principes, le bruit des
systèmes du XVIIIᵉ siècle agités dans la maison, — son
esprit, en se formant, avait passé du frivole plaisir et
du creux passe-temps des lectures faciles aux livres qui
sollicitent l'effort et donnent la méditation, à ces livres
posant à la raison les plus hautes questions qui se
dressent devant l'énigme du monde, aux livres d'histoire, aux livres de science, aux livres de philosophie [13].

C'était surtout dans ces derniers qu'elle avait trouvé
comme une révélation d'elle-même. Elle y avait
reconnu son désir non défini de s'élever, selon la parole
de Platon, de la scène instable de la vie, de la nature
continuellement changeante, à ce qui ne change pas,
aux vérités immuables, absolues, demeurantes, aux
Idées. Une curiosité supérieure et dominante s'empa-
rait d'elle et la poussait à chercher le mécanisme secret
des facultés, à essayer d'entr'ouvrir le sanctuaire voilé

et caché des pensées et des sensations, à étudier sur sa propre intelligence l'esprit humain tout entier. Différente de la plupart des hommes et des femmes dont l'attention s'échappe au dehors et gravite autour des objets extérieurs, elle apportait à cette analyse, un don personnel, la perception d'un sens intime, infiniment délicat, exercé à suivre en elle l'action pensante, la série des impressions, des opérations intellectuelles, des déterminations volontaires, de toutes ces modifications qui sont les faits de la conscience.

Étude profonde : toute repliée et retournée en dedans, souvent dans le silence où les oreilles n'entendent pas, quelquefois dans l'obscurité où les yeux ne voient plus, dans la solitude où elle s'occupait à creuser l'invisible et l'inconnu de son être moral, à interroger les mouvements de sa sensibilité, les phénomènes habituels de son *moi,* elle parvenait à une remarquable puissance d'observation interne : peu à peu elle se forçait à sentir des choses que les autres ne sentent pas ; et avec l'espèce de lucidité de « voyante » qui lui venait pour ce monde indistinct, fermé à l'aveuglement du commun des vivants, et si ténébreux encore pour la science elle-même, elle apercevait par instants à l'horizon, à travers le déchirement d'un vaste voile, des éclaircies qui doivent faire, un jour, la lumière sur tous les grands mystères de l'humaine pensée.

Ses initiateurs, ses guides, au milieu de cette poursuite des plus écrasants problèmes psychologiques, avaient été ces deux maîtres de la sagesse moderne : Reid et Dugald Stewart, les illustres fondateurs de l'École écossaise, les ennemis de la méthode analogique et hypothétique des écoles anciennes. Après avoir traversé tout le scepticisme de Locke, le matérialisme de Condillac, elle éprouvait pour ces deux philosophes la reconnaissance d'avoir eu, par eux, la délivrance d'une oppression, d'avoir, par eux, respiré sur ces purs

sommets, pareils aux hauteurs du « Bon Sens », où
Reid [14] rend à l'homme le sentiment de sa dignité et
base la morale et la métaphysique sur la puissance et
l'excellence de la nature humaine. Et au culte de Reid
elle associait celui de Kant [15], qui pour elle avait fait
découler la liberté, l'Homme-Dieu, du beau principe
désintéressé qui est pour lui comme l'honneur de
l'humanité et la clef de voûte de sa philosophie : *le
Devoir.*

Mme Gervaisais était donc une philosophe ; mais une
philosophe qui était restée tout entière une femme. De
la femme elle avait gardé l'aimable désir de plaire, et
même ce sentiment de coquetterie générale qui laisse
se faire autour d'elle l'amitié un peu amoureuse. Elle
aimait la vie, avec les choses qui sourient à l'élégance,
au goût, au caprice même de son sexe. Une robe était
une robe, une parure était une parure pour elle comme
pour une autre. Gaie et rieuse à ses heures, on eût dit
que, sous la gravité de son esprit, elle avait gardé de
l'enfant et de la jeune fille ; et le plus souvent, elle
s'enveloppait d'une fantaisie malicieuse, s'abritait derrière un paradoxe léger, masquant à tous le *blue-
stocking* et le penseur.

XII

Une grande tâche l'avait d'ailleurs, au début de sa
vie, grandie et mûrie.

Sa mère était morte en couches, donnant le jour à un
frère dont elle était l'aînée de huit ans. Toute petite,
elle se fit du plus petit qu'elle la berceuse, la petite
mère. Puis, lorsque ce frère eut grandi, il vint à la
studieuse jeune fille qu'elle était déjà l'ambition d'être
la maîtresse de son éducation, d'élever et de former

cette naissante intelligence avec ce que les leçons de femme ont d'adresse persuasive, de douce insinuation, de tendre autorité. Elle rêvait de créer dans ce frère aimé un homme selon l'idéal qu'elle s'en faisait, et chez lequel elle trouverait plus tard la sympathie d'une pensée à l'unisson et presque jumelle de la sienne. Elle se vouait donc à ses études avec l'orgueil de tout son cœur. Le collège n'avait point interrompu cette direction. Les jours de sortie ne suffisaient pas aux causeries, aux épanchements, à la communion des idées entre la sœur et le frère. Deux ou trois lettres par semaine, écrites pendant une récréation ou une veillée, venaient consulter la sœur, qui s'était mise de son côté à faire, année par année, les classes du collégien, apprenant tout ce qu'il apprenait et se faisant le répétiteur patient de ses leçons, de ses devoirs, de ses compositions.

Arrivait l'heure inquiète et critique où, chez le jeune homme, la foi de l'enfant, dont la première communion s'efface, entrait en lutte avec ses premiers doutes : le frère exposait son âme à cette sœur qui était pour lui plus qu'une sœur, comme une mère, un ami et un confesseur. A ces confidences venues à elle, sans qu'elle les eût sollicitées, la jeune fille répondait franchement par la communication de notes, de recherches, un long travail dont elle sortait, et qui rejetait absolument le surnaturel, tout en gardant un respect de femme pour la *personne du Christ*. A la suite elle lui traçait un *plan* de lectures, d'études philosophiques, éclaircies par des résumés, des analyses, les points de repère d'une pensée libre jalonnant, pour la pensée qui la suit, le chemin d'une religion du Beau, du Vrai, du Bien.

Dès lors, de la sœur au frère, du maître au disciple, ce fut un continuel échange, un entretien presque non interrompu de leurs deux esprits affranchis, causant familièrement de l'Infini, de la Réalité supérieure,

unique source de toute existence et de toute causalité :
originales causeries, se croisant d'abord entre une salle
d'étude de l'École polytechnique et une petite chambre
aux rideaux frais de la rue du Helder ; plus tard, entre
le dernier bivouac français du Sahara arabe, *El
Hadjira*, l'oasis à vingt lieues de Touggourt, et le
boudoir de la Parisienne mariée ; se rencontrant maintenant, sur le chemin de la mer, de Rome à Oran où
venait d'être envoyé le frère de Mme Gervaisais,
nommé, à la suite de la campagne de Crimée, lieute-
nant-colonel d'artillerie.

C'était à ce frère que Mme Gervaisais écrivait de
Rome :

« ....
....
.... Je revenais en voiture par le
Corso : c'était quelques jours seulement après mon
arrivée. Je m'étonnai de voir toutes les fenêtres, tous
les balcons, avec des tentures rouges bordées d'or,
d'anciennes tapisseries aux façades des palais, du
monde plein la rue qui semblait attendre. « La procession ! » me dit mon cocher ; et il rangea sa voiture sur
la place Trajane. De là, je regarde... Attends un peu
que je me rappelle tout le défilé : d'abord des baïon-
nettes... — ici force armée précède Dieu ; puis des
lustres allumés dans du soleil, puis une grande, très
grande bannière, brodée et peinte, où des gouttes de
sang pleuraient sur une face de Christ, et qui s'avançait entre deux lignes de pénitents blancs, au camail
bleu, d'autres bannières encore, au milieu de majordomes tout galonnés d'armoiries et de files interminables
de prêtres noirs avec des cierges ; après cela, une
énorme croix noueuse, un gros arbre de fosse à ours,
que tenait en équilibre contre son ventre un Hercule de
confrérie, geignant et suant ; sous un dais, entre des
prélats d'or et de soie, l'Eucharistie encensée par un
enfant en costume d'ange ; enfin, fermant la marche, la

grande pièce montée de la cérémonie, une chapelle
tout entière, un autel où brillait le métal d'un cœur de
fer-blanc percé de sept épées, — une machine que des
cordes et les épaules de seize hommes — ils étaient
seize, j'ai compté — avaient peine à soutenir et à
maintenir. Et la musique, à toutes les stations de la
longue et lente procession ! Si tu savais ! une vraie
musique de foire, des fanfares et des aubades à la
Croix, où dominait la grosse caisse ! Et l'émerveille-
ment qui suivait, l'enivrement fanatisé, et les cris, et la
foi de cette populace d'âmes !... Comment te dire
toutes ces choses ? Il faudrait une autre plume que
celle de ta sœur...

« Tu aurais peut-être ri devant cette dérisoire et
barbare ovation ; moi, je ne sais pourquoi, je n'ai pas
ri. A mesure que cela marchait, une tristesse de dégoût
me prenait, me serrait le cœur. L'image que nous nous
sommes faite à nous d'un Dieu était si peu celle-là,
n'est-ce pas, ami ? Je me disais : c'est pourtant la foi de
la civilisation ; et je ne voyais qu'une sauvage et toute
brute idolâtrie d'Orient, un peu de la ruée de l'Inde
sous une idole de Jaggernat ! J'étais atteinte, touchée,
humiliée au plus profond de moi par cette extériorité et
cette grossièreté figuratives, par ce symbolisme outra-
geusement humain. Impression bizarre, confuse, mais
sincère et poignante, je t'assure. Je souffrais de cette
scandaleuse dégradation d'un culte qui me paraissait
profaner des croyances que ma vie a quittées, mais que
je n'ai jamais aimé à voir outrager. Ce qui se passait
devant moi, et ce qui eût dû me laisser indifférente ou
simplement curieuse, me faisait souffrir, sans que je
pusse bien clairement m'expliquer cette souffrance. En
y réfléchissant, je pense maintenant que j'étais blessée
dans le sentiment élevé, délicat et pudique, que toute
intelligence distinguée se forme de la conception des
rapports de la créature avec un créateur. Enfin, quoi
que ce fût, en revenant par le Corso vide, j'ai roulé

beaucoup d'idées là-dessus, me demandant s'il fallait dans ce pays-ci — et peut-être partout — tant de matérialité, tant de spectacle, tant de réalité basse, tant d'efforts de muscles d'hommes, pour faire ce qu'on appelle une religion !

....
....

« De temps en temps il me tombe entre les mains un journal catholique sur lequel je jette les yeux. On nous y traite sans politesse. L'autre jour, j'y ai lu que les libres-penseurs et les philosophes avaient eu pour *progenitori* les orangs-outangs... »

XIII

C'était l'habitude de l'enfant, après le déjeuner, de prendre sa mère par la taille, de l'entraîner au piano, et avec la supplication de son visage et de ses mains tendres, il l'asseyait presque de force sur le tabouret. Puis, tout serré contre elle, la tête penchée et reposante entre l'épaule et la joue maternelles, il écoutait, suivant le mouvement du corps aimé, et recevant en lui la musique des doigts de sa mère sur l'instrument sonore.

« Encore ? Tu veux que je joue encore ? »

L'enfant répondait « oui » du menton et des yeux au baiser que sa mère retournait sur lui. Toujours embarrassé de parler, honteux des mots brisés et estropiés qui lui sortaient de la bouche, il tâchait de tout dire par tout ce qu'il faisait dire à sa physionomie vive, à son ardent et mobile regard, à la mimique de sa sensibilité ; et ses impressions, ses désirs, ses demandes, les secrets de sa secrète petite existence étouffée, allaient à sa mère en gestes attoucheurs et caressants, remontant le long de son bras, vers son cou, avec de petits serrements pressés, une espèce de pianotage, errant et expressif, promené sur elle.

« Parle donc, mon paresseux chéri... » lui répétait sa mère ; mais elle avait presque aussitôt la bouche de l'enfant sur la sienne ; et elle se remettait à battre les touches mélancoliquement.

Pierre-Charles était né d'une couche violente, d'une couche où les fers l'avaient tiré à la vie et où son délicat petit crâne avait été froissé et comprimé par l'instrument brutal. A l'âge où les enfants parlent et où les mères attendent, sa malheureuse mère avait eu l'imprévue douleur de ne point entendre la parole des autres enfants monter aux lèvres de cette petite figure d'intelligence : celle de son fils était si embrouillée, si difficile, si peu formulée et compréhensible, qu'elle fut longtemps à aimer encore mieux qu'il ne parlât pas quand les étrangers étaient là. Elle attendait encore, croyant au temps, à une crise, à la vague Providence, plus souvent désespérée, le voyant pour toujours ainsi.

Et cependant son fils, dans l'atrophiement de son cerveau et de sa langue, montrait, en grandissant, une faculté, un sens rare et unique, un véritable génie musical d'enfant, une précocité de prodige pour saisir, comprendre, retenir, goûter, savourer ce qu'il entendait [16]. La musique devenait sa passion, le plaisir, l'intérêt, l'expansion de sa vie rétrécie et incomplète ; et avant de l'emmener en Italie, la plus grande joie que la mère pouvait donner à l'enfant, joie qu'il attendait dans la fièvre, c'était de le mener, tous les mardis, à l'Opéra. Le lendemain, Pierre-Charles passait obstinément sa journée entière, enfermé dans le cabinet aux robes, à tambouriner sur les vitres tous les grands morceaux de la veille.

La musique et un cœur, — c'était tout cet enfant, un cœur où semblait avoir reflué, l'élargissant, ce qui lui manquait de tous les autres côtés. A aimer il mettait de

la joie et du bonheur, des finesses et des délicatesses
inattendues, une affectuosité inventive, un art adorable de la caresse. Il avait un instinct exquis, l'intelligence innée des malheureux, comme lui, pour reconnaître l'affection des gens ; et quand, par la fenêtre, il
voyait arriver une personne qu'il sentait bonne et
aimable, courant à son coup de sonnette, il se donnait
à elle, dès l'antichambre, dans un accès fiévreux de
gaieté, sautant sur ses deux pieds comme un petit fou,
s'essoufflant à dire : « Pierre-Charles content !
content ! content !... » Puis s'accrochant d'une main
chaude à la main de la dame ou du monsieur, il ouvrait
le salon de sa mère, restait les yeux heureux, rapproché, sur un coussin par terre, du visiteur ou de la
visiteuse, suivant les mots pendant qu'on causait.
Quand on se levait, il ne voulait pas laisser partir la
visite, la retenant, s'y cramponnant, se mettant, avec
une petite force de désespoir, devant le départ pour
l'empêcher. Il percevait autour de lui le beau ou le
vilain temps de l'âme des gens, quand ces gens lui
étaient amis, sympathiques et chers ; tristes, il les
enveloppait de son effusion muette, leur donnait des
regards doux, levait sur eux une espèce d'interrogation
qui paraissait les comprendre. Les impressions les plus
passagères, les plus fugitives sur la figure de sa mère,
sur celle d'Honorine, il les saisissait ; et elles se
grossissaient chez lui en un bonheur ou en un chagrin.
Et telle était l'impressionnabilité de ce petit être que sa
mère, oubliant un moment de retenir, en lui parlant, la
plus légère note d'impatience ou d'irritation, voyait
aussitôt des larmes rouler dans les yeux du pauvre
enfant de trop de cœur.

Aimant des personnes, il était aimant des objets
mêmes d'où lui venaient son plaisir, son amusement,
sa récréation : il embrassait les jouets avec lesquels il
venait de jouer.

XIV

Une après-midi de la fin d'avril, en passant contre la fontaine Pauline et les trois torrents versant l'eau Trajane avec le bruit de cataractes, sur la plate-forme de cette rampe qui descend en tournoyant l'ancien Janicule, et où cheminent lentement des capucins et des ânes chargés d'herbages, Mme Gervaisais fit arrêter sa voiture devant cette grande Rome, répandue, éparse, au bas du mont, sous un éclairage étrange.

Dans un jour voilé de cinq heures, sous un lourd et pesant nuage violet, crêté de blanc, elle avait à sa gauche, au delà du fort Saint-Ange, les lignes d'une campagne verdoyante avec la levée de deux mamelons, pareils à des *tumulus* de peuples enterrés ; à droite, par-dessus le Palatin, le bleu sourd des collines où se cache Albano ; et devant elle toute la plaine bâtie, l'infinie étendue de Rome, un chaos et un univers de pierre, un entassement, une mêlée, une confusion, une superposition de maisons, de palais, d'églises, une forêt d'architectures, d'où se levaient des cimes, des campaniles, des coupoles, des colonnes, des statues, des bras de ruines désespérés dans l'air, des aiguilles d'obélisques, des Césars de bronze, des pointes d'épées d'anges, noires sur le ciel.

Vaste panorama en amphithéâtre que cette capitale de Dieu, portée et étagée sur ses sept collines, et montant, par des escaliers de monuments et des assises de temples, à ces belles lignes acropoliennes qui l'arrêtent, la profilent et la font trôner sur l'horizon !

Une solennité immobile et muette, une grandeur de mort, un repos pétrifié, le sommeil d'une ville endormie par une puissance magique ou vidée par une peste, pesait sur la cité sans vie, aux fenêtres vides, aux

cheminées sans fumée, au silence sans bruit d'activité
ni d'industrie, où rien ne tombait qu'un tintement de
cloche, espacé de minute en minute. Mais c'était le ciel
surtout qui donnait à tout une apparence éteinte par
une lumière grise et terne d'éclipse, empoussiérant le
mousseux des toits, le fruste des murs, enveloppant
une Rome jaune et blafarde d'un ton qui rappelait à
Mme Gervaisais des tableaux d'Afrique, des paysages
étouffés sous une nuée de désert.

De sa voiture arrêtée elle regardait, quand une
voiture la croisa. Un homme en descendit, vint à elle,
et avec un geste d'affectueux étonnement :

« Vous, madame !... Vous ? à Rome !... Et pas un
mot à l'hôtel Colonna ?... J'aurais eu l'honneur de me
présenter chez vous...

— Mon cher ambassadeur, je suis arrivée si
malade, si souffrante, que je n'ai vu encore personne.
Je voulais prendre un peu l'air du pays... me donner le
temps de me reconnaître avant de faire mes visites... et
croyez bien que ma première était destinée à
Mme de Rayneval... »

M. de Rayneval s'inclina.

« Vous demeurez ?

— Place d'Espagne, au coin de la rue *delle Carrozze*.

— Mais c'est une sorte de courage d'être sortie,
pour vous, aujourd'hui ?... Nous avons un affreux
siroco... »

Et il montra le nuage gris étendu sur la ville.

« Ah ! c'est le *siroco* ? C'est cela que je me sentais
depuis ce matin... une détente, une espèce de malaise
général...

— Eh bien ! madame, permettez-moi de vous donner le conseil de rentrer... Moi-même, tout vieux
Romain que je commence à me faire, — et il sourit, —
le vilain « vent de plomb », comme l'appelait déjà
Horace, m'éprouve toujours... »

Et tournant les yeux sur Pierre-Charles :

« Je me rappelais votre enfant, de Paris... Mais il est encore plus beau...

— Adieu, au revoir, mon cher ambassadeur. Mes plus affectueuses amitiés à Mme de Rayneval... »

Et la voiture se mit à redescendre, au petit pas des chevaux, les pentes du *Montorio*.

XV

Le lendemain, la volonté de son corps lui manqua pour sortir, et elle demeura, toute la journée, étendue et lâche sur son canapé. Le jour suivant, plus accablée, tourmentée et suppliée par Honorine, elle se décida à faire appeler le médecin que recommandait M. Andral aux femmes qu'il envoyait à Rome, et qu'elle avait, de jour en jour, tardé à voir avec le paresseux : « Demain », que se répètent les malades.

Ce médecin était le fameux docteur des étrangers, le seul qui eût le droit de dire : « *Favorisca il polso* [17] », aux pudiques Anglaises de la place d'Espagne, le libéral, le député révolutionnaire de 48, le visiteur de Vienne, de Londres, de Paris, le savant, l'antiquaire, l'amateur et le brocanteur de statues et de tableaux, le conteur d'anecdotes, le sautillant bavard, le fin Romain laissant tomber au bout de tout ce qu'il ordonnait, de tout ce qu'il racontait, de tout ce dont il gémissait, ce refrain éternel de la philosophie et de la patience de son pays : « Que voulez-vous ? nous sommes sous les prêtres ! » une phrase qu'il fallait lui entendre dire en italien : « *Che volete ? siamo sotto i preti !* »

Il arriva, ne s'assit pas, et tout en parlant à la malade d'une superbe *coltellata* qu'il venait de soigner à l'hôpital de la Consolation, du Vatican, du peintre Camuccini, du tribut que les étrangers payent au

climat, du temps *indiavolato* qu'il faisait depuis quelques jours, et encore de mille autres choses, il lui tira
de la veine, sans presque qu'elle s'en aperçût, un peu
de sang.

Cependant, ce malaise avec lequel badinait le
docteur Monterone — c'était son nom — fut plus
grave qu'il ne l'avait cru. Il fallut saigner Mme Gervaisais encore deux ou trois fois. Pendant quelques jours
elle donna à Honorine de sérieuses inquiétudes. Et
quand elle fut rétablie, elle garda près de deux ou trois
mois une grande faiblesse.

Le long des premiers jours anxieux, Pierre-Charles
restait comme une pierre, assis sur sa chaise basse, au
pied du lit de sa mère, les yeux sur les siens. Grognant
quand Honorine venait le chercher pour le faire
manger ou le coucher, il passait là toutes les heures, à
la même place, avec le même regard long d'attachement et de cette tendresse triste, étonnée, qu'ont les
enfants à voir souffrir.

« Eh bien, Honorine, disait Mme Gervaisais un des
premiers soirs de sa convalescence, qu'est-ce qu'il y a
de nouveau dans la maison ? S'est-on un peu intéressé
à ma maladie ?

— Oh ! oui, madame... surtout les bonnes dames
d'ici... Même Madame leur ferait bien plaisir de les
recevoir quand elle se sentira assez forte... On a aussi
envoyé de l'ambassade, presque tous les jours, savoir
des nouvelles de Madame... Ah ! il est venu aussi très
souvent un monsieur... un monsieur... un auditeur
de... de...

— De Rote... Ah ! oui, ce bon Flamen... Il ne m'a
pas oubliée... Je ne lui avais pas seulement annoncé
mon arrivée... »

Il y eut un court silence.

« Et lui... madame... reprit Honorine en désignant
l'enfant, Madame ne sait pas ce qu'il faisait pendant
les maux de Madame ? Eh bien ! tous les jours, le

matin, il prenait une feuille de papier sur le bureau de
Madame... Et puis il gribouillait... Et puis il fallait que
je mette une enveloppe... Et puis il posait dessus un tas
de pains à cacheter, pour faire les timbres de poste,
comme sur les lettres de France qu'il voit à Madame...
Et puis... mais, vrai, madame !... il fallait que j'écrive
sur l'adresse : *Au bon Dieu*... Et il n'avait pas de cesse
que j'aille la jeter à la boîte, sur la place... Il regardait
par la fenêtre... J'étais obligée de faire semblant... Oui,
madame... il écrivait au bon Dieu pour lui demander
de ne pas faire mourir sa maman !... Ah ! le bien-
aimé !... Les autres ne veulent pas voir... Mais c'est
qu'il a joliment de l'esprit, au fond ! »

   L'enfant écoutait Honorine, les yeux inquiets, la tête
avancée pour mieux entendre, timide et confus, peu-
reusement attentif, comme toutes les fois qu'on parlait
de lui... Mme Gervaisais lui ouvrit ses deux bras, et le
serrant nerveusement sur sa poitrine, elle laissa tomber sur sa tête deux larmes, lentes à couler.

   Elle pensa à ce pauvre ange, si elle était morte et s'il
ne l'avait plus ! Enfant de douleur, mal et à moitié né,
que deviendrait-il seul et sans mère, ce doux être de
souffrance et de tendresse, fait uniquement pour aimer
et être aimé, n'ayant guère pour s'exprimer que des
larmes et des baisers ? Et comment pourrait-il vivre, ce
malheureux petit martyr d'amour ? L'idée des souffrances, du supplice, qui attendaient l'innocente âme
infirme, désarmée de toutes les intelligences et de
toutes les défenses des autres, la frappa d'une épouvante subite et lui fit faire un grand retour sur elle-
même : elle se redressa dans une volonté, presque un
serment de ne pas mourir ; elle ne s'en reconnaissait
plus le droit. Elle était de ces mères qui ne doivent pas
déserter, et auxquelles un semblable enfant commande
de vivre et de durer.

XVI

Quand Mme Gervaisais se trouva tout à fait rétablie, l'été était déjà trop avancé pour qu'elle allât à la campagne et louât une maison à Frascati ou à Tivoli. Elle reprit son ancienne vie, plus casanière et plus retirée, enfoncée dans l'ombre de sa chambre, dans la demi-obscurité reposante de ses persiennes fermées. Elle ne sortait guère que le soir, au soleil couché. Elle faisait prendre à sa voiture la file du défilé au pas parcourant le Corso, du Pincio au palais de Venise, et du palais de Venise au Pincio, lentement traînée, avec son enfant somnolent contre elle ; elle revivait dans le mouvement des chevaux, des équipages, des toilettes. Et l'alanguissement d'un reste de faiblesse, les flottantes songeries d'une tête un peu ébranlée, d'une imagination relevant de maladie, la faisaient s'abandonner au charme singulièrement poétique, doucement mélancolique, du crépuscule italien, cette paresseuse venue de la nuit plus longue à venir de l'obscurité que dans les ciels du Nord. Au-dessus de sa tête, le bleu se décolorait, devenait comme le nocturne azur blême d'un glacier. Autour d'elle, une apparence d'évanouissement, le pâlissement d'une mort humaine s'étendait sur les couleurs des choses, sur l'orangé de la pierre, le rouge de la brique. Une lumière d'une inexprimable teinte expirante, d'une clarté d'aube de lune, semblait être la lumière angélique de l'*Ave Maria*. Un reflet éteint de ce ciel passait sur les visages, qui n'étaient plus les visages de la journée, enveloppait les petites processions d'orphelins, pareils à des fantômes de petits curés tout blancs, dont le bas de soutane traînait déjà et se perdait dans le bleuissement montant du pavé, de la rue, des marches de palais. Des deux côtés du Corso s'effaçaient les monuments, les maisons, les promeneurs qui s'enfonçaient et se perdaient dans du mystère. Heure de Rome presque fantastique, où l'on dirait que la réalité se retire de tout, que la vie s'évapore, que les pensées n'ont plus où reposer et perdent terre, que les visions commencent à s'approcher de l'âme comme des yeux... Et la longue promenade continuant, Mme Gervaisais avait l'impression de la finir dans un rêve traversé du zigzag de petites chauves-souris.

XVII

L'août brûlant, ce mois si redouté à Rome qu'à son approche, les garçons de café remercient le pourboire avec le souhait « d'un bon mois d'août », Mme Gervaisais le passait sans trop souffrir, ni s'ennuyer, distraite de la monotonie d'une complète reclusion, et reposée de ses lectures par les visites journalières de deux hommes : son médecin, qui s'oubliait chez elle, invariablement, à bavarder pendant deux heures, et un vieil ami de France, non moins assidu et non moins long dans ses visites.

Le docteur Monterone continuait à avoir avec elle l'amusant d'une de ces conversations décousues, mimées, pasquinantes, mettant sur les lèvres du scepticisme romain une si profonde ironie bouffe. Sur une nouvelle, un bruit du jour, un mot, il partait :

« Le *Page rouge*... disait-il. Eh bien ! oui, le *Pape rouge*, c'est comme cela qu'on l'appelle ici [18]... »

Et sa parole se mettait à couler intarissable.

« Ah ! vous ne saviez pas ? Nous avons trois Papes à Rome : le *Pape blanc*, qui est notre Très Vénéré Saint-Père ; le *Pape noir*, qui est le général des jésuites ; et le

Pape rouge, qui est Monseigneur le cardinal Antonelli...
Ah! ah! voilà qu'il me revient ce qu'il me racontait
l'autre jour, une histoire de sa jeunesse... Un jour, en
se promenant au Vatican... il n'était pas le Monseigneur d'aujourd'hui... il se trouva devant la porte des
Archives... Elle était ouverte... il entre... L'archiviste le
laisse aller, se promener, regarder, ouvrir les armoires... Le lendemain, il avait une audience de Grégoire
XVI. Dans la conversation avec le Saint-Père, il laisse
échapper : « Saint-Père, c'est bien curieux les armoires des Archives. Mais vos carreaux sont en bien
mauvais état... — Vous êtes entré!... vous êtes entré
aux Archives, et vous avez regardé dans les papiers ?
— Oui, Saint-Père, la porte était ouverte... — Et vous
osez!... Mais vous ne savez donc pas, mon fils, que
vous êtes excommunié ? — Mon Dieu! — Rassurez-
vous... Je vous donne pour pénitence de remettre à vos
frais tous les carreaux qui manquent [19]... » Oh! nos
Papes, ce n'est jamais l'esprit qui leur manque. Tenez,
notre Pie IX, sous son air bonhomme... il a des
mots!... J'avais obtenu une audience pour un musicien
qui voulait avoir la croix de Saint-Sylvestre. Savez-
vous ce que le Pape lui a dit ? « Adressez-vous à mon
confrère Apollon... » Et après ses séances avec Rossi...
le pauvre Rossi [20] que j'ai reçu mourant dans mes bras
au palais de la chancellerie ; car c'est moi... Savez-vous
ce qu'il disait, notre Saint-Père, quand son ministre
avait passé la porte ? « Je viens d'entendre le professeur, il m'a fait un cours sur le possible et l'impossible. »

Et tâtant sur une table des chapelets achetés par
Mme Gervaisais pour des cadeaux à envoyer en
France : « De chez Mme Rosa, la célèbre *coronara* de la
Minerve ?... Une de vos compatriotes, au fait, une
Française, une femme qui possède tous les dessous de
cartes du Vatican... Un gouvernement qui aurait cette
femme-là dans la main, ce qu'il saurait!... » Et

coupant brusquement sa phrase : « ... Par exemple,
que nous avons un Cardinal de la dernière fournée qui
passe son temps à jouer du cor de chasse... le plus
secrètement qu'il peut... Ici, au fond, tout se sait... Je
dînais l'autre jeudi à l'ambassade de votre nation... Il
m'échappe un mot imprudent. « Oh ! ici, docteur, me
dit votre ambassadeur, vous pouvez bien tout dire... Je
suis sûr de mes gens : la moitié appartient à la police
du Gouvernement et l'autre à celle de la Révolution. »
Che volete ? Nous avons ici une communauté de moines
nobles : ils se plaignent tous du macaroni ; c'est vrai,
on ne sait plus le faire... Et qu'est-ce qu'ils disent : —
« *Che volete ? siamo sotto i preti !...* » Les prêtres ! les
prêtres ! Dans les théâtres, à la semaine de Pâques,
madame, le curé de la paroisse fait *lista delle anime,* le
recensement des âmes... Voyez-vous cela pendant une
répétition, le livre des futurs communiants sur les
planches, et toute la troupe, le souffleur, l'allumeur de
quinquets, les danseuses ! les danseuses qui se précipitent pour embrasser la main du curé en l'appelant :
Padre curato ! Et lui leur dit : « Ne vous dérangez
pas... » Il s'assied et regarde un pas de ballet... Du
reste, nos danseuses à nous, ce n'est pas comme à votre
Opéra... La Ferraris n'entre jamais en scène qu'après
une petite invocation et un baiser à une amulette... Il y
a aussi le mot de la Fuoco à laquelle on disait : « Mais
comment ne tombez-vous pas sur un plancher si mal
balayé ?... — Oh ! il y a des moments où il faut croire
que le bon Dieu nous soutient !... » Et si désintéressées,
les nôtres !... Tenez ! un mot tout frais de la semaine
dernière, et dit à un jeune attaché de votre pays. Il
avait ici une ballerine, et comme il s'excusait de ne lui
avoir point encore fait de cadeaux, elle trouva ce mot
sublime : « Si vous m'en aviez fait, je suis sûre qu'ils
auraient été très beaux... » A propos, madame, on n'a
pas essayé de vous faire entrer dans notre belle
association des *Pericolante*[21] ?... Oui, des jeunes filles et

des jeunes femmes en péril ? Comment, vous n'en avez
pas entendu parler ? Une institution de génie ! Une
femme « pericolante » va trouver cette excellente
société et lui dit : « Je n'ai pas de pain, on m'offre deux
écus. » La société demande une preuve, une lettre...
La femme apporte la lettre, prend les deux écus... et...

— Et elle...

— Eh bien ! elle en touche quatre ! »

Le vieil ami de France retrouvé à Rome par
Mme Gervaisais, M. Flamen de Gerbois, était un tout
autre homme et une tout autre compagnie. Cet ami lui
apportait son intérêt ému, sa parole, la parole grave et
douce d'une vie brisée, sa haute et mélancolique
pensée, les accents d'un large esprit, d'une belle âme,
d'une foi de tolérante charité et d'infinie bonté.

Marié en France, père de deux petites filles qu'il
amenait jouer avec Pierre-Charles, la mort de sa
femme qu'il adorait, l'avait jeté dans les Ordres, et il
exerçait depuis deux ans à Rome les fonctions d'auditeur de Rote pour la France, au Conseil du contentieux
ecclésiastique, au Tribunal de jurisprudence canoni-
que et civile, *Asylum justitiæ*, une haute place au
XVIIIe siècle [22], aujourd'hui tombée presque à rien, où
une personnalité de valeur reste inutile et enterrée,
avec le seul avenir du décanat de la Rote qui mène au
cardinalat.

Gallican, attaché aux doctrines nationales et tradi-
tionnelles de l'Église de France, ancien ami de Lamennais, souvent il disait et confessait à Mme Gervaisais ses
profondes tristesses et ses amertumes secrètes de tout
ce qu'il voyait à Rome, dans cette cour et cette
politique, aveugles comme une cour et une politique
humaines, où les haines et les jalousies des uns,
maîtresses de la pusillanimité des autres, ennemies de
toute supériorité, avaient persécuté, pendant le siècle,
tout grand esprit religieux, toute grande voix montant
en chaire, les talents, les génies, les gloires mêmes

promises à l'Église, contristé un Lacordaire et rejeté
son éloquence à l'exil de Flavigny, repoussé le croyant
de la Chesnaye à l'athéisme de sa fin[23].

Et c'était ainsi que parlait M. Flamen de Gerbois,
regardant la malade, d'une main caressant l'enfant.

XVIII

Quand elle sortait maintenant, par hasard, dans la
journée, aux heures où les églises n'ont pas encore
relevé sur leurs portes, pour la sieste de la prière, leurs
portières de cuir, elle aimait à y entrer.

Ce qui l'y attirait et ce qu'elle allait y chercher, ce
n'était point une impression religieuse, l'approche du
Dieu chrétien dans sa maison, mais la sensation d'un
lieu de tranquillité, paisiblement et silencieusement
agréable, offrant le repos et l'hospitalité d'un palais
pacifique. Sortir du soleil de la rue, entrer dans la
fraîcheur, l'assoupissement de l'or et des peintures, les
lueurs polies et les blancheurs errantes, c'était pour
elle le rassérénement que pourrait donner un endroit
d'ombre, attendant le jet d'eau du Généralife. Et peu à
peu, dans la ville des églises, allant à celle-ci, à celle-là,
les visitant, prolongeant ses stations, elle se laissait
aller à ce goût qui vient à l'étranger, à cette passion qui
lui fait perdre les préjugés, les répugnances du catholique des églises gothiques, et l'amène à prendre presque en pitié la pauvreté de pierre de ses cathédrales ;
elle se laissait aller à l'amour du marbre, du marbre
qui met là partout aux murs son éclat glacé, ses
lumières glissantes, ses lisses surfaces caressées par le
jour jouant sur leur dureté précieuse, filant le long des
colonnes, des pilastres, se perdant aux voûtes en
éclairs brisés. A mesure qu'elle y vivait, elle prenait

une habitude d'être, pendant le chaud du jour, au milieu de cette pierre veinée, brillante et à moitié bijou, de ce froid luisant des couleurs doucement roses, doucement jaunes, doucement vertes, fondues en une espèce de nacre irisant de ses teintes changeantes le prisme de toute une nef. Immobile, contemplative, elle avait un plaisir à se voir enveloppée de cette clarté miroitante où la chaude magnificence des dorures, l'opulence des parois et la somptuosité des tentures semblaient s'évaporer et se volatiliser dans un air agatisé par tous les reflets des porphyres et des jaspes.

XIX

Il y a à Saint-Pierre une superbe et royale porte de la Mort [24] : c'est un portique de marbre noir, sur lequel s'enlèvent de travers les tibias envolés d'un squelette doré soulevant la solide portière, la tenture écrasante qui lui retombe sur le crâne, et fait un masque aveuglé à l'image du Trépas dressant en l'air, au-dessus du passant, avec le bout de ses phalanges d'os, le sablier du Temps éternel.

Dans une de ses visites de l'après-midi aux églises, Mme Gervaisais sortait par cette porte de la sacristie de la basilique, lorsque lui apparut une chapelle qui n'avait point encore arrêté ses yeux, au milieu des chapelles sans nombre de Saint-Pierre. Elle s'arrêta involontairement devant les treize confessionnaux qui étaient là comme les oreilles et les bouches de la pénitence chrétienne pour toutes les langues du monde catholique, avec les inscriptions sur leurs frontons :

Pro Gallica lingua
Pro Græca lingua

Pro Hispanica lingua
Pro Lusitana lingua
Pro Anglica lingua
Pro Polonica lingua
Pro Illyrica lingua
Pro Flandrica lingua
Pro Germanica lingua
Pro Italica lingua

Attirée, sans qu'elle sût pourquoi, elle restait à épeler ce latin englobant le monde, quand, tirée par sa robe, elle se retourna vers son fils : l'enfant lui montrait au-dessus du baldaquin, dans un bleu de lumière, le rayonnement de la voûte, l'or des mots : *Petrus et super hanc petram ædificabo...* qui semblaient en ce moment écrits en lettres de feu sur le bandeau de la coupole [25].

XX

Avec l'automne, avec l'amélioration qui se faisait dans sa santé, Mme Gervaisais changeait sa vie étroite, solitaire, presque cloîtrée, en une vie plus large, plus répandue et qui revenait au monde.

Elle louait une voiture au mois, prenait un de ces domestiques italiens, bons à tout, qui cuisinent, et montent derrière la voiture avec une éternelle chemise de couleur sous un habit noir. Et commençant ses visites, elle remettait ses lettres de recommandation chez la princesse Liverani.

Un moment elle avait pensé à chercher un logement plus grand ; mais elle s'était trouvée un peu retenue par un intérêt apitoyé pour ces honnêtes padrones, subsistant misérablement d'un vieux plan de Rome

dont elles avaient la planche en héritage. Puis, aurait-
elle retrouvé ailleurs un voisinage aussi discret que
celui de ces femmes apparaissant chez elle seulement
lorsqu'elle était souffrante, et tout le jour, dans l'ombre
et le silence de leur chambrette avec un chien muet, la
musique d'une pendule, des petits bouquets dans des
verres, une paix de bonheur médiocre où tombait, de
loin en loin, le grand événement attendu à l'avance de
la visite d'une vieille tante ?

XXI

Mme Gervaisais dîna plusieurs fois chez la princesse
Liverani, qui donnait des repas bizarres et charmants.
Une nappe, qui avait toujours un lit de fleurs,
l'aimable semis de la semaine de Pâques, gardé là
toute l'année ; point de carafes de vin, mais un grand
vase de cristal de roche, splendide objet d'art de
famille, où était gravé un triomphe d'Amphitrite, et
que les convives se passaient l'un à l'autre ; au travers
des plats, le vieux livre de la maison, où le cuisinier
écrivait, depuis des générations, tous les jours, le menu
du déjeuner et du dîner, et où les blancs étaient
couverts de notes, de dates, d'événements de famille,
de pensées, auxquels la gaieté des hôtes de passage
ajoutait des réflexions, des caricatures, des dessins : la
table était cela, avec la voix de la princesse : un chant,
sa parole, un rire. Sensible comme une Italienne à la
beauté du fils de Mme Gervaisais, elle le plaçait
toujours à côté d'elle, sans souci des grandes personnes. Le mutisme de l'enfant lui était égal : elle
s'amusait à le voir.
Après le dîner, la princesse se tenait dans une petite
galerie aux pilastres plaqués de morceaux de glace,

feuillagés d'acanthe, aux portes bleues à filets dorés,
au petit pavé caillouté de violet et de jaune; une
fraîche pièce qui respirait par deux fenêtres ouvertes,
et laissait voir le dôme de rosiers en arbres épanouis-
sant leurs bouquets de roses énormes. Là, joliment
lasse à porter l'élancement de sa taille, ses épaules
abattues, son long cou, elle écoutait légèrement, un
peu distraite et comme avec le seul sourire de sa figure,
la causerie brisée du petit cercle assis sur des sièges où
étaient représentées, en tapisserie, les Vertus théologa-
les. Les paroles s'arrêtaient. La conversation avait des
pauses de repos, semblables à la dégustation d'un
sorbet. Et il se faisait, de moment en moment, ces
silences des salons italiens qui laissent tomber le
temps, et paraissent heureusement l'écouter couler.

Dans cet intérieur fermé aux étrangers, jaloux de
son intimité, à la façon de la haute aristocratie
romaine, peu de monde venait le soir. Toute la société,
c'était un peintre du pays, quelques princes romains
parents ou alliés, de jeunes cousines aux traits fins des
Hérodiades du Vinci, et deux Cardinaux familiers de
la maison, qu'on voyait entrer, leur chapeau à ganse
rouge et or jeté sous le bras, avec une désinvolture de
vieux marquis. Ils prenaient place sur leurs grands
fauteuils accoutumés, tout près de l'oreille de la
princesse, et ils disaient ces phrases suspendues, des
paroles de prêtre et de diplomate, terminées par une
mine, un jeu de visage, parfois un regard de ce noir
particulier à l'œil du prélat romain. Et bientôt, après
avoir battu de leurs chapeaux, un moment, leurs
mollets de pourpre, les deux *porporati* se levaient,
saluaient, disparaissaient.

XXII

L'hiver était venu. La santé de Mme Gervaisais continuait à être assez bonne pour lui permettre de fréquenter assidûment le salon Liverani, et de traverser deux ou trois salons de ces grandes dames romaines à la mode, dont la calèche arrêtée sur la terrasse du Pincio s'entoure aussitôt d'une cour d'hommes.

Elle devenait presque une habituée des dîners de l'ambassade et des réceptions de la villa Medici, où les soirées de musique avaient, cette année-là, le talent de jeunes gens qui promettaient déjà l'avenir de compositeurs célèbres.

Elle menait souvent Pierre-Charles là où il était si heureux, à l'Opéra de Rome, au Théâtre Apollo. Et quand arrivait le carnaval, *il Santissimo Carnevale,* elle promenait pendant trois jours, au milieu de la grosse joie du Corso, l'enfant charmant en son costume de petit garde française, un peu ahuri par la bataille des *confetti,* mais dont le plaisir prit feu au dernier soir, voulant, lui aussi, éteindre les *moccoletti,* le bout de bougie que tous soufflent à chacun et que chacun souffle à tous au cri vainqueur de : *Senza moccolo ! Senza moccolo* [26] !

XXIII

Mme Gervaisais s'était trouvée l'année précédente, en arrivant de France, trop fatiguée et trop faible pour suivre à Saint-Pierre les cérémonies de Pâques. Mais à cette seconde Semaine Sainte qu'elle passait à Rome, elle eut la curiosité d'en avoir l'impression.

Le jour du Dimanche des Rameaux, elle était, avec le costume d'étiquette, la robe noire et le voile noir attaché par une marguerite d'argent, dans une de ces grandes tribunes échafaudées pour les dames, à droite et à gauche du chœur. Sa vue, allant devant elle, passait à travers des fers de hallebardes, des casques, des cimiers d'or, des panaches de crins blancs ; par-dessus les rangées de Patriarches, de Dignitaires, leurs chasubles tissées d'or ; par-dessus les files assises des Cardinaux, dont les robes coulaient en vagues somptueuses et noyaient presque, d'un flot de leurs queues, les caudataires assis à leurs pieds ; par-dessus les ambassadeurs et les diplomates en uniforme, l'état-major en costume de parade des armées de la terre, cet illustre public d'Europe souvent mêlé, dans son coudoiement, de Princes et de Rois ; et ses yeux arrivaient, tout au fond du chœur, sombrement rouge, au Pape.

La Basilique était éclairée par un jour recueilli, pieux et froid, un jour de mars, où le soleil, frappant et arrêté aux portes de bronze de l'entrée, n'allumait pas encore la gloire jaune du Saint-Esprit et son cadre de rayons dans le vitrail de la Tribune de Saint-Pierre ; un jour triste qui se teintait du violet des vastes tentures enveloppant la messe et le demi-deuil de ce dimanche, avec le deuil de la pourpre.

L'immensité de Saint-Pierre était silencieuse. On n'y entendait que le bruit des pas de la foule, pareil, sur le marbre glissant, au bruit liquide de grandes eaux qui s'y seraient écoulées. Tout à coup éclata et s'élança l'hymne du *Pueri Hebræorum,* souvenir des fils de Judée, venus au-devant du Seigneur, un cantique de jeune joie, un hosanna qui déchirait l'air de notes argentines, montant et se perdant à la hauteur des voûtes, y roulant au loin, comme une criée d'enfants dans des échos de montagnes.

Au premier accent de ce chant et de son allégresse, commençait la marche, la procession éternelle et toujours recommençante de toute cette cour de l'Église allant recevoir les rameaux des mains du Saint-Père : les Cardinaux, les Patriarches, les Archevêques, les Évêques non assistants et assistants, les Abbés mitrés, les Pénitenciers, le Gouverneur de Rome, l'Auditeur de la Chambre, le Majordome, le Trésorier, les Protonotaires apostoliques participants et honoraires, le Régent de la Chancellerie, l'Auditeur des contredites, les Généraux des Ordres religieux, les quatre Conservateurs, les Auditeurs de Rote, les Clercs de la Chambre, les Votants de la signature, les Abréviateurs, les Maîtres des cérémonies, les Camériers assistants, les Camériers secrets, les Camériers ordinaires, les Camériers extra, les Avocats consistoriaux, les Écuyers, les Chantres, les Clercs et les Acolytes de la Chapelle, les Porteurs de la *Virga rubea,* — tout un peuple ecclésiastique et toute l'innombrable « Famille pontificale » allongeant son lent défilé comme en ces déroulements de milices chrétiennes allant cueillir au ciel la palme des élus.

Le Pape assis, offrant, aux baisers qui montaient, ses genoux couverts d'un voile brodé, sa main et son pied, distribuait à chacun la palme frisée de San Remo [27], avec un mouvement d'automatisme grandiose, un geste hiératique et ancien qui le faisait ressemblant, sous le dais de sa chaise, nuageux d'encens, à une statue sainte du Passé.

Merveilleuse mise en scène, admirable coup de théâtre de la liturgie, chef-d'œuvre du triomphal spectacle religieux du XVIᵉ siècle, de son génie d'art catholique, de toutes ces grandes mains de ses artistes et de ses peintres inventant le dessin, l'ordonnance, l'arrangement, la composition et la symétrie des poses, le pyramidement des groupes, la beauté du décor vivant, étageant tous ces figurants magnifiques, en camail d'hermine, en surplis de dentelles, ruisselants de brocart et de soie, et qui portent l'or pâle de leurs palmes tremblantes sur le cramoisi des fonds, sur les harmonies et les splendeurs sourdes d'un colossal Titien !

Mme Gervaisais arrivait à cet état vague et un peu troublé de faiblesse que font dans ces cérémonies la longue lassitude, l'attention fatiguée des sens. Sa contemplation était répandue et errante, quand tout à coup elle fut secouée et réveillée par un chant, tel qu'elle n'en avait jamais entendu de pareil, une plainte où gémissait la fin du monde, une musique originale et inconnue où se mêlaient les insultes d'une tourbe furieuse, un récitatif lent et solennel d'une parole lointaine de l'histoire, une basse-taille touchant aux infinis des profondeurs de l'âme.

C'était, chanté par les trois diacres, le plain-chant dramatisé de la passion de Jésus-Christ, selon l'Évangile de saint Matthieu.

Charmée nerveusement, avec de petits tressaillements derrière la tête, Mme Gervaisais demeurait, languissamment navrée sous le bruit grave de cette basse balançant la gamme des mélancolies, répandant ces notes qui semblaient le large murmure d'une immense désolation, suspendues et trémolantes des minutes entières sur des syllabes de douleur, dont les ondes sonores restaient en l'air sans vouloir mourir. Et la basse faisait encore monter, descendre et remonter, dans le sourd et le voilé de sa gorge, la lamentation du Sacrifice, d'une agonie d'Homme-Dieu, modulée, soupirée avec le timbre humain.

Pendant ce chant où retentit la mort de l'auteur de toute bénédiction, l'Église ne demande pas la bénédiction ; pendant ce chant qui dit la nuit de la véritable lumière du monde, l'Église n'a pas de cierges allumés ; elle n'encense pas, elle ne répond pas : *Gloria tibi, Domine.*

Mme Gervaisais écoutait toujours la basse, la basse plus pénétrante, plus déchirée d'angoisse et qui sem-

blait la voix de Jésus disant : « Mon âme se sent
plongée dans la tristesse jusqu'à la mort ; » la voix de
Jésus même qui fit un instant, sous les lèvres du
chantre, passer à travers les poitrines le frisson de la
défaillance d'un Dieu !

Et le récitatif continuait, coupé par les reprises
exultantes du chœur, tout cette tempête de clameurs,
le bruit caricatural, comique et féroce du peuple
homicide, la joie discordante et blasphémante des
foules demandant le sang d'un juste, les éclats de voix
aigres au *Crucifige !* et au *Barabbas !* qu'écrasait la
douloureuse basse sous un grand dédain résigné.

XXIV

Ce chant, cette voix qui avait fini par l'ineffable note
mourante et crucifiée, le *Lamma sabachtani* du Golgotha, laissaient à Mme Gervaisais un long écho qu'elle
emportait, une vibration dont le tressaillement aux
endroits sensibles de son être, montait jusqu'à ses
lèvres qui, d'elles-mêmes, tout bas en répétaient le
soupir suprême. Et en même temps, avec cette
mémoire intérieure, elle sentait s'élever et remonter
peu à peu en elle tout le douloureux de sa vie, toutes
ses larmes en dedans. Avec l'amère félicité du souvenir, elle se rappelait toutes ses impressions tristes de
jeune fille, d'épouse, de mère, toutes les secrètes et
inconnues douleurs opprimées d'une existence de
femme. Il lui semblait que son passé se rapprochait
dans l'enchantement mélancolique d'une harmonie
éloignée, sur la corde d'un violon qui eût pleuré.
C'était comme un rappel de ses anciennes émotions,
où lui revenait, à fleur de cœur, ce qu'elle avait senti,
étouffé, souffert. Rien de religieux d'ailleurs et qui

s'approchât de la foi ne se mêlait chez Mme Gervaisais à cette sensation délicate et profonde, mais de sentimentalité toute féminine, mise en elle par cette musique.

Et presque heureuse dans cet état doux et cruel, elle ne faisait point d'effort pour en sortir. Elle s'y abandonnait avec une immobilité de corps, un silence de pensée, qui semblaient vouloir garder et retenir un mauvais songe agréable. C'est dans cette disposition qu'elle arrivait aux *Miserere* de la Chapelle Sixtine [28].

XXV

Les *Lamentations* élevaient dans la Chapelle Sixtine leur bruit désolé.

A la corne de l'Épître, un triangle de quinze cierges d'une cire brune faisait trembloter les petites flammes qui veillent un mort. Un mur de colère, gâché de couleurs redoutables, plaquait au fond l'avalanche et le précipitement des damnés qui roulaient à l'enfer, suppliciés par tous les raccourcis de la chute, toutes les angoisses des muscles, toutes les agonies du dessin, toutes les académies du désespoir ; tableau muet de la souffrance physique, contre lequel venait frapper, battre, expirer le chœur des douleurs de l'âme.

Les voix ne cessaient pas, — des voix d'airain ; des voix qui jetaient sur les versets le bruit sourd de la terre sur un cercueil ; des voix d'un tendre aigu ; des voix de cristal qui se brisaient ; des voix qui s'enflaient d'un ruisseau de larmes ; des voix qui s'envolaient l'une autour de l'autre ; des voix dolentes où montait et descendait une plainte chevrotante ; des voix pathétiques ; des voix de supplication adorante qu'emportait l'ouragan du plain-chant ; des voix tressaillantes dans

des vocalises de sanglots ; des voix dont le vif élancement retombait tout à coup à un abîme de silence, d'où
rejaillissaient aussitôt d'autres voix sonores : des voix
étranges et troublantes, des voix flûtées et mouillées,
des voix entre l'enfant et la femme, des voix d'hommes
féminisées, des voix d'un enrouement que ferait, dans
un gosier, une mue angélique, des voix neutres et sans
sexe, vierges et martyres, des voix fragiles et poignantes, attaquant les nerfs avec l'imprévu et l'anti-naturel
du son.

Cependant, à de longs intervalles, à la fin de chaque
psaume, les cierges du triangle s'éteignaient un à un
comme d'eux-mêmes ; et le chaos redoutable du fond
entrait dans le chaos de la nuit, obscurant le public, si
serré, si étouffé contre la barrière du *chancel,* que les
prêtres, dans la foule, retournaient avec la langue les
pages de leur *Semaine Sainte.*

Un peu de clarté ne restait plus que dans la tribune,
sur le mur de droite, au balcon de balustres à la petite
rampe surmontée d'un pupitre, où Mme Gervaisais
pouvait encore lire : *Cantate domino ;* la tribune des
chanteurs pontificaux ayant seuls le droit de chanter
devant le Pape et les Cardinaux en chapelle, n'exécu-
tant que le chant Grégorien et la musique dite *alla
Palestrina.* Par une fenêtre derrière eux, une filtrée de
jour blanc éclairait, d'un rayon vespéral de printemps
du moyen-âge, la dentelle de leurs cottes, la soie
violette de leurs soutanes, de leurs ceintures, du *collaro*
de leur cou. Et un instant, au-dessus du pupitre, passa
la tête d'un jeune chanteur, souvenir des enfants de
chœur, aux joues enflées, de Lucca della Robia.

Il était vingt-deux heures de l'heure italienne. Les
quatorze cierges étaient éteints, le dernier caché derrière l'autel, — et dans le noir de la chapelle se
recueillait l'attente.

Alors suavement, et tout bas, monta le chant du
Miserere, son murmure, sa prière, sa gémissante har-

monie, cette musique expirante s'envolant à Dieu, et
qui, redescendant des nuages, semblait par instants
renouveler, au plafond de la Sixtine, le miracle de la
messe du pape Grégoire le Grand, où les oreilles
entendirent tomber les répons du ciel, de la bouche des
Séraphins.

XXVI

Elle revint lentement, s'arrêtant aux églises ouvertes
et brillantes, dont l'une mit un éblouissement devant
ses yeux encore pleins de la nuit de la Sixtine.

De la voûte jusqu'au bas de l'autel, une cascade
ardente ruisselait sur les marches d'un escalier de
cierges, derrière lesquels passaient et repassaient les
soutanes rouges des sacristains allumeurs. Et aux
murs, aux pilastres, par toute la riche et coquette église
de marbre et d'or, — Saint-Antoine des Portugais, —
étincelaient des milliers de girandoles, des échelles, des
colonnades, des ifs de lustres, changeant les parois en
miroirs de flammes répercutées, jetant de leurs cristaux en feu des éclairs de rubis, un incendie de
diamants, dans ce jour fleuri d'étoiles, cette palpitation
de lueurs battantes, le fourmillement de lumières et le
rose illuminé du chœur, où paraissait s'ouvrir, au fond,
entre des rideaux de pierre, la porte aveuglante de la
Gloire Divine.

XXVII

Le Samedi Saint, l'intérieur de Saint-Jean de Latran
donnait à Mme Gervaisais le spectacle de la piété

fauve qu'y apporte, avec sa foi d'animal sauvage, le peuple de la campagne de Rome.

Après avoir passé la lourde portière, soulevée par la tête et le dos d'un vieux mendiant au long bâton, le flot du monde, derrière elle, la jetait au milieu de femmes mordillant, avec les coins de leur bouche, les deux bouts de leur mouchoir de tête, au milieu d'hommes aux orteils trouant leurs espadrilles, aux vestes et aux culottes recousues de ficelles, peuplade des champs, d'où s'exhalait une fermentation de sueur, l'odeur d'une chaude humanité. Debout, assis, accoudés, étagés sur les marches des escaliers, des autels, les uns mangeaient des feuilles d'artichauts, les autres dormaient, leur tête entre les genoux. Dans la Basilique, dans la sacro-sainte église qui s'appelle « *Omnium Urbis et Orbis ecclesiarum Mater et Caput* », sous le plafond de reliquaire aux apôtres d'or, sous le grésillement d'or de la mosaïque, sur le pavé de serpentin et de porphyre étendant sous le pas l'ancien tapis des temples, l'*opus alexandrinum,* entre les grands murs de marbre, ce peuple en haillons, inondant les cinq nefs, paraissait l'invasion et le campement d'une religion barbare, rustique et brute, fiévreuse, impatiente, frémissante d'attente devant le coup de baguette de l'absolution, autour des confessionnaux, murmurants et bourdonnants, d'où sortaient, d'entre les jupes des femmes qui s'y pressaient, des roulées d'enfants pêle-mêle avec les paquets de mangeaille noués dans des linges.

Mme Gervaisais était surprise qu'un grand artiste n'eût pas saisi cette sculpture des poses, des lassitudes, des méditations, des absorptions, l'aveuglement de cette dévotion éblouie, la stupeur presque bestiale de cette prière. Le tableau surtout la frappa des confessions élancées de femmes qui, debout, la bouche tendue, plaquée contre le cuivre du confessionnal, se soutenaient et s'appuyaient avec leurs deux mains près de leur tête, posées à plat contre le bois, dans le mouvement de ces buveuses de campagne approchant la bouche d'un filet d'eau plus haut que leur bouche[29].

Et à l'autel, où se lève la magnificence des quatre grandes colonnes de bronze doré, — le bronze des proues de galères d'Actium, — elle admira encore un triple rang de femmes, à la beauté dure, pressées, serrées l'une contre l'autre, versées et tassées par places, comme un troupeau effaré, à la fois agenouillées et assises sur leurs talons, qui avaient l'air, contre la balustrade, de ruminer l'Eucharistie, les unes égrenant un chapelet sur leurs genoux, d'autres soutenant leur front sur une main qui montrait le cuivre d'une grosse bague, d'autres, farouchement songeuses, le petit doigt aux lèvres.

XXVIII

Enfin, c'était le grand jour : le Dimanche de Pâques.

Le peuple de l'*agro romano,* les paysans l'avaient attendu, roulés dans leurs manteaux, étendus sur les places, épars sur les escaliers, couchés sous les étoiles, rappelant, dans ces vigiles de la Résurrection, ces belles lignes de sommeil données par Raphaël aux gardes endormis devant le sépulcre de Jésus et la pierre prête à se lever sur son immortalité.

Une voiture, dont le cheval avait une rose à l'oreille, emportait Mme Gervaisais à travers le mouvement, le bruit, le tumulte heureux, l'amour populaire de cette fête religieuse et nationale de Rome : la *Buona Pasqua.*

Elle trouva Saint-Pierre rempli de foule, et toujours irremplissable, entendit la messe de victoire, puis elle suivit au dehors le peuple qui se poussait pour sortir.

Elle était sur la place : elle avait devant elle des marches noires de monde; sur les grands escaliers montants, des hommes, des femmes, des pèlerins à coquilles, des touristes à lorgnette, des pâtres de la Sabine; sous les pieds de la multitude, des mères, çà et là, allaitant leurs enfants de leur sein nu; les gens du *Borgo,* du *Transtevere, dei Monti,* tassés autour de l'obélisque, grimpés sur les barres de fer qui relient ses bornes, sur son soubassement, sur son piédestal, lui faisant un socle de la misère en grappe des quartiers pauvres; passant là dedans, le *mosciarrellajo,* le marchand de marrons et de lupins qu'il débite avec un petit cornet en laiton; sur les côtés de la place trop étroite, un encombrement de centaines de voitures de gala, des carrosses aux roues rouges, aux galeries d'or, aux caisses dorées, aux chevaux *in fiocchi,* enrubannés, empanachés, une armée de valets, de laquais, de cochers, de majordomes, extravagamment parés de livrées centenaires, galonnés d'armoiries sur toutes les coutures, avec le luxe vénérablement fané de la dernière des cours sacerdotales et de l'antique prélature. Au fond étincelait l'armée papale, les lignes de dragons avec le point rouge de leurs plastrons et le point blanc de l'éclair de leurs casques. Et partout un fourmillement : sur les toits d'alentour, aux fenêtres, sur les terrasses du Vatican et des deux colonnades, dont la couronne de statues mettait sur le ciel le cercle d'un public de Saints.

La place bourdonnait. La multitude murmurante chauffait sous le temps lourd, chargé d'un soleil flottant et qui ne se montrait pas encore. Les douze coups de midi tombèrent lentement, un rayon partit du soleil, et soudain éclatèrent, lancées dans l'air, les sonneries des deux petites cloches et du gros bourdon de la dernière fenêtre en haut de la façade. Au bruit, des choucas s'envolèrent des corniches; et de vieilles malades voilées, en béguin sous leur voile, assises, presque paralysées, sur des chaises, firent l'effort de se lever.

Une vaste curiosité commença à remuer la foule qui se serra, se tassa, eut en avant la houle d'une mer humaine, puis s'arrêta ; et tous les yeux qui étaient là attendirent, avides et dévorant d'un seul regard la fenêtre de la *loggia,* qu'abritait un long velum de toile, et d'où pendait un tapis de velours ciselé, brodé aux armes de Clément XI.

Longtemps la fenêtre resta vide. A la fin, des choses, une à une, se montrèrent religieusement dans son noir mystérieux : trois mitres, trois tiares, muettes et solennelles annonces du Souverain trois fois Roi, et encore une mitre d'or, une croix entre deux cierges allumés. Puis défilèrent les Éminentissimes Cardinaux deux à deux, des Patriarches mitrés dont la barbe avait le blanc d'or pâli de leurs dalmatiques, des Évêques orientaux, des vieillards qui rappelaient les Élus, les Bienheureux, les Vénérables, les Docteurs de l'Église, peints dans les vieilles chapelles, ombres des Grégoire et des Ambroise, qui passaient là avec des figures ressuscitées.

Cependant, toujours plus pressé, plus furieux, le bombardement des coups de cloches et la tempête de leur bronze tonnaient à toute volée, quand, dans le cadre de la fenêtre encore une fois vidée, monta doucement, avec l'ascension d'un nuage, un bout de tiare nimbé par deux éventails de plumes d'autruche ocellées de plumes de paon... Et déjà parlait une voix qui avait fait découvrir toutes les têtes et plier tous les genoux, une voix grandissante et qui remplissait la place, tant le silence de la place l'écoutait ! Tout à coup la tiare d'or se leva, le Saint-Père sortit de ce qui le cachait, du livre qui le masquait ; et surgissant dans toute la candeur magnifique de son costume, on le vit immobile dans sa gloire blanche...

Alors, avec une lenteur auguste, les mains du

vieillard se levèrent ; elles montèrent prendre au ciel la
bénédiction, qu'elles semblèrent, au mot *Descendat super
vos,* — un moment arrêtées, tremblantes et planantes,
— répandre et verser sur toute la terre...

XXIX

Le soir de cette journée de Pâques, Mme Gervaisais,
lasse de toutes les fatigues et de toutes les émotions de
la semaine, ne trouva ni le courage ni la force de
sortir : elle envoya Pierre-Charles voir avec Honorine
les rues illuminées, et resta seule, le souvenir et les
yeux·à demi ouverts aux flottantes images saintes de
ces huit grands jours.

Elle eut une impression d'être réveillée au retour
bruyant de son fils, un peu fou de la fête, tâchant de la
dire et impatient de la faire raconter à Honorine dont il
bourrait le côté de ses deux petits poings, avec le geste
naïf des enfants qui veulent faire sortir d'une grande
personne tout ce qu'ils ont vu avec elle. La femme de
chambre faisait le récit des pyramides d'oies plumées,
des files d'agneaux à demi dépouillés, des devantures
de saucissons et de fromages *di cacio cavallo* enguirlan-
dés de lauriers, des plafonds de jambons, des perspectives de bandes de lard avec leurs dessins de couleur ;
des boucheries et des charcuteries en fête, flambantes
de gaz.

« Au fait, madame, fit-elle en s'interrompant tout à
coup... Madame sait... pour M. Joseph...

— Quel M. Joseph ? Ah ! Peppe...

— Oui, madame... Eh bien, Madame se rap-
pelle ?... Les vingt francs que je lui ai donnés l'autre
jour de la part de Madame, pour cette note... il avait
dit d'abord que ce n'était qu'une pièce de vingt sous...

que nous n'avions pas bien vu toutes les deux... Puis il
a dit qu'il n'était pas tout à fait sûr, qu'il fallait qu'il fît
son compte... Alors, moi je lui parlais de son compte
tous les jours ; enfin, avant-hier, il me dit qu'il n'avait
pas encore eu le temps, mais qu'il croyait bien que
j'avais raison... Et aujourd'hui, madame, il me soutient que ce n'était positivement que vingt sous, que
Madame et moi nous étions dans l'erreur...

  — Eh bien, cela vous étonne ? fit Mme Gervaisais
sortant de ses pensées avec un sourire. Vous ne
comprenez pas, ma pauvre Honorine ?... Peppe ne
s'était pas confessé avant-hier ; comme tous les
Romains, il a dû se confesser hier, et il aura reçu
l'absolution... ce qui fait... ce qui fait que ma pièce de
vingt francs ne vaut plus même vingt sous... »

XXX

L'espace et le temps de quelques semaines éloignè-
rent, effacèrent à peu près chez Mme Gervaisais la
mémoire de la Semaine Sainte. Il semblait que tout ce
qu'elle y avait ressenti avait été un ébranlement de sa
sensibilité, une secousse physique, le choc vibrant de la
musique sur son tempérament musical, et en même
temps une espèce de dénouement, de déliement de sa
nature comprimée, refermée, resserrée comme par des
malheurs, par la fermeté hautaine des idées, par
l'orgueil d'un stoïcisme de femme durement maîtresse
d'elle-même. Elle se reconnaissait plus triste, plus
aimante, le cœur doucement gros.

Mais tout en ayant été remuée ainsi, elle ne sentait
pas en elle ces premières attaches souvent ignorées de
l'âme même qu'elles commencent à lier, et qu'elles
doivent à la longue enlacer tout entière et pour

toujours. De la grande Semaine, rien ne lui paraissait
avoir germé en elle de ce qui est le premier grain
de la conversion dans la secrète profondeur d'une
conscience. C'était l'artiste seule, elle le croyait, qui
avait été touchée par des splendeurs d'opéra et des
émotions d'oratorio.

D'ailleurs, il était arrivé que, dans ces jours saints
irritant la ferveur romaine, l'image de certaines idolâ-
tries grossières avait blessé la religion naturelle et
délicate de son spiritualisme. Du Vendredi Saint, un
souvenir lui avait laissé la colère et le dégoût qui lui
restait toujours de la matérialité du culte. C'était à une
église de la Piazza Colonna : entre deux cierges, à côté
d'un plat d'argent posé à terre pour les offrandes, sur
une vieille descente de lit, il y avait une croix de bois
noir, sur cette croix un Christ nerveux, musclé,
décharné, colorié d'une couleur morbide, une anatomie d'assassiné avec du sang peint ; et tout autour des
adorations d'hommes et de femmes à quatre pattes
choisissaient les parties frissonnantes et chatouilleuses
du corps divin pour y promener leur amour.

L'image même du Saint-Père, si haute à Saint-
Pierre, à la Sixtine, au balcon de la Loggia, perdit de
son caractère auguste, diminua pour elle en une
rencontre. Elle se trouvait près des Thermes d'Antonin. Dans le petit chemin courant entre les vignes, des
paysans tombèrent à genoux comme foudroyés. Sur le
petit carrefour de la *Via Latina,* près de la croix rouillée
portée sur une colonne antique, au-devant d'un mur,
d'une grille et de quatre têtes de cyprès, apparut une
figure blanche, un chapeau rouge, trois doigts qui se
levèrent et bénirent. Une face bénigne, deux petits
points noirs dans les yeux, une grande bouche fine, une
tête où il y avait de la malice d'homme, ce fut tout ce
que Mme Gervaisais vit ce jour-là du Pape.

XXXI

Dans la hâte, le désordre d'un départ de malade, Mme Gervaisais avait laissé un portrait d'elle, un portrait que son enfant lui redemandait souvent, voulant avoir sa mère près de son lit à Rome, comme il l'avait dans sa petite chambre à Paris.

Une après-midi où, accablée par la chaleur, elle était étendue, lâche à tout travail, dans une songerie de réminiscence, elle reçut le portrait qui venait d'arriver par la valise de l'ambassade. Elle fit sauter le cachet de la boîte contenant le petit cadre ; elle se revit à ses dix-huit ans, dans la miniature de Mme de Mirbel [30].

Et comme si, devant son âme et ses yeux, se levaient à l'instant de la légère aquarelle, du nuage de sa couleur sur l'ivoire, la sensation émue et la présence visible d'un temps oublié, sa personne d'alors lui réapparut. Elle était coiffée avec ces cheveux s'élevant au-dessus de la tête en un gros papillon, la coiffure qui donnait le piquant d'une physionomie exotique aux Parisiennes des premières années du règne de Louis-Philippe. Des fleurs de Fombonne, une bruyère blanche et des roses de haie, étaient jetées à travers ses boucles. Elle avait une robe de tulle illusion à mailles sur satin blanc, avec la ceinture de *bleu Mademoiselle,* à la mode de cet hiver-là, l'hiver de 1836 [31]. C'était pour un bal chez M. Laffitte ; et son père, ce soir-là, l'avait trouvée si charmante, qu'il avait voulu garder d'elle une image qui la lui montrât toujours ainsi. Toute la petite histoire de ce portrait, elle se la rappelait ; le bal, elle le revoyait, revoyait la tenture d'un petit salon en velours brodé de soie : elle y était. Elle croyait y entendre encore les demandes à voix basse de son nom par les jeunes gens qui ne la connaissaient pas.

Et peu à peu se détachant du lointain, la fraîche mémoire de son cœur et de sa tête de jeune fille, son blanc passé de demoiselle avec son vieux père, lui revenaient peu à peu. Elle revivait ces années liées et associées aux lectures, aux travaux, aux croyances, aux rêves de l'homme politique : conversations toujours trop tôt finies, récits qui, dans sa bouche, ressuscitaient la grande Révolution, dictées de ses Mémoires, dont elle était le secrétaire en tablier de soie, longues promenades où leur société se suffisait et cherchait la solitude, cours où ils allaient ensemble, étonnant le public savant de leur camaraderie ; elle retrouvait le charme intelligent, indépendant et libre de cette vie de garçon et d'étudiant, doux ménage de père et de fille, unis des deux bouts de l'âge et si bien mêlés l'un à l'autre que le père avait l'air de porter le sourire de sa fille, et la fille la pensée de son père !

Presque religieusement elle repassait toute son aimante et sérieuse jeunesse, tout ce grave bonheur à côté du vieux conventionnel, de l'ancien homme de sang, humanisé par les tendresses inconnues, la paternité d'amoureux et de grand-père du vieillard, auquel était arrivée la joie soudaine d'une fille inespérée de ses soixante ans.

XXXII

Et son souvenir, devenant tout à coup pénible, allait à son mariage, à ce mariage qu'avait désiré son père, dans le pressentiment de sa fin prochaine, flatté, séduit, rassuré et consolé, en son suprême orgueil de père, par la grande position apportée à sa fille, et l'idée de la laisser, après lui, sur ce brillant théâtre d'un salon parisien qui mettrait au jour sa beauté, son

esprit, son intelligence. A ce bonheur de ses derniers
jours, à ce vœu près de la mort, elle s'était sacrifiée. Et
elle repassait ces tristes premières années grises de son
mariage, ces années vides, patientes, résignées, mono-
tones, d'une union sans amour, sans amitié, sans
estime ; ces années avec cet homme, un homme qui
n'était ni bon ni mauvais, ni aimant ni égoïste, ni jeune
ni vieux, ni beau ni laid, mais qui était nul, d'une de
ces nullités que certains hauts fonctionnaires, sortis de
leur bureau et de la société, trahissent et semblent
débrider au foyer conjugal. Elle recomptait le temps
passé, où chaque heure, une à une, lui avait révélé le
secret du rien, la bêtise sans fond de cet homme,
directeur d'une des quatre grandes directions de
l'État, qui faisait des travaux estimables, passait pour
un économiste, dirigeait un nombreux personnel,
manœuvrait de gros chiffres, s'imposait à l'opinion par
la hauteur de la place et l'officiel de l'importance.

La vie — toujours ! — avec cet homme, une société
insupportable à son intelligence et la blessant comme
d'un pénible choc physique. Pas une pensée commune,
pas un mot, pas une idée de lui qui ne révoltât en elle
quelque fibre délicate ou spirituelle ! Et ce moment où,
malgré l'héroïsme de sa patience, son effort sur elle-
même, l'orgueil qu'elle mettait à renfoncer, devant les
autres, son humiliation, ce moment où, quand ce mari
parlait, parlait longtemps, elle ne pouvait s'empêcher
de passer la main sur son front au-dessus de ses yeux,
par un geste involontaire qui avait l'air de chasser une
souffrance [32] !

Ses meilleures années encore que celles-là, les premières ! Mais celles qui suivaient, quand cet homme,
ce mari devint jaloux de la supériorité, pourtant
modeste et si discrète, de sa femme, — jaloux avec une
basse envie, jaloux avec l'amère conscience de son
inégalité, avec cette haine qu'envenime le contact, le
frottement journalier, le côte-à-côte du ménage, jaloux

avec des colères rentrées et des rages blanches
d'homme du monde !... Une persécution hypocrite, la
persécution lassante, incessante, acharnée, d'un petit
esprit, tous les supplices mesquins et taquins qu'in-
vente la méchanceté des imbéciles, le martyre sous la
torture de la rancune d'un sot qui lui jetait toujours, et
à propos de tout, sa phrase ironique : « Vous, une
femme si supérieure ! » Un mari qui se faisait l'ennemi
intime de sa vie, de son repos, de sa tranquillité, de ses
amitiés, de ses goûts et de ses idées, éloignait de son
salon les intelligences qu'elle tâchait d'y grouper, lui
infligeait le supplice, dont il savait la cruauté, de la
perpétuité du tête-à-tête... Et cela pendant dix ans ! dix
ans pendant lesquels elle s'était réfugiée dans la
distraction sèche et la consolation austère des livres ;
dix ans où, comme la Rachel de l'Écriture, elle avait
crié vainement à son bourreau : « Monsieur, donnez-
moi des enfants... ou j'en mourrai ! » Dix ans sans être
mère ! Enfin, elle avait eu cet enfant-là...

Elle regarda son Pierre-Charles, sa sieste douce sur
le canapé, le pur visage de son sommeil, arrêtant sur
lui le souvenir de son tardif bonheur maternel. Et en
même temps une grande tristesse lui vint sur la figure.

XXXIII

Quelque temps, sa vie vécue la poursuivit, s'attacha
à elle, la retirant de son présent. Les lectures qu'elle
commençait échappaient à son attention. Un ennui
d'inoccupation et d'inactivité morale la prenait, quand
un jour elle secouait ce repos malsain de sa rêverie et se
mettait, pour la fuir, à courir Rome avec un entraînement de force nerveuse.

Du matin au soir elle alla par les rues, les places, les

carrefours, à travers les ruines, les édifices, les effets de
lumière, le pittoresque des choses et des êtres, des
pierres et du peuple. On la rencontrait sur la place
Navone, la place ravinée par les inondations du mois
d'août, encombrée d'un marché de légumes, de bric-à-
brac et de bouquins, autour de ce décor de Pannini ;
l'obélisque, les fleuves, les chevaux marins, les jaillisse-
ments des fontaines. On la retrouvait au Portique
d'Octavie, en plein Ghetto, entre ces murs de « lom-
bards » du moyen-âge, barrés de loquets énormes,
percés de judas grillés, boutiques inquiètes de juiverie,
au fumier de chiffons, picoré par des poules sautant sur
des chaises dépaillées. Elle s'arrêtait devant le *palazzo*
Farnèse, devant le temple d'Antonin le Pieux, devant
ses colonnes prisonnières dans la douane, devant la
masse enfumée, trouée au bas de cavernes de forges,
qui fut le Théâtre de Marcellus. Elle allait partout,
accueillie par une sorte d'étonnement des gens de
Rome qui commençaient à reconnaître cette mère,
toujours avec son enfant, à son costume, au noir
éternel de sa robe, à cette toilette de velours et de
fourrure que Mme Gervaisais portait avec son habitude
de malade frileuse ; et la *forestiera*, la grande dame
qu'elle leur semblait être, marchant sur le pavé,
paraissait une personne étrange aux préjugés romains,
presque orientaux, qui attachent une sorte d'originalité scandaleuse à la femme du monde sortant à pied,
fût-elle la femme d'un ambassadeur.

Les trouvailles journalières de sa curiosité, ses
rencontres au hasard, un palais grillagé de fer et de
toiles d'araignée, l'auge d'un reste de tombe antique
où collaient aux reliefs des nymphes et des tritons, des
épluchures de salade, une rampe d'escalier où dormait
le sommeil de statue d'un mendiant, un rien de style
imprévu, le choc d'une ligne ou d'une couleur réveil-
laient ses anciens goûts de *peintre*. Elle éprouvait un
continuel ravissement artistique à ce tableau mou-

vant : le pavé avec son animation, sa liberté et son
hospitalité méridionales, les industries, les métiers, les
fritureries fumantes et les cuisines en plein vent, les
boutiques presque arabes, les types, les costumes,
l'acquaiuolo et sa rotonde d'oranges et de citrons, le
boucher blanc à l'air de sacrificateur, le plumeur de
poulets, le tisseur de corbeilles de jonc sur son genou,
le *carrettiere di vino,* aux chevaux empanachés de plumes
de coq, à la guérite de peaux de bête, carillonnante de
sonnettes ; la rue de Rome, la rue rousse, où soudain
éclate et rit, comme le blanc d'une fleur, le blanc d'un
corsage de femme, avec la transparence de son tablier
sur sa jupe rose et le rouge de son collier de corail sur le
brun orangé de son cou.

La chaleur, le temps que les cochers appellent *tempo
matto,* le temps fou, et où des ondées d'une minute
mouillent le pavé, presque aussitôt ressuyé et remon-
trant ses dés de mosaïque blanche, n'arrêtaient point
ces grandes courses de Mme Gervaisais, à laquelle ne
déplaisait pas l'aspect d'un *vicolo* s'éteignant dans le
violet d'un gros nuage de pluie, et ces ciels théâtraux
d'orage, avec leurs éclaircies blafardes, leurs déchiru-
res gigantesques et tourmentées, derrière tout ce que
Rome dresse de monumental en l'air.

Elle admirait avec une vivacité un peu voulue,
s'excitant à admirer, se disant tout haut à elle-même :
« C'est beau !... »

Les dimanches, elle prenait l'habitude de passer
toute sa matinée au *Campo di Fiori,* la place devenue le
forum de la campagne romaine, abritant, dans un
étroit liséré d'ombre, contre les murs et les marches
des boutiques closes, la rangée mâle des hommes
debout ou assis, avec des bâtons de sept pieds, des
bâtons d'Hercule, à la main ou entre leurs jambes
garnies de dépouilles de mouton. Dans les fonds,
quelque *Albergo del Sole* laissait voir la crasse d'une
voûte jaune, à l'apparence de vieil or, derrière des

ânes, et des bannes d'enfants que des petites filles
berçaient d'un pied.

Toute la place brûlait du plein midi ; et dans la
flamme de la lumière, sous la grande bande de
tombola, où se lisait : *Scudi mille,* se groupaient,
parlaient, se mêlaient, se coudoyaient d'autres hommes, vêtus de couleurs d'usure, de vert de mousse ou
d'amadou : loques vermineuses que tous portaient
avec des gestes lents de pasteurs arcadiens. Leurs
femmes aussi étaient là, ayant comme ces yeux de
chèvre qu'on aperçoit entre les feuilles de vigne,
immobilisées, un panier de fougères sur la tête, dans
un arrêt qui hanchait. Quelques-unes, deux à deux,
marchaient, se tenant par un doigt de la main, avec un
sourire qui faisait vivre un moment leur teint de cire, et
mourait aussitôt. Et sous la tombée d'aplomb du soleil,
la petite fontaine au milieu de la place disparaissait
sous la décoration humaine, l'ornement sévère, la
grandeur de repos d'un groupe assis de contadines
accoudées, appuyées, dans une pose de rêverie souveraine qu'eût dessinée Michel-Ange, avec l'ombre de
leur visage qui paraissait de bronze, entre l'éblouissement blanc de leur *panno* et de leur fichu.

Mme Gervaisais prenait là des croquis. Elle faisait
même venir une de ces femmes chez elle. Et sans souci
des défenses des médecins, elle commençait à en faire
une étude à l'huile. Mais son esquisse n'était pas
encore couverte qu'elle renvoya la paysanne, fit jeter
dans un coin sa boîte et ses couleurs, surprise de se
reconnaître si vite guérie d'un caprice où elle avait
espéré trouver la pâture d'une passion.

XXXIV

Il lui restait une autre Rome, la Rome morte : elle se
jeta à cet intérêt nouveau ; et s'enfonçant dans la

lecture des historiens, des antiquaires, des topogra-
phes, des derniers travaux de la science qui ont
reconstruit, en ces temps-ci, la Rome des Rois, la
Rome de la République, la Rome de l'Empire, elle
allait chercher, le livre à la main [33], la place et le vestige
des légendes et des événements. La présence des
endroits lui donnait la vision des récits. Ce que
rappelle une histoire, lue dans l'air de son ciel, faisait
revivre à ses yeux le passé ranimé. Près du temple de la
Vénus Cloacine, elle revoyait le geste de Virginius
arrachant à l'étal d'un boucher le couteau qui va tuer
sa fille. Le Forum redevenait pour elle le champ de
Cincinnatus ; ou encore elle se figurait César y passant
de ses derniers pas, pour aller de la *Reggia* à la Curie de
Pompée.

Elle visitait les musées, les galeries, les trésors des
basiliques, les villas hors les murs, les souvenirs
remplissant la ville et ses faubourgs, cherchant les
débris de la vie privée et familière du Romain, les
détails de l'habitation, du mobilier, de la maison, les
confidences des tombes montrant souvent le métier et
la boutique du mort. Elle retrouvait ce peuple, elle
retrouvait ses héros, ses maîtres et ses tyrans, dans ces
statues et ces bustes tirés au hasard des fouilles du
Panthéon ou des Gémonies, qui approchaient d'elle,
comme d'une contemporaine, le défilé des monstres et
des stoïques, des aïeux de la sagesse humaine et des
fous furieux du pouvoir païen : la galerie des portraits
de Tacite, de Salluste, de Suétone, de l'Histoire
Auguste. Elle interrogeait ces figures, troublée souvent
par les démentis qu'elles donnaient à la postérité,
inquiète de la contradiction, du hasard et de l'injustice
de ces visages, qui prêtaient à Trajan le crâne de
l'imbécillité, à Néron le mensonge de la beauté morale.
Elle étudiait ces fronts, les uns écrasés et aplatis sous le
faix du monde, les autres ridés, sillonnés des plis de la
carte de Strabon, ces physionomies tourmentées ou

bien sévèrement apaisées : ici la sérénité suprême et douloureuse d'un philosophe, là une impériale majesté porcine. Et de l'expression presque moderne d'un Antonin, digne de ce surnom : le *Pieux,* son attention passait et tombait à ce qu'ont rangé là la succession tragique et la dispute sanglante de la pourpre en lambeaux, la descente des Empereurs bons à la pourriture, de ces Césars moulés dans du marbre corrompu, aux types extrêmes de la sensualité bestiale, au gâtisme de la Toute-Puissance !

Entre toutes ces statues, une surtout l'impressionna : c'était un César-Auguste aux cheveux en gerbes et se tressant en couronne, dans une cuirasse de l'Iliade, une draperie calme jetée sur son bras porte-sceptre, pareil à un Dieu de l'impassible commandement... Mme Gervaisais venait au *Braccio nuovo* pour l'admirer, au moment où le soleil lui faisait d'augustes yeux d'ombre.

Des attachements pareils, des jouissances de semblables visites aux heures favorables, lui venaient pour les ruines, les places aux colonnes fauchées, les édifices qui lèvent encore en l'air un dôme troué et des grandeurs pendantes. Des monuments l'attiraient par ce charme intime et familier, l'espèce d'amitié, comme avec des personnes, que Rome est seule à vous donner pour des lieux et des choses.

XXXV

Au milieu de ces études, une promenade qu'elle faisait, au déclin d'un jour de mai, à la Via Appia, lui laissait un de ses plus grands souvenirs émus de l'antiquité.

Vers les sept heures, au milieu d'une murmurante

harmonie, d'un susurrement universel, du recueillement las de la journée finie, elle se trouvait dans le
grand champ de la plaine, vert désert de ruines
héroïques, que traverse encore le vol de l'aigle des
Césars, semé, jonché de colonnes, de débris de temples, de lignes d'aqueducs, où se lèvent de l'enseveli-
ssement de l'herbe à droite et à gauche, partout, à perte
de vue, des morceaux de monuments et de l'Histoire
mangée par la Nature. Devant elle s'étendait le
spectacle de cette campagne mamelonnée, dont les
creux commençaient à s'emplir d'ombres qui y cherchaient leur lit, et dont le terrain velouté et doré d'une
lumière frisante, montrait, jusqu'à l'infini de ses plans
déroulés, des majestés d'architectures, des arcatures
renaissant de leurs brisures, des ponts victorieux,
éternels et sans fin, retenant, sur leur ton orange, la
chaleur tombante du jour comme une apothéose. Et
derrière encore recommençaient d'autres débris, d'autres restes, d'autres arcatures, rapetissés par l'éloignement de la perspective jusqu'au fond de l'horizon, qui
se perdait déjà au brouillard des montagnes du
Latium, balayées et balafrées d'une nuée grise, déchirée de rose.

Elle longea le mausolée de Cécilia Metella. La Via
Appia continuait. De la plaine, une brise du soir se
leva, ainsi que de la pierre soulevée d'un immense
tombeau. Mme Gervaisais s'enveloppa de son châle
contre la fraîcheur, songeuse, rêvant, pensant à cette
grande Rome où menaient des avenues de tombes, et
qui plantait tout le long de ses routes, sur le pas du
départ et du retour, au lieu de l'ombre de ses arbres,
l'ombre de ses morts. Elle passait sur les grandes
dalles, entre les petits murs recevant sur la crête une
dernière lueur de soleil dans le rouge des coquelicots :
autour d'elle, le paysage, les montagnes, le ciel s'éteignaient en couleurs vagues. Et lentement défilait,
semblant marcher avec elle et suivre sa voiture, cette

rue de sépulcres qui va toujours avec ses rotondes, ses
pyramides, ses édicules, ses cippes, ses piédestaux sans
statue, ses bas-reliefs frustes, ses morceaux de torse,
enfoncés comme des héros coupés au ventre dans des
tas de gravats sculptés, ses familles de bustes au regard
de pierre usé, ses tumulus dévastés, volés de leur forme
même, les colombariums éventrés, les sarcophages
déserts, la prière croulée du : *Dîs manibus*. Çà et là elle
se penchait vainement pour essayer d'épeler un nom,
un de ces noms de Romain qui sont une mémoire du
monde. Mais les inscriptions, aux lettres tombées,
étaient toujours des énigmes du néant. Tout était
muet, la mort et la terre ; et dans le vaste silence pieux
de la solitude et de l'oubli, elle n'entendait rien que le
bruit de la faux d'un faucheur qu'elle ne voyait pas, et
qui lui semblait faire le bruit de la faux invisible du
Temps.

Elle retournait, elle revenait le long du pâle cimetière qui la reconduisait de chaque côté, par la
campagne douteuse où se dressaient des fantômes
d'oliviers. Et bientôt, entre deux murs de ténèbres, la
découpure arrêtée et rigide des maisons, des bâtisses,
des toits, des pins d'Italie, à travers le mystère du
sourd et puissant neutre alteinte montant de la terre
du pays dans l'air sans jour, elle poursuivait un
chemin noir qui avait au bout, tout au bout, Rome et
ses dômes, détachés, dessinés, lignés dans une nuit
violette, sur une bande de ciel jaune, — du jaune d'une
rose thé.

XXXVI

A fréquenter le Vatican, le Capitole, à vivre de
longues heures parmi ces trésors, ces reliques de
marbre, de pierre, de bronze, ce monde de sculpture,

un sentiment dominait bientôt, chez Mme Gervaisais, le pur intérêt archéologique.

La femme d'un goût d'art supérieur au goût de son sexe, s'élevait à l'intelligence, à la jouissance de ce Beau absolu : le Beau de la statuaire antique. Son admiration se passionnait pour la perfection de ces images humaines, où le ciseau de l'artiste lui paraissait avoir dépassé le génie de l'homme. Elle demeurait en contemplation devant ces effigies de Dieux et de Déesses matérielles et sacrées : les Isis sereines et pacifiques, les Junons superbes, altières et viriles, les Minerves imposantes portant la majesté dans le pan de leur robe, les Vénus à la peau de marbre, polies et caressées comme par le baiser d'amour des siècles, le pêle-mêle des immortelles de l'Olympe et des impératrices de l'empire, souvent représentées presque divinement nues, comme Sabine, la femme d'Adrien, arrêtant chaque visite de Mme Gervaisais à son corps tout enveloppé d'une étoffe mouillée qui l'embrasse, le baigne et le serre, en se collant à tous ses membres, le voile de marbre, de la pointe des seins qui le percent de leur blancheur, glisse en caresse sur le dessin de la poitrine et la rondeur du ventre, s'y tuyaute et s'y ride en mille petits plis liquides qui de là vont, droits et rigides, se casser à terre, tandis que la draperie, presque invisible, plaquant aux cuisses, et comme aspirée par la chair des jambes, fait dessus de grands morceaux de nu sur lesquels courent des fronces, des plissements soulevés et chiffonnés, des méandres de remous dans le courant brisé d'une onde. Elle ne se lassait pas, dans ces vastes musées, de se promener sous l'éternité des gestes suspendus, de frôler un jeune faune tentant d'une grappe de raisin la patte levée et les dents d'une panthère ; le bord d'un vase où s'enroulait une ronde bachique ; le socle où se levait quelque type admirable de l'éphébisme grec, de cette jeunesse antique qui dessinait celle d'Apollon.

Et sa longue visite ne finissait jamais sans qu'elle fît une dernière station de recueillement sur le banc, en face le bloc mutilé et sublime devant lequel passe et repasse, sentinelle du siècle qui le retrouva, un halle-bardier suisse : le Torse ! — le Torse d'Apollonius, tronçon qu'on dirait détaché du ciel de la Grèce, à son plus beau jour, et qui est là, brisé des quatre membres, comme un grand chef-d'œuvre tombé d'un autre monde [34] !

XXXVII

Cette passion du Beau païen, ce dernier refuge de cette âme inquiète et tourmentée, cette passion sincère de la Rome antique, qui était arrivée à lui cacher la Rome catholique, avec la haie de ses statues et de ses images pétrifiées, Mme Gervaisais la sentait en elle peu à peu s'atténuer, s'effacer, et tout à coup, par une évolution de ses idées, se retourner contre ses admirations de la veille. Cet art ne lui apparaissait plus que comme une représentation de la force, de la santé, du beau physique : elle y découvrait une sensuelle froideur ; elle n'y apercevait que le corps tout seul. Sous l'exécution, sous le miracle de l'outil, elle commençait à n'y voir d'autre idéal que celui de la matière. Dans la beauté accomplie des chefs-d'œuvre, elle ne touchait plus ici qu'une beauté immobile, insensibilisée, inexpressive, presque inhumaine, et là qu'une beauté faunesque, animée de la joie ivre, capricante et malfaisante du premier âge champêtre et bestial de l'homme primitif. La tête du Lucius Verus, la toison frisée de ses cheveux dévorant son front bas, ses grands yeux bovins et durs, le nez de forte énergie, ses mâchoires plantées de barbe laineuse, n'étaient plus pour elle que

le type brut du violent et superbe animal romain. Tous
ces ancêtres, avec la rigidité de leurs figures et de leurs
toges, avec leurs rides moroses, lui montraient l'impitoyable âpreté pratique du génie latin. Dans les
galeries, elle se figurait être entourée par un peuple de
morts de marbre qui, vivants, en avaient eu la dureté ;
les matrones au repos sur des sièges roides, lui faisaient
presque peur avec l'inexorable de leurs poses ; — et
toujours plus redoutable, grandissait pour elle l'impla-
cabilité des statues et des bustes.

En même temps, la mémoire de ses lectures la
travaillant sourdement, secrètement, et sans qu'elle en
eût la conscience, elle se retransportait à la barbarie de
ces temps. Lentement elle se rappelait la cruauté du
citoyen romain, la cruauté de la femme romaine, le
plaisir public au sang, le Cirque insatiable et inassouvi, une société bâtie sur l'esclave, ce monde où
l'homme naissait et vivait sans entrailles pour
l'homme, sans respect pour sa vie ni pour sa mort, sans
compassion pour sa souffrance, sans attendrissement
pour son malheur, sans larmes pour ses larmes ; un
monde de fer qui faisait une faiblesse et une lâcheté de
la Pitié.

Et c'était à la fin, dans ces salles, que sa pensée
s'élevait involontairement au Christianisme recréant
l'homme frère de l'homme, rapportant l'humanité à
l'univers sans cœur.

XXXVIII

Ainsi, l'art païen même la ramenait vers les croyances rejetées par les mâles et fermes réflexions de sa
jeunesse, et auxquelles la femme se croyait si bien
morte. Vainement elle avait essayé de résister et de ne

pas s'ouvrir ; vainement son effort s'était tendu contre
ce sourd travail de sentiments confus et tendres,
l'intime secousse qui avait été le premier ébranlement
de la sécurité et de la confiance de sa raison ; vainement elle avait usé des moyens qu'une personnalité
intelligente et énergique emploie pour se raffermir et se
reprendre, en s'entraînant à quelque occupation élevée
qui redresse et relève. Un moment elle avait eu
l'illusion d'un entier attachement à l'antique ; mais elle
retombait encore de là, plus lasse de lutter et se sentant
plus vaincue qu'avant l'aspiration d'indépendance et
de liberté de ses pensées, accablée, défaillant sous les
phénomènes moraux contre lesquels elle se sentait
désarmée, impuissante ; et glissant aux choses religieuses comme par un attirement irrésistible à la pente
d'un doux abîme, elle s'abandonnait à l'angoisse et à
la langueur d'une conscience absolument découragée.

Elle cédait au dégoût de toutes les occupations qui
avaient été jusque-là la force et le ressort de sa vie,
n'essayant même plus de lire ou d'écrire, roulant à une
tristesse brisée.

XXXIX

Dans le vide de sa pensée, dans la solitude de sa tête,
un jour, se leva sans raison, sans motif, sans cause, la
figure du Christ. Elle eut le coup soudain de ce qu'un
Père moderne de l'Église a appelé la rencontre avec
Jésus-Christ [35], rencontré comme une personne au
détour d'une rue. L'imagination de la femme venait de
se trouver ainsi face à face avec lui ; et une constante
obsession lui en demeurait.

L'aimable Maître était en elle [36], présent de la
présence des êtres de l'histoire et de la légende dans le

souvenir continu qui les fait renaître. Il lui revenait,
avec sa vie errante et sa prédication vagabonde, par les
déserts et les campagnes de la Judée, cueillant le
charme agreste de ses paraboles aux arbres, aux
herbes, aux moissons, aux vendanges, au grain de
sénevé, montrant le chemin du ciel dans le chemin le
long des blés mûrs où ses disciples le suivaient en
mangeant des épis. Il lui revenait, parlant de ces
horizons de l'air libre, de ces tribunes de l'infini qui
mettaient, derrière sa parole, la montagne ou la mer, et
d'autres fois, du bout d'une barque d'où il tutoyait la
Tempête et lui disait : « Tais-toi ! » Et elle aimait à
s'arrêter, sans y croire, à ces tendres miracles, où le
Sauveur laissait tomber sur le cadavre de Lazare une
larme humaine ; car ce n'était encore que l'homme
qu'elle voyait en lui, un homme semant le bien,
approchant les malades, attouchant la souffrance,
consolant les langueurs et les infirmités, annonçant la
loi de charité et de pardon, humble et populaire,
fraternel aux pauvres, appelant au royaume de Dieu
les malheureux, les opprimés, les déshérités, les petits
et les simples, jetant à l'affliction le mot du nouvel
Évangile : *Heureux ceux qui pleurent, car ils seront consolés !*
Passant poétique de la terre, roi de la douleur, qui
devait laisser derrière lui la Mélancolie au monde[37]...

Elle s'attachait encore à sa suave mémoire, ainsi
qu'à celle du patron de son sexe, si aimant de la
femme, et, de la crèche à la croix, si enveloppé d'elle, si
pardonnant à sa faiblesse et si reconnaissant de ses
parfums, que ce fut une femme qu'il choisit pour lui
donner la première aube de sa résurrection.

Et mêlant sa pensée à une contemplation de
Raphaël, elle cherchait, avec la beauté des lignes et la
pureté des têtes du peintre, à fixer et à arrêter, par un
portrait matériel, la vision du visage de ce Jésus qui
flottait et tremblait, devant la vue rêvante de ses yeux,
ainsi que sur l'effigie brouillée du voile de Véronique.

XL

Une méchante moquerie de petit camarade, un de
ces cruels mots d'enfant contre l'infirmité de son fils,
que Mme Gervaisais entendait par hasard, lui inspirait
l'idée d'apprendre à lire à Pierre-Charles et de donner,
pour se distraire du désœuvrement de sa pensée, cette
besogne astreignante et pénible qu'elle savait d'avance
devoir être l'épreuve de toutes ses patiences et de tous
ses orgueils de mère.

Quelque temps après son arrivée, elle avait pris,
pour donner des leçons à son enfant, un sous-curé de la
paroisse, qui, à la première vue de son élève, avait jugé
inutile d'essayer seulement de lui rien montrer : il se
bornait uniquement à le garder deux heures par jour,
en jouant la plupart du temps aux cartes avec Giuseppe.

Mme Gervaisais donna congé au sous-curé, et le
lendemain, après le déjeuner, montrant à son fils un
alphabet tout neuf, ouvert sur ses genoux, elle l'appela
près d'elle. Il y avait sur sa figure une volonté si
arrêtée, que l'enfant fut pris aussitôt du petit tremblement de tout le corps qui lui prenait lorsqu'il voyait
cette figure-là à sa mère. Soumis, il s'approcha et
s'appliqua docilement à répéter, après elle, chaque
lettre qu'elle lui indiquait en mettant dessus une de ces
allumettes de papier rose tournées par la distraction de
ses doigts, le soir après dîner. Il les répétait, mais avec
un effort, une contention, une contraction de gosier, un
travail d'arrachement, une crispation qui faisait peine
à voir, et lui mettait autour des yeux la pâleur des
émotions de douleur chez l'enfant.

Mme Gervaisais s'était promis de ne pas faiblir ;
souffrant elle-même de tout ce qu'elle lui faisait

souffrir, elle le tint là pendant toute l'heure qu'elle
s'était prescrite.

L'enfant avait à peu près prononcé les lettres que lui
avait épelées et pour ainsi dire mâchées sa mère ; mais
le jour où il fallut se souvenir, avoir la mémoire des
caractères, les reconnaître, faire acte d'un esprit qui
sait et qui retient, quand la leçon demanda au
malheureux enfant cette chose impossible et qu'il avait
la conscience de lui être impossible, une petite fureur
d'impuissance à faire ce que voulait le désir de sa mère
monta à ce cœur d'amour. Dans la rage d'un désespoir
aveugle et fou, il se mit tout à coup frénétiquement à
trépigner sur ses deux pieds. Il répétait : — « Pierre-
Charles peut pas ! peut pas ! » — toujours sautant,
plus excité, plus agité. Il eut besoin, pour s'arrêter, de
la main de sa mère posée sur lui, et d'un regard long
qui le fit, ainsi qu'un regard dompteur, immobile et
cloué au parquet. Séance déchirante pour la mère,
souvenir affreux et détesté de l'enfant qui restait
énervé, absorbé, ne s'amusant plus, bégayant encore
moins de paroles, l'air opprimé et triste comme le
malheur injuste d'un enfant.

XLI

« Madame, — c'était Honorine qui parlait à la
mère, — encore toute cette nuit-ci, il n'a pas dormi...
Oh ! les gueuses de lettres !... Il cherche à les dire tout
seul dans son lit... et puis il pleure !... il pleure, le petit
homme !... Madame finira par le rendre malade... »

Mme Gervaisais ne répondit pas. Elle ne renonçait
pas à son projet, à son vœu ; mais elle tâchait d'ôter la
douleur des leçons. Elle cherchait des moyens mécani-

ques de faire souvenir l'enfant, des procédés de
mémoire qu'elle se rappelait avoir lus dans des livres
d'éducation. Elle essayait de cette mnémotechnie que
trouve l'ingénieuse imagination des mères pour les
petites têtes paresseuses. Ses leçons sans sévérité
n'étaient plus que des leçons de caresse, de douceur,
d'encouragement, d'appel à l'enfant même, les effluves
tendres de l'éducation maternelle. Par moments, elle
semblait prier l'intelligence de Pierre-Charles. Elle lui
disait : « Voyons, mon Pierre-Charles, il faut que tu
lises comme les autres. Est-ce que ton petit ami René
ne lit pas ? N'est-ce pas que tu veux bien lire... dans ce
beau livre-là ? »

Et l'enfant se penchant et se ramassant sur la page
du livre ouvert, presque assis sur ses jarrets pliés,
comme s'il rassemblait et concentrait toute sa personne en attention pour en faire sortir ce que sa mère
lui demandait : « Allons ! ce n'est pas si difficile...
reprenait Mme Gervaisais. — Et puis tu aimes tant
petite mère !... Tiens ! rien que jusque-là... »

Et la leçon s'arrêtait dans les effusions du pauvre
enfant qui ne pouvait toujours pas lire, et auquel sa
mère ne disait plus un mot affectueux sans qu'il
s'échappât et se répandît en sanglots, en pleurs, en
crises, qui laissaient à sa figure un égarement de
sensibilité dans un trouble larmoyant.

XLII

A quelques jours de là :

« Madame !... »

C'était Honorine accourant à la porte.

Mme Gervaisais revenait de la promenade, où ce
jour-là Pierre-Charles, paresseux, n'avait pas voulu
l'accompagner.

« Madame, je vous l'avais bien dit... Le voilà malade, il est malade, le pauvre petit...

— Malade ! »

Mme Gervaisais courut à la chambre de son fils et le trouva couché sur son lit.

« Tu as mal, enfant chéri ? lui dit-elle en se précipitant sur lui. Dis à ta petite mère... Où as-tu mal ?

— Pierre-Charles sait pas...

— Là, hein ?... là, dis ?... »

Et elle lui tâtait tout le corps avec ce tact d'une main de mère qui doit trouver où son enfant souffre.

« Sait pas... » répéta l'enfant dont les yeux roulaient dans leurs orbites et dont les mains se portaient machinalement à ses narines.

Elle lui toucha le front :

« Brûlant... »

Elle prit ses mains :

« Et de la fièvre... Le médecin, vite, Honorine ! »

A ce mot, l'enfant eut une contraction des deux coins des lèvres, et, avec cette expression sardonique, affreuse chez un enfant, que lui donnait ce premier symptôme de son mal, il dit, les dents serrées :

« Médecin... Pierre-Charles plus lire... »

Mme Gervaisais devint très pâle, se jeta à genoux devant l'enfant, lui prit les mains, dont elle garda le pardon moite et caressant sur sa bouche jusqu'au retour d'Honorine ramenant le docteur Monterone.

Le docteur regarda l'enfant avec un certain air mécontent, murmura entre ses dents, comme s'il se consultait, le mot de convulsions, et se retournant vers la mère :

« Le petit ami n'aurait-il pas eu quelque contrariété, une fatigue cérébrale ?

— Ah ! c'est bien cela, docteur ! s'écria Mme Gervaisais. Vous me dites que je l'ai tué ?... Car c'est moi qui l'ai tué !... S'il meurt, je pourrai bien dire que c'est moi ! J'ai voulu... oh ! une idée imbécile !... qu'il fût comme les autres... Qu'est-ce que j'en avais besoin, je vous le demande ?... Est-ce qu'il n'était pas bien pour moi comme il était ?... Voyons, qu'est-ce que cela pouvait me faire que mon enfant à moi sût lire ou pas lire ? »

Et ainsi s'emportant, s'égarant dans une exaltation, un délire qui, à toutes les heures de danger de la vie de son enfant, avait approché de la folie son esprit et sa raison, elle n'écoutait pas le docteur, parlant toujours, se promenant à grands pas du lit à la fenêtre, détaillant le supplice qu'elle lui avait infligé, se répétant d'une voix de mépris :

« Une mère ! une mère ! de l'orgueil ! de l'orgueil... quand il s'agit de la vie de son enfant ! »

Puis tout à coup, immobile, le bras étendu devant elle, avec une voix, la voix involontaire et suspendue d'une femme qui dirait ce qu'elle voit dans un cauchemar, elle jeta par saccades :

« Un berceau doré... un drap blanc... un petit corps sous le drap... un gros bouquet de fleurs à la tête, une couronne blanche aux pieds... C'est cela, c'est bien cela ! »

Le docteur regarda où regardait la mère sur la place : dans le doux mystère de cette heure des morts à Rome, véritable Annonciation de la nuit, passait le convoi blanc d'un enfant.

La mère s'était retournée pour se jeter sur son fils, le sentir vivant, l'étreindre, le posséder encore. Mais devant les traits de l'enfant, déjà troublés et bouleversés, ses contractions nerveuses, elle s'arrêta net, lissa vivement de ses doigts les bandeaux de ses cheveux, et posément, comme si elle était une autre personne et une autre parole qui parlaient :

« A nous deux, maintenant, docteur ! J'ai ma tête à présent... n'ayez pas peur... toute ma tête... »

Elle disait vrai : le sang-froid lui était revenu et lui resta.

Elle le garda au milieu des soins, des remèdes, des sinapismes qu'elle faisait et qu'elle appliquait elle-même, dans une éternelle veille de toute la longueur d'une nuit, penchée sur cette maladie, la plus barbare de celles de l'enfance, des convulsions [38] dont les accès, les redoublements et les secousses de colère semblaient vouloir déraciner la vie chez le pauvre être qu'elles tordaient.

Un moment, l'image du petit possédé de la *Transfiguration* la traversa de son épouvante : elle vit sa bouche à son enfant !

La crise ne cessa que le matin. Et le matin, le docteur ne put cacher à la mère les craintes d'un nouvel accès, une de ces crises de jour que semble exaspérer la lumière solaire.

XLIII

« Qu'est-ce qu'il y a ? dit durement Mme Gervaisais à Honorine revenant de l'antichambre où l'on avait sonné.

— Madame, ce sont ces dames de la maison qui venaient pour voir l'enfant.

— Je ne veux pas qu'on le voie ! »

Et apercevant les femmes glissées timidement derrière Honorine, elle leur dit avec égarement, comme à des personnes qu'elle reconnaissait à peine :

« Qu'est-ce que vous me voulez, vous autres ?

— Oh ! madame, dirent les deux femmes intimidées, nous nous retirons... Pardonnez-nous... Nous allons aller pour lui à San-Agostino...

— San-Agostino ? quoi, San-Agostino ?... qu'est-ce que vous voulez me dire avec votre San-Agostino ?

— Oh! Madame sait bien... la *Madonna del Parto*, la Madone pour les enfants et pour les mères... »

Mme Gervaisais, dans l'état de préoccupation fixe où elle était, ne pensait qu'à un médecin, à un guérisseur, à un charlatan. Au mot de Madone elle eut un sourire méprisant, presque amer.

Puis tout à coup, brusquement, par un retour soudain, involontaire, inconscient :

« Eh bien! Honorine, que faites-vous là? Vous ne me donnez pas mon châle et mon chapeau? Vous voyez bien que ces dames m'attendent... »

Elle était dans la rue. Les deux femmes l'étourdissaient des guérisons opérées par la Madone, d'histoires d'enfants sauvés, de femmes en couches rétablies. Elles lui parlaient du dernier et récent miracle qui avait été le bruit et l'édification de Rome : une princesse qu'elles lui nommaient, ayant fait vœu de donner à la Madone son peigne de vingt-cinq mille francs de diamants, si elle rendait la santé à son fils, avait voulu, son fils guéri, ravoir son peigne en donnant en argent plus que sa valeur; on lui avait dit qu'on n'osait point le reprendre et qu'elle le reprît elle-même. On l'avait fait monter sur une chaise : mais elle n'avait pu arracher le peigne de la tête de la statue. Mme Gervaisais n'écoutait pas, n'entendait pas. Toutes ces paroles n'étaient qu'un bourdonnement pour elle. Et elle allait, sans se rendre compte de rien, obéissant à un mouvement mécanique qui la poussait en avant.

En gravissant les marches de l'église, les femmes lui montrèrent une jeune femme, une jeune accouchée toute pâle, pâlie encore par le rose et la soie de sa toilette de première sortie, au bras de son mari qui la faisait monter péniblement en la soutenant.

La porte passée, dans un renfoncement obscuré, sous le retrait de l'orgue poussiéreux, dans l'ombre trouble de vieux carreaux verdis, au milieu de boiseries vermoulues, dans un recoin de ténèbres sordide et

pourri, où la saleté semblait une sainteté vierge et
respectée, Mme Gervaisais vit un flamboiement de
cierges et de lampes, un autel de feu, devant une
bijouterie allumée et brasillante, une robe de pierre
précieuse habillant le marbre d'une Vierge et d'un
bambino : le marbre chaud s'éclairait et se dessinait peu
à peu, d'un noir jaune, comme flambé par la fumée des cires, ayant cette patine du culte qu'ont les
marbres adorés, et le ton recuit et le teint mulâtre de
l'Idole.

Et Mme Gervaisais finit par distinguer une belle
Vierge du Sansovino, sa main longue et ses doigts en
fuseau, avançant de ce corps enfumé, incertain et
douteux, assombri par le caparaçonnement des
joyaux, les rangs de perles des colliers, l'écrasante
couronne d'un dôme d'or, les diamants des oreilles, le
gorgerin des pierreries de la poitrine, les bracelets d'or
des poignets, le barbare resplendissement d'une impératrice cuirassée d'orfèvrerie byzantine, auquel s'ajoutait encore l'éblouissement du petit Jésus, que la mère
portait sur elle, couronné d'or, bardé d'or, le bras
enroulé d'une cape de chapelets d'or, de médaillons
d'or, de chaînes d'or, le ventre sanglé d'or, une jambe
dans un jambard d'émeraudes. Ce qu'elle apercevait
encore de cette Vierge, c'était, au bout de la draperie
de marbre, son pied, ce pied usé, dévoré par les
baisers, et dont la moitié, refaite en or, s'est palmée
aux doigts sous l'adoration des bouches et l'usure des
lèvres.

Il y avait, aux deux côtés de l'autel, des armoires,
des cadres, des ruissellements de cœurs, de plaques
d'argent, des *ex-voto* de toutes sortes, des broderies, des
mosaïques, des peintures, des barbouillages ingénus
figurant des enfants dans un lit, blessés ou malades,
avec l'éternel trou céleste ouvert dans le mur par
l'apparition de la Vierge et du bambino, au fond de la
chambre, au-dessus des médecins en habit noir : des

images qui un moment étonnèrent l'œil de Mme Gervaisais.

Seule à être droite devant la statue, elle se mit à
regarder machinalement autour d'elle, dans l'obscurité pieuse, des agenouillements de femmes, leur châle
sur la tête, et qui, pliées comme un paquet, se
cognaient le front contre le bois d'un banc ; des
vautrements de paysans enfonçant de leurs coudes la
paille des chaises, ne montrant que leurs yeux sauvages où flambait la réverbération des cierges, et
l'énorme cloutis des semelles de leurs souliers ; un
prosternement général, incessant, se disputant les
dalles ; des gens de toutes les espèces, de toutes les
classes, de toutes les figures, des prêtres à fin profil,
le menton appuyé sur leurs mains jointes et leurs
doigts noués avec le mouvement des donataires au
bas d'un vitrail ; des prières rampantes de jupes de
soie et de jupes d'indienne côte à côte, couchant
presque leurs génuflexions par terre ; des prières de
désespoir qui viennent de quitter le lit d'un mourant où elles ne veulent pas qu'il y ait un mort, des
prières enragées de mères qui se cramponnent à un
miracle !

A tout moment, la porte battante laissait entrer,
avec un peu de jour derrière lui, quelqu'un venant du
dehors, qui, à peine entré, devenait une ombre, prenait
de l'eau bénite au bénitier noir tenu par un ange blanc,
tombait à genoux d'un seul coup, les jambes cassées, se
relevait, marchait droit au pied de la Vierge, déposait
dessus un baiser, posait une seconde son front sur
l'orteil qu'il rebaisait ensuite, trempait le doigt à
l'huile d'une lampe, s'en touchait le front. Et rien que
cela, et toujours, au milieu des adorations balbutiantes, des contemplations extatiques, des attitudes fascinées, des immobilités mortes coupées de signes de
croix, au bas de cette Vierge qui, de seconde en
seconde, entend le bruit d'un baiser sur son pied, — le

pied le plus adoré du monde, et dont l'idolâtrie des
bouches ne décolle jamais !

Émouvant et troublant sanctuaire, que ce coin de
San-Agostino, cette chapelle d'ombre ardente, de nuit
et d'or, l'apparence de ce grand marbre ranci, l'affa-
dissante odeur des cierges et de l'huile des veilleuses,
ce qui reste dans l'air d'une éternité de prières, les
souvenirs des murs, les images parlantes des victoires
sur la mort, ce silence chargé d'élans étouffés, la
respiration pressée de tous les cœurs, un marmottage
de foi amoureuse, suppliante, invocante, ce qu'on sent
flotter partout de toutes les entrailles de la femme
apportées là ! Lieu de vertige et de mystère, un de ces
antres de superstition marqués toujours fatalement sur
un coin de terre, dans un temple, dans une église, où
l'Humanité va, sous les coups qui brisent sa raison, à
la religion d'une statue, à une pierre, à quelque chose
qui l'écoute quelque part dans le monde avec l'oreille
du Ciel !

Les deux Romaines, qui avaient fini leurs dévotions,
attendaient à la porte. Mme Gervaisais était toujours
plantée debout, le visage muet et fermé, lorsqu'une
mère portant un petit fiévreux d'enfant, lui pencha la
tête sur le pied de la Vierge où le pauvre petit laissa
tomber un baiser endormi. Soudain, mue comme par
un ressort, bousculant, sans les voir, les chaises et les
gens, l'autre mère marcha droit au piédestal, se jeta
follement sur le pied baisé, mit sa bouche, colla son
front au froid de l'or : une prière de son enfance,
remontée à ses lèvres, se brisa sous ses sanglots...

Dehors les femmes étaient derrière elle : elle les
avait oubliées, ne leur parla pas.

XLIV

Deux jours après, le docteur disait à Mme Gervaisais :

« Chère madame, regardez votre enfant... Voilà ses yeux tout à fait revenus... la pupille n'est plus dilatée... de petits avant-bras sans extension brusque... le teint, plus de marbrures... Et je vous en réponds maintenant, il est sauvé... C'est un miracle, voyez-vous... — Et il appuya malignement sur le mot « miracle ».

— J'ai été inquiet un moment... Avec une organisation comme celle de votre enfant, ce mal-là, il faut toujours craindre... Enfin, dans quinze jours il sera aussi bien portant qu'avant, et c'est une grâce que ces maladies-là ne font pas toujours : il restera beau... Ah ! San-Agostino, reprit-il avec un sourire, fait de belles cures ; et si la Madone n'était venue donner un petit coup d'épaule à l'indigne docteur Monterone...

— Voyons, mon cher docteur, c'est bien fini ? Vous me promettez... Vous êtes sûr...

— Mais, chère madame, encore une fois... regardez-le : ce calme, plus d'agitation... Tout rentre dans l'équilibre de l'état nerveux... »

Il se pencha sur l'enfant, l'examina quelques secondes, écouta comme en secret dans ce petit corps ; puis d'une voix grave qui avait l'émotion de la science :

« Je ne sais, dit-il — je ne voudrais pas vous donner de fausses et menteuses espérances... Mais il serait intéressant que cette crise ait pu amener à l'intérieur une révolution... Que cette petite intelligence... qui dort...

— Ne parlons pas de cela ; tenez, docteur... Qu'il vive ! qu'il vive ! moi, je n'en demande pas plus... Qu'on me le laisse comme il m'est venu, et comme on

me l'a donné... Voyez-vous, Dieu me prendrait sa
beauté, oui... que je ne dirais encore rien !

— Vous avez raison, pauvre mère... De telles
illusions... Ce qui n'empêche pas que si quelque chose
de pareil arrivait, fit le médecin en reprenant le ton de
sa gaieté, avec vos deux bavardes d'hôtesses qui ont
déjà répandu l'histoire dans le quartier, les prêtres et
les *fratoni*... Ah ! le beau bruit dans notre Rome ! Une
Française, une femme du pays de Voltaire, à laquelle
la Madone aurait rendu le corps et l'âme de son
enfant ! Oh ! la Congrégation des Rites s'occuperait de
cela : vous seriez obligée de donner une attestation à la
Madone...

— Docteur, ne soyez pas méchant ! Je suis si
heureuse ! Laissons cela, tenez ! » reprit-elle d'un air
embarrassé.

' Le lendemain, les deux femmes étant venues la
chercher pour l'emmener remercier San-Agostino, elle
leur remettait l'or d'une riche offrande pour l'église, se
dispensant, sous un prétexte, d'y retourner. Et toutes
les fois qu'il revenait autour d'elle un souvenir, une
allusion à cette visite, elle rompait la conversation, ne
laissant pas aux autres le droit de toucher à ce souvenir
étouffé au fond d'elle.

Une unique pensée, un seul sentiment maintenant la
remplissait : son fils vivait. Inondée de cette joie
immense qui suit la terreur d'une maladie, dans cet
allégement bienheureux, cette possession et cet
embrassement de Pierre-Charles sauvé, dans les jouissances d'une de ces convalescences qui font renaître et
donnent une seconde fois l'enfant à sa mère : Mme Gervaisais n'était plus occupée à rien qu'à voir revivre cet
enfant qui était encore là, — et qui aurait pu ne plus y
être. L'aimer désormais, l'aimer d'un amour plus
jaloux et plus âpre, d'un amour retrempé à des larmes
et à des anxiétés, le gâter, lui donner l'oubli, rouvrir ce
petit cœur un moment refermé, le faire s'épanouir sous

la douceur et la chaleur des caresses, lui rendre
l'effusion et l'expansion des sensibilités qui étaient sa
santé, — il n'y avait plus que cela à ce moment dans la
tête de la mère.

Tout enveloppé de cette affection qui le couvait,
l'enfant ressuscitait vite, mais sans que dans son état
rien se réalisât de ce qu'avait à demi promis le docteur.
La difficulté, l'embarras restait à sa prononciation ; ses
conceptions n'étaient pas plus vives. Il avait toujours
la même peine à assembler ses idées. Sa mère croyait
cependant remarquer en lui une conscience plus
grande de son infirmité, une répugnance encore plus
marquée à parler, à s'exprimer autrement que par le
touchant langage de ses yeux, de ses mains.

Mais le docteur avait dit vrai pour sa beauté. On eût
dit que le malade avait désarmé la maladie : les
convulsions avaient passé dessus sans y laisser de
traces, sans toucher à ses lignes, à ses traits, à la bonté
de ses yeux noirs, à son petit nez aquilin, à cette
bouche tourmentée et entr'ouverte de tendresse, à
cette figure d'ange brun sous ses cheveux coupés à la
bretonne, où le seul changement qui venait après cette
crise était, aux coins des lèvres, l'ombre d'un duvet
follet qui semblait, chez l'enfant de tardive intelligence, une précocité de nature et de puberté.

XLV

Quand Pierre-Charles était rétabli, Mme Gervaisais
l'emmenait à Castel-Gandolfo, où elle avait résolu de
passer, cette année-là, les chaleurs du mois de juillet et
d'août. L'enfant partait avec le bonheur des enfants à
changer de place, tout à la fois sérieux et les yeux
souriants. La voiture quittait les murs brûlants de

Rome et entrait dans la campagne sèche et roussie,
tachée çà et là de places noires, pareilles à des endroits
brûlés. De lourds bœufs marchaient dans des lits de
ruisseaux taris, portant leurs grandes cornes avec la
majesté de cerfs lassés ; des moutons, couleur de pierre,
broutaient la plaine, immobiles, sous un ciel entièrement strié de blanc. Au lointain, les montagnes
apparaissaient comme les côtes que l'on aperçoit d'un
bateau, avec un aspect de rochers azurés sortant des
basses vapeurs d'une Méditerranée.

La route commençait à monter, et un *venticello*
venant de la mer apportait sa fraîcheur aux voyageurs.
Des haies de roses, des paysans portant des roses aux
oreilles, annonçaient Albano. Le voiturier en traversait
au grand trot les rues aux maisons d'un gris de cendre ;
puis il s'engageait dans la *Galerie,* le chemin en
corniche sur le dévalement des champs d'oliviers, où,
sous la voûte d'arbres séculaires faisant l'ombre d'une
forêt, d'étroites percées montraient, à l'infini de la vue,
une poussière de lumière marine.

Et bientôt s'ouvrait, dans un mur crénelé, la large et
unique rue de Castel-Gandolfo, ayant au fond le palais
du pape et son balcon de bénédiction, la rue avec ses
maisons jaunes, ses jupes rouges de femmes, son
pullulement de marmaille sur des marches d'escalier,
ces trous étranges, ces portes, ces fenêtres de bâtisses
écroulées, ouvrant à vide sur des morceaux de bleu, —
qui sont le bleu du lac, et qu'on prendrait pour le bleu
du ciel renversé.

XLVI

Il y a à Castel-Gandolfo un endroit abandonné, un
coin désert où personne ne passe, une place inanimée,

muette, où des gamins jouent à la marelle italienne, au *filo molino,* une terrasse à parapet de terre et de pierre, d'où roulent à pic dans le lac des pentes d'arbres et d'arbustes, diminuant à l'œil dans la descente et ne semblant plus, tout au bord de l'eau, que des tiges de graminées. C'est au chevet de l'église, une église montrant l'oubli et la décrépitude des siècles sur son fronton effacé, ses fenêtres bouchées, son balcon descellé d'où pend un morceau de grille, sa grande porte pourrie, son vieux plâtre mangé par les mousses jaunes. De chaque côté se pressent, délabrées, lépreuses comme cette ruine d'église, de pauvres maisons de paysans, terminées par ces grands promenoirs aux baies carrées qui permettent d'embrasser la campagne.

Ce fut là, dans une de ces maisons dont elle avait fait blanchir à la chaux tout, l'étage supérieur, que Mme Gervaisais s'installa avec des meubles loués à Rome, des fleurs, des stores, préférant, au confortable qu'elle aurait pu trouver dans un appartement de la grande rue, ce plaisir d'être tout le jour abritée du soleil, à vivre de l'air, à jouir du paysage, du petit lac, de son eau solitaire, de son bleu dormant, de sa plénitude ronde dans la coupe d'un ancien volcan, de son immobilité sans rides dans cette ceinture de bois et cette sauvagerie coquette, qui ont fait si poétiquement appeler ces petits lacs du pays des « miroirs de Diane ».

XLVII

Elle était là depuis un mois lorsqu'elle écrivit à son frère.

« . . . .
. . . .

Je commence à croire, cher frère, que nous autres Occidentaux, nous apportons dans le Midi une certaine provision de force nerveuse qui s'épuise au bout de quelque temps et qu'il nous est impossible de renouveler là où nous sommes. Appelle cela comme tu voudras, c'est ce qui me fait défaut, il me semble, à présent. Je vais aussi bien que je puis aller, mieux que depuis bien des années. Je souffre moins et je suis débarrassée de la continuelle crainte anxieuse d'avoir toujours à souffrir. Honorine me voit sauvée, et je n'ai pas le courage de la désabuser. Et cependant, dans ce meilleur état de ma santé, je me sens prise d'une sorte de torpeur. Ce n'est pas physique. Je marche, je me promène. J'ai un plaisir au roulement de la voiture qui m'emporte par les délicieux environs d'ici. Je suis allante et venante, prête au mouvement, sans qu'il coûte à mon corps l'effort et l'entraînement qu'il exige d'ordinaire du malaise d'une malade. Même s'il se rencontrait quelque société ici, je te dirai que je serais presque en disposition de la voir. De ce côté je suis vaillante, tu vois. Ce qui m'est venu, c'est une immense paresse de tête, une fatigue à lire, à penser, à m'occuper sérieusement et spirituellement. Un livre me tombe de l'esprit comme il me tomberait des mains. J'ai peine à raisonner sur le peu que je lis. Les facultés, les fonctions, les décisions de mon cerveau s'engourdissent. J'ai l'impression d'un demi-sommeil, d'une flânerie flottante de mon intelligence. Par moments, la vie de mes idées me paraît s'en aller de moi, se disperser dans ce qui m'entoure, se fondre dans je ne sais quelle abêtissante contemplation... Je me demande si ce n'est pas ce pays d'ici, ce lac avec son eau immobile, cette terre avec sa muette sérénité, ce ciel et l'opiniâtre splendeur de son impassible bleu... Ah! cette nature d'Italie, tiens! c'est trop toujours beau, c'est beau à périr... Oh! un peu de pluie de France!...

« Après cela, la crise par laquelle mon pauvre petit chéri a passé, a été un tel coup pour moi ! J'en suis restée comme assommée ! Si tu le voyais maintenant ! Ses yeux ont encore grandi... Une chose singulière qui m'arrive : depuis quelque temps, je sens un vide, une solitude en moi. Est-ce l'exil ? l'étranger ? l'absence ? Non, non, il ne faut pas se faire d'illusion. Ma solitude me vient bien de moi, et je ne la tire ni de mon milieu actuel ni des conditions présentes de ma vie. J'ai mon enfant, je l'aime plus que jamais ; et pourtant l'aimer et n'aimer que lui ne me remplit plus toute comme autrefois. Ici tu vas me plaisanter, je suis sûre, bâtir un roman où tu me marieras à quelque prince romain, mettre enfin ce que je te dis au compte d'un sentiment de femme tendre, amoureux... Tu te tromperais bien, cher frère : mon cœur n'en est pas du tout là. En fait d'affection humaine, il a tout ce qu'il lui faut. Et que me manque-t-il ? Pourquoi ce vide, où, quand ma pensée descend, elle a presque peur ? . . . .
. . . .
. . . . »

XLVIII

Après quelques promenades, Mme Gervaisais adopta, pour y passer les heures lourdes de la journée, un endroit de chère habitude, auquel la menait un court chemin sans fatigue, et abrité tout le long par la magnifique avenue de la *Galerie*. Il ne lui fallait que dix minutes pour passer la petite Vierge en bois de la route et arriver au bout de l'allée s'ouvrant sur une place ronde, au bas d'une église de Franciscains, une place entourée et semée de douze stations, de douze petits autels, dont quatre ou cinq se dressaient, levant sur le lac le fer et le signe de leur croix.

Au milieu, un chêne vert énorme, semblable à un oranger monstrueux, taillé en meule, laissait tomber sous lui, vers les deux heures, de sa masse arrondie et plafonnante, solide et dense, l'ombre d'une table gigantesque ; à un pied et demi de sa base, un cercle de pierre et de mousse enserrait sa terre, mettant à son tronc le siège tournant d'un banc rustique, invitant au repos de ce lieu où dormait le jour, où le soleil ne tombait que par gouttes.

De là, on pouvait embrasser tout l'horizon, pareil à un grand sourire, le lac, la douce ligne serpentante des collines en face, ondulantes et fumeuses à gauche ainsi qu'une grève perdue dans de la vapeur, élancées sur la droite, montantes, accentuées, dessinant à leur pointe le souvenir du sein tari d'un volcan, puis redescendant, et s'en allant mourir dans la molle perspective rayonnante et poudroyante, splendide et bleuâtre, d'où se détachaient la ruine grillée de *Rocca di Papa, Monte Cavi,* le point blanc de la *Madonna del Tuffo,* et les grands murs, tout au loin, du *Palazzo di Frati.*

Un jour que Mme Gervaisais était sous le chêne, les yeux glissés, détachés du livre qu'elle y apportait d'ordinaire et qu'elle oubliait bientôt de lire pour regarder, — une grande femme, aux blondes anglaises lui battant les joues et lui tombant sur la poitrine, à la toilette excentrique, déboucha de la Galerie. Elle fit un petit : « Ah ! » d'étonnement en voyant quelqu'un sous l'arbre. Puis elle salua Mme Gervaisais, s'assit près d'elle, attira vers elle silencieusement Pierre-Charles, comme un enfant qu'elle eût connu, entra avec le fils, avec la mère, dans une sorte d'immédiat voisinage amical par la seule présentation d'une rencontre sympathique, sans un mot, sans une parole, avec l'aisance originale, la familiarité conquérante dont les grandes dames russes ont le secret. Puis apercevant le volume à côté de Mme Gervaisais, d'un geste dont la grâce légère excusait l'indiscrétion, elle rejeta d'un coup d'ongle la couverture du livre, qui, ouvert, laissa voir son titre : *Essai sur l'indifférence en matière de religion*[39].

« Au fond du gouffre... il est maintenant au fond du gouffre, M. l'abbé de Lamennais[40]... »

Elle dit cela sèchement ; et refermant le volume, son regard, son attention, ses idées eurent l'air de quitter sa voisine et d'aller se perdre au ciel, au lac.

Sa contemplation finie, elle se leva ; et s'inclinant avec une politesse rare devant Mme Gervaisais :

« Ce n'est plus mon arbre... J'espère, madame, qu'il sera le nôtre... »

XLIX

Moins de deux semaines après, sous le même arbre, par une de ces communions rapides, de ces intimités subites entre deux âmes qui s'attendent, et que rapproche un hasard, les ouvrant l'une à l'autre, l'étrangère épanchait ainsi la confidence et le secret de sa vie devant Mme Gervaisais :

« .... Je prenais des leçons d'italien d'un prêtre romain, un vieillard aimable ; il était gai, ne me parlait jamais de religion, et l'étude avec lui me plaisait beaucoup. Il tomba malade et mourut. Ma mère me proposa d'aller à son enterrement. J'acceptai de grand cœur. Ce pauvre homme, il me semblait que je lui devais ce souvenir... J'étais à peine entrée dans l'église qu'une voix intérieure me dit : « Tu hais la religion catholique, et cependant tu seras un jour toi-même une catholique... » Je pleurai tout le temps que dura l'office, sans savoir si c'était le mort ou la voix qui me faisait pleurer... Je vous ai dit le désespoir que j'avais éprouvé à quinze ans, quand ma

mère m'annonça qu'elle s'était convertie à la religion
catholique et qu'elle avait quitté la religion grecque,
les nuits que je passais à pleurer, le serment que je
m'étais juré, dans l'obscurité, de ne jamais changer de
religion, et que chaque soir je me répétais avant de
m'endormir... Ce soir-là, le soir de l'enterrement,
après mon serment prononcé, je me mis à prier pour
les Jésuites !....................................
....
Ma mère n'a pas voulu que je fisse mes vœux avant
trente ans ; mais j'ai été mise en correspondance avec
la Mère générale du Sacré-Cœur qui a bien voulu
consentir à me recevoir et à me considérer comme
membre de la Société, quoique retenue encore dans le
monde... Mais, du reste, mes trente ans ne sont pas
loin, je vais les avoir dans quelques mois... » dit en
finissant la comtesse Lomanossow.

L

Dès lors, régulièrement, les deux femmes se rencon-
trèrent et se retrouvèrent, à trois heures, sous le chêne
vert. Après les premiers mots, un rapide échange des
nouvelles du corps et des entretiens de la terre, la
comtesse se mettait à parler la langue de son âme, avec
un accent toujours plus vibrant de foi, une élévation
plus mystique, une voix qui à la fin semblait s'en aller
du monde.

Quelquefois là dedans tombait un récit, un détail du
martyrologe catholique de sa famille. Elle disait l'homicide mariage de celui-là de ses aïeux, un des grands
noms de la Russie, condamné par l'impératrice Anne à
épouser une bohémienne octogénaire, dans la maison
de glace, sur un lit nuptial de glace où l'on fit, le

lendemain, la levée des deux cadavres roidis : horrible
exemple qui paraissait éveiller en elle, quand elle le
rappelait, une sourde envie et des appétits sauvages
d'une mort martyrisée.

Mme Gervaisais l'écoutait sans l'interrompre, regardant, à mesure qu'elle parlait, tout ce qui passait sur
ce visage d'inspirée, ce visage à la fois doux et
intrépide, court et carré, au nez qu'un méplat aplati
faisait paraître presque fendu au bout, aux yeux qui,
sous leurs épais sourcils blonds, retenaient, de la
lumière, un rayonnement roux autour du bleu aigu de
la prunelle, des yeux qui tenaient du Scythe et du lion,
du lion surtout avec lequel l'étrangère avait encore une
autre ressemblance : les deux magnifiques rouleaux de
ses cheveux d'un fauve ardent, lui passant sous les
oreilles, descendant sur sa poitrine, à la façon de la
crinière échevelée dont se voile, sous le pinceau des
primitifs, la nudité des Madeleines aux cavernes des
Thébaïdes.

LI

Au milieu de ces exaltations et de ces extases de
paroles, jamais un mot n'échappait à la bouche de la
comtesse pour essayer de convertir Mme Gervaisais. Ce
qu'elle disait devant elle, ne s'adressait pas à elle ;
c'était un soliloque d'enthousiasme qui montait et
allait se perdre à ces nuages de la Nouvelle Jérusalem
céleste, où le Swedenborgisme cause avec les anges :
un rêve à voix haute où la Parisienne jetait de temps en
temps une ironie polie. La comtesse n'entendait pas,
continuait, ou se taisait avec l'air de prolonger et de
poursuivre intérieurement sa pensée.

Aux beaux jours bleus, les deux femmes partaient,

l'enfant entre elles deux, dans une voiture qui leur
faisait faire invariablement cette promenade à Gen-
sano et au lac Nemi, où elles goûtaient la vue de ce
précipice de verdure, déployé sous le pont de l'Ariccia,
et les brusques passages des ombres étouffées des
cavées aux larges respirations sur la plaine infinie.

C'était une fête pour Pierre-Charles, gai du bonheur
physique de sa santé revenue et de la joie du temps
dans le paysage. En route, attirant à lui sa mère, lui
prenant le menton avec le bout de ses doigts, il
approchait et penchait sa figure sur la sienne, pour
faire tomber son baiser sur le sien ; puis il se mettait à
chantonner à demi-voix une musique qu'il inventait
pour se parler, pour se chanter à lui-même, —
monologue gazouillant, parfois sublime, de l'enfant à
demi muet.

Les deux femmes voiturées laissaient paresseuse-
ment leur venir de grands et longs silences, passives et
pénétrées d'un ravissement ébloui devant ces champs
de soleil, rayés de traits d'or par les échalas de roseaux,
cette campagne où la feuille découpée de la vigne, le
maïs oriental, les tiges de la fève, les plantes artistiques
du Midi, pétillaient partout de lumière, devant ces
espaces incendiés où se perdait la verdure des oliviers
poussiéreux jusqu'à cette ligne de vif-argent, la mer, —
une mer fermant l'horizon avec un petit rivage blanc
de l'Odyssée.

Ce fut au retour d'une de ces radieuses journées, que
dans un mouvement abandonné, pressant les deux
mains de Mme Gervaisais, la comtesse lui disait : —
« Je ne sais comment cela se fait, ma si chère, ma si
belle ; mais je ne puis plus aimer quelqu'un à présent,
si je n'ai pas un peu de son âme se donnant à moi avec
son cœur... L'intimité ne me paraît complète que si
Jésus-Christ est de moitié entre deux personnes... Mes
amitiés ont besoin d'un lien surnaturel [41]. »

LII

Dans les derniers jours de son séjour à Castel-
Gandolfo, Mme Gervaisais eut l'émotion de la visite
d'adieu que vint lui faire la comtesse Lomanossow,
voulant se rendre à Jérusalem avant de prononcer ses
vœux au Sacré-Cœur, et partant pour s'embarquer à
Naples.

En la quittant, la comtesse lui remit comme souvenir un petit cahier de *Pensées Religieuses*[42], qu'elle avait
baptisées du nom d'une pauvre plante des steppes de
son pays, d'une plante sans racine, promenée et
emportée au vent d'hiver avec sa fleur et sa semence,
germant sans sol, sans autre patrie que la tourmente et
la poussière, l'humble plante d'exil, de misère et de
sacrifice, que la langue poétique du Nord a appelée la
Fiancée du Vent[43].

A la première page du cahier, il y avait ce nom :
« *Le P. Giansanti,* au Gesù. »

LIII

Mme Gervaisais revenait de Castel-Gandolfo, attendrie dans toutes les fibres intimes de son sexe par le je
ne sais quoi de fondant, ce charme que possède le
Midi, selon la remarque délicate d'un compatriote de
la comtesse, pour vaincre le dur des âmes du Nord et
les livrer, déliées et déraidies, au catholicisme. Un
enchantement mystérieux tenait arrêtées et suspendues ses pensées, leurs résistances, la volonté de son
raisonnement. Et le sens critique, la haute ironie qui

étaient en elle, abandonnaient tous les jours un peu
plus cet esprit dominé par la tendance d'impressions
qui ne cherchaient plus à être que des impressions
acceptées et soumises d'adoration. Sa vie, elle ne la
vivait plus dans le sang-froid et la paix de sa vie
ordinaire ; elle la vivait dans l'émotion indéfinissable
de ce commencement d'amour qui s'ignore, de ce
développement secret et de cette formation cachée
d'un être religieux au fond de la femme, dans sa pleine
inconscience de l'insensible venue en elle des choses
divines et leur intime pénétration silencieuse, comparée, par une exquise et sainte image, à la tombée,
goutte à goutte, molle et sans bruit, d'une rosée sur
une toison.

Souvent l'effusion de ces sensations inconnues, montant en elle, s'élançait de sa bouche : en faisant de la
musique à son enfant, elle ne pouvait s'empêcher tout
à coup de chanter, ne cessant qu'à l'entrée d'Honorine, qu'elle savait venir pour lui rappeler là-dessus la
sévère défense de M. Andral.

LIV

Au milieu de tout ce qui commençait et se préparait
en elle, dans cette ouverture tendre, presque mouillée
de son cœur, tombait la fraîche impression d'un petit
livre qui semble parler, avec un langage et une voix de
nourrice, à l'enfance chrétienne d'une âme. Tout était
douceur dans ces pages du Saint et du Docteur de la
douceur, tout était caresse, tendresse, bercement ; les
mots y coulaient comme le miel et comme le lait ; la
piété là devenait un sucre spirituel. La dévotion, on la
trouvait peinte avec ses délices et ses intimes sources
de courage, donnant à la vie une amabilité délicieuse,
la facilité de toutes les actions, la bénédiction et la

couronne de toutes les affections de famille, de
ménage, d'amitié, un allégement heureux, allègre, du
travail, du métier, des peines, des inquiétudes, des
amertumes de chacun ; suave attouchement d'une loi
sans sévérité, sans exigence de détachement et de
renoncement [44], qui, laissant l'homme au monde, lui
donnait, pour passer à travers les choses du siècle,
l'onction bénie d'une sorte d'huile sainte. A ceux qu'il
sollicitait, le livre ne demandait que de se faire
semblables aux petits enfants qui, d'une main, se
tiennent à leur père, et de l'autre cueillent des fraises et
des mûres le long des haies : une de vos mains dans la
sienne, un *revenez-y* de votre regard au sien, il n'en
fallait pas plus pour avoir à vous la bonté du Père
éternel. Style d'amour, langue enveloppante, familiarité des idées et des mots, naïveté bénigne, simplicité
débonnaire, jolies images gracieuses, chatouillantes et
douillettes, images du Tendre divin, rappels d'un objet
de « galantise » ou d'un souvenir du lac d'Annecy,
symbole du péché dans les épines de la rose, retour à
Jésus par une œillade intérieure, fleurettes de gentilles-
ses que sème à toutes les lignes l'Apôtre essayant
d'enguirlander les âmes ; il y avait là pour Mme Gervaisais un enlacement auquel elle se trouvait toute
prête. Et à mesure qu'elle avançait dans l'*Introduction à
la vie dévote* qui fait du Crucifié un bouquet à porter sur
la poitrine, elle se sentait plus entourée de ce que saint
François de Sales évoque, de l'enivrement de la terre et
du ciel, d'œillets, de lis, de rossignols, de colombes, de
musiques d'oiseaux, d'une aimante animalité, de parfums d'arbres, de toutes les félicités colorées, brillantes, chantantes, bourdonnantes, odorantes, d'une
nature en sève, sourcillante des petits ruisseaux de la
Grâce ; et elle éprouvait la molle séduction d'un jardin
de Paradis, où une bouffée de printemps rapporterait
un écho d'une hymne de saint François d'Assise au
Dieu chrétien de la Nature.

LV

Elle se mit à aller au Gesù.

Elle n'y priait pas. A ses lèvres ne montait pas encore une formule de foi, un acte d'invocation, une récitation pieuse, mais elle y restait agréablement dans une vague paresse de contemplation priante. Sa pensée molle s'abandonnait à l'amoureux de cet art jésuite, épandu et fondu comme la caresse d'une main sensuelle, dans le travail magnifique du décor et de l'adoration de la richesse des choses[45].

Elle aimait, sur sa tête, cette voûte, semblable à une arche d'or, fouillée d'ornements, de caissons, d'arabesques, illuminée par des baies où se détachaient, fouettées de soleil, des grâces de Saintes. Elle aimait la fête enflammée de ce plafond où s'enlevait, dans les couleurs de gloire du Bachiche, l'Apothéose des Élus, leur mêlée triomphante sur des vapeurs, pareilles à des fumées d'encens, et qui, débordant de la bordure turgide et gonflée de fleurs, répandaient des lambeaux déchirés du ciel, de vrais nuages arrêtés à la voûte, où de grands anges agitaient des remuements de jambes et des frémissements d'ailes. Cette roulée ondulante, ce milieu palpitant, ce spectacle pâmé, ce demi-jour versé du transparent cerise des fenêtres, et où glissaient ces flèches de lumière, ces rayons visibles, transfigurant de couleurs aériennes des groupes de prière, cet éclairage mêlant un mystère de boudoir au mystère du Saint des Saints, cette langueur passionnée des attitudes enflammées, abandonnées, renversées, ces avalanches de formes heureuses, ces corps et ces têtes s'éloignant, dans la perspective des tableaux et des statues, avec le sourire d'un peuple de vivants célestes, la suavité partout flottante, ce qui semblait divinement s'ouvrir

là d'une extase de sainte Thérèse, finissait par remplir
Mme Gervaisais d'un recueillement charmé, comme si,
dans ce monument d'or, de marbre, de pierreries, elle
se trouvait dans le Temple de l'Amour divin [46].

Tous les dimanches elle assistait à la messe avec son
enfant. Elle écoutait l'office, tendait son attention au
grand mystère, encore voilé pour elle, qui se célébrait
au maître-autel ; exaltée pourtant par ce qu'elle ressentait de la musique, des voix, de ce qu'ont, pour amollir
et ravir, la grave onction et la volupté tendre du
Sacrifice divin.

Mais plus encore que le reste de l'église, une
chapelle l'attirait : la chapelle de Saint-Ignace. Son
pas, instinctivement, y allait à son entrée, à sa sortie.

Une barrière ronflante et contournée, sombre buisson de bronze noir, aux entrelacs balançant des corps
ronds d'enfants, et portant sur des socles de pierres
précieuses huit candélabres opulemment tordus ; un
autel d'or au fond duquel une lampe allumée mettait
un brasier de feu d'or ; partout de l'or, de l'or orfévré,
étalé, épanoui, éteignant, sous ses luisants superbes, le
vert et le jaune antiques ; au-dessus de l'autel, un bloc
d'où jaillit le rinceau d'un cadre enfermant, caché, le
Saint d'argent massif, un cadre porté, enlevé, couronné par des anges d'argent, de marbre et d'or ; au-
dessus, l'architrave, sa tourmente, l'enflure de ses flots
sculptés, un ruissellement de splendeurs polies, un
groupe de la Trinité dont se détache, dans la main de
Dieu le Père, la boule du monde, le plus gros morceau
de lapis-lazuli de la terre ; de chaque côté, des figures
descendantes et coulantes, des groupes, des allégories
aux robes fluides et vagueuses, une rocaille luxuriante,
dont le lourd embrassement doré étreignait la blancheur des marbres ; trois murs de trésors enfin, —
c'était cette chapelle [47].

Quand elle était assise depuis quelque temps
devant cela, son regard, arrêté sur les statues prenant

sous le feu des cierges la chaleur et la tiédeur de
l'ivoire, croyait, à la longue, y voir venir, sous le
vacillement, un peu de la vie pâle de l'autre vie ; et
dans la chair de marbre des deux figures de la Foi et de
la Religion, tremblait et s'animait presque pour elle
une chair angélique.

LVI

Secrètement, une métamorphose s'accomplissait au
dedans de Mme Gervaisais. L'orgueil de son intelligence, son esprit d'analyse, de recherche, de critique,
sa personnalité de jugement, l'énergie, rare chez son
sexe, des idées propres, semblaient peu à peu décliner
en elle sous une révolution de son tempérament moral,
une sorte de retournement de sa nature. L'amollisse-
ment des premières approches d'une foi la livrait à la
séduction de ces sensations spirituelles, dont l'action
est si agissante sur l'organisme d'une femme à l'âge où
elle redescend sa vie [48]. Et le passé de son éducation,
l'acquis de ses forts et vastes travaux, le souvenir armé
et rebelle de ses anciennes lectures, ne la défendaient
plus contre cette adoration non réfléchie née et déve-
loppée en elle par la prise de tous les sens d'une âme.

Aux rares heures où elle repossédait sa pensée, elle
cherchait avec sa conscience des compromis, des
arrangements, acceptant de certaines parties, certains
dogmes de la religion, en rejetant d'autres, plus
chrétienne que catholique, se réservant un reste de
libre arbitre, et ne prenant des choses saintes que ce
que lui permettaient d'en prendre ses lumières. A ces
heures de débat intérieur, comme pour fixer la limite et
la mesure qu'elle avait peur, vis-à-vis d'elle-même, de
dépasser, elle remplissait des pages, dans lesquelles

elle confiait à la mémoire du papier une sorte de journal religieux[49] qui gardait, notées, les confessions de cet esprit, et de son passage presque fatal d'un théisme nuageux à un catholicisme rationnel.

LVII

L'automne avançait, l'hiver arrivait sans que Mme Gervaisais sentît le besoin ni le désir de reprendre ses relations. Elle négligeait même la maison où elle s'était trouvée reçue le plus sympathiquement, le salon Liverani, dont elle avait goûté un moment l'habitude. Ses visites s'y espacèrent ; puis elle n'y parut plus. En dehors de l'absorption où elle était, et du retour sur elle-même qui la retirait à la société des autres, Mme Gervaisais avait été détachée lentement et peu à peu de cette liaison par la séparation sans choc, sans diminution d'estime de part et d'autre, qu'amène insensiblement et involontairement le contact de ces deux natures dissemblables et contraires : une Française et une Italienne.

La Française trouvait chez l'Italienne une ignorance et une quiétude de l'ignorance qui ne s'accordaient guère avec le savoir et la curiosité active de son intelligence. La netteté, la résolution, la virilité de son esprit, s'accommodaient assez mal du flottement d'idées, noyées et vagues, où vivait la princesse, promenant autour d'elle une contemplation superficielle, satisfaite et irréfléchissante, avec la paresse morale d'une odalisque, l'apathie épanouie et vide de la femme d'Orient qu'est déjà, sous sa vivacité extérieure, la femme d'Italie. L'Italienne étonnait encore la sérieuse femme de pensée par une unique occupation de tête : vertueuse, exactement honnête, elle ne

voyait dans la vie et dans le monde que l'amour, ne
s'intéressait qu'aux choses d'amour, ne parlait que
d'amour, n'écoutait que lorsqu'on parlait d'amour, et
ne voulait, auprès d'elle, qu'histoires, nouvelles, contes
et médisances d'amour, théorie et esthétique d'amour.
Mais plus que ces contradictions, une certaine manière
d'être de la princesse avait empêché l'intimité des deux
femmes : l'Italienne, rapprochée de la nature, déterminée par le premier mouvement du sang, indocile aux
conventions de la société, sincère, franchement elle-
même, l'Italienne n'est cela qu'avec le mari, l'amant,
les enfants, les cousins, les parents, la grande famille
romaine, encore aujourd'hui si nouée, si étroitement
ramassée et serrée dans la confiance mutuelle des
proches. Elle ne se montre pas, ne se communique pas,
ne se donne pas, comme la Française, dans les
rencontres et les relations passantes de la vie du
monde. Elle a pour toute personne qui n'est ni de sa
patrie, ni sa race, ni de son nom, sous le sourire et
l'accueil des lèvres, un fond fermé, une défiance en
garde contre l'étranger, et surtout contre l'ironie de
Paris, redoutée de l'ironie de Rome. Mme Gervaisais
avait été toujours avec elle arrêtée à un moment de
demi-abandon par cette note de réserve.

D'ailleurs la princesse, pareille aux femmes de son
pays, était plus faite et plus portée pour l'amitié des
hommes que pour celle des femmes.

Enfin, Mme Gervaisais, à ce moment même de sa
disposition religieuse, se trouvait un peu blessée par ce
dont était composée la religion de la princesse, un
mélange de croyances crédules, de superstitions locales,
de préjugés de peuple, relevés de quelques pratiques
humbles d'orgueil nobiliaire, — comme d'aller, le
mercredi de la Semaine Sainte, en compagnie des
dames du Livre d'or romain, laver les pieds des
pauvresses à la Trinité des Pèlerins.

LVIII

Mme Gervaisais était ce jour-là au Gesù.

On prêchait[50]. Le sermon commençait. Le prédicateur venait d'apparaître sur le tréteau, à côté de la
table et du fauteuil. Il s'était d'abord mis à genoux, en
se tournant vers l'autel, puis se recoiffait de son
bonnet, et s'asseyant, il avait déplié son mouchoir,
essuyé ses lèvres, reposé le mouchoir à côté de lui, et
attendu le silence. Enfin il se leva tout d'une pièce, et
parla.

C'était un talent de l'Ordre ; un acteur, un mime,
commediante, tragediante[51], dont l'éloquence gesticulante
et ambulatoire arpentait l'estrade, et dont le feu
dramatique brûlait les planches de sa chaire. Il décla-
mait, il pleurait, il sanglotait, il enflait sa voix, il la
brisait, il geignait et il tonnait, en un sermon qui
donnait à son public toutes les émotions et toutes les
illusions d'un débit et d'un jeu de théâtre.

Mme Gervaisais commença à écouter, puis n'écouta
plus, son oreille se réveillant à peine sur des notes de
colère qui lui donnaient un rapide soubresaut, après
lequel elle recommençait à ne plus entendre le sens ni
la suite du sermon. Soudain, elle reçut comme un coup
à cette phrase du prédicateur :

« Femme imprudente et téméraire, et non seulement
imprudente et téméraire, mais misérable et infortunée[52]... »

Il s'arrêta, fit une pause, reprit :

« car si Dieu s'est manifesté par d'autres témoigna-
ges que ceux de la nature, s'il a fait connaître lui-même
au genre humain ses conseils et ses volontés, quel jugement porter de cette femme qui dédaigne de s'assurer
de ces manifestations divines, et déclare avec assu-

rance qu'elle trouve en elle-même, et dans les seules lumières de sa raison, tout le nécessaire de son âme pour sa conduite religieuse et pour l'accomplissement de ses devoirs et de ses obligations envers Dieu ?... Pourrons-nous nous empêcher de dire... — et ici sa voix pleura presque — ... pourrons-nous nous empêcher de dire qu'elle est malheureuse et imprudente ? »

Mme Gervaisais était devenue tout attentive et sérieuse.

« Et en effet, continuait l'orateur, c'est une imprudence de ne tenir aucun compte des probabilités, imprudence d'autant plus grande que ces probabilités sont plus évidentes et plus certaines. C'est une imprudence de mépriser les conjectures, et c'est une imprudence impardonnable quand le nombre en est presque infini, quand leur poids et leur valeur les élèvent à la force d'une démonstration rigoureuse. Elle est d'une inexcusable imprudence, cette femme imprudente qui, sans tenir compte de toute la force de ces conjectures, négligeant toutes ces vraisemblances sur lesquelles repose la probabilité du grand Fait divin, répète, écrit qu'elle n'a pas d'autres recherches à faire, et que c'est assez pour elle que les enseignements de sa raison. »

Et à chaque parole nouvelle qui tombait de la chaire, Mme Gervaisais sentait comme un dévoilement plus entier du plus caché d'elle-même fait au public, une espèce de mise à nu et d'exposition flétrissante de ses idées, de ses doutes, de ses hésitations, des objections de sa pensée religieuse encore en révolte contre la révélation.

Le Père jésuite terminait ainsi : « Femme imprudente et téméraire, et non seulement imprudente et téméraire, mais misérable et infortunée ; car ce n'est pas seulement la créature qui souffre qu'on peut dire malheureuse : elle l'est aussi, celle qui s'expose à souffrir des peines éternelles... N'est pas malheureuse seulement la créature qui porte le poids de la colère divine ; mais encore celle qui ne fait rien pour s'en préserver. Or, que fait cette femme dont nous venons de parler ? Dans l'audace et l'insolence de son esprit, elle s'expose à transgresser les préceptes divins, elle ne se précautionne pas contre le crime de renverser cet ordre qu'il est souverainement probable que Dieu a décrété. Elle semble dire à tout le monde par sa conduite : « Je m'inquiète peu des desseins de Dieu, et peu m'importe de savoir quels peuvent être ses conseils... » Et que sait-elle si Dieu ne lui dira pas à son tour : « Ni moi non plus, je ne songe pas à vous... ou si j'y songe, c'est seulement en Juge Vengeur ! »

A ce dernier mot, Mme Gervaisais crut voir sur elle les yeux de ses voisins, comme si le prédicateur l'avait désignée de son dernier geste.

LIX

Mme Gervaisais sortit de l'église, bouleversée, éperdue, avec l'épouvante d'une femme qui penserait que quelqu'un est entré la nuit dans sa conscience et lui en a volé tous les secrets.

En entrant dans son petit salon, elle y trouva son domestique :

« Qu'est-ce que vous faites ici ? » lui dit-elle terriblement.

Peppe, aussi tranquille qu'un sourd qui s'en va quand on l'appelle, allait passer la porte avec son dos fuyant et les pans ridicules de son habit noir.

« Giuseppe ! » lui cria Mme Gervaisais.

Alors le petit homme trapu et velu, aux bras ballants, aux cheveux en brosse, d'où se détachaient des oreilles d'homme des bois, se décida à revenir, et s'appuyant des deux mains sur le bureau, il articula d'une voix caverneuse qui semblait sortir d'un antre :

« Que désire Madame ? »

Et il restait là, immobile, calé de ses deux mains, avec une expression noire, profonde, méditative et machiavélique.

« Envoyez-moi Honorine... » fit Mme Gervaisais en changeant d'idée.

Giuseppe répondit à l'ordre avec le clin d'œil dont il usait habituellement pour s'épargner la peine de répondre.

Aussitôt qu'il fut sorti, Mme Gervaisais se jeta sur un coffret dont elle retourna anxieuse tous les papiers.

« Madame me demande ? »

C'était Honorine qui entrait.

« Oui... Giuseppe ? En êtes-vous sûre ?

— Oh ! je l'ai toujours dit à Madame : c'est le plus grand voleur... Tout ce qu'on laisse traîner, on ne le revoit plus...

— Il ne s'agit pas d'argent...

— Et puis, reprit Honorine, cet homme-là... avec sa pâleur de déterré... Si Madame le voyait le soir, sous la veilleuse, dans la petite antichambre verte...

— C'est pour des papiers, ces papiers que j'écris pour moi... On ne sait pas, dans ce pays-ci... Ils auront peut-être voulu voir... »

Elle murmura tout bas : — « Leur Saint-Office... » Elle reprit :

« Eh bien !... Giuseppe... vous dites ?

— Moi, madame ? Je le crois comme les gens d'ici : capable de tout...

— Mais vous n'avez rien vu ? L'avez-vous surpris ? L'avez-vous trouvé à vouloir ouvrir mes tiroirs ?

— Ça non... Je ne peux pas le dire à Madame... Mais...

— Laissez-moi... »

Et Mme Gervaisais se replongea dans ses papiers, les vérifia, compta les feuilles de papier à lettres sur lesquelles elle avait jeté un « Journal de ses idées » interrompu depuis deux mois. Rien ne manquait, n'avait été dérangé. Les dates se suivaient. Cependant elle ne dormit pas de la nuit.

Le lendemain matin, une des premières paroles de M. Flamen de Gerbois, qui venait la voir après son déjeuner, était :

« Vous étiez hier au Gesù... Je l'ai su par la princesse Liverani... Vous avez entendu les terribles paroles contre la princesse de Belgiojoso ?

— La princesse de Belgiojoso[53] !... Ah ! vraiment... c'était contre la princesse de Belgiojoso ! » laissa échapper Mme Gervaisais.

Elle respira, profondément soulagée, ne comprenant pas comment elle avait pu, sans une perte momentanée de son bon sens, concevoir ses soupçons, ses imaginations insensées de la veille.

Et cependant, quand M. Flamen de Gerbois fut parti, elle ne retrouva pas une entière tranquillité. Une terreur lui resta. Dans l'état d'exaltation où elle était depuis quelques mois, l'impression avait été trop forte et trop poignante, pour qu'elle ne demeurât point frappée par la peur religieuse de cet anathème lancé contre une autre femme osant penser à peu près ce qu'elle pensait. Il y avait eu là comme un éclat de la foudre de l'Église tombée à côté d'elle, et qui l'aurait effleurée. Bizarrerie des conversions qui ont leur jour, leur heure, qui peuvent venir d'un contre-coup sans raison, que des années amènent, préparent, et que fait jaillir souvent un accident, un hasard, le rien immotivé qui décide et enlève !

LX

Vaste embrassement, immense contagion sainte, que la Religion à Rome[54].

Rome, avec la majesté sacrée de son nom seul ;
Rome, avec ses monuments, ses souvenirs, son passé,
ses légendes, avec ses églises aussi nombreuses que les
jours de l'année, ses oratoires, l'escalier de ses prie-
Dieu jusque dans les ruelles, ses quatre cents Mado-
nes ; Rome, avec toutes les *funzione* religieuses et
quotidiennes de son *Diario,* les messes capitulaires, les
messes votives, les messes conventuelles, les chapelles
cardinalices, les chapelles papales, les fêtes patronales,
les fêtes fleuries, les fêtes septénaires, les offices
capitulaires, les anniversaires de dédicaces, les béné-
dictions d'une ville où tout se bénit, bêtes et gens, les
malades, les chevaux de la poste, les agneaux dont la
laine fait les *pallium ;* Rome, avec les sermons de la
Sapience, les prédications permanentes, les distribu-
tions d'Eulogies, les conférences religieuses appelées
fervorino, les chemins de croix, les *triduo,* les neuvaines,
les stations, les processions diurnes et nocturnes, les
communions générales, les Quarante heures, les expo-
sitions du Saint-Sacrement, les adorations annoncées
par l'*invito sacro* collé sur un bout d'arc antique ; Rome,
avec ses martyrs, le soupir de leurs tombes dans les
corridors du Vatican ; Rome, avec ses grands ossuai-
res, ses ostensions et ses vénérations de reliques, les
fragments de membres, les linges sanglants, les morceaux de Saints et de morts miraculeux ; Rome, avec
son atmosphère, l'odeur de l'encens au seuil des
basiliques, l'air sans cesse ému par les appels des
cloches lassant l'écho du ciel ; Rome, avec ses images,
son musée d'art pieux allant, des tableaux de main
d'ange, aux paradis de Raphaël et aux enfers de
Michel-Ange ; Rome, avec ses portements publics
d'eucharistie à domicile, son grand avertissement de la
mort enterrée à visage découvert dans le sac commun
de la confrérie ; Rome, avec son peuple de prêtres et de
moines habillés de la robe d'église qui traîne et
descend jusqu'à l'enfant ; Rome, avec sa populace de

pauvres dont la bouche ne mendie qu'au nom de Jésus, de la Sainte Vierge et des âmes du Purgatoire ; — Rome enfin est le coin du monde où, selon le mot énergique d'un évêque, la Piété fermente comme la Nature sous les Tropiques.

Tout s'y rencontre pour vaincre et conquérir une âme par l'obsession, la persécution, la conspiration naturelle des choses environnantes ; tout y est rassemblé pour mettre un cœur près de la conversion, par la perpétuité, la succession ininterrompue des atteintes, des impressions, des sensations, et accomplir en lui à la fin ce fréquent miracle du pavé de la Ville éternelle, le miracle d'un chemin de Damas, où les esprits les plus forts d'hommes ou de femmes, terrassés, tombent à genoux.

A ce moment, où Mme Gervaisais se sentait touchée d'un commencement d'illumination, son passé à Rome, les premiers jours de son séjour lui revenaient. Sa mémoire semblait les lui éclairer d'un jour nouveau, lui en montrer le secret, le travail caché, persistant, continu, fait au fond d'elle à son insu, par le milieu de son existence. Elle se rappelait nettement à présent toutes sortes de petits événements, de riens journaliers qu'elle avait jugés, dans l'instant, sans action sur elle. Ses premières stations dans les églises, sa passion pour leurs marbres, elle commençait à reconnaître qu'elles avaient été comme une rencontre et une première liaison avec les douceurs religieuses. Elle retrouvait présente à son esprit, revivante à ses yeux, cette visite à Saint-Pierre, où la main de son enfant lui avait fait lire, dans du soleil, les mots d'or : *Tu es Petrus, et super hanc petram...* Le Dimanche des Rameaux, le *Miserere* de la Chapelle Sixtine, elle s'en apercevait, avaient été en elle au delà de sa sensibilité de femme ; ils avaient continué au fond de son être l'œuvre de Rome. Elle suivait ainsi et se remémorait, détail à détail, circonstance par circonstance, comme

pas à pas, ce mouvement inconscient qui l'avait jetée
aux pieds de la Madone de San-Agostino, ce changement ignoré d'elle-même, qui, encore ombrageuse et
résistante, sous le chêne de Castel-Gandolfo, à la
parole rêvante de la comtesse Lomanossow, l'avait
conduite au Gesù : et avec la disposition des personnes
nouvelles dans la foi, elle était prête à voir dans la suite
et la succession de ce qui lui était arrivé, une marque
de prédestination, un appel particulier d'en haut.

LXI

Ainsi envahie, et avec la conscience de cet envahissement d'elle-même, le reconnaissant et s'en faisant
l'aveu, elle fut prise, à la dernière heure, d'une espèce
de révolte d'esprit, d'une honte d'orgueil se soulevant
contre cet enlacement d'un milieu matériel, l'asservis-
sement des sensations, la sourde possession de son être
physique, sans que son intelligence y eût part. Elle
voulut que ces mêmes facultés qui l'avaient faite
philosophe, la rendissent chrétienne, et que sa conversion fût tout entière l'œuvre de son cerveau.

Elle demanda à être sérieusement et profondément
convaincue et persuadée. Alors elle se jeta à des études
qui auraient usé la puissance de travail d'un homme.
Interprètes de l'Ancien et du Nouveau Testament,
apologistes, controversistes, elle parcourut des livres
sans nombre, jusqu'aux plus secs, aux plus ardus, aux
plus abstraits de la théologie, emplissant des extraits,
des volumes de cahiers [55], tourmentée par la perplexité
de sa destinée éternelle, qui rejetait toujours son
angoisse à la peine de nouvelles et plus studieuses
recherches, où chaque jour pourtant elle s'approchait
un peu plus de cette certitude qu'elle appelait, qu'elle

implorait, qu'elle faisait naître, pour ainsi dire, de l'ardeur de son désir et de la secrète complaisance de ses efforts. Peu à peu, les objections, les répugnances de la logique humaine s'effaçaient chez la femme ; l'improbabilité de certaines choses ne lui semblait plus aussi improbable ; et à un certain moment, la phrase de Platon [56], « qu'il était nécessaire qu'un maître vînt du ciel pour instruire l'humanité », la préparait à admettre la révélation divine. Maintenant, quand elle revenait à la philosophie, les explications, les solutions qui l'avaient satisfaite sur l'origine, l'existence, la destination de la créature, n'étaient plus pour elle qu'hypothèses et conjectures. Et ainsi disputée entre la lassitude de douter et l'aspiration à croire, elle se relançait à la poursuite de la Vérité infinie.

Au milieu de ces travaux, un grand orateur écrivain avait une sensible influence sur elle. Dans sa parole imprimée, cette parole que le prédicateur craignait humblement de voir se sécher comme une feuille dans un livre, elle retrouvait l'accent chaud et vivant de la voix dont l'émotion avait rempli Notre-Dame aux jours du mouvement religieux de 1834 [57]. Elle y retrouvait cet apôtre de la jeunesse parlant à l'intelligence masculine et lettrée de la France : elle y entendait Lacordaire. Elle s'attachait à cette éloquence qui ne voulait pas imposer la foi, qui la proposait à la discussion, cherchait la conviction des esprits avec une sorte de respect et d'hommage à la dignité de la conscience. Elle était sympathiquement portée vers cette doctrine tournée au souffle du temps, exposée et prêchée pour des âmes du XIXᵉ siècle, élargissant l'Église du passé aux besoins nouveaux du monde et de l'avenir. Elle était rassurée, satisfaite de rencontrer chez le chrétien, disciple de Lamennais, l'ambition de rendre orthodoxe l'idée de son maître, l'alliance de la foi et de la raison, en essayant d'appuyer le catholicisme sur la science, de le baser sur

l'histoire, d'apporter à la vérité céleste les preuves des
plus grands faits de la terre, en remontant même au
delà de Jésus-Christ, pour revendiquer la sagesse et la
morale antiques, Confucius, Zoroastre, Pythagore,
Platon, Aristote, Cicéron, Epictète, comme les ancêtres précurseurs et le patrimoine naturel du Christianisme. Elle était enfin à la fois surprise et consolée en
trouvant l'homme dans le prêtre, un ami de ce que
l'humanité aime, sensible à ce qu'elle honore, complice
de ses généreuses passions : amitié, courage, honneur,
liberté, patrie, gloire même; l'homme et le citoyen qui
déclarait hautement ne pas accepter une religion qui
serait étrangère à ces grands biens, « une piété fondée
sur les ruines du cœur et de la raison ».

Des mois se passèrent encore dans ces pénibles
labeurs d'une foi cherchant sa lumière suprême, des
mois mêlés de ténèbres et de clartés, sans le rayon
vainqueur, l'illumination soudaine, — le *Fiat lux!*

L'heure en vint pourtant. Et Mme Gervaisais, ce
jour-là, sous l'éclair de la grâce, écrivait, sur le livre de
ses résolutions, cet acte de foi, un acte d'amour :

« Premières lueurs du jour. Fête de sainte Agathe.

« *Amo Christum, amo quia amo, amo ut amem.* — Saint
Bernard [58]. »

LXII

Quelques jours après, tenant son fils à la main, elle
entrait dans la petite sacristie secrète, rigide, et où se
tenaient, droits et roides contre les murs nus, ces
prêtres à bonnet carré, doux de visage, longs dans
leurs robes longues, le cou disciplinairement serré par
leur collet noir de soldats de la foi, avec la silhouette de

leur costume resté comme il était, immuable ainsi que l'Ordre, depuis les images du XVIᵉ siècle.

Elle demandait le P. Giansanti.

LXIII

Dans l'église du Gésù, il y a un confessionnal, le second à droite, quand on entre par la porte de la *Via del Gesù.*

Il est sous la mosaïque de la chaire, pris et étranglé entre les deux appuis portés par des têtes d'anges, avec l'ombre de la chaire sur son bois brun, ses colonnettes, son fronton écussonné, le creux de sa nuit, se détachant tout sombre sur le marbre jaune des pilastres sur le marbre blanc des soubassements. Il a deux marches sur les côtés pour les genoux de la pénitente ; à hauteur d'appui, un petit carré en treillis de cuivre, au milieu duquel le souffle des bouches et l'haleine des péchés ont fait un rond sali et rouillé ; plus haut, dans un pauvre cadre noir, une maigre image sous laquelle est imprimé : *Gesù muore in croce,* et dont le verre reçoit comme un reflet de sang du feu remuant d'une lampe pendue dans la chapelle à côté.

C'était le confessionnal où régulièrement, le mardi et le vendredi, le P. Giansanti recevait la confession de Mᵐᵉ Gervaisais. Souvent elle y passait près de deux heures, deux heures pendant lesquelles, du confesseur secret, caché, ténébreux, invisible, enfoncé et disparu là, sans tête et sans visage, ne paraissait qu'une main qui tenait renversé le petit volet derrière lequel le Père écoutait masqué, — une main qui ne bougeait pas, une main grasse et pâle, sans fatigue et sans mouvement, une main impassible, coupée et clouée au bois, une main qui faisait peur à la fin, comme une main morte et une main éternelle !

L'heure se passait, puis la demie : Mme Gervaisais posait son front, qu'elle avait peine à porter, contre l'accotoir. Et l'enfant, qui, de la chapelle Saint-Ignace où sa mère l'avait agenouillé à prier, venait voir de temps en temps, voyait toujours cette main.

LXIV

Sa promenade habituelle était alors la villa Borghèse. Faisant quitter à sa voiture les allées fréquentées, bruyantes du trot des calèches, elle s'enfonçait aux déserts du jardin, sous ces allées d'arbres de bronze qui s'arrachent de terre comme d'un nœud de chimères et de serpents, et qui courbent sur les têtes des promeneurs une voûte emmêlée, à l'aspect de végétations marines mangées de mousse : elle passait sous cette verdure vert-de-grisée, mêlant le poussiéreux de l'olivier à l'argenté du saule, sous la verdure du *leccio,* le chêne caractéristique de l'Italie, qu'aucun des peintres de son paysage n'a su peindre ni voir. Elle traversait les bois, sévères et religieux, qu'il fait dans les fonds du parc, et où son feuillage, massant ses minçures, serré, sombre et lourd, se remplit d'une vapeur, d'une espèce de buée bleuâtre, d'un brouillard sacré, comme amassé dans la fraîcheur et le froid noir d'un *lucus.*

A l'ombre, sur l'herbe, çà et là, s'apercevait un chapeau ecclésiastique, une méditation qui dessinait une pose d'abbé dans une stalle de chœur. Un souffle de vent faisait s'envoler un bout d'écharpe monacale ; un rayon allumait le violet d'une *sottana* ou le rouge d'une ceinture ; et la solitude du bois répétait doucement l'écho du rire heureux et déjà sage de ces petits curés en miniature, de ces bandes d'enfants noirs, rouges, violets, bleus : l'enfance séminariste de Rome.

Par moments, une éclaircie montrait, vers la campagne, dans de la clarté, des horizons jeunes, grêles, légers, ainsi que les fonds de Raphaël, des bouquets de verdure, d'une maigreur ombrienne, à mettre derrière ses Nativités.

La calèche allait et revenait vingt fois par les mêmes allées. Pierre-Charles la suivait à pied, courant sur les côtés de la voiture et s'amusant à cueillir des cyclamens. Les gens près desquels il passait dans sa course, effleurés de sa beauté, le regardaient longtemps encore après qu'il était passé. Souvent de petits enfants s'arrêtaient brusquement, frappés par la séduction naturelle, instantanée, le coup de foudre de leur beau à eux dans un autre ; et séduits, fascinés, ils marchaient quelques pas, comme attirés par de la lumière ; puis restaient devant lui, plantés à distance, charmés, dans une immobilité modeste et humble de petits pauvres honteux, ayant peur de demander l'aumône, attendant qu'il voulût bien les embrasser et n'osant commencer les premiers. Des petites filles étaient plus braves : elles allaient droit à lui, et tout à coup le soulevant, l'enlevant presque dans leurs bras, elles l'embrassaient comme si elles mordaient à un fruit, puis se sauvaient.

Mme Gervaisais eut, dans ces jardins de la villa Borghèse, des jours de printemps, — il était cette année-là chaud et pluvieux, — des jours de singulier bien-être, d'une espèce d'accablement suave, d'une détente qui la laissait un moment heureuse ; des jours qui avaient la tiédeur d'un bain, avec des odeurs chaudes d'acacias et d'orangers, un ciel de poussière, un soleil qui ne paraissait plus qu'une lueur orange, un étouffement du bruit des cloches lointaines, un chant à petits cris et comme lassé des oiseaux, un air où une rayure, qu'on eût prise pour le vol d'un moucheron, était la chute d'une goutte d'eau qui tombait toutes les cinq minutes et ne mouillait pas.

Elle avait peine, par ces jours, à s'arracher à toutes ces molles exhalaisons de nature ; et elle jetait, en partant, un dernier regard de regret en arrière au paysage, à la chaleur d'adieu du soleil qui mourait souvent là dans la page d'un bréviaire lu par un prêtre assis sur une marche du petit cirque [59].

LXV

La direction jésuite n'est point sévère, elle n'a pas la dureté que lui prête le préjugé populaire [60] : elle est plutôt faite à l'image du gouvernement romain, de ce gouvernement généralement doux, un gouvernement d'indulgence presque paternelle et de facile absolution pour les fautes qui ne s'attaquent pas à son principe, qui ne touchent pas à l'essence de son autorité ; mais aussi, comme le gouvernement papal, ce gouvernement est particulièrement policier, jaloux, craintif, soupçonneux des influences extérieures, cherchant à entourer ses pénitents et ses pénitentes de l'action de gens dévoués au Gesù, de l'action même de domestiques qui appartiennent au Gesù ; travaillant éternellement et souterrainement, sans se lasser, à combattre tout ce qui peut être l'ennemi du Gesù dans la vie hors de l'Église, dans la maison, dans les liaisons mondaines et intimes du fidèle.

Déjà le P. Giansanti avait fait beaucoup pour le refroidissement de Mme Gervaisais avec l'ambassadeur de France. Son œuvre continuait contre M. Flamen de Gerbois, le gallican, qu'il savait hostile à sa société. Et graduellement, par la répétition d'insinuations, des germes d'inquiétudes jetées dans la conscience de Mme Gervaisais sur le danger des visites d'un homme de si dangereux esprit, le Jésuite la détachait et la

désaffectionnait de l'amitié la plus haute, la plus libre
et la plus dévouée qui lui restât. M. Flamen de
Gerbois, fort de son intérêt pour Mme Gervaisais et des
droits de sa longue relation, combattait, luttait avec
elle, la disputait au confesseur, essuyait, sans se
décourager, les contradictions, les froideurs, les colères
mêmes de la femme qu'il venait toujours voir.

A la fin, elle lui fit fermer sa porte : il la força.

« Mais, monsieur, ma porte était défendue...

— C'est pour cela, madame... J'ai pensé que vous
étiez souffrante, et que vous aviez besoin...

— Monsieur, quand une femme fait fermer sa
porte, il n'y a qu'un homme bien mal élevé... »

Et sans finir sa phrase, se retirant dans sa chambre,
elle le laissa dans le petit salon, seul avec son fils.

M. Flamen de Gerbois, sans parole, alla à l'enfant
sans voix, et lui mit tristement un baiser sur la figure.

Cependant, si durement renvoyé, il ne voulut pas
encore abandonner la malheureuse femme, renoncer à
en avoir des nouvelles ; et, avec une compassion de
tendresse délicate pour la solitude du pauvre enfant,
sans distraction, sans camarades, il continua d'envoyer de temps en temps ses petites filles, douces
enfants sans méchant rire, qui s'amusaient avec
Pierre-Charles comme avec un égal et un frère, et lui
faisaient passer une ou deux heures dans une joie de
jeu et d'expansion. Un jour, pendant qu'elles étaient
là, la mère appela son fils et lui dit :

« Va les embrasser... et mets-les à la porte. »

L'enfant, tout embarrassé de la commission, continuait à jouer avec elles, quand tout à coup apparaissant :

« C'est très bien, mesdemoiselles, vous êtes très
gentilles... Je vous ai assez vues, il faut vous en aller »,
et elle poussa dehors les petites tout étonnées, honteuses, peureuses presque de voir si changée l'aimable
madame, autrefois si bonne pour elles.

Sous les défiances que son confesseur lui soufflait, parole à parole, contre ce qui l'approchait encore, sous cette suspicion qu'il faisait grandir en elle contre ceux qu'elle était habituée à aimer et à écouter, sous cette ombre et ces alarmes du confessionnal, cet esprit simple, ouvert et franc, se dénaturait. Des idées tortueuses, ombrageuses, des appréhensions ténébreuses se glissaient au fond de la femme. Elle se torturait à creuser le noir tourment des suppositions, des conjectures, des hypothèses, des jugements mauvais. Longuement empoisonnée d'une crainte de tout et de tous, elle se mettait en garde presque haineusement contre les personnes qui lui étaient le plus dévouées, contre Honorine elle-même. Elle voulait se délier du monde brusquement et sans retour, mettre jusqu'à l'impolitesse entre elle et lui, pour mieux s'en séparer ; et elle rompait avec ses dernières connaissances brutalement, presque grossièrement, elle dont les rapports avaient toujours été de si gracieuse dignité, cette Mme Gervaisais qui, à Paris, avait montré un type de la femme distinguée, gardant dans la bourgeoisie les dernières bonnes manières féminines de la Restauration.

Bientôt vint le jour de la princesse Liverani. Honorine lui disant que Madame était sortie, la princesse ne dit rien, mais lui montrant en souriant l'ombrelle de sa maîtresse restée dans l'antichambre, elle ne revint plus.

Sa répugnance augmentait à vivre avec des semblables : l'horreur des autres croissait en elle, arrivait à une sorte de sauvagerie insociable. Un aimable ménage s'était chargé de lui remettre les lettres d'une de ses intimes amies. Après avoir vu la jeune femme deux ou trois fois, elle dit à Honorine :

« Quand cette femme reviendra, vous la renverrez : elle *pense mal...* je ne peux plus la voir... »

Et comme Honorine objectait :

« Mais, madame, c'est qu'il y a sa femme de

chambre qui ne connaît pas Rome, qui m'a fait promettre de la promener...

— Je vous défends de sortir avec elle...

— Mais, enfin, madame, songez donc... depuis le temps que je suis ici sans une âme de connaissance !

— Eh bien ! ne pouvez-vous pas faire comme moi ?... Est-ce que je vois quelqu'un, moi ? »

LXVI

Au bout de l'avenue de la villa Borghèse, au tournant de la montée, à cette porte de ruine et de verdure, où les voitures passent sous l'arche d'un grand rosier blanc jetant sur deux colonnes le fronton de neige de ses fleurs, près d'un vieux cyprès, gris de la poussière soulevée par la promenade, Mme Gervaisais, en revenant, apercevait tous les jours, de sa calèche, deux chiens, deux caniches.

L'un, propre, savonné, frisé, avait la moitié du corps rasé, et montrant un dos couleur de chair à taches de truffes, une houppe de poils épargnée aux jarrets, la queue rognée avec une mèche en soleil, le nez luisant noir, des moustaches en nageoires, un bout de langue entre deux petites dents pointues, une fine tête dans une grosse perruque, des yeux humains et larmoyants dans du rose, le regard presque aveuglé du chien d'aveugle. L'autre était crasseux, pouilleux, galeux, chassieux, une bête de la rue, peignée par le vent, lavée par la pluie. Tous deux se tenaient assis sur le derrière ; mais le dernier était à trois pas de distance du premier.

Les deux chiens étaient fort connus à Rome. On appelait le premier *T'ho trovato,* du nom local des chiens perdus : « Je t'ai trouvé. » Quant à l'autre, on

n'avait pas même pensé à lui donner un nom. *T'hó
trovato* passait, dans la légende populaire, pour sortir le
matin d'un palais. Il se rendait dans un café du Corso,
dont les garçons lui donnaient à déjeuner ; puis il allait
on ne savait où, et revenait accompagné de l'autre
caniche crotté qui le suivait, attaché à sa trace,
s'arrêtant où il s'arrêtait, flairant où il flairait, levant la
patte où il avait levé la sienne, mais toujours à la
distance respectueuse d'un honnête domestique de
chien derrière son maître.

C'est ainsi qu'ils arrivaient ensemble régulièrement
et ponctuellement à la villa Borghèse, où, prenant part
au mouvement des voitures, ils se mêlaient aux plaisirs
et au spectacle du beau monde. Parfois, cependant, on
remarquait le retard de *Trovato*. Il s'était aperçu ce
jour-là que son poil était repoussé et allait cacher avec
sa laine le ras de son dos : alors, de son propre
mouvement, il se présentait au vieux tondeur de chiens
qui avait sa petite table à tondre dans le Forum de
Nerva : sautant sur l'établi, il s'offrait aux ciseaux, et,
sans qu'on eût besoin de l'attacher avec une ficelle, ne
bougeait plus. La tonte faite, après une ablution de
seaux d'eau, on pouvait le voir se ressuyant sur une de
ces colonnes antiques couchées à terre et frappées de la
raie de soleil semblant rayer le bronze d'un canon
énorme : il y trônait avec une majesté bonasse, à côté
d'une rangée de petits chiens qui grelottaient, tout
noyés, sur le parapet du Forum. Une fois sec, il sautait
de la colonne, remerciait le tondeur par des jappe-
ments pressés, furieux, comme enragés de n'être pas
des paroles, détalait dans une course folle, interrompue par des tournoiements sur lui-même qui tâchaient
de regarder l'ouvrage du tondeur.

Et toujours, à la fin de la promenade, on retrouvait
les deux amis dans la même pose, à ce même endroit, à
la porte près du cyprès, lassés, paresseux, guettant une
voiture qui voulût bien avoir pitié d'eux et les ramener.

Trovato de temps en temps levait vers les personnes qui le regardaient sa patte droite, en signe d'imploration, devant l'autre qui dans le lointain essayait humblement de répéter son geste. Et aussitôt qu'un signe était fait, tous deux d'un bond s'élançaient dans la voiture, *Trovato* dans l'intérieur avec les maîtres, son compagnon sur le siège près du cocher ; car le compagnon de *Trovato* avait naturellement le sentiment de l'inégalité des conditions.

La petite main de Pierre-Charles avait fait signe un jour aux deux chiens : *T'ho trovato* s'était dépêché de monter auprès de lui, tandis que l'autre allait se blottir entre les jambes de Giuseppe. Et depuis ce jour, dans ces retours que Mme Gervaisais prolongeait par un bout de promenade sur le chemin du Poussin ou le long du Teverone, c'était, tout le temps, dans la voiture, des amitiés, des embrassades, une intimité, où la lichade de *Trovato* se mêlait au baiser de Pierre-Charles. Pour le pauvre petit bonhomme, auquel l'isolement et toutes les défiances nouvelles de sa mère défendaient la société de ses petits semblables, pour le petit concentré, obligé de s'amuser tout seul, sevré de ce plaisir même du jeune animal : le jeu, — ce chien bon, affectueux, caressant et joueur, était un ami avec lequel il pouvait jouer, dépenser cette surabondance d'activité et de tendresse que l'enfant a besoin de répandre autour de lui et à sa hauteur, sur des enfants ou des êtres enfants.

Aussi, bientôt cette heure passée avec le caniche, et où le caniche était tout à lui, devint-elle le bonheur de Pierre-Charles, qu'il attendait dès le matin, et qui lui remplissait sa journée.

Mais arriva un jour où, sur le signe de l'enfant, *Trovato* et son compagnon ne remuèrent pas : *Trovato* avait reconnu que la voiture de Mme Gervaisais, tournant à la rue des Condotti, ne le ramenait pas assez loin dans le Corso ; et comme il avait ses

habitudes du soir non loin du palais de Venise, il
s'était décidé à choisir désormais une calèche qu'il
connaissait pour aller jusque-là.

Pierre-Charles étonné descendit pour le prendre
dans ses bras : mais *Trovato* s'échappa en le bousculant. Pierre-Charles remonta près de sa mère, et à
quelques pas il fondit en larmes.

LXVII

Dans le confessionnal du Gesù, une voix sans timbre
et monotone, continuelle et basse, si basse qu'elle
paraissait venir de quelqu'un d'éloigné, arrivait, de
l'ombre, à Mme Gervaisais.

« ... Vous avez fait des fautes de votre passé une
revue complète, une confession générale, une déclaration plus que suffisante, et toujours craignant de
n'avoir pas fait une diligence satisfaisante, de n'avoir
pas tout accusé, de n'avoir pas exprimé toutes les
circonstances de vos péchés, votre conscience veut
obstinément et sans cesse revenir à votre vie antérieure, et m'en vouloir redire et répéter la misérable
histoire. Je ne trouve pas en vous la crainte humble,
paisible et pleine de confiance, qui garde la vertu
d'espérance, et avec la vertu d'espérance, le zèle, le
courage, la force. Bien que vous soyez revenue à Dieu,
il faut vous attendre à ce que le souvenir de vos erreurs
ne laissera pas de vous crucifier longtemps, longtemps
encore ; mais à l'exemple de saint Paul, vous devez en
profiter pour vous humilier sans vous troubler... Ah !
ma sœur, je crains bien que votre âme ne soit attaquée
de la maladie de la foi, la plus difficile à guérir, d'une
maladie contre laquelle tout notre zèle, toute notre
charité, tout notre amour sont quelquefois impuissants... »

Il poussa un profond soupir, se rapprocha un peu de sa pénitente, baissa encore plus secrètement la voix :

— « De la maladie du *scrupule,* le plus grand obstacle apporté à la perfection, oui, à la perfection... Oh ! ne vous y trompez pas, le scrupule n'est pas l'alarme d'une conscience délicate, qui porte à craindre et à éviter avec sollicitude le péché, mais la vaine appréhension mal fondée et pleine d'angoisse qui, avec un art diabolique, cherche et arrive à voir le péché là où il n'est pas. Le doute, lui, c'est la suspension de l'intelligence entre deux extrêmes qui offrent tous deux des raisons de probabilité ; le doute est raisonnable, tandis que le scrupule ne l'est pas et ne saurait jamais l'être, car s'il était raisonnable, il cesserait d'être scrupule... Vous me comprenez ? reprit-il avec un ton de douleur, je parle de cette disposition d'esprits opiniâtres qui, refusant de se livrer entièrement à l'arbitre qui dirige leur conscience, ne s'en rapportant pas à ce qu'il prescrit, ne mettant pas en lui leur confiance et leur tranquillité entières, s'agitent sous les pensées déraisonnables, les ombres de leurs imaginations, les suggestions, les fausses subtilités ; je parle de ces consciences qui ne veulent pas être conduites et régies, de ces consciences timorées, et qui, selon la remarque de Laurent Justinien, ne peuvent faire un pas sans craindre de pécher... Saint Bernard n'a-t-il pas dit : « La tribulation produit la pusillanimité, la pusillanimité le trouble, et le trouble enfante le désespoir » ? C'est alors que sous la tempête des affections turbulentes, ces âmes sentent s'étouffer en elles, comme sous un buisson d'épines, les aspirations divines, entrent dans les ténèbres, et à la fin, entraînées par une consternation intérieure, se précipitent dans l'abîme de la damnation, si... — fit-il avec une suspension de quelques secondes — ... leur mal spirituel vient à s'accroître. Est-ce que dans cet état d'âme, que je viens, ma sœur, de vous exposer bien incomplètement, vous ne retrouvez pas beaucoup de vous-même ? »

Et il se pencha sur la femme accablée de retrouver dans les paroles sourdes du prêtre toutes les souffrances morales qu'elle endurait.

Il poursuivit : « Dites non, dites franchement non, si je me trompe... Dites, n'approchez-vous pas du sacrement de la pénitence, tourmentée de tous côtés par l'effroi de vos péchés passés ? Dites, ne recevez-vous pas le pain des anges toute tremblante, et comme luttant contre les spectres de vos scrupules ? Dites, recevez-vous jamais la plénitude des grâces que les divins sacrements confèrent aux âmes sereines et tranquilles ? Et la parole divine, soit qu'elle vienne d'une bouche sacrée, d'un docteur de l'Église que vous lisez, soit qu'elle vienne de moi, votre Père spirituel, démentez-moi, si je me trompe, comment l'acceptez-vous ? N'y mêlez-vous pas trop souvent la zizanie de vos raisonnements captieux qui la rendent infructueuse ? Ah ! vous voudriez me demander ce qu'il y a à faire pour vous guérir... Il faudrait, d'abord, abandonner le désir et l'orgueil d'une perfection que vous ne pouvez atteindre, du moins dans ce moment... Il faudrait... »

Mais brisant sa pensée, il se tut, réfléchit quelque temps, et d'un ton plus lent, plus appuyé, de l'accent profond d'un médecin des âmes qui voudrait graver une ordonnance dans un esprit malade, il reprit :

« Dites-vous bien, je voudrais vous pénétrer de cette vérité, que la « scrupuleuse » n'a pas le *dictamen* de la conscience droite, que son esprit obscurci ne sait pas discerner avec justesse ce qu'il faut faire pour se conduire, qu'elle doit se comparer à une créature frappée tout à coup de cécité, qui pour parcourir la ville, pour circuler dans les voies terrestres de ce monde, serait forcée de prendre un guide lui indiquant où poser le pied, avec certitude qu'il lui faut pareillement dans les voies spirituelles où elle s'engage à

tâtons et en aveugle, la main et la voix directrices de
son directeur. Efforcez-vous donc... — et il mit une
note presque dure dans le bénin de sa parole inlassable
et coulante — ... efforcez-vous donc de corriger cette
opiniâtreté de votre esprit... Prenez la résolution
d'obéir fermement à votre Père spirituel, quels que
soient les remords, la crainte et les appréhensions qui
vous conseillent ; apportez la docilité que saint Bernard prescrivait à un disciple tourmenté des mêmes
scrupules que vous... Et ne dites pas : « Mon directeur
n'est pas saint Bernard ; » car, retenez-le bien, il faut
obéir au directeur, non pas parce qu'il est un saint,
mais parce qu'il tient la place de Dieu. Ce n'est pas sa
sainteté qui nous assure que nous faisons la volonté du
Seigneur en suivant ses avis, mais l'ordre exprès que
Jésus-Christ nous donne d'obéir à ses ministres dans
tout ce qu'ils nous commandent. Éloignez donc de
votre cœur toute vaine crainte, et croyez que vos
actions sont déjà justifiées aux yeux du Tout-Puissant.
Croyez que quand vous vous présenterez devant le
tribunal du Souverain Juge, vous pourrez lui dire :
« Seigneur, j'ai fait tel acte et omis tel autre pour obéir
à ceux que vous avez chargés de me gouverner en votre
nom. » Et soyez sûre que le Juste Dieu ne condamnera
pas votre conduite ; car il ne peut se contredire lui-
même ni punir les créatures quand elles remplissent,
selon sa très sainte volonté, les ordres des ministres
auxquels il leur a prescrit d'obéir. Persuadez-vous
donc... — et le prêtre laissa tomber ici une note
presque attendrie — ... qu'une âme ne peut pécher en
agissant d'après les ordres et les lumières de son Père
spirituel, puisque Jésus-Christ lui-même a dit aux
directeurs dans la personne des apôtres : « Celui qui
vous écoute m'écoute [61]. »

Quelques minutes après, Mme Gervaisais, se levant
du confessionnal, restait un moment indécise, dans
l'église, sur le chemin qu'elle avait à prendre pour

sortir. Elle reprenait son fils d'un mouvement irréflé-
chi, avec cet air écrasé et ces yeux perdus des
personnes qu'on voit aller le front plein de pensées qui
s'y battent.

LXVIII

C'est ainsi qu'à la suite de ces confessions, la
misérable femme revenait presque hébétée sous les
contradictions. Après avoir tiré si longtemps de son
esprit sa conduite morale, n'ayant jamais obéi qu'à sa
raison, le supplice était affreux pour elle d'être ainsi
tiraillée entre la soumission et le reste des habitudes de
sa conscience, déchirée d'indécisions, passant d'un
instant de révolte à une humilité plus docile, se vouant
à tout ce que le P. Giansanti exigeait d'elle, par
lassitude, parfois sans conviction.

Son imagination, inexorablement tourmentée et
travaillée, devenait sans repos sous les impressions des
variations contraires, le trouble des obscurités, les
secousses d'une tourmente qui, à tout moment, la
bouleversait, une de ces confusions et de ces étourdis-
sements d'une piété aveuglée qui méconnaît Celui
qu'elle cherche, le voit sans le voir, passe à côté de lui,
sans être plus consolée que la pécheresse de l'Évangile
quand elle rencontre Jésus et le prend pour le jardinier.

Elle arrivait ainsi à un état de détresse ; elle jugeait
que sa foi, son espérance, sa charité, n'étaient plus que
des apparences trompeuses de ces vertus détachées
d'elle et ayant cessé d'être, comme le veut un saint,
« les domestiques de son âme ». La désolation descendait dans sa tristesse, et de cette tristesse elle faisait

une cruelle comparaison avec la bonne tristesse de la
vraie pénitence, humble, affable, qui n'engourdit point
l'esprit, qui ne décourage pas le cœur, et lui donne au
fort de ses amertumes l'incomparable consolation.

LXIX

La solitude que Mme Gervaisais trouvait dans les
allées écartées de la villa Borghèse ne lui suffisait plus.
Elle voulait éviter jusqu'à la vue du monde, ses
rencontres, ses connaissances. Le contact de la vie des
autres était devenu blessant pour ses pensées endo-
lories, ses souffrances avivées, et elle s'enfonçait chaque jour dans un goût plus sauvage d'isolement et
d'éloignement des vivants. Elle se faisait maintenant
promener aux extrémités de la ville immense, entre ces
remparts de grands jardins, de vignes et d'anciens
casins de Cardinaux, percés de jours à croisillons ;
autour de ces basiliques lointaines et égarées au vide
des faubourgs ; sur des places où sèchent aux arbres les
haillons laineux de la misère romaine ; le long de ces
grands bouts de rue qui vont toujours sans finir, et
dont la bâtisse s'ouvre tout à coup sur un champ, des
tertres de folle avoine : des coins incultes et perdus où
grimpent sur des ruines de thermes des pruniers et des
chèvres, sans que rien n'y avertisse plus de la Cité
sainte qu'une coupole dans le ciel. Elle se faisait
traîner, des heures entières, par des routes abandonnées et toutes bordées d'orties, au milieu d'une campagne que les murs l'empêchaient de voir, de tristes murs
de terre et de fagots liés avec des roseaux secs. Là, dans
l'ombre maigre d'un des murs, presque oublieuse de
son fils, comme disparu d'à côté d'elle, dans sa pose
d'enfant ennuyé de toujours regarder en l'air, glissé sur

les coussins et assis presque sur les reins, — elle
s'abandonnait à elle-même sans distraction, sans
parole, sans mouvement. Ses idées, par moments,
amenaient sur l'expression de sa figure une douleur,
une souffrance, bientôt éteinte dans une somnolence
coupée de tressaillements nerveux, que continuait à
promener le pas lent des chevaux de louage par le
chemin sans horizon.

LXX

Mme Gervaisais se confessait alors quatre fois par
semaine, et communiait tous les dimanches.

Et ses confessions, pour être si rapprochées, si
fréquentes, n'en étaient pas plus courtes. Elles semblaient sans fin à Pierre-Charles qu'elle emmenait
toujours avec elle, qu'elle y traînait, qu'elle avait voulu
un moment faire confesser, sans pitié pour ses sept
ans et pour sa pauvre petite raison. Une fois, avec un
geste de violence, on l'avait vue, dans l'église, saisir
son fils et l'entraîner au confessionnal, n'écoutant ni
ses larmes, ni ses gestes, ni sa voix, sourde à la vague
terreur de l'innocent, à ce qu'il ânonnait, balbutiait,
comme il pouvait, pour exprimer qu'il ne savait pas ce
qu'il fallait dire : « Eh bien ! tu diras ce que font les
domestiques... » Et elle le poussa dans le dos à genoux
sur les marches de bois. Mais le P. Giansanti fut obligé
de renoncer lui-même à interroger et à entendre cette
âme infirme.

Sa mère se décida à le laisser dans l'église, sur une
chaise où elle l'asseyait, devant l'autel de Saint-
Ignace, en lui recommandant d'être bien sage et de
prier le bon Dieu, jusqu'à ce qu'elle vînt le reprendre.
Pourtant elle n'avait pas la cruauté de le gronder,

lorsque, las de cet ennui sur place, accablé de la pénitence immobile, elle le trouvait vaguant et musant de chapelle en chapelle, parfois même aventuré sur la porte et regardant la rue où l'enfant, auquel l'homme noir prenait sa mère, l'enfant seul au monde comme jamais enfant n'y fut seul, cherchait d'un œil avide et furtif un mendiant de son âge, ayant pour domicile les marches de la porte latérale du Gesù.

C'était un petit teigneux à la tête rasée, au crâne bleuâtre. Un fragment de relique dans un sachet d'étoffe était attaché à son cou avec un bout de corde. Il flottait dans un reste de chemise d'une toile à treillis, du noir d'un sac à charbon, et dont les manches, à partir des coudes, pendillaient en pelures. Sa culotte lui descendait à peine aux genoux, une culotte de morceaux rajustés à un fond avec le gros fil et le naïf rapiéçage du pays. Cette culotte tenait à peu près attachée à deux lisières de feutre : l'une, qui avait sauté, pendait devant, tandis que l'autre lui remontait son pantalon dans le dos jusqu'à l'omoplate. Le cou, la poitrine, un peu des reins, du ventre et du reste, passaient, avec des morceaux de peau brûlés, de la chair de Ribera entre les mailles d'une loque. Ses pieds étaient chaussés de boue sèche.

Ainsi, presque nu sous ses haillons, habillé de trous autour desquels il y avait, par pudeur, un peu de quelque chose, l'affreux et sordide gamin avait le rayon du soleil, de la santé, de la liberté, un éclair ardent de vie animale. Un rire large et blanc lui venait quand Pierre-Charles lui donnait sa baïoque d'habitude. Pour le remercier, il s'amusait avec lui, lui apprenait à lancer au loin un sou, avec une double ficelle nouée autour des deux jambes. Et pour le triste et lamentable petit riche, c'était le meilleur de son existence que ces rencontres avec ce misérable camarade, si heureux en comparaison de lui[62].

LXXI

« Honorine vous a surpris me volant, dit Mme Gervaisais à Peppe, et ce n'est pas la première fois... »

Giuseppe se mit à rire, et reprit presque aussitôt son impassibilité de gravité sombre.

« Je vous renvoie, et vous allez quitter la maison à l'instant... »

Giuseppe se redressa dans un mouvement de citoyen romain, sa bouche s'enfla pour une injure théâtrale qu'il ne dit pas. Puis il cligna de l'œil, salua et sortit.

Honorine resta un peu étonnée de l'exécution ainsi faite par sa maîtresse, qui lui avait paru aimer le service de Giuseppe. Et en effet Mme Gervaisais appréciait en lui cette espèce d'intelligence *sauvageonne* des races méridionales ; vingt fois elle avait laissé échapper devant Honorine, qu'elle aimait encore mieux être volée par lui que mal servie par un Allemand ou un Suisse. La femme de chambre ne s'expliqua ce renvoi qu'en le rapprochant d'autres économies toutes nouvelles de Madame, qui semblait, depuis quelque temps, vouloir rétrécir et resserrer le train de son intérieur dans les plus petits détails.

Le lendemain matin, Giuseppe sonnait, entrait de force, malgré Honorine, se posait devant Mme Gervaisais, lui disait ces deux seuls mots : « *Sono pentito,* je suis repentant... » Et il attendait, immobile.

« Je ne reprends jamais un domestique que j'ai renvoyé.

— Eh bien ! alors que Madame me donne quelque chose...

— Comment ? est-ce que je ne vous ai pas payé ?... Pourquoi vous donnerais-je quelque chose ? »

Un sourire fin passa sur le masque tragique du

domestique : « Et pourquoi pas ? Quand je serais le Diable, Madame me ferait bien la charité... »

Le renvoi de son domestique, le manque d'un homme pour l'accompagner dans ses promenades lointaines, amenait Mme Gervaisais à quitter sa voiture ; elle cessait son abonnement chez le loueur, et demeurait enfermée chez elle tout le temps qu'elle ne passait pas à l'église, devenue son autre logis, sa vraie maison.

LXXII

Au milieu de sa retraite, elle se laissait décider, par les prières instantes de son vieil ami Schnetz, à reparaître, un dimanche, aux réceptions de l'Académie. Elle avait d'ailleurs pitié de son fils : elle se rappelait le plaisir que l'enfant prenait autrefois là pendant toute la soirée, assis, sans remuer, une jambe pendante, sur un grand fauteuil, sous la tenture des tapisseries de De Troy, écoutant, avec une attention enivrée, la musique au piano, le chant des amateurs et des artistes.

Chassée du grand salon par la chaleur, Mme Gervaisais était allée respirer à une fenêtre de la salle à manger où se préparait le thé, et presque seule dans la pièce, elle regardait de là le jardin de la villa, la grande masse immobile, la grande ombre qui n'était pourtant pas noire, le bois bordé et ligné par le sable des allées et où des termes blanchissaient çà et là, les arbres enveloppés de l'atmosphère lactée, de ce beau sommeil nocturne qui garde son dessin à la nature en le baignant seulement d'une douceur, d'un bleu de ténèbres déchirées par le vol de feu des lucioles.

Tout dormait, et tout vivait ; et c'était un recueille-

ment de repos, un infini de paix, d'où montait une
molle poésie pénétrante et presque sensuelle, quand
tout d'un coup, du creux de l'ombre, jaillit et s'éleva,
comme de la fête de l'heure et du cœur du bois, une
voix, un chant d'oiseau, la musique d'un rossignol
amoureux jetant la note passionnée qu'il ne jette que
dans la félicité limpide de ces nuits d'été de Rome !

Près de Mme Gervaisais, à ce moment, arriva un bel
Italien, un chanteur, un ténor échauffé, animé des
bravos et du succès de son air, gonflé, respirant à
pleine poitrine, s'éventant de son mouchoir. Il s'accouda à la fenêtre où elle était, lui frôlant presque le
bras, et avec la familiarité de l'acteur et du musicien,
la figure retournée vers elle, il lui lança, comme à une
personne de connaissance, l'admiration de la nuit et
du bois. Il ne l'avait qu'involontairement touchée, si
peu qu'elle ne s'en était pas aperçue ; il ne lui avait pas
adressé la parole, et cependant Mme Gervaisais se
retira brusquement, avec le mouvement d'une femme
à demi insultée, enleva son fils au milieu d'un morceau, et disparut.

Elle avait eu comme l'hallucination d'une déclaration d'amour, d'une offense approchée d'elle. Cette
idée s'enfonçait et germait en elle, sans que rien pût
expliquer ces singulières alarmes de l'honnêteté et de
la conscience chez une femme d'une si entière pureté,
d'un si austère veuvage de pensée même. A partir de
cette soirée, elle se figura, pendant longtemps, répandre autour d'elle un appétit de volupté, attacher la
tentation à tous ceux qui la regardaient, provoquer
leurs désirs, attaquer, sans le vouloir, leurs sens, mettre
en eux, par la vue de sa beauté, tout effacée et passée
qu'elle la croyait, la passion impure. Elle se sauvait,
presque honteuse, devant les hommes qui la fixaient,
les désignant, les signalant aux personnes avec lesquelles elle se trouvait ; car c'était presque devenu une
monomanie chez elle.

Le supplice de cette illusion achevait de la décider à ne plus se montrer dans le monde, et elle se mettait à vivre plus étroitement chez elle, dans une sorte de fermeture cloîtrée.

LXXIII

« Oh ! nous autres... disaient naïvement les deux Romaines, un jour que Mme Gervaisais causait avec elles et avait amené la conversation sur la direction et les confesseurs du pays, — il ne faut pas qu'on nous en demande trop, à nous... »

Le mot éclaira Mme Gervaisais sur ce qui ne la satisfaisait plus, ne la contentait plus dans la direction du P. Giansanti. Ce n'était pas la soumission, l'espèce de servitude que son confesseur exigeait d'elle qui la blessait à présent. Son orgueil, à ce moment, elle était bien près de l'avoir entièrement dépouillé ; elle avait fini par se réduire, comprimer ces derniers mouvements secrets qu'un reste d'estime de sa raison et de son intelligence lui faisait prendre quelquefois encore pour des principes de conduite. A force de puiser l'humilité de la dévotion aux livres ascétiques, de s'en appliquer les expressions, à force de s'entendre répéter, par ces pages qui semblaient lui parler, qu'elle méritait le mépris et les abjections, qu'elle ne pouvait être assez persécutée, contredite, rebutée, ravalée, qu'elle était digne d'horreur, de damnation, d'anathème, d'exécration, — elle touchait au bout de l'abaissement et de la diminution de sa personnalité, et elle n'était plus, selon la comparaison d'un habile manieur d'âmes, que la « languette de la balance », l'instrument docile et obéissant sous le poids de tout ce qu'on lui fait porter.

Ce qui lui manquait et lui faisait défaut, c'était une absence d'aliment à des appétits nouveaux, et tout à coup irrités en elle : un goût lui était venu, un désir de rigueur, d'âpreté, de sévérité, de pénitences rudes. Le confesseur *di manica larga,* à l'absolution coulante et facile, suffisant pour la routinière dévotion traditionnelle du pays, ne lui suffisait pas. Il lui fallait, à elle, le prêtre qui en demande trop. Avec sa nature, ses secrètes chaleurs d'amour, si peu dépensées dans sa vie, cette femme de sentiments extrêmes avait vu en imagination, dans la religion, un dur sacrifice, un martyre en détail, une grande occasion d'héroïsme contre elle-même. Elle ambitionnait d'y trouver la privation, l'immolation, une sorte de sainte torture journalière. Elle avait souvent à la mémoire le tableau fait par saint Jean Climaque d'une prison de pénitents ; et à ce souvenir rapproché de cette indulgente direction, elle éprouvait un certain désappointement de ce commode salut, ne dérangeant pas sa façon de vivre, n'y apportant pas la révolution d'un bouleversement inconnu et rêvé. Ce n'était nullement là l'idéal agité qu'elle s'était fait du service de Dieu. Si elle n'était pas encore tentée de la grossière mortification corporelle, si elle était encore gardée de la tentation d'une souffrance charnelle par une dernière pudeur de son bon sens, elle voulait souffrir moralement et y être aidée et encouragée. Sincère et bizarre aspiration de cette pauvre femme inquiète, en peine de tourment, malheureuse d'une discipline charitable et humaine, presque humiliée de la miséricordieuse compassion du Jésuite pour les faiblesses de sa santé, blessée par le ton de plaisanterie légère avec lequel le prêtre humain essayait d'arrêter les exagérations de son zèle et la fièvre de ses contritions, elle ne lui pardonnait pas de se montrer si pardonnant à ses péchés, à ce passé détesté dont elle s'accusait toujours. Aussi se refroidissait-elle insensiblement pour lui, et le

P. Giansanti ne trouvait plus chez sa pénitente la
même ouverture.

LXXIV

Elle cherchait à se renseigner, essayant de se mettre
sur la trace d'un sévère pénitencier, dans cette Rome
au débonnaire catholicisme.

Elle fut au moment d'aller demander un confesseur
du Capitole, un de ceux-là qui confessent les prison-
niers et les malfaiteurs, et sur lesquels le Commandeur
Ennius Visconti lui avait conté un soir, en un coin de
salon, une espèce de roman noir[63] qui lui avait fait
travailler la tête.

Mais elle reculait devant le bruit d'un tel choix
parmi le monde romain et la colonie française. Et elle
hésitait, indécise, entre les deux Ordres des Capucins
et des Trinitaires déchaussés, voués exclusivement à
conduire les grossières consciences du peuple, et qui
passent pour avoir conservé le mieux les vertus
austères des moines pauvres.

Elle demeurait quelques mois ainsi perplexe, et
finissait par se laisser attirer au renom de sainteté et de
rigueur d'un homme qui venait de restaurer le vieil
Ordre des Trinitaires.

LXXV

Une règle d'une extrême rigueur que celle des
Trinitaires déchaussés[64]. Dans le principe, ils ne pouvaient manger ni chair ni poisson. En voyage, ils ne

pouvaient se servir de chevaux : l'humble monture des
ânes leur était seule permise, d'où le surnom familier et
populaire de « Frères des ânes » par lequel ils sont
désignés dans un document, daté de Fontainebleau, en
l'an 1330. Leur ancien habit, qui les vêt encore,
consiste en une tunique à manches de grosse laine
blanche, avec le scapulaire sur lequel est cousue,
correspondant à la poitrine, une croix rouge et bleue.
Ils marchent déchaussés, n'ont que des sandales, ne
portent pas de chapeau. Hors du couvent, ils endos-
sent la cape de laine noire à capuchon qui leur va
jusqu'aux genoux et dont la partie gauche porte, sur le
cœur, une autre croix rouge et bleue. Ils ceignent la
tunique avec une ceinture de cuir, usant la laine à cru
sur la chair nue.

L'auteur de leur Ordre est ce bienheureux Jean de
Matha qui, lors de la célébration de sa première messe,
fit descendre sur l'autel, au moment de l'élévation de
l'hostie, étant présents les abbés de Saint-Victor et de
Sainte-Geneviève, un ange resplendissant, les bras en
croix et étendus sur la tête de deux esclaves, l'un blanc
et chrétien, l'autre noir et infidèle : vision qui lui
révélait les volontés célestes, sa mission, l'appel que
Dieu lui faisait pour la généreuse œuvre de rédemption
des esclaves sans nombre gémissant aux côtes et aux
terres africaines de la Barbarie et de la Mauritanie. Le
28 janvier 1198, jour de la fête de sainte Agnès, à une
nouvelle messe célébrée par Jean de Matha dans la
basilique de Saint-Jean de Latran, le Pape Innocent
III, au milieu de ses Cardinaux, ayant été témoin
d'une nouvelle apparition de l'ange au vêtement blanc,
à la croix rouge et bleue, revêtait Jean de Matha d'une
tunique blanche et croisée, semblable à celle de l'ange,
et instituait l'Ordre nouveau sous le nom de « l'Ordre
de la Trinité pour la Rédemption *degli schiavi* ».
L'Ordre ainsi établi et approuvé, Jean de Matha
obtenait de Gualterius, seigneur de Châtillon, près La

Ferté-Milon, la concession du lieu où s'était passée sa retraite avant son voyage à Rome. Il y fondait le couvent de Cerfroy, qui devint le chef de l'Ordre et la grande maison d'éducation des princes du temps ; puis, jetant son aventureuse vie aux trajets d'outre-mer, il la consacrait jusqu'au bout à racheter des esclaves en Tunisie.

L'Ordré prospérait vite. Au xive siècle, il s'était déjà répandu en sept cent soixante-huit couvents, qui formaient trente-quatre Provinces. A la fin du xviie siècle, il comptait encore deux cent cinquante couvents, divisés en treize Provinces, dont six en France : France, Normandie, Picardie et Flandres, Champagne, Provence ; trois d'Espagne : Nouvelle-Castille, Vieille-Castille, Aragon ; une d'Italie, une de Portugal. Mais la Province d'Angleterre, qui comptait quarante-trois maisons, la Province d'Écosse, qui en comptait neuf, la Province d'Irlande, qui en comptait cinquante-deux, avaient été ruinées par les hérétiques, ainsi que celles de Saxe, de Hongrie, de Bohême ; et aux ravages des hommes s'étaient jointes les dépopulations des pestes : une seule, d'un seul souffle, enleva à l'Ordre cinq mille religieux et ferma les portes de beaucoup de leurs maisons.

Cependant ce grand Ordre, un moment si largement étalé sur l'Europe chrétienne, peu à peu déchiré par les dissensions intestines, diminué par la lente décadence fatale de toutes les institutions monastiques, ruiné même par la ruine des puissances barbaresques, qui faisaient une lettre morte de son esprit et de sa mission ; l'Ordre, réduit au néant d'un Ordre sans but, se mourait obscurément, lorsque, dans le couvent de Saint-Chrysogone, concédé alors aux Trinitaires depuis cinq ans par le Pape Pie IX, un Trinitaire, en contemplation devant le tableau de l'église figurant le miracle opéré par le bienheureux fondateur, s'écria tout haut : « Maintenant que la rapine turque a cessé,

maintenant que les Fils de Jean de Matha n'ont plus à
racheter les chrétiens blancs sur lesquels l'ange du
Seigneur étend sa droite, les temps sont venus d'accomplir l'autre partie de la mystique apparition, et
notre Ordre doit s'appliquer au rachat des nègres
infidèles, représentés dans le Maure qui a sur la tête la
main gauche de l'ange. » Ces paroles étaient acceptées, par tout le couvent, comme des paroles venant
d'en haut, une inspiration du Patron céleste de
l'Ordre.

Elles étaient dites d'ailleurs à l'heure où l'idée en
flottait dans l'air, où une œuvre de rachat des femmes
et des jeunes gens noirs s'organisait à Nîmes sous le
titre de « l'Afrique centrale ». Elles concordaient avec
les tentatives isolées et courageuses du prêtre de
Gênes, Olivieri, pour amener à la communion chrétienne les jeunes filles noires de l'Égypte.

Au printemps même de cette année 1853, dans la
réunion générale de l'Ordre tenue au couvent de Saint-
Chrysogone, le religieux promoteur de l'idée, le P. Sibilla[65], exposait l'excellence de l'œuvre du prêtre
Olivieri et proposait d'agréger cette œuvre de magnifique avenir à l'Ordre des Trinitaires, afin de lui donner
un développement et une perpétuité qu'on ne pouvait
espérer d'un seul homme. La proposition du P. Sibilla
était acceptée à l'unanimité ; il était nommé coadjuteur
de l'abbé Olivieri, et après plusieurs voyages en
Afrique, de retour à Rome, il se préparait à une grande
campagne de rédemption au centre de ce pays.

Ce prêtre, que Rome regardait comme un saint, et
qu'entouraient d'un prestige religieux la légende et le
miracle des périls auxquels il avait échappé, Mme Gervaisais eut l'ambition de l'avoir pour directeur.

LXXVI

Ce n'était pas d'ailleurs la première fois que des fantaisies de pénitentes s'étaient tournées vers le P. Sibilla. Avant Mme Gervaisais, d'autres imaginations de femmes, séduites par le romanesque pieux que la dévote se crée dans la religion, avaient cru trouver, auprès de cet homme héroïque et de foi âpre et militante, leur vrai guide, l'homme unique de leur salut. Elles avaient sollicité, mendié sa direction : il les avait refusées. Il refusa, comme les autres, Mme Gervaisais.

Cette besogne délicate du confessionnal, la confession de la femme, le maniement fin et léger des âmes fragiles de grandes dames, le gouvernement petit et mince de ces consciences mondaines, subtiles et savantes, n'était, il en avait conscience, ni son affaire, ni sa vocation. Le Calabrais qu'il était, resté Calabrais à Rome, soldat avant d'être moine, et dont le cerveau remuait en ce moment même de vastes projets, des plans de conversion qui ressemblaient encore pour lui à de la guerre, l'apôtre désireux des dangers et se sentant le trop-plein du sang des martyrs dans les veines, ne pouvait avoir que de la répugnance, presque du dédain pour cette paresseuse et molle occupation du sacerdoce assis : la direction de la femme, dont tout éloignait ce prêtre bronzé d'abord à des expéditions de brigands, plus tard missionnaire à travers les peuplades sauvages, et qui avait l'air d'avoir pris, dans son apostolat chez les noirs, sous le ciel féroce de l'Afrique, un peu de la dureté d'un négrier.

Mais le refus net, presque impoli du P. Sibilla, ne faisait qu'exaspérer le désir de Mme Gervaisais, et elle parvenait à obtenir, par la puissante influence en cour

papale de la femme d'un ministre étranger, une
recommandation du Saint-Père qui triomphait de la
résistance du P. Sibilla.

LXXVII

Dans la direction du P. Sibilla, Mme Gervaisais
trouva une brutalité pareille à celle de ces grands
chirurgiens restés peuple, humainement doux avec
leurs malades d'hôpital, mais durs aux gens du monde,
à ceux qu'ils ne sentent pas leurs pareils et qui leur
apportent la gêne d'une éducation, d'une supériorité [66].

Le Trinitaire eut pour cette âme rare, distinguée, de
délicate aristocratie, des attouchements brusques, des
rudesses intentionnelles, des duretés voulues ; il la
mania, la tâta, la retourna, la maltraita avec une sorte
de colère, une impitoyabilité presque jalouse, prenant
à tâche de l'abaisser, de la ravaler à l'avilissement et à
l'amertume, jetant le découragement, le mépris, le
dégoût à ses actions, à ses efforts, à sa bonne volonté,
lui parlant comme à un être de cendre et de poussière,
descendant à elle comme à la plus misérable des
pécheresses. A tout moment, il se donnait le plaisir de
rompre et de briser ses résolutions, la forçait presque, à
chaque confession, de renoncer aux habitudes, aux
liaisons qu'elle avait contractées avec certaines dilec-
tions saintes et spirituelles, exigeait d'elle qu'elle fît
violence à ses plus légitimes désirs, qu'elle se privât des
satisfactions et des jouissances permises. Il lui prescrivait ce qui répugnait à sa raison, ce qui était pénible à
ses goûts, la pliait aux contrariétés et aux exigences
tyranniques, aux ordres et aux caprices d'une toute-
puissance supérieure, en la tenant sans trêve, sans
arrêt, sous la plus tourmentante mortification. Et à ce

supplice, il mettait un art étudié, le raffinement de l'expérience du prêtre ajoutée à une cruauté native. Ce bourreau de lui-même, qui avait eu à lutter avec les passions, le sang de son pays, et qui avait tué sous lui, par une véritable torture, ses appétits violents, était naturellement devenu un bourreau moral pour les autres, pour cette femme.

Et pourtant c'était par là qu'il attachait à lui sa pénitente. A se voir ainsi traitée, ainsi brutalisée, à entendre cette voix qui ne lui disait jamais rien de doux ni de consolant, à se tenir sous cet œil où il y avait de l'aigle et du loup, à s'approcher de cette oreille jaune de bile contre laquelle s'implantait le crin d'une dure barbe, à subir dans ce confessionnal les querelles, les scènes, les dédains, les emportements, Mme Gervaisais éprouvait comme un redoublement d'obéissance passive et de soumission. La sévérité, l'épouvante du représentant inexorable de Dieu, semblaient la pousser à un élancement ressemblant presque à une adoration tremblante et battue. Et il y avait encore dans la barbarie de cette direction, mettant sur ce directeur une espèce de terrible couronne, une illusion pour Mme Gervaisais, un grandissement redoutable qui lui cachait l'étroitesse et la petitesse de l'homme.

LXXVIII

Mais dans sa pénitente, ce que le P. Sibilla s'acharna surtout à opprimer, ce fut la pensée. Si soumise, si abaissée que cette pensée lui parût, il la jugeait encore à craindre, et il y poursuivait le dernier orgueil humain qui restait à Mme Gervaisais. Tout esclave qu'elle fût, toute maîtrisée qu'elle se montrât sous sa direction, il percevait chez elle, à des profon-

deurs secrètes, des mouvements hors de la volonté en
Dieu de son directeur, mouvements courts et craintifs,
qui n'osaient aboutir, mais qu'il sentait qu'elle refou-
lait.

Ce fut alors que, pour finir d'abattre la *superbe* de
cette intelligence, il commença à l'arracher à la
grandeur, à la noble spiritualité de ses conceptions
religieuses, et la jeta à la règle abêtissante des pauvres
d'esprit, la terrifiant de l'évocation continuelle, menaçante, du monstre de sa vanité, lui défendant toute
hauteur de foi, l'assourdissant des textes sacrés qui
redisent que « la science enfle » et que « tout le savoir
du Chrétien ne doit être que Jésus-Christ crucifié », lui
citant saint Paul qui proscrit les sentiments tendus aux
choses élevées, aux choses singulières, redoutables
ainsi que des pièges, lui prêchant avec l'*Imitation* la
détestation chrétienne de la connaissance et de l'étude,
suppliciant enfin, avec une haine opiniâtre et un zèle
de fiel, dans cette femme supérieure, ce que l'Église
appelle « l'ambition de la curiosité d'une âme », y
éteignant la lumière et le raisonnement, essayant enfin
de ne plus laisser à ce cerveau, dans une refonte sacrée
et impie, que la crédulité ignorante et les puériles
superstitions.

Il ne lui permit plus les livres religieux, les livres de
grande haleine et d'aspiration large, les livres qui
avaient parlé à Mme Gervaisais, lui avaient apporté sa
conversion. Il lui retrancha ses maîtres de la vie
spirituelle, il la priva même, pour la mieux affamer,
pour la mieux appauvrir, et faire plus dure sa privation, de la lecture des livres saints parmi les plus
saints. Mme Gervaisais avait pris, dans les instructions
d'un apôtre contemporain, une méthode d'exercices
religieux qui consistait à lire tous les jours un chapitre
de l'Ancien Testament, en commençant par le premier
chapitre de la Genèse, et un chapitre du Nouveau
Testament, en commençant par le premier chapitre de

saint Matthieu. Elle apprenait aussi par cœur les psaumes dans l'Ancien Testament, les épîtres de saint Paul dans le Nouveau. Le P. Sibilla lui retrancha ces exercices [67], les remplaçant par des invocations, des oraisons, des prosternements, des agenouillements d'une demi-heure, toute une basse et mécanique pratique, un entraînement de piété matériel et physique.

Il lui fit faire à pied la longue promenade pieuse, dite à Rome *la Visite des sept églises,* sans compter les chapelles : Saint-Paul-hors-les-murs, Saint-Pierre, Saint-Paul, la *Croix des Prés,* Saint-Sébastien, Saint-Jean de Latran, *Domine quo vadis,* Sainte-Croix, Saint-Laurent-hors-les-murs, Sainte-Marie-Majeure, — avec toutes les stations, les cantiques, les commémorations des déplacements de la vie de Jésus sur les chemins des basiliques et à la bifurcation des routes, les récitations infinies du « chapelet de Notre-Seigneur », les litanies de la Sainte Vierge, les prières, les hymnes, les actions de grâces prescrites par l'inventeur du pèlerinage, saint Philippe de Néri, qui reçut, étant en prière aux Catacombes, un globe de feu divin lui ayant dilaté tellement le cœur que deux côtes lui en restèrent brisées pour le reste de sa vie. De ses anciens livres, il ne lui laissa guère que l'*Imitation,* remplaçant tous ceux auxquels il lui ordonnait de se fermer par les plus misérables imprimés de la dévotion italienne. Les « *Échelles à l'amour divin* », les brochures timbrées d'un fleuron où se voit l'athéisme, sous la figure d'une harpie à mamelles, se perçant de ses poignards, les guide-âne du Salut, les histoires d'interventions visibles de Dieu et du diable qui fatiguent le miracle à descendre sur la terre ; — c'était cela seulement dont il lui commandait de se nourrir, comme s'il voulait mortifier et ravaler cette foi savante et hautaine jusqu'à l'enfance des contes saints à l'usage des enfants et du peuple enfant de Rome.

Lien inexplicable, mais qui se resserrait chaque jour
entre la femme et le directeur. Au bout de quelques
mois, pour être plus près de sa parole, pour la posséder
plus fréquemment, Mme Gervaisais se décidait à quitter son appartement de la place d'Espagne, et venait
habiter le quartier de son confesseur.

LXXIX

Un quartier sauvagement populacier, rejeté, isolé
sur la rive droite du Tibre, le quartier ouvrier de la
manufacture des tabacs, des fabriques de bougies et de
cierges pour les centaines d'églises de la ville ; le faubourg lointain, perdu, arriéré, qui garde le vieux sang de
Rome dans ces mains d'hommes promptes au couteau,
dans ces lignes graves de la beauté de ses femmes ;
cette espèce de banlieue où semble commencer la
barbarie d'un village italien, mêlant à un aspect
d'Orient des souvenirs d'antiquité ; — des angles de
rues étayés avec des morceaux de colonnes, des assises
où les blocs sont des Minerves entières ; à côté d'une
porte blanchie à la chaux, surmontée d'un morceau de
natte et de l'ombre d'un moucharaby, des maisons
frustes, effacées, rabotées par le temps, des façades où,
sous un cintre à moitié bouché et maçonné, se dégage
l'élancement d'une fine colonnette au chapiteau ioni-
que ; — à tout moment, du plâtre déchiré, craquelé sur
des briques du temps d'Auguste, des hasards de
couleurs pareils à ces palettes de tons qu'un peintre
garde à son mur, et d'où un bout de passé, un profil,
une esquisse des grands os de Rome reparaît et
reperce ; — souvent un vaste palais, noir de vieillesse,
qui de sa splendeur délabrée n'a gardé qu'un vol
d'oiseau de proie soutenant toujours en l'air un balcon

disparu ; — là dedans, la primitivité d'une civilisation
qui commence, d'une humanité crédule aux commerces naïfs : les boutiques de barbiers phlébotomistes,
avec leurs enseignes, sur leurs carreaux, de jambes et
de bras dont le sang jaillit rougement dans un verre ;
des boucheries où le prix de la viande d'agneau est
affiché sur une sorte de tambour de Basque, des
boutiques de loterie, avec les numéros sortis écrits à la
craie sur leurs volets ; les *spaccio di vino* à deux baïoques
et demie, les magasins aux dessus de porte enfumés,
aux ouvertures d'écurie, laissant le marchand et les
marchandises au jour et à l'air de la rue, les trous
béants du petit trafic où se détache, sur un fond de
cave, le cuivre brillant de la balance des pays chauds ;
l'étal, l'industrie, le travail, à l'état de nature, sur de
petites places, au-dessus du voltigement des lessives
pendues, où le moindre souffle met en passant des
bruits de voiles qui se gonflent ; de grands ateliers de
grossiers charronnages, le remisage sous le ciel de
charrues rappelant Cincinnatus, et de robustes chars,
aux roues pleines, qui pourraient encore porter les
fardeaux de la République et les vieux fers de Caton ;
— sur le pavé, des passages de troupeaux de chèvres
blanches, se bousculant, se montant l'une sur l'autre,
ou bien des repos d'attelages de buffles noirs, à l'œil de
verroterie bleue, à la fade odeur de musc, immobiles
dans leur ruminement méditatif ; — sur les ordures,
sur les fumiers d'herbes potagères, par les rues, au
fond des impasses haillonneuses, un grouillement
d'animalité domestique, de volailles, de chiens quê-
tant, la canaille errante des bêtes ; et au milieu de tout
cela, des femmes travaillant sur des chaises, au soleil
qui leur marque sur la joue l'ombre de chacun de leurs
cils ; le fourmillement d'une marmaille vivace jetée là à
poignée par la procréation chaude, enfance aux yeux
ardents, monde de petites filles, porteuses et berceuses
des plus petites qu'elles, que l'on voit vaguer le long

des maisons, dégrafées par derrière, la chemise passant
au dos, ou, dans le sombre d'un escalier de bois, vêtues
comme d'une robe de jour, descendre en s'appuyant de
la main au mur, — c'est ce qu'on nomme le Transtevere à Rome.

LXXX

Mme Gervaisais avait voulu se loger tout à côté de
Saint-Chrysogone; mais n'ayant pu trouver de logement meublé, place Sainte-Agathe ou dans le voisinage, elle s'était installée vis-à-vis de Sainte-Marie du
Transtevere, à cinq minutes de Saint-Chrysogone.

Dans une immense maison délabrée, à la grande
porte fermée d'une barre de fer, aux fenêtres de rez-de-
chaussée grillées de barreaux, elle avait pris un
appartement au premier étage, ayant sur le palier un
atelier de cordonnier, qui rayonnait de la lumière
d'une pièce blanchie à la chaux et sans porte. De
grandes chambres avec des lits douteux, à peu près
vides de mobilier; un salon dont la nudité, la pauvreté,
la misère avaient donné un saisissement à Honorine
lors de sa première entrée dans la maison : tel était ce
logement où le salon, pour le quartier, était encore la
pièce riche et d'apparat. Ce salon, entièrement peint
de ce bleu faux qu'affectionne le peuple italien et dont
il azure jusqu'à ses chambres, avait un plafond aux
poutres et aux poutrelles blanches lignées de filets
rouges, sali et écaillé au ciel de la pièce. Très grand, il
paraissait immense par le peu qu'il contenait : un
guéridon en noyer, des consoles sans rien dessus, des
chaises en paille dont les bois étaient peints du bleu
des murs, et un vieux canapé couvert d'un mauvais
damas rouge, dont le dos maigre et dur se renversait en

rebord enroulé de baignoire. Une console pourtant
portait un débris de paradis de cire dans lequel un
enfant Jésus moisissait, avec sa *gonnella* de soie passée
et ses bretelles suisses de petit gymnaste. Des deux
fenêtres battues de rideaux d'auberge, on voyait
l'herbe de solitude qui pousse sur une place d'église, la
porte latérale de Saint-Marie du Transtevere et son
inscription : *Indulgentia plenaria,* un grand mur de
briques dénudées, déchaussées, où un auvent abritait
une vieille peinture de Vierge sur une cathèdre devant
laquelle se balançait une lanterne, la maison parochiale, d'un rococo espagnol, fermant la place à droite,
le petit cimetière la fermant à gauche avec son préau à
jour, ses décombres, ses tombes, ses ornements, ses
roses sauvages dans des orbites de têtes de mort, — le
petit cimetière baptisant de son nom triste la rue de
Mme Gervaisais : *Via del Cimitero.*

LXXXI

L'*Imitation* devenait sa lecture continuelle [68], le pain
quotidien, amer et noir, de ses pensées. Elle méditait,
elle copiait, pour les retenir et pour les porter sur elle,
dès morceaux du sombre livre. Elle écoutait dedans, à
toute heure, ce qui y sonne le glas de la création, de la
nature et de l'humanité. Elle vivait inclinée sur les
pages du bréviaire douloureux qui répètent : « Mourir
à ce qui est, nourir aux autres, mourir à soi, mourir à
ce corps, mourir, toujours mourir ! » premier et dernier mot de ces litanies qu'on dirait trouvées dans l'*in-
pace* de la Sainteté du moyen-âge, entre la cruche d'eau
et le lit de planches d'un caveau de couvent : *De
profundis* de la vie de la terre, écrit, semble-t-il, sous
l'angoisse et l'approche d'un autre an Mil, au jour
baissant du soir du monde, à la lueur tombante de son
dernier soleil.

Et peu à peu, l'existence, elle se mettait à la voir, en
sortant du livre, avec la désillusion d'un retour de
cimetière, à la voir comme un passage, une route à
traverser en voyageur et en étranger qui ne fait que
toucher en chemin l'inanité, la vacuité, la vanité des
vanités de toutes les choses hors de Dieu. Mortification
et renoncement, c'était l'écho impitoyable, éternel, de
ces redites sévères et funèbres qui commandaient, au
nom de la crainte de Dieu, à la vraie et profonde
dévotion, l'arrachement de tous les liens d'ici-bas, le
dépouillement des sentiments pour les personnes
aimées et les préférences particulières, le dégoût et le
mépris de toute chair et de toute créature, dont le livre
défend toute jouissance même innocente, ordonnant
qu'on les regarde comme « de la boue et du foin ». Et
les versets succédaient aux versets, ils tombaient
goutte à goutte, inexorablement, ainsi que l'eau d'une
voûte froide, une eau pétrifiante qui ossifierait le cœur,
y glacerait les affections et les tendresses, l'empêcherait de battre pour ce qui fait de l'être humain sur la
terre un membre aimant d'un monde aimant, né pour
la société, l'amitié, l'amour, le mariage, la famille.
Communions, attachements, liaisons chères, — le dur
livre desséchait tout avec le froid détachement du
moine et l'aridité de son égoïsme stérile, imposés à des
sœurs, à des frères, à des maris, à des épouses, à des
pères, — à des mères !

LXXXII

Elle-même se rendait compte de ce desséchement,
de cet appauvrissement de son cœur qu'elle ne sentait
plus riche et débordant comme autrefois se répandre
d'elle, aller spontanément aux autres. La source vive

de ses tendresses lui semblait tarir. Un désintéressement, un détachement des personnes lui venait. Et parfois, avec une grande tristesse, elle reconnaissait la misère présente de ses affections. Alors elle avait des doutes poignants sur elle-même ; et s'affligeant d'aimer moins, de ne pouvoir aimer à la fois Dieu et le prochain, elle se calomniait, se disait qu'elle n'était plus aimante, sans oser un seul moment faire remonter au livre glacé ce froid du renoncement qu'il avait mis en elle.

De certains jours, elle pensait sans regret à ses amis de Rome qu'elle ne voyait plus, et s'étonnait de se sentir séparée de gens qui vivaient à côté d'elle comme de gens morts depuis des années. Elle songeait à cet attachement autrefois si vif et si profond pour ce frère, à l'éloignement duquel elle n'envoyait plus même un signe de vie, et dont le manque de nouvelles la laissait presque indifférente. Elle se revoyait aux premiers temps de son arrivée à Rome, impatiente, avide des souvenirs laissés derrière elle, allant elle-même prendre à la poste, à l'arrivée, les lettres si attendues, les lisant dans la cour ; et revenant, le pas malheureux, quand le buraliste lui avait dit : *Niente...* A présent, elle passait des mois sans les faire retirer, ne s'occupant plus de ce qu'il y avait encore pour elle de sympathique mémoire en France. Cette Honorine, la domestique devenue presque une amie par le dévouement à sa maladie et à son exil, Honorine l'eût quittée le lendemain qu'elle n'en eût eu d'autre ennui que la perte d'une habitude.

Pour son fils, quoiqu'elle eût peur de s'interroger là-dessus, et n'osât pas, à propos de lui, se dire à elle-même tout le secret de son cœur, son fils, il fallait bien qu'elle se l'avouât, n'était plus toute sa vie. Elle l'aimait toujours, mais non plus du même amour, l'amour unique, jaloux, furieux, dévorant, qui la faisait folle de lui comme les chaudes et vraies mères. Pénible idée qu'elle chassait et repoussait aussitôt, se jetant sur son Pierre-Charles, se rattachant et se réchauffant à lui pendant des deux ou trois jours, avec des emportements de baisers, tout l'arriéré de ses tendresses, des étouffements de caresses, une frénésie d'adoration, des contemplations qui le mangeaient des yeux, des embrassements qui se le renfonçaient dans le sein. Puis elle retombait à la sévérité du Livre qui commande le sacrifice « des affections désordonnées »; et elle en arrivait à se reprocher ces transports, sans pouvoir trouver la règle qui pouvait être la mesure religieuse, le degré de l'amour permis aux mères.

LXXXIII

Tous les matins, pendant qu'Honorine était occupée à l'habiller, à la coiffer, Mme Gervaisais ne lui parlait que de religion, tâchait de l'entraîner à l'église, insistait pour qu'elle allât à confesse. Mais là-dessus elle ne pouvait rien obtenir de cette fille si obéissante, si soumise d'ordinaire à tout ce qu'elle voulait d'elle.

Au fond de l'entier dévouement d'Honorine à Mme Gervaisais il couvait une haine plus ardente, chaque jour, contre cette religion et ces prêtres qui semblaient lui changer sa maîtresse et ôter d'elle tous les jours un peu plus de son bonheur et de sa bonté. Ainsi attaquée, Honorine ne répondait rien, mais sa résistance muette laissait percer un peu de l'horreur que lui inspiraient les persécuteurs de Madame. Alors venaient des scènes de sa maîtresse, des violences presque, des rages saintes de conversion, où elle voulait l'arracher de force aux idées qu'elle devinait en elle, à son impiété. Une fois même, dans son exaspération, les mains de Mme Gervaisais, ces mains de femme du monde, s'oublièrent jusqu'à s'approcher, colères et prêtes à griffer, du visage patient et résigné de la domestique, qui baissa la tête en semblant dire à sa maîtresse :

« Faites, madame ! De Madame, je souffrirais tout... »

A ces éclats succédaient des froideurs glaciales, de durs : « Laissez-moi... je n'ai pas besoin de vous... » ; des paroles plus blessantes que des coups, des regards de personne empoisonnée à une servante empoisonneuse qui lui verserait à boire. Elle la tenait à distance, l'éloignait d'elle, refusait ses attentions ; et volontairement, pour l'humilier et la faire souffrir, elle demandait à son fils, quand Honorine était là, les petits soins de son service, d'aller lui chercher un livre, de lui relever son oreiller. Un jour, comme elle tourmentait Honorine plus vivement encore qu'à l'ordinaire, Honorine laissant échapper ce jour-là ses répugnances, Mme Gervaisais tout à coup lui lança d'une voix mauvaise :

« Eh bien, écoutez que je vous dise, Honorine ! Vous me faites croire à ce qu'on a cru de vous... Oui... Car si vous n'aviez rien sur la conscience, si vous n'aviez pas... cela qui vous pèse... à dire en confession... quand je vous prie... quand je vous le demande pour moi !... Oh ! c'est bien clair : c'était vous !...

— Madame... dit Honorine ; et ses yeux devinrent soudain grands. Elle ne comprenait pas, il lui paraissait impossible que ces paroles fussent sorties de cette bouche ouverte là, devant elle.

— Allons ! c'est vous qui avez volé Mme Wynant !... »

Honorine jeta à Mme Gervaisais un regard de pitié épouvanté, comme à une folle.

« Oh ! madame... Vous !... à moi ! Est-il, mon Dieu, possible que leur bon Dieu rende si méchant ! »

Et la voix lui mourant aux lèvres, elle tomba roide dans une attaque de nerfs.

LXXXIV

Mme Gervaisais se sentait certains jours assez malade, mais elle acceptait son mal et le laissait aller, avec cette sorte de pieux fatalisme auquel l'exaltation de la dévotion amène souvent la femme : elle commençait à regarder sa santé comme une chose entre les mains de Dieu, et dont une vraie chrétienne ne doit pas s'occuper. La souffrance devenait à ses yeux une espèce d'avancement spirituel. Elle ne voyait plus de médecins, ne voyait plus le docteur Monterone.

Dans la lente exécution faite autour d'elle de ses amitiés et de ses relations, son ancien confesseur jésuite avait particulièrement travaillé à la détacher du député révolutionnaire de la Constituante Romaine.

Trouvant de singulières froideurs à l'accueil de Mme Gervaisais, contrainte et sérieuse au plus amusant de ses récits, le docteur s'était vite aperçu, avec son flair et son tact d'Italien, de la souterraine manœuvre du Jésuite ; il avait cessé subitement ses visites. Seulement il était convenu d'un signe avec Honorine : un rideau relevé à une fenêtre de l'appartement lui disait que ce jour-là Mme Gervaisais était plus souffrante. Alors il montait comme auparavant et, après deux ou trois paroles de politesse banale, c'était chaque fois le même dialogue :

« Montrez-moi donc votre mouchoir de la nuit ?

— Mais pourquoi donc, docteur ?

— Pourquoi ? pourquoi ? Vous n'avez pas craché un peu de sang ?

— Non, tenez.

— Oui, un peu, un tout petit peu... Oh ! presque rien... »

Il allait prendre son chapeau.

« Nous vous saignerons demain. »

Le lendemain, la saignée faite, sans l'échange d'un mot, il disparaissait un mois, six semaines. Il y avait dans ces visites brusques une sorte d'intérêt impérieux, qui ne laissait pas à Mme Gervaisais le courage de rompre grossièrement avec lui. Elle aurait voulu avoir un prétexte, une occasion pour le renvoyer tout à fait et se fâcher avec lui. Elle ne lui cachait pas l'espèce d'irritation avec laquelle elle subissait l'autorité de sa science. Mais le docteur avait une patience insupportable, et d'elle il acceptait tout, moitié par pitié pour sa malade, moitié aussi pour le plaisir de faire enrager le P. Giansanti. Au fond, Mme Gervaisais avait fini par concevoir une certaine crainte de ce médecin, arrivant juste au jour, presque à l'heure précise de ses crises ; et là surtout à Rome, dans ce pays d'espionnage, où la peur de l'espionnage, flottante dans l'air et contagieuse, lui donnait le trouble et l'anxieux soupçon qu'elle était espionnée.

Aussi, en quittant le Corso, avait-elle été très contente d'avoir cette raison toute simple d'un changement de quartier, de l'éloignement, pour ne plus avoir affaire à lui.

« Partout il y a des gens qui savent saigner », avait-elle dit à Honorine quand elle l'avait envoyée porter au docteur le prix de ses visites.

LXXXV

Si croyante, et si avancée qu'elle fût dans la foi, Mme Gervaisais éprouvait pendant un long temps la souffrance d'un douloureux état qu'elle n'osait avouer à son confesseur. Elle subissait une épreuve qui par moments la désolait : malgré l'ardeur, la passion de sa

dévotion, la ténacité de sa prière, sa tendance continuelle vers Dieu, son avidité d'être toute à lui et de lui
tout immoler ; malgré ce qui aurait dû, pour ainsi dire,
faire naître Dieu en elle, Dieu n'y naissait pas. Elle ne
possédait pas sa présence intérieure, elle ne pouvait se
la donner ni l'atteindre. Un accablement lui venait à
penser qu'il se reculait d'elle. Et elle passait par ces
malaises et ces tourments de certains cœurs élancés de
jeunes filles auxquelles manque, pour Celui qu'elles
adorent, la confiance adorante, et qui, ne ressentant
devant lui que la crainte et le respect, n'osent pas,
comme dit saint Augustin, se jeter dans ses bras et se
cacher dans son sein. La redoutable majesté du Maître
lui en dérobait la bonté, et l'impression qu'elle en
avait, pareille à une frayeur sainte, comprimait en elle
le désir d'aimer et de s'abandonner : elle avait peur de
Dieu.

LXXXVI

Il est, chez les pharmaciens romains, une heure de la
journée intéressante, l'heure du *crocchio,* de « l'assem-
blée du clou », l'heure entre quatre et six heures, où se
réunissent dans la pharmacie les médecins qui viennent y chercher leur sort du lendemain. On les voit,
dès la porte ornée de bâtons d'Esculape entourés de
serpents, s'écarquiller les yeux pour tâcher d'apercevoir, au clou qui leur est affecté, le nombre de *chiamate*
qui y sont fichées. Il y a des échanges de regard d'un
comique terrible entre celui dont le clou honteux n'a
rien, et le confrère voisin se rengorgeant devant les
deux ou trois petits morceaux de papier pendus au
sien.

Cet affreux coup d'œil du clou vide était le coup

d'œil quotidien du très pauvre diable Pacifico Scarafoni, *illustrissimo dottore romano,* assez bon botaniste, assez heureux guérisseur des fièvres locales, mais âne bâté et buté pour tout le reste, ce dont il s'excusait naïvement en rejetant son ignorance sur la difficulté d'apprendre l'anatomie à Rome, où l'on ne délivre, pour les études médicales, que des morceaux de femme au lieu du cadavre entier.

Ses malheurs d'allopathe l'avaient fait pour le moment homœopathe. En même temps, du libéralisme particulier à sa classe, il était passé à un zèle pratiquant qui lui avait valu la protection et la clientèle de quelques religieux d'Ordres pauvres. Le P. Sibilla, en l'indiquant à Mᵐᵉ Gervaisais, le lui avait donné comme étant le médecin de Son Excellence le Prince Maximiliani. Seulement, Mᵐᵉ Gervaisais ignorait que le Prince, à l'imitation de tous les Princes romains, se faisait soigner par un médecin étranger, et que le soi-disant docteur n'était attaché qu'à la santé des chevaux et des domestiques de la *casa,* payé six écus par mois, et logé aux combles du *palazzino,* cette annexe des illustres maisons italiennes à l'ombre du grand palais des maîtres.

Aussi, ce soir-là, en arrivant au *crocchio,* l'infortuné Pacifico eut-il un tremblement de joie en trouvant le nom d'une riche dame française qui, prise d'un crachement de sang, le faisait appeler. D'un bond il se précipita à la précieuse adresse, et surgit, la porte ouverte, devant Honorine, avec son chapeau gris, son habit râpé, le traditionnel gilet de satin noir, un paquet de breloques en corail contre la jettature, et deux grands boutons carrés de jais, d'un noir de marbre tumulaire, posés sur sa chemise sale.

Il interrogeait Mᵐᵉ Gervaisais, pendant qu'Honorine lui expliquait, avec ses quelques mots d'italien, que Madame était malade parce qu'on la saignait tous les mois, et qu'il y avait bien longtemps qu'on ne lui avait tiré du sang. L'homme aux grands boutons hocha la tête, prononça que la saignée ne valait rien pour la malade, qu'elle n'en serait que plus affaiblie, et qu'il prenait, lui docteur Pacifico Scarafoni, l'engagement de la guérir avec des poudres de sa composition, des poudres fameuses, « des poudres que... des poudres qui... »

Cependant devant ce médecin, à voir la figure du personnage, sa misère funèbre et mortuaire, le caricatural sinistre de toute sa personne, à entendre le débit charlatanesque de ce marchand d'orviétan et de panacées merveilleuses, un frisson de peur traversa de son froid Mme Gervaisais. Un moment elle eut l'idée de le renvoyer immédiatement et de faire demander le docteur Monterone.

C'est alors que Pacifico Scarafoni, à qui la malade venait de dire qu'elle l'avait appelé sur la recommandation du P. Sibilla, faisant du coin de l'œil, dans l'intérieur, la découverte d'images pieuses, eut la bonne inspiration de couper l'amphigouri de son annonce, et se penchant vers la malade :

« Mes poudres ?... Eh bien, ma très honorée dame, ce sont tout simplement des poudres homœopathiques... Vous voyez qu'il n'y a point tant à vous effrayer... d'innocentes poudres homœopathiques, et d'après le dosage des plus célèbres maîtres de Paris et de Londres, dont je suis le plus humble des élèves... *Ma...* — Et son ton prit une certaine componction insinuante, — j'y mêle, j'y mêle... — il dit cela en baissant religieusement la voix et les yeux — ... de la *pâte des Martyrs...* Oui, de la pâte des Saints-Martyrs, dont vous avez dû entendre parler, et dont vous ne pouvez ignorer les effets miraculeux sur nombre de malades, même désespérés... On me la donne, à moi, chez les *Pères Ministres des Infirmes,* à Sainte-Madeleine. »

LXXXVII

Il n'y avait plus de sensation plastique pour Mme Gervaisais. Elle vivait dans une chambre nue, dans le vide démeublé où vivent les personnes pieuses, pour qui l'entour des objets ne paraît plus être dans l'appartement devenu, aux yeux de la vraie chrétienne, une auberge pour son corps d'un jour. Elle n'aimait plus les fleurs, n'y respirait plus ce qu'elle y respirait autrefois. Elle ne faisait plus de musique, n'en entendait plus. Elle ne regardait plus que des tableaux d'ex-voto ou des imageries de sainteté. Elle se complaisait à la misère presque sordide des lieux et des êtres dans ces églises du Transtevere qui sentent l'aigre d'une crèche d'enfants, mêlée à ces femmes guenilleuses laissant un morceau de loque sur le pavé à la place de leur prière. Elle n'était plus blessée par la laideur de rien. L'artiste, la femme prédestinée aux jouissances raffinées du beau, était parvenue à se faire, de ses sens exquis et raffinés, des sens de peuple.

La nature, les paysages, elle ne les goûtait plus. La forme, le décor de la matérialité humaine et terrestre perdait, autour d'elle, son intérêt, presque sa réalité ; et dans tout le visible et tout le sensible d'ici-bas, périssable et mortel, elle ne percevait plus qu'une sorte de cadavéreuse beauté des choses, faisant tache sur l'unique splendeur de Dieu.

LXXXVIII

Sous la levée des semences jetées en elle par la direction du Jésuite, sous la compression du père

Trinitaire, s'était effacée peu à peu, chez la pénitente,
la grande, la haute, la si peu humaine idée du Dieu
qu'elle s'était créée autrefois, et qu'elle n'avait pu
entièrement dépouiller d'abord dans le catholicisme :
cette idée d'un Dieu inaccessible et inembrassable,
trop vaste pour être une personne et quelqu'un. A
l'idée de ce Dieu de sa philosophie avait succédé en elle
un autre redoutable Dieu de sa foi, le Tout-Puissant,
Dieu le Père, qui, par une lente et miraculeuse
transformation, s'adoucissait lentement en ce Dieu
humain, Dieu le Fils, ce Dieu notre pareil, ce Dieu de
nos maux et de nos souffrances, ce Dieu amant : Jésus-
Christ, — le Jésus qu'elle avait, avant sa conversion,
vu passer dans l'Évangile, dans de l'histoire qui n'était
pas encore divine à ses yeux.

Et cela lui arrivait, en ce temps où elle suivait les
méthodes et les exercices pratiques de Loyola [69], cherchant le moins de clarté possible, le demi-jour qu'il
conseille comme plus propre à l'illusion matérielle, et
où elle tâchait d'évoquer, avec l'imagination, la représentation réelle du temps et de l'événement saint, objet
de son oraison. Selon les leçons du grand directeur
d'âmes, elle forçait ses « cinq sens », sa vue à voir, à se
figurer le lieu, le décor, l'habillement, le visage sacré ;
son ouïe à entendre le son de la voix ; son toucher à
embrasser des mains, des vêtements, des traces de pas ;
son goût et son odorat à sentir l'ineffable suavité
qu'exhale une humanité divine ; et ainsi elle s'enfonçait en elle le Dieu de la Croix.

Dès lors, affranchie du long tourment de sa frayeur,
elle commença à jouir [70], tremblante, émue, ébranlée
par tout l'être, de l'intimité chaste et délicate de son
jeune Maître, avec des tressaillements dans la prière,
un attendrissement de délices, ces touchements et ces
douceurs spirituelles, cette inénarrable jouissance des
grâces sensibles après lesquelles ces tendresses avaient si
amèrement soupiré sans pouvoir y atteindre. Mainte-

nant elle se trouvait dans la confiance et l'abandon de
la femme qui se livre toute à Jésus et se cloue à lui. Elle
ne s'épanchait en rien autre chose, possédant en Lui,
et plus parfaitement, et plus durablement, et plus
pleinement, et plus purement, tous les objets auxquels
elle renonçait pour son amour, brûlante d'une flamme
toujours ardente, toujours active, pour ce qui était
l'occupation, la joie, la jubilation, la béatitude d'une
passion qui, hors de là, ne pouvait rien goûter.
Continuellement elle éprouvait jusqu'au cœur cette
insinuante pénétration, qui s'y glissait avec une douceur si forte et une force si douce que, la retirant du
monde, elle la forçait à rentrer en elle-même, à se
replonger dans le recueillement de ces grands silences
intérieurs où venaient flotter autour d'elle des paroles
sans mots articulés, des paroles qui lui semblaient
émaner de Lui, et ne pas lui entrer par les oreilles, tant
elle les sentait au profond d'elle !

Ses jours, elle les passait et les consumait ainsi.
Pendant ses nuits, ses nuits insomnieuses, où elle ne
pouvait dormir plus d'une heure ou deux de suite,
forcée de sortir de son lit et de marcher dans sa
chambre pour combattre l'étouffement de son souffle
court, maigre, sous son peignoir blanc, d'une maigreur
fantomatique, elle prolongeait, dans le noir des heures
non vivantes, le long de ses allées et venues mal
éveillées, des prières informulées, une adoration en
songe, qui lui laissaient au matin la mémoire pâlie
d'une vision nocturne du Sauveur.

LXXXIX

Alors ce fut chez elle une succession de mouvements
ardents, les agitations et les élans de dévotion vive que

la piété appelle des « aspirations ». S'exprimant à tout
instant par des oraisons jaculatoires [71], par ces murmures expirants des lèvres à peine remuantes, comparés
par le mysticisme aux paroles des amoureux parlant
bas, comme s'ils craignaient que leur voix plus haute
ne fût plus toute à eux seuls, elle s'élevait à ces *colloques
de silence* où les yeux répondent aux yeux, le cœur au
cœur, et où nul n'entend ce qui se dit que les amants
sacrés qui se le disent dans un souffle !

Un jour qu'Honorine était dans sa chambre, elle vit
sa maîtresse devenir ainsi subitement toute singulière,
l'entendit prononcer un nom distinct : « Madeleine ! »
— et à cet appel, comme s'il entrait, amenée par cette
Madeleine, quelque imposante visite, la femme de
chambre resta stupéfaite et n'y comprenant rien :
tombée à genoux sur le parquet, Mme Gervaisais faisait
le mouvement d'embrasser le bas d'une robe, proster-
née, paraissant adorer un roi dans la chambre vide et
sans personne, en répétant plusieurs fois, la figure
rayonnante : « *Rabboni*, mon bon Maître ! mon bon
Maître ! »

XC

Avec un entier secret, elle s'ingéniait à trouver des
souffrances, des supplices pour son corps, ce pauvre
corps malade, que ses confesseurs eux-mêmes avaient
défendu contre elle, ne voulant pas lui permettre de le
macérer et de le tourmenter. Elle était arrivée à
s'inventer toutes sortes de privations recherchées et
rares. Elle ne se coupait plus les ongles des pieds, elle
les usait avec une brique. Et c'étaient toutes sortes
d'imaginations pareilles et de raffinements de dureté.
Si douce à sa personne autrefois, elle s'ingéniait à

mettre, à sa toilette avare, des austérités, des rudesses, qui rappelaient ces pénitentes des premiers siècles de l'Église, haineuses à leur corps.

Depuis quelque temps, Honorine s'étonnait de trouver, sans pouvoir deviner d'où pouvait venir cela, dans les chemises de sa maîtresse, des taches de sang au bout de brindilles d'arbuste : Mme Gervaisais avait, sur le refus du P. Sibilla de lui laisser porter un cilice, pris l'habitude de coudre, sur la toile qui couvrait sa poitrine, de petites branches de rosier dont les épines lui déchiraient la peau [72].

XCI

Mme Gervaisais avait pris en affection, dans Sainte-Marie du Transtevere, un vieux coin de la vieille église, encombré et rapiécé de débris de siècles, un angle d'obscurité aux colonnes de porphyre sombre sous des chapiteaux de bronze, aux lambeaux d'art ancien, aux restes d'antiquité, aux inscriptions gothiques, aux cadavres de pierre de Cardinaux, plaqués dans les murs sous leurs chapeaux rouges : fragment de musée de vétusté vénérable, où la présence de tous les passés de Rome se montre en un bric-à-brac sacré, ramassé à la démolition d'un Empire et à l'expropriation d'un Olympe.

Un petit sacristain, un enfant qui la guettait de la maison parochiale sur la place, sitôt qu'il la voyait sortir, allait lui ouvrir la petite porte aux rinceaux byzantins par laquelle Mme Gervaisais tombait dans l'église, au bas d'une marche boiteuse. Les doigts mouillés à l'eau bénite du bénitier éclairé d'une veilleuse, elle montait à droite les cinq degrés qui conduisent à la tribune ; et s'agenouillant sur le

marbre du dernier, elle avait, un peu à sa gauche,
l'hémicycle de boiserie brune, au milieu duquel se
levait le blanc mystère d'un siège de marbre, gardé par
deux griffons, un trône redoutablement vide ; en haut,
à la voûte, le colossal Jésus, la longue Vierge géante,
les apôtres courbés par la voussure et se penchant du
ciel d'or avec des faces de martyrs sauvages, blêmies
par les couleurs de pierres précieuses et les orfèvreries
de leurs costumes, les pieds sur la grande frise qui
déroule de chaque côté de l'Agneau céleste le troupeau
fantastique des brebis marchant sur un fond noir[73].

Elle était seule dans l'église fermée à cette heure.

Elle commençait à prier, à prier sur ses genoux, sur
ses genoux écorchés. Et son adoration se mêlant d'un
peu d'épouvante, ses yeux se perdaient dans la vision
du plafond, sur ces images divines, si différentes de
toutes les autres, attirantes et douces, auxquelles les
livres et les gravures l'avaient habituée ; elle s'égarait
dans ce rêve dur du ciel, dans ce paradis formidable, ce
hiératisme barbare, cette beauté cherchée dans l'anti-
humain, ce style de l'inexorable qu'ont ces figures, cet
effroi du Christ pareil à un terrible Empereur de la
souffrance ; et peu à peu, enlevée au sentiment de la
réalité, sa vue troublée, entrant en union avec ce qui
brillait au-dessus d'elle dans l'or, elle croyait assister à
un miracle de la lumière de quatre heures, frappant la
mosaïque, les corps, les faces, les vêtements, les
membres, d'un mouvement ondulant, là où le rayon
les touchait. Elle se figurait apercevoir l'ombre baisser
de son doigt la paupière lourde des griffons, et
appesantir leur sommeil de marbre ; et l'inconscience
lui venant presque, elle se sentait, non sans un anxieux
plaisir, comme celui de perdre terre, transportée au
delà du lieu et de l'heure, dans un décor qui aurait été
l'Apocalypse, dans cet espace de l'avenir où seront
brisés les sept sceaux du Livre.

Presque toujours elle restait des heures agenouillée,

droite et se roidissant. Par moments elle devenait
blanche, comme si tout son sang l'avait quittée ; et à
d'autres, un épuisement suprême, la fin de ses dernières forces, donnait à son corps vaincu, à sa tête presque
mourante sur son épaule, l'affaissement d'une personne qui va s'évanouir. Alors son fils, qu'elle gardait
toujours près d'elle, approchait de ses narines un
flacon de vinaigre qu'elle lui faisait emporter chaque
fois, dans la prévision de se trouver mal. Le pauvre
enfant était dressé à cela. Il était habitué à ces
faiblesses de sa mère, et n'en avait plus d'inquiétude.
Après quelques secondes d'aspiration, Mme Gervaisais
se redressait, héroïque, et repriait. Et, au bout de sa
prière, son visage, mortellement las et tiré, avait
l'agonie de traits, les yeux rentrés, le regard cave et
presque renversé en dedans du Saint Jérôme recevant
la communion dans le tableau du Dominiquin.

XCII

Cette fièvre de foi ne tardait pas à faire de l'extase
l'état chronique de la femme épuisée, tuée par le mal,
les macérations, le dédain de la santé ; et ce ne fut
bientôt plus seulement à Sainte-Marie du Transtevere,
ce fut chez elle, à l'improviste, qu'elle eut presque
continûment ces ravissements, ces élancements, ces
transports qui la détachaient et l'arrachaient de la
matière.

Pendant qu'elle était en train de travailler à sa
tapisserie, Pierre-Charles entendait, après deux ou
trois profonds soupirs, la voix de sa mère devenue une
voix de petite fille, sanglotante, étouffée, un moment
douloureuse et enfantinement gémissante, se taire et se
briser dans une exclamation ; et aussitôt il voyait son

visage aux pommettes enflammées se renverser, tendu vers quelque chose.

Elle restait longtemps ainsi, dans un néant ravi, pénétrée d'un sentiment de soulèvement physique de toute sa personne, ayant l'illusion et l'impression d'une force qui l'enlevait du canapé où elle était assise, l'approchant de l'objet qu'elle semblait contempler au plafond et dont elle ne parlait jamais. Le globe de ses yeux fixes, leurs paupières n'avaient plus de mouvement ni de battement : un aveuglement radieux remplissait son regard. Une beauté indicible descendait sur la maigreur et l'immobilité de cette figure tout au bord du ciel... A ces moments, ses pâles mains de malade, élevées vers sa vision, apparaissaient, dans le jour, des mains transparentes [74].

Quand cela lui arrivait, l'enfant, qui avait ordre de ne pas lui parler, de ne pas appeler Honorine, regardait sa mère avec un vague effroi, aimant cependant à la voir si belle de cette beauté qui lui faisait peur.

Au bout d'un certain temps, Mme Gervaisais revenait à elle avec un petit tremblement. Après une première stupeur, elle cherchait autour d'elle s'il n'y avait personne : car elle était confuse, presque honteuse, de ces grâces de Dieu qu'elle eût voulu cacher ; et rassurée en ne trouvant que son enfant là, elle se remettait à travailler, comme si rien ne s'était passé, s'arrêtant et se reposant par moments, reprenant haleine dans une respiration plaintive.

Un 29 juin, jour de la fête de saint Pierre et de saint Paul, elle avait envoyé son fils voir l'illumination de la coupole de Saint-Pierre avec Honorine. En ramenant l'enfant, la femme de chambre trouva, à côté d'une bougie dont la flamme expirante avait cassé la bobèche, sa maîtresse évanouie, renversée à plat sur le dos, les mains encore étendues au-dessus de sa tête dans un mouvement d'adoration.

XCIII

La maladie, la lente maladie qui éteignait presque doucement la vie de Mme Gervaisais, la phtisie, aidait singulièrement le mysticisme, l'extatisme, l'aspiration de ce corps, devenant un esprit, vers le surnaturel de la spiritualité [75].

L'amaigrissement de l'étisie, la diminution et la consomption du muscle, la mort commençante et graduelle de la chair sous le ravage caverneux du mal, la dématérialisation croissante de l'être physique l'enlevaient toujours un peu plus vers les folies saintes et les délices hallucinées de l'amour religieux. Elle y était encore portée par un autre effet de son mal. Contrairement à ces maladies des grossiers et bas organes du corps, encrassant et salissant chez le malade l'esprit, l'imagination, les humeurs mêmes, comme avec de la matière malade, la phtisie, cette maladie des parties hautes et nobles de la créature, a pour caractère de faire naître chez le phtisique un je ne sais quoi d'élevé, d'attendri et d'aimant, un sens nouveau de voir en bien, en beau, en idéal : — une sorte d'état de sublimité humaine, et qui ne semble presque plus d'ici-bas.

Mais avant tout, la phtisie agissait sur Mme Gervaisais par son action particulière sur le cerveau, et la prodigieuse métamorphose du moule des idées ; une action inobservée, voilée jusqu'ici, ignorée de la médecine, et dont un grand physiologiste de ce temps travaille en ce moment à pénétrer le mystère, — cette action amenant la réduction du cerveau à cet épurement originel où il ne possède plus exactement que ce qu'il lui est nécessaire de posséder en tant que substance cérébrale, et où, dans son atténuation et sa

déperdition morbides, il fait ressortir de la tête, et la
vide, pour ainsi dire, des notions et des acquisitions
des années vécues ; en sorte que le cerveau d'une
poitrinaire de quarante ans, revenant aux qualités
primitives de l'enfance, est ramené et retourne par là à
la pureté des pensées d'une petite fille de douze ans,
d'un cerveau de première communion.

Puis enfin la phtisie lui donnait, sous la demi-
asphyxie du gaz carbonique que les poumons ne
peuvent expirer, une excitation, une perte du sang-
froid de la tête, une ivresse légère, pareille à la griserie
d'un petit enfant qui aurait bu de l'eau de seltz à jeun.

XCIV

Ainsi tout, la maladie qui la rongeait, la diminuait,
la grisait, la continuité exténuante de l'exaltation, la
constance d'une unique pensée fixe, l'appassionnement déréglé de tout son être, l'effort, la tension de
toutes les facultés du cerveau et de toutes les volontés
de l'imagination, s'unissant chez elle à de naturelles
prédispositions pour les jouissances secrètes de
l'amour divin, l'amenaient vite sur cette lisière à peine
indéfinissable qui sépare la Vie Illuminative de cette
Vie Unitive qu'on pourrait appeler le grand Toujours
de l'âme en Dieu.

Elle entrait pleinement dans la relation directe et
incessante, dans une sorte d'identification avec l'Infini, par une absorption, au delà de toute idée et de
tout mot humain, où s'engloutissait son cœur. Toute
morte à ce qui est le *moi* pensant et actif d'une
personne, sa sensitivité suspendue par une étonnante
et miraculeuse paralysie, une véritable catalepsie[76]
sainte, — elle semblait s'envoler, se transporter plus

haut qu'ici-bas, en un lieu céleste où, avec ses yeux de la terre, la femme voyait Jésus élargir, autour de sa tête pressée contre la sienne, sa déchirante couronne, approchant d'elle et lui faisant partager la moitié de ses épines et de ses clous !

Bienheureux délire, ivresses bénies, surexcitations folles de la Folie de la Croix ! Mais la nature et les forces humaines ont leurs limites et leurs mesures : tout à coup, au plus vif et au plus intense de l'illusion, elles trahissent la créature qui retombe de la communion de l'Éternité, dans un énervement long à secouer.

XCV

Ce moment venait pour Mme Gervaisais. Ses extases perdirent leur retour et leur fréquence, s'espacèrent de plusieurs jours, lui demandèrent, pour qu'elle les obtînt, un plus grand effort de volonté, diminuèrent d'illusion et de durée, ne l'enlevant plus à la réalité que par des secousses saccadées et pour un temps court, ne lui montrant plus que des visions incomplètes, troubles et voilées, comme si se brisait au ciel la chaîne bienheureuse qui y nouait sa vie, comme si, là-haut, Dieu lui retirait l'amitié de son approche et la familiarité de sa lumière.

Et à mesure que s'éloignaient et s'en allaient d'elle les faveurs du ravissement, elle sentait se glisser dans ses prières, ses oraisons, ses méditations, ses conversations intérieures, un sentiment qu'elle n'avait pas encore éprouvé, ce malaise de l'âme, cet état où l'amour pieux est subitement comprimé, annihilé par une cause de rupture dont il ne sait rien, et qu'il cherche vainement en lui-même, « l'état de sécheresse », où toutes les tendresses avec lesquelles la dévotion s'offre, monte, s'élance, sont frappées d'aridité, de stérilité, et demeurent devant le Seigneur comme une terre sans eau.

Dieu paraissait lui avoir retranché cette douce nourriture de lui-même qu'il donne aux commençants de la foi, et qu'il leur supprime ensuite, dont il les sèvre, par un plus sévère régime, pour les habituer à le servir, sans désir et sans goût de leur propre félicité, sans exigence ni recherche intéressée et égoïste de leur sensualité spirituelle. Elle était arrivée à un de ces instants critiques dont l'épreuve n'a pas été épargnée même à la sainteté des plus grands Saints, l'instant où l'âme doit continuer à aimer, toute vide et tout abandonnée qu'elle soit de l'amour divin, malgré la perte de tous les dons d'effusion, d'espérance et de confiance. La « Grâce », elle avait perdu la Grâce, et elle éprouvait une consternation de ce délaissement qui la rendait à sa propre indigence. Tous les exercices étaient maintenant pour elle sans saveur et sans suavité. Vainement elle prenait demeure dans les plaies saignantes de Jésus-Christ, se réfugiait dans sa Passion ; vainement elle redoublait d'appels, d'évocations et de supplications : elle ne parvenait plus à s'attendrir, se fondre, se mouiller de la componction de ses larmes passées. Ses oraisons lui laissaient la froideur d'une statue ; et ne pouvant que regarder les murs, elle ne se voyait plus capable de faire jaillir un acte d'amour de la dureté de son cœur.

XCVI

Enfermée dans ce quartier du Transtevere, elle vivait plus retirée que jamais chez elle, ne se décidant guère à sortir que lorsque son regard tombait sur le visage de son enfant et sa pâleur d'emprisonné.

Sans jamais dépasser les ponts, sa maussade promenade se traînait le long du Tibre, par ces débouchés
qui tombent sur le fleuve et y descendent en *immondez-
zaio,* par ces terrains aux buissons rabougris, par ces
berges baveuses d'un limon pareil à celui que laisse la
marée à l'entrée des rivières, par ces bords aux
maisons fangeuses, honteuses et pourries, ayant des
trous pour portes et fenêtres, des façades écorchées
qu'on dirait brunies et brûlées de la coulée de toutes
les fientes de Rome ; ligne de bâtisses d'ordures,
dominées par un dôme de vieux métal, du vert d'une
feuille d'aloès, et d'où s'avançaient çà et là des arceaux
de briques antiques, arcade d'égout portant un jardin
de roses sauvages ou de citronniers d'or. Machinalement, Mme Gervaisais oubliait son regard sur le fleuve
qui coulait au bas, jaune, roulant impassiblement,
dans son eau aveugle et trouble, des trognons de
broccoli sur le lit des chefs-d'œuvre noyés dans sa
bourbe. Sa plus longue course, celle que lui permettaient encore ses forces, était de mener Pierre-Charles
un peu plus loin, dans l'île de Saint-Bartholomé, sur le
petit pont des *Quattro Capi,* à ce bout de Tibre,
étranglé par les moulins, les baraques de bois avec leur
longue roue à palette, leurs barrages, leurs estacades,
leurs passerelles de bois pliantes, — un coin d'eau
ancien, rappelant ces cours encombrés de vieux fleuves
dans des vieilles villes qu'on voit sur les topographies
de Mérian.

Là, l'enfant, la joue posée sur le parapet, s'amusait
un peu au jeu du tournoiement incessant du *girarello,* le
filet romain avec ses deux balances plongeant à tout
moment et ressortant avec des esturgeons, souvent
grands comme un homme.

Comme elle revenait d'une de ces promenades, elle
rencontra dans la *Longaretta* son ancien domestique.
Avec le sentiment natif d'égalité revenant au Romain
qui n'est plus en service, Giuseppe l'aborda familière-

ment. Il était mis avec recherche, en habit neuf ; il avait des gants orange, une canne, et tenait, serré sous son bras, le plus naturellement du monde, un poisson sec et plat, dont le sel lui blanchissait l'aisselle.

« Eh bien, Giuseppe, vous avez donc fait fortune ? lui dit Mme Gervaisais.

— Pas encore, signora... Giuseppe est Giuseppe... — Puis il ajouta de son air mystérieux :

— Je suis d'une société pour les fouilles... »

Et de sa voix la plus creuse, avec des suspensions dramatiques et des mouvements d'yeux de traître, il expliqua à son ancienne maîtresse que l'affaire était excellente, que la brique qu'on trouvait se vendait cinquante baïoques la voiture et payait les journées des ouvriers ; qu'il y avait en plus les petits profits : les fragments de colonnes de marbre, sans compter les médailles, les monnaies. Et puis on pouvait découvrir un Torse !

Il s'anima, tendit ses longs bras, ouvrit ses petits yeux à la vision sous terre d'une si prodigieuse trouvaille. « Un Torse !... répéta-t-il en s'exaltant. Recevoir cinq mille ducats !... être anobli par le Pape ! »

Malheureusement, il ne pouvait pas travailler en grand ; son associé, le jardinier du prince Santa-Croce, manquait de capitaux. Et pourtant il connaissait un endroit ! Si une personne riche, comme l'était Mme Gervaisais, voulait bien se mettre de moitié avec lui, il était sûr de trouver là, lui aussi, un grand Hercule doré, doré de l'épaisseur d'un sequin, et plus beau que celui du Capitole. Lui, il déclarait ne tenir qu'à l'argent...

« Et la signora... fit-il, se retournant vers l'enfant dont il toucha l'épaule, ne serait-elle pas contente de voir le petit seigneur que voilà, fait, par Sa Sainteté, comte ou marquis ? »

XCVII

Arrivé à une entière déréliction, le cœur de
Mme Gervaisais, où l'adoration de la Mère de Jésus
était restée comme absente, ce cœur jusque-là sans
prière à la patronne de son sexe, ce cœur pareil aux
cœurs des illuminées, dont l'amour semble un peu
jaloux de cette Sainte Vierge avec la jalousie naturelle
de l'Épouse pour la mère de l'Époux, ce cœur implorait pour la première fois Marie « Consolatrice des
affligés ».

Elle était inexaucée ; et enveloppée d'obscurités et
de ténèbres, pleine d'incertitude et d'angoisse, ne
pouvant trouver la raison qui la rendait indigne de
toutes les miséricordes divines, elle élevait tout haut
la plainte du Psalmiste : « Mon Dieu ! vous avez
détourné de moi votre visage, et je suis tombée dans le
trouble. »

Les grâces sensibles, comme il arrive, l'avaient
éloignée de son confesseur : la sécheresse la rejetait au
confessionnal de Saint-Chrysogone.

XCVIII

Dans l'ancienne église de Saint-Chrysogone, sur la
misère de ses richesses, sur les marbres délabrés, sur le
dallage de mosaïque, semé de dragons et d'aigles
éployées, aux trous bouchés avec des morceaux de
pavé de la place, sur la nudité de ses chapelles de
village, le bois de ses autels disjoints, les grossiers et
criards tableaux figurant les légendes de l'Ordre, — le

noir de la nuit était descendu entre les vénérables
colonnes, amenant la peur que l'obscurité apporte à la
solitude des basiliques lointaines et infréquentées de
Rome. Un restant de jour éclairait seulement au fond
du chœur trouble un énorme candélabre soutenu par
des paons, et portant un immense cierge peint tout le
long, piqué de cinq pommes de pin : dernier rayon qui
s'en allait mourir sur une dalle où se lisait :

> *Vera fraternitas*
> *Nec in morte separatur.*

L'église paraissait vide. On entendait seulement de
derniers pas attardés glissant vers la porte, la sonnerie
de cuivre des baïoques du tronc de la journée, vidé
quelque part ; et un grand silence revenait, qu'entourait le silence de la place et des rues mortes.

Au milieu de cette nuit du monument éteint,
endormi, muet, redoutable, peu à peu monta une voix
de dureté qui disait à une femme agenouillée sur un
fragment de tombe antique, servant de marche au
confessionnal :

« Misérable pécheresse ! vous vous plaignez que
Dieu repousse vos embrassements ? Dieu ne se donne,
ne se livre qu'à ceux qui se donnent tout à lui, qui
renoncent à tout pour lui, qui lui sacrifient, entièrement et sans retour, tous les attachements terrestres...
Votre enfant ! Ce n'est pas un amour de mère chrétienne, je vous le dis, que vous portez à votre enfant !...

— Mais, mon Dieu ! comment voulez-vous que je
l'aime ?

— Broyez votre cœur [77]... Votre enfant ?... un enfant
marqué au front des signes de la colère de Dieu,
l'enfant puni, maudit de votre incrédulité d'alors... »

La mère voulut encore essayer d'élever la voix. Mais
le confesseur l'écrasa avec ces mots :

« Si quelqu'un vient à moi, et qu'il ne haïsse pas son

père, sa mère, son épouse, ses enfants... ses enfants !
entendez-vous ?... il ne peut être mon disciple. » Ce
sont les paroles mêmes de Notre-Seigneur Jésus-
Christ, au chapitre XIV, au verset 26 du saint Évangile
de saint Luc. »

Mme Gervaisais resta muette, brisée, dans l'angle du
confessionnal, tandis que l'église résonnait du bruit
que fait le chapelet d'un Trinitaire en marche.

XCIX

Quand Mme Gervaisais sortait sans Pierre-Charles,
l'enfant, en qui s'enfiévrait le besoin de sa mère depuis
qu'elle paraissait se retirer de lui, l'enfant avait pris
l'habitude, pour être embrassé plus tôt, de se tenir
obstinément dans la pièce presque noire qui servait
d'antichambre ; et là, écoutant l'escalier, reconnaissant dès la première marche le pas qu'il attendait, il se
dépêchait d'ouvrir et d'aller au-devant du baiser un
peu essoufflé de sa mère.

Ce soir-là, Mme Gervaisais, en rentrant, repoussa les
deux bras tendus de son enfant. L'enfant courut après
elle, avec de petits mots passionnés, la tira par la robe
pour la faire retourner, traversa ainsi, essayant de se
suspendre à sa mère, tout l'appartement. Arrivée à sa
chambre, elle se détacha brusquement de lui, et ferma
la porte sur elle. Étonné, interdit, l'enfant regarda
longtemps cette porte qui ne s'ouvrait pas : à la fin, se
gonflant de larmes et pris d'une colère furieuse, il se
mit à frapper le bois de ses pieds, de ses mains, de tout
son petit corps, avec des cris, des appels, des jurements
trop gros pour sa bouche et qui n'y passaient pas, fou
de rage ; puis il se laissa tomber par terre contre la
méchante porte, se roulant et se noyant dans ses

pleurs. Au bruit, Honorine accourut, le ramassa, et le porta sur le canapé sans lui rien dire : elle n'avait pas le courage de lui parler.

C

Cette nuit-là, Mme Gervaisais ne se coucha pas. Agenouillée devant un crucifix accroché au mur de sa chambre, elle passa toute la nuit à s'entretenir avec le morceau de cuivre, lui racontant sa vie, lui disant ses larmes dans une de ces conversations presque familiè-res de l'exaltation, qui font parler à Dieu, attendre qu'il réponde, et causer avec lui comme avec une personne qui serait là.

Elle lui disait :

« Je vous ai tout sacrifié, mon Dieu, depuis que je vous connais... Mon Dieu, mon Dieu ! je vous prie, écoutez-moi en pitié... Oui, j'ai été longtemps sans vous voir, et je ne trouvais pas le chemin pour aller à vous... Mais vous savez depuis mon affliction, mon amertume, combien je me déteste, combien je me fais horreur et dégoût dans mon passé... Et pourtant, mon Dieu, je ne peux pas ne plus être mère... je ne peux pas ne plus aimer mon enfant... C'est trop, mon Dieu ! c'est trop ! Mon Dieu, mon confesseur jésuite me permettait mon enfant... Il trouvait que cet amour-là ne vous faisait point tort... Pourquoi celui-ci m'en demande-t-il plus ?... Mon Dieu ! je vois bien votre tête inclinée vers moi, vos yeux abaissés sur moi, vos bras ouverts devant moi, en signe de clémence et de pardon... Mais vous ne me répondez pas, mon Dieu ?... Mon Dieu ! mais est-il juste que cet enfant soit malheureux et qu'il souffre par moi ?... que je le tue !... moi qui l'ai déjà estropié en lui donnant la vie !... Car

vous m'avez frappée à sa naissance, mon Dieu... Oh !
je ne vous accuse pas, mon Dieu !... Vos volontés sont à
vous... Mais faut-il qu'il en meure à présent, mon
pauvre innocent d'enfant !... Répondez-moi, mon
Dieu... Vous ne me répondez pas, mon Dieu... »

Et la misérable femme, gémissante et sanglotante, se
tordait à terre, sous le crucifix, ainsi qu'une mère de
fils condamné aux pieds d'un juge impitoyable et
muet. Et la nuit s'avançant, la douleur désespérée de
ses supplications, le cri de cette grâce qu'elle demandait toujours plus haut, finissaient par réveiller Honorine qui crut un moment quelqu'un entré chez sa
maîtresse. Pieds nus, elle vint écouter à la porte de la
chambre, effrayée.

Pendant une longue heure elle entendit ces mêmes
larmes, ces mêmes sanglots, ces mêmes prières :
« Répondez-moi, mon Dieu !... mais répondez-moi
donc, et faites que je vous entende ! »

Puis ce ne furent plus, sous l'épuisement, que des
pleurs étouffés, des plaintes, une voix presque évanouie qui continuait à murmurer : « Enfin ! c'est
toujours mon enfant !... »

Dernier mot de cette cruelle litanie, dans le silence
de la chambre, au bas de l'agonie d'un Dieu en croix.

CI

Le combat fut long, la dispute intérieure fut épou-
vantable chez la mère. La lutte dura des semaines, des
mois. Il fallut plus d'une fois l'autorité et la parole du
confesseur. Mais déjà cependant, d'un jour à l'autre,
l'enfant sentait un peu moins de sa mère dans la
femme qui le faisait manger, l'emmenait quand elle
sortait, laissait tomber par habitude, le matin et le soir,

sur son front, la froideur de sa bouche. Le petit être se
sentait oublié de ses pensées, de ses yeux, de ses
regards ; il souffrait de la privation de ces doux petits
mots inutiles dont elle ne le gâtait plus, de ces silences
de caresse avec lesquels, autrefois, elle semblait lui
dire, les lèvres fermées : « Je t'aime ! » Avec lui, elle
n'avait plus sa voix de petite mère, et elle ne lui
donnait plus rien de cette tiédeur d'amour, l'air vital
de son petit cœur.

Au souffle de toutes les idées, versées en elle, sur
l'indignité des affections charnelles et imparfaites pour
la créature périssable et créée, sur le sacrifice généreux
qu'on en doit faire au Créateur, cette froideur de
Mme Gervaisais grandissait péniblement, au milieu de
tourments, de rechutes, de retours qui la rejetaient à
son enfant, la traversaient d'envies soudaines de
l'étreindre, d'élans dont elle se sauvait en fuyant
brusquement dans sa chambre, où elle fondait en
larmes, se grondant de ses faiblesses, et se tendant à
l'affreux supplice de l'insensibilité maternelle, faisant
sur elle le travail de « broyer son cœur », selon l'ordre
du Trinitaire.

A la longue, un sentiment de peur d'elle-même lui
venait devant le pauvre petit, comme devant un
danger : elle se reculait de lui, se défendait de sa
présence ainsi que d'une tentation. Le sentiment d'une
femme en garde contre une séduction de sa chair et de
ses os se glissait en elle contre son enfant. Et à la fin de
tous ces bouleversements d'une conscience et des
instincts d'une mère, elle s'arrachait une sorte de
haine, peut-être cette *haine sainte,* cette monstrueuse
victoire dénaturée sur le sang, la dernière et suprême
victoire de la religion, une haine d'un mélange étrange
pour ce fils où elle ne voyait plus son fils, mais
seulement un obstacle à son salut, un empêchement
des bontés de Dieu sur elle, un ennemi chéri et détesté
de sa vie éternelle !

A l'exemple d'une illustre Sainte qui ne pouvait guérir d'une affection terrestre, elle récitait tous les jours, selon la recommandation de son confesseur, l'hymne du *Veni Creator Spiritus.* Un certain jour, comme elle le récitait, tout à coup, une main puissante et efficace lui fit l'effet de lui retourner le cœur et d'en renverser tout ce qui y restait de tendre : elle ne se sentit plus aimer son enfant, elle ne se sentit plus aimer personne.

C I I

Une immense tristesse prit alors le pauvre petit repoussé, comme exilé de sa mère, une tristesse disproportionnée à son âge, et qui, par sa concentration, son absorption, sa résignation muette et sa profondeur noire, ressemblait presque à un grand désespoir d'homme ; et c'était avec le long ennui immobile d'une grande personne, qu'il regardait un pavé de la rue ou le mur de l'église d'en face. Son chagrin ne voulait pas se consoler ni se laisser distraire.

Son enfance ne faisait plus de bruit. Il n'allait plus à la fenêtre quand il y avait de la musique dans la rue. Il ne regardait plus les petites *fanciulle* sur l'escalier, accroupies en tas sur les marches. A la vue des petites filles, il ne donnait plus l'espèce d'attention sensuelle de son petit être incomplet et hâtif, de ses sens développés avant son intelligence. Et de toute sa journée, il n'avait plus rien de bon qu'un instant du matin dans son lit, ce premier réveil sans mémoire que les plus grands chagrins ont le loisir de laisser à l'enfant, et au bout duquel s'en allait subitement le sourire de sa petite figure qui se rappelait. Levé, il

cherchait un coin, l'ombre d'une pièce, où, de loin, il
suppliait sa mère de le voir, avec ces yeux d'un fils que
Mme Gervaisais essayait d'éviter, mais dont parfois la
rencontre la faisait tressaillir des pieds à la tête.
Souvent le malheureux, se trompant à l'expression de
son visage, croyant y retrouver son ancienne mère, se
risquait à s'avancer, se levant et allant vers elle ; mais
aussitôt il était arrêté par un air glacé : ce qu'il avait
cru pour lui n'était que le reste attendri d'une prière,
d'une invocation, d'une oraison intérieure de la
femme, égaré à côté d'elle, sans y penser, sur son
enfant oublié, et que celui-ci avait vite ramassé comme
les miettes du cœur de sa mère.

Et le soir, à son coucher par Honorine, penchée sur
lui en bordant sa couverture, son dernier mot était
toujours :

« M'man plus aimer Pierre-Charles... »

CIII

A cette époque, Mme Gervaisais n'avait plus à se
mettre sur le dos qu'une vieille robe noire, trop large
pour sa maigreur, et qu'Honorine avait remployée ; en
linge, elle possédait six chemises reprisées et quelques
mauvais mouchoirs. Et elle ne voulait pas entendre
parler de rien racheter.

De jour en jour, depuis des mois, elle avait fait plus
étroites, plus mesquines, plus honteuses, les privations
pour elle et autour d'elle. A la suite du renvoi du
domestique, puis de la voiture, elle avait restreint la
dépense de l'intérieur, resserré sa maison, sa vie, celle
de son enfant, avec la plus extrême parcimonie d'une
avarice maniaque, et qui, venant d'elle, surprenait
Honorine, ne pouvant y trouver d'autre explication

qu'un caprice de malade, et ne sachant ce que devenait l'argent de Madame.

Cette âpreté, cette dureté impitoyable contre elle-même et les autres ne faisait que croître. Si frileuse qu'elle aurait mieux aimé « se passer, disait-elle, de pain que de feu », elle se refusait la chaleur d'un brasero par les matinées ou les soirées froides.

Quand Mme Gervaisais s'était établie dans le Trans-tevere, Honorine avait pensé à ne pas laisser sa maîtresse s'empoisonner avec les plats italiens de la *trattoria* du quartier ; et elle s'était mise à lui faire, de son mieux, la cuisine. Mme Gervaisais avait fini par trouver que la cuisine à la maison coûtait trop cher ; et elle avait fait venir d'à côté son économique et monotone dîner quotidien : un bouillon avec des abattis de dindon, et un poulet de Rome, un poulet de la grosseur d'un pigeon, sur lequel trois bouches devaient vivre.

Son fils serait mort de faim, si Honorine ne l'avait nourri en cachette.

CIV

Enfin un jour arrivait où chez Mme Gervaisais la Grâce finissait d'assassiner la Nature. En elle, la femme, l'être terrestre n'existait plus. Ce penchant originel de la créature à chercher le plaisir honnête de l'existence dans les créatures et les choses, son besoin d'affections de semblables, d'habitudes aimantes, son ambition de son bonheur, sa tendance innée à combat-tre son mal et sa souffrance, tout cela dont la Nature fait, avec sa force souveraine et providentielle, les attributs, le courage et la raison de toute vie vivante, ne lui paraissaient que des illusions, des mensonges,

des fantômes de besoins et d'instincts. L'humanité s'en
était allée d'elle.

C'est ainsi qu'elle descendait à la parfaite imitation
de la mort dans la vie, à la *mort spirituelle* que les Pères
de l'Église comparent si justement à la mort naturelle,
en lui en attribuant les effets, les suites et les conséquences. Comme morte à elle-même, sa personne,
remplie de son abjection, ne conservait pas plus de
volonté que le cadavre entre les mains des enseveli-
sseurs. Comme morte à elle-même, les disgrâces, la
confusion, les opprobres, les affronts, les humiliations,
les souffrances, les injustices, les louanges et les
mépris, les maux et les bonheurs, pouvaient passer sur
elle, sans un mouvement de sa chair : elle avait par
avance, pour tout endurer, l'insensibilité de son corps
mis au tombeau. Comme morte à tout ce qui n'était
pas Dieu, elle réalisait en elle un tel détachement du
passager, du viager d'ici-bas, un tel dépouillement de
tout elle-même, de la tentation même de rentrer dans
sa conscience d'être, qu'elle se réduisait à ce rien qu'a
essayé d'exprimer la langue mystique en volant au
sépulcre l'image du cadavre dans sa poussière !

Et dissoute, pour ainsi dire, par cette mort factice,
elle commençait à sentir lui venir l'appétit de la vraie
mort. La Grâce lui donnait son dernier coup ; elle ôtait
d'elle l'attachement le plus fort et le sentiment le plus
enraciné : la passion de vivre, la terreur de mourir.
Lentement et sombrement enivrée, Mme Gervaisais
devenait « *amoureuse de la Mort* » ; et la Mort lui tardait
comme une venue d'amour. Elle en avait faim et soif.
Et elle s'impatientait de l'attendre.

CV

Le dimanche, elle se faisait conduire aux Catacombes[78] où, sans pitié, elle emmenait son fils. Elle prenait le petit cierge que lui allumait un *frate,* descendait des marches, puis s'enfonçait dans les étroits corridors de la pouzzolane, allant le long des allées serpentantes, arrivant à de petits carrefours bas, où un trou et des traces de fumée montraient la place de la lampe des messes furtives. Elle marchait dans ces galeries aux excavations superposées jusqu'à la voûte, comme des lits de passagers dans un navire, sondant, d'un œil qui avait peur et envie de trouver, ces tombes crevées et vides, ces petits creux où était ramassé ce que le cirque avait rendu d'un corps, ce que les bêtes en avaient dédaigné : ici, trouvant le *loculus* dépouillé de la fiole de sang, indice du martyre, là, une poussière humaine qui s'évapore au souffle ; et à marcher, elle se trouvait légère comme dans de la terre sainte, arrosée de sacrifice. Elle s'arrêtait à quelque peinture barbare que faisait apparaître, une seconde, la mince lueur du cierge, aux premiers dessins d'enfant d'une foi, à un oiseau symbolique, à un bout d'arabesque, à une colonne qui semblait avoir servi de billot à ces décapitations de saintes qu'on voit, dans les tableaux des vieilles écoles, attendues au ciel par des volées d'anges. Et, parfois, elle était étonnée de la fraîcheur d'un bouquet du matin sur la pierre d'une martyre de dix-sept siècles.

A mesure qu'elle avançait, le cimetière enterré l'attirait à l'inconnu de ses ténèbres et de sa vague immensité. Le rien de lumière qui tremblotait et mettait un vacillement sur l'incertitude et le doute des parois, le marcher tâtonnant, hésitant, sur le sol inégal

et bossué, l'appréhension de se cogner dans le noir de
sa gauche ou de sa droite, des trous où elle sentait des
souffles de précipices, des bouches de profondeurs
mystérieuses, des haleines par des fentes, l'air étouffé
et fade qu'elle respirait, et qui lui faisait appliquer de
temps en temps sa bouche et son front sur le sable
humide, l'inquiétude instinctive du chemin sans fin, la
peur confuse de l'inextricable dédale, le trouble des
idées dans les lieux sans ciel, ne pouvaient arrêter sa
curiosité, son envie nerveuse d'aller plus loin, de voir,
de voir encore, et faisant signe au moine, qui se
retournait, de marcher toujours devant elle, poussant
son enfant pour le faire avancer, elle suivait l'ombre
maigre de son conducteur, dont elle n'apercevait
d'éclairé que le pouce tenant le cierge et un bout
d'oreille. Enfin, lasse d'errer, quand elle avait fait
boire à son âme et à ses sens la terreur sainte de cette
carrière de reliques, elle revenait, remplie de la mort et
de la nuit souterraines, à l'escalier d'entrée, un grand
escalier aux marches de marbre usées, déformées,
creusées sous les pas des porteurs et des ensevelisseu-
ses ; une filtrée de jour d'un blanc céleste y descendait,
versant là le rayon de miracle et de délivrance qui
tombe dans une prison Mamertine. Là, Mme Gervaisais ressentait l'impression d'une lumière du matin
venant à des paupières pleines d'un rêve noir.

Mais ce spectacle à la longue ne la contentait plus. Il
ne lui offrait que la place, la mémoire des morts, leur
suaire de pierre n'ayant gardé que la tache de leur
cadavre. Ce n'était pas assez que les deux squelettes
conservés sous verre à Saint-Calixte : il lui fallait de la
mort où il restât plus du mort. Et pourtant; comme
toute femme qui se respecte dans la délicatesse, la
propreté de son corps, et le soigne avec une espèce de
culte, comme une malade, comme une condamnée à
mourir et une voisine du tombeau, elle avait eu tous les
dégoûts et toutes les horreurs de la Mort pourrissante.

Souvent elle avait évoqué, avec l'amertume d'un regret, la pudeur couronnée de roses, la légèreté riante de la Mort antique, l'art et la grâce consolante de ses rites, de ses mythes, de ses allégories : les coupes vides, les flèches tirées au ciel, les chars renversés au milieu de l'arène, l'urne fleurie du *silicernium* funèbre, parfois la vague image d'une porte entrebâillée, toute la poésie dont les anciens voilaient et purifiaient la fin humaine, la délivrant de l'épouvante de la dissolution, changeant la dépouille en une cendre, l'ordure de la tombe en une flamme le matin, en une pincée de souvenir le soir. Maintenant elle allait aux charniers de Rome, aux Capucins, à l'Oratoire de la Mort, à la Confrérie des *sacconi* de Saint-Théodore-le-Rond, partout où la mort étale la décoration de ses restes, s'arrange et se contourne en hideuse rocaille, se désosse en ornements, fait des bossages avec des fémurs, orne les trumeaux de pubis et d'os iliaques, suspend aux corniches l'élégance des métacarpes et des métatarses [79]. Elle parcourait ces caveaux des Franciscains où l'on fait voir, accroché en lustre au plafond, un squelette d'enfant, qui fut une petite princesse Barberini, tenant d'une main une faulx composée de mandibules de mâchoires, de l'autre une balance dont la calotte d'un crâne pendue à trois péronés faisait les plateaux. Et à côté, des grottes lui montraient des moines desséchés, sous leurs robes de bure, sans yeux dans leurs orbites creuses, la bouche brune, ouverte, et comme bouchée de terreau.

En sortant de là, rassasiée, le regard repu, elle était prête à dire, avec Job, à la pourriture : « *Vous êtes ma mère !* » à dire aux vers : « *Vous êtes mes frères et mes sœurs !* »

CVI

A cet appétit de la mort, qui s'en donnait tous les avant-goûts, succéda bientôt dans cette âme un autre sentiment de l'agonie chrétienne : une crainte d'être coupable de présomption, aux yeux du Souverain Maître, par cette volonté pressée de mourir, un doute humble qu'elle fût suffisamment digne d'aller à lui ; et Mme Gervaisais se décida à attendre cette fin dont elle avait eu l'avide impatience, laissant maintenant à Dieu le choix de sa dernière heure, prête à mourir s'il le voulait, résignée à vivre s'il l'exigeait.

Après ce sacrifice d'un dernier désir, elle n'eut plus de désir. Une immense passivité de fatigue et d'écrasement lui donnait, pour tout, une espèce d'effrayante insensibilité. On eût dit qu'un grand calme apathique la mettait comme au delà des sensations humaines. Elle n'attendait plus rien, elle n'espérait plus rien, elle n'avait plus envie de rien, elle n'était plus touchée par rien. Parfois, elle avait dans les yeux l'absence et l'effacement d'un regard d'aveugle ; et elle tombait dans un abîme d'indifférence où le vide, les épuisements, les pertes de son être, paraissaient la faire presque un peu défaillante à la Religion même.

CVII

A l'heure de l'*Ave Maria,* l'heure du dîner de Rome, Mme Gervaisais était en train de faire avec son enfant le repas qu'elle commençait sans lumière : un coup de sonnette brutal retentit à la porte.

« Je n'y suis pour personne, vous entendez, Honorine... personne absolument... »

Mais Honorine était déjà allée ouvrir ; et presque
aussitôt entra brusquement un officier, en uniforme, à
figure bronzée, qui écrasa sa dure moustache sur la
joue maigre de Mme Gervaisais.

« C'est vous, mon frère !... vous ! à Rome ? fit
Mme Gervaisais dans un premier mouvement de surprise, qui ne semblait rien avoir d'une émotion de
sœur à la vue d'un frère.

— Oui, c'est moi... Il y avait une mission pour
notre corps d'occupation... Je trouvais le temps long à
n'avoir pas de vos nouvelles. Je me suis fait envoyer
ici... »

Et il regardait l'enfant triste, les yeux rouges et mal
séchés d'Honorine, la pièce nue, l'intérieur désolé, tout
ce qu'il y voyait et devinait de misères, de larmes
pleurées, de souffrances et de privations pâties.

Mme Gervaisais, embarrassée de ce regard qu'elle
sentait sur elle, sur les murs, sur les secrets de la
maison, dit à son frère :

« Vous dînez avec nous ? »

Le frère avait aperçu le poulet sur la table :

« N'aie pas peur, gamin, je ne mangerai pas ta
part, » dit-il en embrassant Pierre-Charles, qui, reconnaissant un ami et pressentant une protection, s'était
déjà glissé entre ses jambes, et touchait, de ses petits
doigts attirés, ce bel or glorieux d'un uniforme de
campagne, bruni au feu.

Et, se tournant vers sa sœur :

« Je dîne chez le général aujourd'hui. »

Honorine avait apporté une bougie.

« Mais je vous trouve bien changée, ma sœur.

— Non... je vous assure que je ne vais pas plus
mal...

— Je vous laisse dîner... Je n'ai voulu que vous
embrasser aujourd'hui... »

Et s'approchant de sa sœur :

« On est sûr de vous trouver demain dans l'après-midi ?

— Mon frère... cette question de votre part...

— Eh bien ! à demain... à une heure... j'ai un peu à causer avec vous... » Et il y eut dans sa voix une expression de douceur énergique.

Sur le pas de la porte : « Allons ! Honorine, dit-il à la femme de chambre qui le reconduisait, ce sera chaud... Le diable m'emporte si, dans ma vieille peau, je ne me sens pas encore petit garçon devant elle ! »

CVIII

Le lendemain, Mme Gervaisais attendait son frère avec une préoccupation inquiète.

Il arriva à une heure, et s'asseyant sur le canapé, à la place qu'elle lui fit en ramenant contre elle sa jupe étroite, il toucha le bois du dossier, et lui dit :

« C'est bien dur, cela... pour votre pauvre dos, ma sœur ?

— J'y suis faite.

— Et ce carreau sous les pieds... ces meubles... Vous aimiez tant votre joli salon de France...

— C'est vrai... Mais il y a de grands changements en moi... »

Il se fit un silence entre le frère et la sœur.

Le frère reprit :

« Vous ne voyez plus M. de Rayneval ?

— Non.

— Vous ne voyez plus M. Flamen de Gerbois ?

— On me l'a défendu.

— Vous ne voyez plus personne ?

— Plus personne.

— Votre robe est bien vieille, chère sœur...

— Elle me suffit.

— Mais où passe donc votre fortune, votre argent ? »

Et la voix du frère commença à s'animer.

« Qu'en faites-vous, dites-moi ?

— Mon argent ? »

Et Mme Gervaisais se redressa dans un mouvement de hautaine impatience.

« Vous voulez le savoir ? Eh bien !... je le donne aux prêtres... aux pauvres... » fit-elle en se reprenant.

Il y eut un second silence plus profond que le premier.

Ce fut le frère qui le rompit :

« Jeanne... autrefois vous étiez ma sœur... Vous avez été presque ma mère... Aujourd'hui que nous nous revoyons... Nous nous disions *tu*, il me semble, dans ce temps-là...

— Mais je t'assure que j'ai un grand plaisir à te revoir...

— Combien de temps sans m'écrire !... toi qui m'écrivais toutes les semaines...

— Je ne sais plus... dit la sœur en baissant la tête, il y a longtemps... Pardonne-moi... Mais ce que je t'aurais écrit... dans les idées où j'étais... j'ai craint...

— Ç'aurait été toujours quelque chose de toi, au moins !... Ah ! ton séjour d'ici !...

— Voilà... on t'a écrit de Rome... M. Flamen de Gerbois... que sais-je ? peut-être Honorine... On t'aura donné des préventions...

— Des préventions ? — Et se levant : — Des préventions ! Mais il n'y a qu'à te voir, qu'à t'entendre, pauvre chère sœur !... Voyons, est-ce que tu ne viens pas de me dire que tu as rompu avec toutes tes amitiés ? »

Et se mettant à marcher, du canapé à la fenêtre, dans une promenade qui revenait toujours sur elle, il

lui jetait par saccades, à chaque fois qu'il la retrouvait
devant lui, des phrases brisées : Mme Gervaisais,
immobile, ne répondait pas une syllabe.

« Rien que ta voix à Honorine... Ce que tu dois être
pour elle !... Ton accueil, à moi, hier !... N'être plus
attachée à rien sur la terre... Parents, famille, amis...
rien, ne plus rien aimer !... Ton fils ?... Es-tu seulement
encore mère ?... Tu devrais l'être deux fois cependant,
avec l'enfant que tu as !... Eh bien ! non ; c'est ça, ton
fils, ce petit malheureux !... Les petits pauvres qui ont
des mères ont plus de bonheur que lui !... Ton enfant ?
Mais tu ne lui donnes pas seulement de quoi manger, à
ton enfant !

— Vas-tu me dire que je le laisse mourir de faim ?

— Oui !... Mais tu n'as donc pas d'yeux pour le
voir ? Regarde-le-moi donc, sacré nom de Dieu !...
Regarde-moi ce visage... ces boutons... Car il est
galeux, ton enfant !... Il est *ladre,* ton fils !... Et de quoi ?
Je vais te le dire... de la charcuterie dont ta bonne fait,
à la cuisine, la charité à sa faim ! »

Les yeux de Mme Gervaisais s'étaient ouverts,
comme si, tout à coup, la vue des choses de la terre et
son fils rentraient dans son regard épouvanté. Elle se
précipita sur l'enfant, lui jeta deux bras de douleur
autour du cou, l'embrassa sur ses boutons, et longtemps elle le mouilla de ses larmes, l'agita de ses
sanglots.

Son frère la laissa pleurer ; puis d'une voix qui
s'éleva avec une autorité tendre et ferme, il lui dit :

« Jeanne, le climat de Rome n'est pas bon pour toi...
Les quatre années que tu viens d'y passer n'ont
apporté aucun mieux à ta santé... Dans quinze jours,
ma mission ici sera terminée... Dans quinze jours, nous
partirons. Je te ramènerai en France... tu viendras
passer avec moi l'hiver en Algérie... Demain, je te
conduirai chez une marchande de modes qui t'habil-
lera comme il convient à ma sœur d'être habillée... et

dans quelques jours tu feras, à mon bras, une visite à
tes anciens amis... qui auront tous plaisir à te
revoir... »

Mme Gervaisais l'écoutait avec l'air d'une femme
comprenant à peine. Quand il eut fini de parler, d'un
signe de main, elle lui demanda de la laisser à elle-
même.

Le frère avait repris sa marche agitée, à grands pas.
Il attendait, anxieux, ce qui allait sortir de ce cœur, de
cette tête, impatient et peureux de cette première
parole de la malheureuse, contre laquelle il ne se
sentait plus le courage de l'indignation. Et l'enfant,
ainsi qu'un enfant oublié entre le mari et la femme
dans une scène tragique de ménage, promenait, de
l'officier à sa mère, une curiosité étonnée.

Elle se trouvait au bout de ses dernières forces. Elle
se sentait incapable de porter plus loin la croix qui
l'écrasait. A la fin, elle cédait à l'affaissement de toutes
ses énergies physiques et morales. Sa vie n'en pouvait
plus. La mort avait trop tardé et ne l'avait pas prise à
son heure. Depuis un mois elle se débattait dans
l'effort et l'impuissance de vouloir. Ce qui venait de
tomber dans le lâche néant de son âme, l'arrivée
foudroyante de ce frère, de ce revenant de la famille
dans son existence, ce crime contre son fils qu'il avait
jeté à sa face de mère, ce fut comme un choc suprême,
sous lequel, brisée en dedans, s'écroula la femme
qu'avait faite Rome.

Le quart d'heure passé, relevant la tête : « Je ferai
ce que vous désirez, mon frère, dit lentement Mme Gervaisais, tout ce que vous désirez. Je ne vous demande
qu'une chose, avant mon départ... — et elle s'arrêta
un moment, — je vous demande de me laisser recevoir
la bénédiction du Pape avec mon enfant... »

Son frère la serra dans ses bras.

« A demain, Georges ! » Et d'elle-même elle l'embrassa une seconde fois.

CIX

Mme Gervaisais n'apporta ni difficulté, ni retard, ni tergiversation, ni mauvaise grâce à faire ce qu'elle avait promis à son frère. Et Honorine fut toute surprise, quand on vint essayer la robe, les effets commandés, de quelques observations de sa maîtresse qui semblaient un retour de son goût parisien.

Elle alla, conduite par son frère, chez l'ambassadeur de France, chez M. Flamen de Gerbois, chez la princesse Liverani. Elle revit ses anciennes connaissances avec l'aisance d'une personne qui les aurait quittées la veille ; elle se montra sans embarras, parla de choses du monde, fut aimable, gracieuse, et laissa à ceux qu'elle visita l'impression de retrouver, avec son charme d'autrefois, la Française sur laquelle couraient, dans la société romaine, des bruits de folie religieuse [80]. Elle envoya son fils chez le docteur Monterone : quant à reprendre le docteur pour elle, elle y montra une répugnance que son frère ne crut pas devoir combattre.

Les jours suivants, il l'emmena dans des promenades, de petites excursions, des dîners aux hôtels, tâchant de la délivrer de son passé, cherchant à la tenir toute la journée avec lui dans une légèreté de distraction. Elle s'abandonnait sans résistance à ce qu'il désirait, le remerciait d'être bon et gai comme il l'était, souriant quelquefois à son rire, laissant tomber de temps en temps une parole sérieuse ou savante sur ce qu'ils regardaient ensemble, un regret sur une ruine, une pensée de convalescente. Cependant le frère croyait apercevoir, sous ce qu'elle laissait paraître, un sourd travail pour se ressaisir, un pénible et continuel effort à se soulever d'une sorte de stupeur, d'un sommeil de fatigue, d'un accablement mortel. Il y avait surtout des moments où, après les visites qu'il lui faisait faire, le masque d'animation de la vie se détachait et glissait subitement de sa figure ; et souvent, quand il l'avait devant lui en voiture, il lui voyait des absences où elle paraissait ne plus être ni à lui ni à elle.

Singulier phénomène de cette nature de femme : tant qu'elle avait vécu sous la dure direction du Trinitaire, tant qu'elle avait été meurtrie, frappée, battue par une règle de fer, tant qu'elle avait saigné sous la pénitence, tant que son moral avait eu la flagellante excitation du sacrifice, son pauvre être, fatigué, usé, épuisé par le mal, avait pu rester debout, se porter, aller toujours ; il avait pu s'entraîner à des tâches impossibles, au-dessus de ses forces, comme le misérable animal étique et surmené, n'ayant plus que le souffle, et qu'enlève encore le coup de fouet. Maintenant, elle sentait toute puissance vitale lui manquer, la quitter, une immense faiblesse venir à son physique sans ressort ; et elle s'enfonçait dans une prostration qu'elle avait de jour en jour plus de peine à surmonter.

Pourtant la malheureuse faisait bien tout ce qu'elle pouvait pour avoir l'air vivant, presque heureux avec les siens, avec son Pierre-Charles qu'elle ne pouvait plus quitter, et qu'il lui fallait toujours là. Elle en avait besoin à son réveil, et dans ces matinées paresseuses et traînantes des malades, pendant ces courts ensommeillements qui jouissent, les yeux fermés, d'une présence aimée, elle voulait l'avoir près d'elle sur son lit, sur ses pieds. Dans la calèche, elle aimait ses mains dans les siennes, le contact de ce petit corps sur lequel elle penchait le sien, le serrant jalousement contre son flanc, dans son châle, respirant l'air de sa bouche, la vie de ses yeux maintenant sans tristesse, et où la mère voyait remonter le beau sourire intelligent du cœur de son enfant.

Son ton avait changé avec Honorine : dans la façon dont elle lui parlait, il y avait une excuse attendrie, une indirecte demande de pardon. Honorine, tout heureuse, préparait joyeusement le départ, la fuite de cette ville de malheur, ravie et transportée de l'idée de s'en aller, tourbillonnant dans les pièces, fouillant les tiroirs, pliant, rangeant, déménageant, emplissant d'avance les malles et les caisses, un peu étonnée seulement de l'espèce de froideur de sa maîtresse quand elle lui demandait des instructions pour emballer quelque chose, et qu'elle l'entendait lui répondre : « Oui, c'est vrai... Nous partons... »

CX

« Donnez !... » dit Mᵐᵉ Gerversais à Honorine.

Et elle lui prit des mains la lettre que venait d'apporter un gendarme pontifical, lut son nom au-dessous du timbre sec : *Anticamera pontificia.*

Deux ou trois palpitations lui battirent sous le sein. Elle s'arrêta : ses mains avaient l'émotion de tenir un des grands événements de sa vie. Et elle resta une minute sans oser ouvrir le solennel et officiel papier. Puis vivement, elle rompit le cachet, parcourut la lettre moitié imprimée, moitié écrite, datée de cet auguste lieu d'envoi : *Vaticano,* et la formule qui la prévenait que Sa Sainteté daignerait l'admettre à une audience, le samedi 30 avril, à cinq heures après-midi.

Elle relut la lettre, épela jusqu'à l'illisible signature du Maître de la Chambre, l'*avvertenza* en marge pour la tenue des dames et des messieurs : on aurait dit qu'elle voulait se convaincre de la réalité d'un rêve.

Elle abaissa la lettre sur ses genoux, la tenant toujours, regarda sur le canapé sa robe noire et son

voile noir tout préparés. C'était pour le lendemain !
Elle allait être reçue par le successeur de saint Pierre,
le vicaire de Jésus-Christ, le Pape, — le Pape ! — un
mot qui faisait un long écho jusqu'au fond de ses
respects. Elle ne se souvenait plus de l'humanité qu'il
lui avait paru avoir dans cette rencontre sur le chemin
des Vignes. D'avance, elle l'apercevait transfiguré :
elle s'en approcherait comme d'une image, d'un reflet,
d'une présence terrestre de Dieu. Une lumière lui
passa devant les yeux ; et un moment d'éblouissement
lui fit voir l'entrée d'une chambre rayonnante, pareille
à l'antichambre du ciel.

Toute la journée, elle voulut garder le *biglietto*
d'audience ouvert devant elle, le posséder de ce regard
errant, vague, ne discernant plus les caractères, mais
touchant encore le bonheur de ce qui était écrit sur ce
papier, qu'elle ne lisait plus. Et la nuit, elle l'attacha
avec une épingle au rideau du fond de son lit, pour
dormir avec lui.

CXI

« Je saigne, je saigne... dit le matin Mme Gervaisais à
son frère, qui venait d'entrer dans sa chambre.

— Ce n'est rien... Tu te seras écorché la gencive...

— Oh ! non... c'est du sang de là... »

Et elle porta la main à sa poitrine.

« Eh bien, il faut envoyer chercher le docteur
Monterone...

— Je ne veux plus du docteur Monterone.

— Tu as tes poudres ?

— Oui, c'est cela. Donne-moi la poudre, là... là...

— Ta nuit a été mauvaise ?

— Mauvaise ? non... Je ne me rappelle plus... Cette nuit, je ne sais pas où j'étais...

— Tu as eu une quinte à trois heures... Honorine t'a fait boire quelques gorgées d'eau qui t'ont calmée. Tu as encore toussé à cinq heures... Dans ce moment-ci, tu as la fièvre... Si tu étais raisonnable, chère sœur, tu remettrais cette audience... Nous retarderions un peu notre départ...

— L'audience ? Mon audience du Pape ? Non, non, j'irai ; il faut que j'y aille... »

Et elle se souleva un peu dans son lit, comme si elle essayait ce qui lui restait de forces.

« Je veux y aller... Il n'est pas dix heures... Veux-tu bien me laisser. Je vais tâcher de dormir... J'irai bien à trois heures... »

A trois heures précises, elle sonnait Honorine, se levait, se faisait habiller avec des pauses de repos où elle lui disait : « Attendez un peu... »

Puis après avoir trempé ses lèvres à une tasse de thé, se tournant vers son frère : « Allons ! je suis prête, partons... »

Et elle passa devant lui, se redressant dans la volonté d'aller.

Pendant le trajet, dans la voiture, elle n'eut d'autre parole que « Merci... bien... » quand il la regardait.

Sous la voûte de la colonnade de Saint-Pierre, le frère et la sœur se quittèrent. Mme Gervaisais, prenant son fils par la main, traversa la haie des hallebardiers Suisses montant la garde du Passé à la porte du Vatican ; et elle se mit à gravir, avec une hâte haletante, le vaste escalier, où elle s'arrêta un moment pour respirer, appuyée d'une main sur l'épaule de Pierre-Charles.

Elle arriva à une première salle, où étaient des gens en rouge, la tête nue.

Cette salle la mena à une autre, qui lui sembla avoir des armes de vieux Papes sur les murs, et dedans, des vivants vagues et des costumes anciens, éclairés par la trouble lumière d'une coulisse de théâtre pendant le jour.

Elle marchait vite, tenant si serrée dans sa main la main de son enfant qu'elle lui faisait mal.

Puis ce furent d'autres salles qu'elle traversa, frôlant des uniformes, des gardes, des dragons, et d'autres salles encore qui, à mesure qu'elle avançait, prenaient un aspect plus ecclésiastique, et où les allants et les venants devenaient de plus en plus des prêtres et des ombres.

Le Palais, mystérieusement peuplé, s'allongeait devant elle, infini et confus comme le chemin d'un songe, dans lequel elle allait toujours, avec un regard et un pas de somnambule.

Elle se trouva dans un salon, pareil à un salon d'officiers d'ordonnance, où un peloton de Gardes Nobles prenait les armes sur deux lignes et saluait de l'épée au passage des Cardinaux.

Là, elle donna sa lettre qu'elle vit emporter sur un plat d'argent. Et une autre salle lui apparut, une imposante salle du Trône, avec un dais de velours et un fauteuil doré, où glissaient, d'un pas silencieux, des huissiers noirs en justaucorps de soie, à manteau de velours, la fraise au cou.

Pendant qu'elle attendait là, le Grand Pénitencier de France, qui lui avait obtenu son audience, venait lui tenir quelques minutes compagnie et causait avec elle ; mais les battements de son cœur à cet instant étaient si forts qu'ils l'empêchaient d'entendre, et la faisaient répondre par des mouvements de tête, par un machinal sourire fixe.

Enfin, elle parvint à une dernière pièce, ne voyant plus rien, les yeux en arrêt sur une porte, — la porte derrière laquelle il y avait le Pape.

Subitement, un coup de sonnette la traversa, la porte battante s'ouvrit : elle se dressa sur ses pieds en

sursaut, courut presque au seuil, s'arrêta court devant
l'éclair rouge et sombre de la chambre de pourpre, leva
les bras en l'air, s'affaissa lentement sur son enfant.

L'enfant, qui l'avait prise à bras-le-corps, aperçut
un filet de sang à ses lèvres, entendit, dans son oreille
posée contre sa poitrine, la vie se vider avec le bruit
étranglé de l'eau d'une bouteille...

Il la soutenait, écrasé de son poids, ayant au-dessus
de lui le balancement de la morte dans le vide.

« M'man !... m'man !... » appela par deux fois
Pierre-Charles sur le cadavre échappé d'entre ses
petits bras, et roulé à terre.

Puis soudain, comme si, du cœur crevé de l'enfant,
jaillissait, avec l'intelligence, une parole nouvelle, sa
langue d'orphelin articula dans un grand cri déchiré :

« Ma mère ! »

Rome[81], *mars 1866. — Auteuil, décembre 1868.*

DOSSIER

BIOGRAPHIE D'EDMOND ET
JULES DE GONCOURT

1822 26 mai : naissance à Nancy d'Edmond, fils de Marc-Pierre
Huot de Concourt et d'Annette-Cécile Guérin. Le patronyme
de Goncourt vient d'une terre seigneuriale achetée par leur
bisaïeul dans les Vosges en 1736. Le grand-père des Goncourt
avait été avocat, député à la Constituante, puis juge. Le père,
Marc-Pierre, officier d'empire puis demi-solde, vivait du
revenu de ses terres. La mère, selon Robert Ricatte, était « une
fine Parisienne, apparentée aux comtes de Villedeuil et aux
Lebas de Courmont ». La fortune familiale, toute modeste
qu'elle fût, assura toujours à Edmond et Jules, puis à Edmond
seul, une indépendance financière comparable à celle de
Flaubert.

1830 17 décembre : naissance à Paris de Jules de Goncourt.

1834 Mort du père.

1844 Mort de leur tante Nephtalie de Courmont, née Lefebvre de
Béhaine.

1848 5 septembre : mort de leur mère.

1849 juillet-novembre : Edmond, en stage chez un avoué depuis
1846, et Jules, décidé à « ne rien faire » depuis qu'il a en 1848
achevé ses études secondaires au collège de Bourbon, tous
deux tentés par la peinture, parcourent à pied la Bourgogne, le
Dauphiné, la Provence et passent en Algérie d'où ils rentreront
le 7 décembre. Ils en rapportent, outre des croquis, une
description d'Alger qu'ils publient dans *L'Éclair* au début de
1852.
Hiver : ils s'installent rue Saint-Georges, dans une maison
qu'ils ne quitteront qu'en 1868. Ils peignent.

1851 5 décembre : les deux frères publient un court roman, *En
18...*, qui reçoit une critique favorable de Jules Janin, mais sans
autre conséquence.

1852 12 janvier : fondation avec leur cousin Pierre-Charles de Villedeuil de l'hebdomadaire *L'Éclair.* Les Goncourt cesseront d'y écrire le 27 avril 1853. Leur carrière de journalistes se poursuivra, par une collaboration plus épisodique à *L'Artiste,* de 1853 à 1856.

Décembre : un article des Goncourt pour *Le Paris* est poursuivi en justice pour indécence. Les deux écrivains acquittés furent néanmoins « blâmés ». Cet incident leur permettra de se comparer à Flaubert poursuivi pour *Madame Bovary* et à Baudelaire jugé pour *Les Fleurs du Mal.* Ils se lient au *Paris* d'une amitié durable avec le dessinateur Gavarni, plus âgé qu'eux, et qui les initie au réalisme social.

1852-1854 Ils fréquentent la bohème littéraire dans ses cafés, et le monde du théâtre dans ses coulisses.

1854 Ils publient une plaquette, *La Révolution dans les mœurs,* opposant la famille bourgeoise du XIXᵉ siècle à la famille de style aristocratique du XVIIIᵉ, bientôt suivie de l'*Histoire de la société française pendant la Révolution,* qui inaugure une série de travaux historiques et anecdotiques sur le XVIIIᵉ siècle, jusqu'en 1862.

1855 8 novembre-1856, 6 mai : voyage en Italie, d'où ils rapportent un carnet de dessins, d'aquarelles et de morceaux descriptifs (actuellement au Cabinet des dessins du musée du Louvre).

1860 Publication chez Dentu de leur premier grand roman, *Charles Demailly,* sous son premier titre : *Les Hommes de lettres.* Cette satire des milieux journalistiques leur attire les représailles de la presse.

1861 Juillet : publication chez Bourdillat de *Sœur Philomène,* d'abord paru en feuilleton.

1862 16 août : mort de leur servante Rose Malingre. Philippe de Chennevières les introduit chez la princesse Mathilde, rue de Courcelles. Ils deviennent des habitués tant de son salon parisien que de sa luxueuse demeure de campagne, à Saint-Gratien.

22 novembre : inauguration des dîners qui désormais deux fois par mois, un lundi, réuniront chez le restaurateur Magny, rue Contrescarpe-Dauphine, aujourd'hui rue Mazet, toute une pléiade d'écrivains, médecins, savants : Gautier, Flaubert, Taine et Renan y participent à partir de 1863, Berthelot y est amené par Renan en 1864. Sainte-Beuve et les Goncourt y sont de fondation.

1864 Mars : publication chez Dubuisson de *Renée Mauperin,* d'abord publié en feuilleton, comme *Sœur Philomène,* dans *L'Opinion nationale.*

1865 Janvier : publication chez Charpentier de *Germinie Lacerteux*, avec une préface — manifeste littéraire.
5 décembre : échec de leur pièce de théâtre, *Henriette Maréchal*, à la Comédie-Française. Une cabale empêche la représentation, accusant les auteurs d'avoir fait recevoir leur pièce par protection de la princesse Mathilde. La pièce est interdite. Les deux frères en sont très affectés.

1866 24 novembre : mort de leur ami Gavarni.

1867 6 avril-17 mai : séjour à Rome.
Octobre : achèvement de *Blanche de Rochedragon*, pièce de théâtre sur la Révolution refusée par la Comédie-Française.
Novembre : publication chez Lacroix-Verboeckhoven de *Manette Salomon*, d'abord publié en feuilleton dans *Le Temps*.

1868 Septembre : les deux frères déménagent et s'installent à Auteuil, boulevard Montmorency.

1869 Février : publication chez Lacroix-Verboeckhoven de *Madame Gervaisais* (le seul roman, avec *Germinie Lacerteux*, à n'avoir pas été d'abord publié en feuilleton).

1870 19 janvier : Jules cesse de tenir leur commun *Journal*.
20 juin : mort de Jules de Goncourt.

1877 Publication chez Charpentier de *La Fille Élisa*, achevé par Edmond d'après les notes communes à son frère et à lui.

1879 Publication chez Charpentier des *Frères Zemganno*, première œuvre du seul Edmond.

1882 Publication chez Charpentier de *La Faustin*.

1884 Publication chez Charpentier de *Chérie*.

1887 Publication du premier tome du *Journal*, édulcoré par Edmond, d'abord en feuilleton, puis en volume chez Charpentier et Fasquelle. Neuf volumes paraîtront jusqu'en 1896. Le *Journal* d'Edmond, qui se poursuit pendant ce temps, devient très souvent un commentaire au *Journal* antérieur et aux réactions qu'il suscite.

1888 18 décembre : première à l'Odéon de *Germinie Lacerteux*, pièce en dix tableaux, publiée en même temps en volume chez Charpentier.

1890 26 décembre : première au Théâtre libre de *La Fille Élisa*, pièce en trois actes tirée du roman par Jean Ajalbert, publiée en 1891 chez Charpentier.

1896 15 juillet : mort d'Edmond de Goncourt à Champrosay, dans la propriété de ses meilleurs amis, les Alphonse Daudet. Le testament instituant une société littéraire Goncourt est attaqué par la famille. Raymond Poincaré est l'avocat des exécuteurs testamentaires.

1900 1er avril : première séance de l'Académie Goncourt, dont les
    premiers membres sont J.-K. Huysmans, Octave Mirbeau,
    Rosny jeune et Rosny aîné, Léon Hennique, Paul Margueritte,
    et Gustave Geffroy. Ils cooptent aussitôt Léon Daudet, Élémir
    Bourges et Lucien Descaves.

BIBLIOGRAPHIE

I. SOURCES MANUSCRITES

1. Carnet de voyage des frères Goncourt en Italie (Cabinet des dessins du Louvre, F 3987).
2. Carnet préparatoire à *Madame Gervaisais* (collection particulière).

II. ÉDITIONS

1. *Madame Gervaisais,* Paris, Librairie Internationale A. Lacroix-Verboeckhoven, 1869, in-8°.
2. *Madame Gervaisais,* Paris, Charpentier, 1876, in-12.
3. *Madame Gervaisais,* éd. illustrée (deux dessins de F. Desmoulins, gravés à l'eau-forte par H. Manesse), Paris, Charpentier, 1885, petit in-32.
4. *Madame Gervaisais,* Paris, Alphonse Lemerre, 1892, in-12.
5. *Madame Gervaisais,* postface de Gustave Geffroy, Paris, Flammarion et Fasquelle, 1923, in-18.

III. LE JOURNAL

Edmond et Jules de Goncourt, *Journal, Mémoires de la vie littéraire, 1851-1896,* avant-propos de l'Académie Goncourt, texte intégral établi et annoté par Robert Ricatte, Paris, Fasquelle-Flammarion, 1956, 4 t.

IV. OUVRAGES A CONSULTER

1. Robert Ricatte, *La Création romanesque chez les Goncourt (1851-1870),* Paris, Armand Colin, 1953 (avec bibliographie à jour pour cette date).

2. P. Quenel, « The Goncourts : l'égoïsme dans la fraternité », *London Magazine,* 3, 1, 1956, p. 65-71.

3. André Billy, *Vie des frères Goncourt,* Monaco, Éd. Imprimerie Nationale, 1956.

4. Enzo Caramaschi, « Flaubert visto dai fratelli Goncourt », *Studi in onore di Italo Siciliano,* Florence, 1960, p. 155-212.

5. Jacques Dubois, *La Tendance impressionniste dans le roman français du XIXᵉ siècle (Les Goncourt, Vallès, Daudet, Loti),* thèse, Liège, 1960-1961.

6. Jacques Dubois, « *Madame Gervaisais* et *La Conquête de Plassans :* deux destinées parallèles, deux comportements qui s'opposent », *Les Cahiers naturalistes,* 24-25, 1963, p. 83-89.

7. Enzo Caramaschi, « A propos de la bataille réaliste et de l'impressionnisme des Goncourt », *Annali di Cà Foscari,* 7, 2, 1968, p. 1-70.

8. Marcel Sauvage, *Jules et Edmond de Goncourt précurseurs,* Paris, Mercure de France, 1970.

9. Florica Dulmet, « Goncourt le misogyne », *Revue de Paris,* 77, 2 février 1970, p. 69-79.

10. Robert Baldick, *The Goncourts,* Londres, Bowes, 1970.

11. Jean Milly, « Le pastiche Goncourt dans *Le Temps retrouvé* », *Revue d'Histoire littéraire de la France,* 1971, p. 815-835.

12. Brent Steven Tracy, « The servant as chief protagonist in three novels of the period 1850 to 1870 : *Germinie Lacerteux, Un cœur simple, Geneviève, histoire d'une servante* [de Lamartine] », *Dissertation Abstracts,* XXXII, 1971-1972, 6413 A, thèse, Pennsylvania State University, 71.

13. W.-D. Howarth et Ch.-L. Walton, « *Madame Gervaisais,* explication de texte », *Explications,* Londres, 1971, p. 191-201.

14. R. Grant, *The Goncourt brothers,* New York, Twayne series, 1972.

15. Lazare Prajs, *La Fallacité dans l'œuvre romanesque des frères Goncourt,* Paris, Nizet, 1974.

16. J. S. Wood, « Die Goncourt und der Realismus, 1860-1870 », *Der Roman im 19 Jahrhundert,* Darmstadt, 1976, p. 359-383.

17. Bascelli, « Flaubert and the brothers Goncourt », *Nineteenth Century French Studies,* V, 1976-1977, p. 277-295.

18. Ann J. Duncan, « Self and others, patterns of neurosis and conflict in *Germinie Lacerteux* », *Forum for modern languages studies,* XIII, 1977, p. 204-218.

19. Fabrice Teulon, « La politique des Goncourt », *Cadmos,* II, 6, été 1979, p. 117-124.

EXTRAITS DU CARNET PRÉPARATOIRE
A *MADAME GERVAISAIS*

I. Notes sur saint Augustin (f° 15 v°, reproduit ci-après. Voir aussi f°
12 v°, 13 r° et v°).

Inventeur du mot : péché originel.

Et en cherchant à concilier les idées philosophiques et le
christianisme, alla jusqu'à donner de la Trinité une explication
fondée sur les systèmes de la philosophie antique.

Pour la France de la Révolution : son meilleur ami Alipe, s'étant
laissé entraîner aux jeux du Cirque, il ouvrit les yeux, et à l'instant il
fut frappé d'une plus grande plaie de l'âme que le Gladiateur ne
l'avait été dans le corps. Il tomba plus malheureusement que lui, qui
par sa chute avait excité cette clameur !... Il n'eut pas plus tôt vu
couler ce sang qu'il devint cruel et sanguinaire, il ne détourna plus
les yeux de ce spectacle, mais il s'y arrêta au contraire avec ardeur.
Cette barbarie pénétra jusqu'au fond de son âme et se saisit d'elle
sans qu'il s'en aperçût. Il goûta cette fureur avec avidité, comme un
breuvage délicieux, et il se trouva en un moment tout transporté et
comme enivré d'un plaisir si sanglant et si inhumain.

Déjà dans les Confessions de saint Augustin, l'homme, le père, ne
croyant pas, la mère, la femme, initiatrice et convertisseuse.

Chapitres XIII et XVI. Contre les auteurs profanes : violent et
curieux.

« Je vous aime, ô mon Dieu, et j'aime l'amour que j'ai pour
vous. »

A seize ans, débauches : « Je ne demeurais pas dans les bornes de
l'amitié chaste et lumineuse où les seuls esprits s'entraiment d'une
manière spirituelle ».

« Le limon de ma chair, les bouillons de ma jeunesse. » (De la
main de Jules.)

Saint Augustin.

Inventeur du mot : péché originel.

Et en cherchant à concilier les idées philosophiques et le Christianisme, il a jusqu'à donner de la Trinité une explication fondée sur les ... de la philosophie antique.

pour la Trame de la Révolution : son milieu ami Alipe, s'étant laissé entraîner aux jeux du Cirque : il ouvrit les yeux, et à l'instant il fut frappé d'une plus grande plaie dans l'âme que le Gladiateur ne l'avait été dans le corps. Il tomba plus malheureusement que celui qui par sa chute avait causé cette clameur ! ... Il n'eut pas plus tôt vu couler ce sang qu'il devint cruel et sanguinaire ; il ne détourna plus ses yeux du spectacle, mais il s'y arrêta au contraire avec ardeur. Cette barbarie pénétra jusqu'au fond de son âme, et se saisit d'elle sans qu'il s'en aperçut. Il goûta cette fureur avec avidité, comme un breuvage délicieux, et il se forma en un moment tout transporté, et comme enivré d'un plaisir si sanglant et si inhumain.

Déjà dans les Confessions de St Augustin, l'homme le pire ne voyant pas : la mère, la femme, initiatrice et convertisseuse.

Chapitre XIII. et XVI. contre les auteurs profanes. violent et curieux.

Je vous aime, ô mon dieu : si j'aime l'amour que j'ai pour vous.

à Nb. au déb[ut] du ... je ne demeurais pas dans les bornes de l'amitié chaste et lumineuse où les seuls esprits s'aimaient d'une manière spirituelle. le limon de ma chair, les bouillons de ma jeunesse

II. Notes sur le philosophe écossais Thomas Reid, traduit et préfacé par Théodore Jouffroy (Paris, Victor Masson, 1836, t. I). Ces notes résument ou citent la longue préface de Jouffroy, éd. cit. p. I à CCXIX. Elles figurent dans le carnet du f° 21 r° au f° 24 r°. Nous renvoyons entre crochets aux pages correspondantes de l'édition de 1835. Les passages en italique sont ajoutés par nous, d'après le texte de Jouffroy, pour éclairer le résumé des Goncourt.

L'idée d'une philosophie... celle du beau, du vrai, du bien.

L'esprit humain a l'idée obscure et confuse d'une vaste science à laquelle il a donné le nom de philosophie [III], le véritable objet d'une science ainsi que la méthode, non déterminée. Il en est de même de son criterium de certitude. La philosophie, point une science organisée. Et chaque philosophe recommence les recherches de ses devanciers [IV].

Toute grande philosophie doit donc avoir la prétention d'être réformatrice, de substituer aux idées fausses qu'on s'en était formées une idée nouvelle et vraie, et par cette idée organisant et constituant la trame (?) [VII]. Les philosophies anciennes n'ont pas eu cette idée, voyons les philosophies contemporaines. Une qui semble contenir la réforme si longtemps attendue de la science philosophique, qui fut accueillie par les savants qui s'occupent de sciences physiques et mathématiques par la grande fortune faite dans nos écoles. Si cette philosophie n'a pas résolu le problème, elle a mis plus qu'aucune autre sur le chemin de la solution. Montrer en quoi elle est imparfaite, en quoi cependant elle touche au vrai et y conduit, tel est l'objet que je me suis proposé.

Reid dit : quelle que puisse être la variété des êtres [X] contenus dans ce vaste univers, nous n'en connaissons que deux [*espèces*], les esprits et les corps. La science [*se divise donc en*] deux grandes branches, l'étude des corps [*et*] l'étude des esprits.

Il faut admettre la matière et l'esprit deux réalités distinctes.

Le nombre des réalités matérielles distinctes est grand et la science des corps forme un grand nombre de sciences particulières [XI].

Les esprits, autre chose. L'intelligence divine, celle de nos semblables, celle des bêtes.

Qu'une seule que nous puissions atteindre [XII], la nôtre. Mais celle des autres hommes étant identique, de même nature, en sorte que l'étude de notre intelligence est l'étude de l'esprit humain.

L'intelligence divine et celle des bêtes inaccessibles ; ne pouvant les atteindre que par le raisonnement, en sorte que cette branche de la connaissance humaine qui a pour objet les esprits vient se résoudre dans la philosophie ou la science de l'Esprit humain.

La science de l'Esprit, une situation bien différente de la science

Je en est de même de son critérium de certitude
la philosophie pour une science organisée —
et chaque philosophie recommence les recherches
de ses devanciers.

Toute grande philosophie doit-donc avoir la
prétention d'être réformatrice, de substituer
aux idées fausses qu'on s'en était formées
une idée nouvelle et vraie et par elle
idée organisant et constituant la branche
des philosophie ancienne n'ont pas eu cette
idée, voyons les philosophes contem-
porains, à une qui semble contenir la
réforme de longtemps attendue de la
science philosophique qui fut accueillie
par les savants qui s'occupent des sciences
physiques et mathématiques par
la grand sordium said d'huit mot seule

Si cette philosophie n'a pas résolu
le problème, elle a mis plus qu'aucun
autre sur le chemin de la solution
montrer en quoi elle est imparfaite
en quoi cependant elle touche au
vrai et y conduit, de but l'objet
que je me suis proposé

des corps [XIII]. Les sciences physiques, notions acquises, tandis que dans la philosophie tout se discute, et regarde comme des imaginations l'opinion de notre existence, de notre identité personnelle [XIV].

L'Antiquité : par l'analogie et l'hypothèse. Bacon : les vices de la méthode analogique et hypothétique [XV]. Cela a été entendu pour les sciences physiques. Et quoique Descartes et Locke l'aient repoussée, cette méthode, ils ne s'y sont pas astreints [*dans la pratique... pour reprendre le chemin plus facile et plus court de l'hypothèse et des systèmes*] [XVI]. Et c'est là selon les Écossais la première cause de l'état présent de la science.

[*Les philosophes n'ont pas reconnu les bornes posées par la nature à l'intelligence humaine dans la science de l'esprit comme dans celle de la matière.*] La science de toute réalité s'arrête aux phénomènes et à l'attribut, n'embrasse ni la cause, ni la substance [XVII]. C'était nécessaire pour l'Esprit. [*Or ce qui est vrai de la matière l'est aussi de l'esprit*] aussi insaisissable que la matière. Tout ce que nous savons de lui, c'est qu'il a certains attributs et qu'il est le théâtre de certains phénomènes.

L'admission aussi de vérités premières, croyances du sens commun, lois constitutives de l'intelligence [XIX] [*distinctes des vérités qui se démontrent. Cette distinction si importante, toutes les sciences l'ont faite. La science seule de l'esprit a fait exception*].

La réforme écossaise. 3 clefs [XXI] :

1° d'avoir ramené l'étude de l'esprit humain à celle des attributs et des phénomènes de l'esprit, la seule partie observable et par conséquent connaissable de la réalité spirituelle [*et d'avoir ainsi fixé l'objet de la science*];

2° d'avoir réduit les moyens de connaître les phénomènes de l'esprit à l'observation et à l'induction, et d'avoir ainsi fixé la méthode de la science et son criterium;

3° d'avoir démêlé de l'objet même de cette science les vérités antérieures [*qu'elle présuppose comme toute autre...*].

L'instrument au moyen duquel nous connaissons est l'intelligence humaine [XXII-XXIII].

La conduite de l'homme, et la morale et la politique le règlement de cette conduite sous les rapports de la vie sociale et privée [XXV].

L'observation des phénomènes de l'Esprit est-elle possible ? Oui. L'Esprit [un mot rayé] l'application de l'intelligence traduite par les mots de conscience et de réflexion [*Oui, cette observation est possible, car nous sommes incessamment informés des phénomènes de l'esprit; et cette observation involontaire, parallèle à celle que nous faisons sur les corps qui nous entourent par cela seul que nos sens sont ouverts, peut comme elle devenir volontaire; car nous pouvons attacher notre attention aux faits qui se passent en nous comme à ceux qui se passent au dehors. Toute la différence entre ces deux observations, c'est que notre esprit va de lui à ce qui*] *n'est pas lui dans la seconde, tandis que dans la première, il va de lui à lui, c'est-à-dire se replie sur lui-même, et c'est ce mode spécial d'application de l'intelligence qu'expriment les mots de conscience et de réflexion par lesquels nous les désignons*] [XXVI-XXVII].

Observation intérieure, reployer l'esprit sur le dedans [XXVIII-XXIX]. Il dit que c'est par la conscience que nous atteignons les phénomènes spirituels [XXX-XXXIII]. Leur mérite [*celui des Écossais Stewart et Reid*], c'est la science de l'Esprit, la psycologie [*sic*] [XXXIV]. Quelles sont les facultés de l'âme, comment agissent-elles, et de quelle manière la volonté se résout-elle, de quelle manière l'intelligence acquiert-elle la connaissance, comment sentons-nous et quelles sont nos différentes sensations [1].

Leur grand mérite, dit Jouffroy, c'est dans l'ordre des sciences philosophiques d'avoir séparé l'étude des faits des questions dont la solution doit sortir de cette étude [LXXXII].

Ce qui reste quand on les a lus (les Écossais), ce qui a saisi l'Esprit, ce qui le préoccupe et le possède, c'est l'idée qu'il y a une science de l'Esprit humain, science qui doit procéder par l'induction et l'observation et qui comme elle [*sic*] doit conduire à la connaissance vraie d'une certaine partie des œuvres de Dieu, de la partie intellectuelle [CCVIII]. Voilà la pensée qu'ils laissent et que ne laissent ni Descartes ni Locke [2].

Quel objet se propose la science que les uns appellent ontologie et les autres métaphysique ? [XCII].

Le monde et les choses ne se montrent à nous que par la surface, la partie phénoménale. La surface des choses, les phénomènes : le lot de l'observation. Sous cette surface elle [*l'intelligence humaine*] conçoit un fond, derrière les phénomènes, des causes, des substances, qui pour être invisibles à l'observation ne lui paraissent pas moins exister ; et ces substances, elle les place, et ces causes elle les fait agir dans un espace et dans une durée également invisibles [*à l'observation*] et cause, substance, durée, espace doivent être rattachés à une réalité supérieure et unique source de toute existence [*qui est Dieu*] [XCII-XCIII] [3].

La morale et la métaphysique de Reid sont les deux côtés d'une même pensée, celle de la puissance et de l'excellence de la nature humaine. C'est ce qui le sépare de l'École de Locke qui a pour principe la table rase [CXXVIII], donnant la main au philosophe

---

1. Cette définition de la psychologie n'est pas dans le texte de Jouffroy. C'est un *excursus* d'Edmond de Goncourt.
2. Résumé extrêmement approximatif de l'analyse critique par Jouffroy de la philosophie écossaise, p. LXXII à LXXXVII, et de sa conclusion p. CXCXIX-CCXIX.
3. Ici Jouffroy se livre à une critique serrée de l'empirisme matérialiste et athée sur laquelle passe Edmond.

de Koenigsberg, Kant, qui s'est proposé d'établir en morale et en métaphysique des lois spéculatives et pratiques qui reposent sur la constitution même de la raison humaine [CIV-CL] [4]. (De la main d'Edmond.)

III. Extraits de la *Vie de S.A.S. la princesse Louise-Adélaïde de Bourbon-Condé*, Paris, 1843 (f° 49 r° et v°. Voir aussi f° 10).

J'ai résisté longtemps, mais il m'a appelé d'une voix forte, semblable à celle qui fit sortir Lazare du tombeau.

Une vue claire et distincte de tous mes tares [*sic*]. Mon cœur n'était plus qu'une vaste mer d'amertume.

Se tenir devant le Seigneur dans un état de grande sensibilité intérieure.

Les pratiques extérieures — La réparation, office d'une religieuse, du matin jusqu'à vêpres, d'être victime réparatrice à la gloire de Jésus — ne pas quitter le chœur ni le Saint Sacrement, s'y tenir. Sa fonction est de s'y tenir humiliée et anéantie et comme chargée, ainsi que la victime émissaire de l'ancienne loi, de toutes les iniquités du peuple qu'elle est obligée d'expier et de réparer devant Dieu. A la fin de l'office qui précède la messe, elle vient se mettre à genoux au milieu du chœur près d'une espèce de grand chandelier sur lequel est posée une torche de cire blanche ; là, elle se met une corde au cou par-dessus son voile et s'expose ainsi devant Dieu, s'offrant en sacrifice pour l'Expiation et la réparation des outrages faits à la divine majesté dans la personne adorable de Jésus-Christ, se soumettant intérieurement à toute la vengeance qu'en voudra tirer sa justice. Au moment de la communion elle ôte la corde — qu'elle remet. (De la main d'Edmond.)

Outre ces passages retenus dans le manuscrit des Goncourt, citons deux autres extraits de cet ouvrage qui n'ont pas dû manquer de frapper les auteurs de Madame Gervaisais :

Je sens, dit-elle, en rendant compte de ses oraisons, un besoin autre que celui des souffrances ; je prononce ce mot de *souffrances* avec indifférence, insouciance ; mais celui d'*humiliations* se présente à moi avec une sorte de charme inconcevable, et involontairement je me hâtais d'achever ma demande des *souffrances* pour y faire

---

4. Les deux passages qui suivent au f° 24 v° ne sont pas extraits de Jouffroy, mais peut-être de Victor Cousin. Ils sont relatifs l'un au sensualisme et l'autre à son adversaire Kant, dont la philosophie est sommairement résumée, comme dans *Madame Gervaisais*, par la « loi du devoir ».

succéder celle des *humiliations*. Il y a eu un instant où je me suis arrêtée, trouvant quelque obscurité dans cette distinction, et cette préférence de mon cœur ; mais il m'a semblé être éclairée subitement, en voyant, en sentant plutôt que, ne produisant rien de bon par moi-même, j'éprouvais en ce genre les seules impressions de Jésus-Christ, qui venait reposer dans mon cœur, non avec sa croix et ses douleurs, mais avec un charme inexprimable, opération par laquelle il daignait mettre sa divine majesté dans le plus profond abaissement : donc Jésus, humble, anéanti, repose sur mon cœur, et non Jésus souffrant. Voilà pourquoi mon cœur sent, en ces moments, l'amour des humiliations, et reste comme insensible à l'idée des souffrances, etc. J'ai senti, étant en la présence de Dieu, le renouvellement du désir d'être méprisée par les personnes que j'estime. Ce qui l'excitait ce désir, c'était que, plus elles reconnaîtront mon extrême misère et indignité, plus elles sentiront l'infinie miséricorde de mon Dieu, etc. (t. I, p. 277-278).

Comme je répétais à Jésus-Christ que je n'étais pas digne de communier, il m'a arrêtée en disant : « Que c'était si positif, qu'il n'était pas besoin de tant appuyer là-dessus. » Surprise, j'ai demandé ce qu'il voulait que je fisse ? Il m'a dit : « Jetez-vous à mes pieds, abîmée dans votre néant, ou dans mes bras, abîmée dans votre amour. » Mon émotion était au-dessus de toute expression.

Après la sainte Communion, j'ai entendu Jésus-Christ me dire ces paroles : « Mes brebis connaissent ma voix, elles m'aiment et me suivent... » J'ai fondu en larmes, j'ai dit que je voulais aimer et suivre, etc.

A la Messe, à la communion, j'ai éprouvé des mouvements d'union à Jésus-Christ qui ne peuvent guère s'exprimer. J'ai encore entendu de nouvelles recommandations d'y descendre souvent, et que j'y trouverais Jésus-Christ pour tous mes besoins, pour mon secours, pour tout (t. I, p. 344).

Occupée en la présence de Dieu de sa grande miséricorde pour les pécheurs, j'ai éprouvé du trouble en pensant que l'Évangile ne nous présente pas de pécheurs malades, absous, guéris après des rechutes. Faisant à ce sujet un retour inquiétant sur moi-même, j'ai entendu aussitôt au fond de mon cœur : « Ma fille, ayez confiance, souvenez-vous de la parabole du Samaritain : la charité qu'il a exercée n'a pas eu un effet subit... J'ai passé près de vous, j'ai été touché de l'état où je vous voyais, j'ai versé sur vos plaies du vin et de l'huile, je les ai bandées, je vous ai remise entre des mains sûres ; en ouvrant mes trésors, j'en ai donné une portion pour être employée à votre guérison, en ajoutant que si cela ne suffisait pas (parce que je prévoyais qu'elle serait lente), je redoublerais mes libéralités. Que cet exemple vous ranime, et ne vous effrayez pas des autres, puisque je ne vous ai pas dit, comme au paralytique, emportez votre lit, et marchez. » Ma confiance, en effet, s'est ranimée... Revenant après la sainte Communion sur ces paroles, *immolez-vous entièrement*, je sentais fortement et me disais que je le voulais de tout mon cœur, et j'ai ajouté : Mais en ce moment, qu'exigez-vous de moi ? Il m'a semblé que Jésus-Christ me répondait : « En toute chose vous oublier et songer à moi. Vous m'avez si longtemps oublié, tandis que je n'ai pas cessé de songer à vous ! » Ces paroles m'ont déchiré le cœur, etc.

Ne cessant point de demander à Dieu ce que je devais faire pour parvenir au bonheur de m'immoler entièrement, Jésus-Christ a daigné me répondre : « Qu'en attendant ses moments je ne devais perdre aucun de ceux qu'il laissait à ma disposition ; qu'à chaque action quelle qu'elle fût, je devais, avant de la commencer, lui demander de quelle manière il voulait que je la fisse ; qu'il me le dirait ou me le ferait connaître par ma propre conscience ; qu'ensuite je devais implorer son secours pour m'aider à la faire selon ses vues ; que cette direction d'intention demandait peu de temps, une élévation de cœur, a-t-il ajouté, en ces quatre mots : *Que voulez-vous que je fasse ?* suivis de ceux-ci : *O Dieu, venez à mon aide ! voilà tout ce que j'exige de vous...*, etc. » (t. I, p. 346-347).

JUGEMENTS SUR *MADAME GERVAISAIS*

I. SAINTE-BEUVE

Dans un article publié dans le Mercure de France *du 1ᵉʳ mars 1951 (p. 438-464) sous le titre « En marge du* Journal des Goncourt, 1857-1869 : les relations d'Edmond et Jules de Goncourt avec Sainte-Beuve »*, Jean Bonnerot met en œuvre des lettres et brouillons inédits du grand critique relatifs à Madame Gervaisais.* **Nous donnons ici le passage de l'article concernant le roman des Goncourt, puis le passage du** Journal **où ceux-ci rapportent leurs conversations avec Sainte-Beuve, déjà très malade, et décidé au fond à ne pas publier de critique sur le roman, en dépit des sollicitations très vives des deux frères.**

Cependant ils lui adressent, à la fin de mars, leur roman *Madame Gervaisais,* et le critique, qui les reçoit chez lui le 22 mars, promet d'en rendre compte et leur demande même de répondre à ses objections. D'accord. Mais, venant faire visite à la Princesse, ils parlent de cet article futur et ajoutent que « ce sera un éreintement ». Le propos est rapporté par un témoin à Sainte-Beuve, qui s'étonne que l'on pût appeler éreintement un article avant qu'il eût paru. Il remit dans un dossier les notes qu'il commençait à prendre et ne parla plus de l'article. Le bruit s'en répandit et les Goncourt demandèrent quelques explications.

9 avril 1869.

Cher maître et ami,

Il nous a été dit hier que vous aviez renoncé à faire dans le *Temps* sur notre roman les articles que vous nous aviez courtoisement offerts, et dont la sévérité, avec l'invitation de votre part à une réponse, eût été pour nous une marque d'estime. On a ajouté que vous auriez dit à ce propos que c'est par notre faute que ces articles ne paraîtraient pas.

Par notre faute ! Nous n'y comprenons rien. C'est sur cela, cher maître et ami, que nous venons vous demander une réponse qui nous importe, une explication qui ne nous laisse pas plus longtemps dans une fausse position vis-à-vis de vous et du public.

Nous sommes, dans l'attente d'un petit mot, toujours vos bien dévoués.

Edmond et Jules de Goncourt.

Sainte-Beuve répondit le même jour pour mettre fin à ces « potins » et commentaires qui avaient tout envenimé ; mais incapable d'écrire lui-même (très peu de lettres sont de sa main à cette époque) il dicta la réponse à Troubat et c'est là l'explication de la formule de politesse « Chers Messieurs » au lieu du « Chers Amis » habituel. Edmond de Goncourt en publia le texte, en note, dans l'édition de la Correspondance de son frère Jules, avec ce commentaire : « Incontestablement, *Madame Gervaisais* ne plaisait pas à Sainte-Beuve... »

Ce 9 avril 1869.

Chers Messieurs,

Il m'a semblé, après toute réflexion, que je m'embarquerais dans une opération difficile et presque impossible : développer, au milieu de beaucoup d'éloges de détail, des objections sur le procédé et sur l'ensemble et le faire non seulement sans blesser les auteurs, mais encore en échappant aux commentaires plus ou moins bienveillants et certainement très éveillés de leurs entours.

J'ai été amené à cette réflexion et de moi-même et aussi, je vous l'avouerai, par quelques-uns de ces échos qui n'ont rien du tout de grave en soi, mais qui avertissent du péril.

Comme mon intention et l'esprit dans lequel je comptais faire ces articles étaient très nets et qu'ils eussent été les mêmes il y a six mois qu'aujourd'hui, je supporterais mal qu'il en pût rien être attribué à la variation de température des milieux, comme dit notre ami Taine.

Il n'y a sans doute de la faute de personne en tout ceci, mais une fois le doute éveillé, le plus sûr pour moi est de m'abstenir.

D'ailleurs la très incertaine et très faible utilité dont auraient pu être ces articles est produite déjà en ce sens que vous les ayant esquissés à l'avance, vous pouvez parfaitement juger si quelque chose vous en semble juste ou si tout en est vain. Le reste avec les ornements ne serait que pour la galerie.

Tout à vous.

Sainte-Beuve.

Si Sainte-Beuve n'a jamais dicté à Troubat l'article qu'il avait promis sur *Madame Gervaisais*, il en a du moins esquissé les grandes lignes : et, dans les quarante-huit petites feuilles de papier [1] où il a, selon son habitude, griffonné au crayon des remarques et impressions de lecture, on peut suivre sa pensée et surprendre, d'un coup d'œil indiscret, sa méthode de travail.

Ce sont d'abord de brefs commentaires jetés, au fur et à mesure qu'il lisait, à la façon de signets.

Ils décrivent les choses romaines dans un style qui n'est pas romain — une suite d'études en serre chaude — ‖ Savez-vous au fond ce que c'est : c'est du jeune Anacharsis en délire — ‖ Le but c'est la description. Les sentiments de Mme Gervaisais ne sont que des accidents et des moyens — Invasion de la peinture dans la littérature et invasion de la médecine dans

---

1. Manuscrit à la collection Lovenjoul.

le roman. *Salammbô, Germinie Lacerteux :* hystérie remontée. || A eux deux ils forment un carré d'infanterie contre lequel il n'y a pas de prise... ||

Ailleurs Sainte-Beuve a relevé, au gré des pages [2], les expressions et images qui l'ont choqué.

P. 140 *(104)* majesté porcine... gâtisme de la toute-puissance. Très mauvais passage.

P. 143-144 *(106-107)* Via Appia ou Chaussée Clignancourt. C'est toujours le même procédé.

P. 144 *(107)* neutre alteinte ; à ce degré-là, c'est une erreur.

P. 145 *(108)* jaune d'un rose thé.

P. 146 *(109)* s'y tuyaute.

P. 156 *(116)* allumette de papier rose. C'est puéril.

P. 167 *(124)* Ils peignent Rome comme ils ont peint Fragonard.

Le Transtévère. Ils ont besoin de décrire ce quartier. Ils l'y font passer en faisant jouer la machine morale et en s'y forçant.

Description du Transtévère. Il y a trop de choses. Par chaque grand trait qui se détache et qui s'y grave. C'est toujours la méthode du bric-à-brac. L'esprit n'emporte que de la confusion.

P. 186 *(137)* C'est du rococo romain. Comparez cela à la campagne romaine de Chateaubriand. Le goût se révolte.

P. 302 *(221)* Patience insupportable. C'est vrai.

P. 316 *(230)* Tout ça est fabriqué comme Graindorge.

C'est une torture morale qu'ils font subir à cette femme et par contre-coup au lecteur.

L'attaque de nerfs d'Honorine. C'est insensé, c'est atroce, c'est absurde.

P. 318 *(232)* bric-à-brac. La chose y était, mais le mot leur échappe.

P. 319 *(233)* Empereur de la souffrance. C'est fait avec de la logique plutôt qu'avec de l'observation.

P. 321 *(234)* Saint Jérôme. Ils ont vu la nature par les paysages peints et les personnages vivants par les tableaux. On sent que c'est par les tableaux qu'ils ont commencé. C'est là leur première nature.

P 322 *(235)* C'est un cas d'extase pure et d'hystérie mystique. Un médecin ferait beaucoup mieux et nous donnerait au moins des cas authentiques.

P. 323 *(235)* Il semble que la peinture des personnes sainement passionnées étant épuisée il n'y ait plus qu'à faire la monographie des forcenés et des maniaques. O Richardson, roi des romanciers, familier et touchant, et raisonnable, que vous êtes loin. Ce ne sont que cas singuliers, médicaux, physiologiques, de même qu'il y a invasion et débordement de la peinture dans la littérature, il y a envahissement de la peinture morale par la description scientifique et posologique. Tous les domaines sont confondus. C'est on peut le dire une question de mesure encore plus que de principes. Mais évidemment la mesure est dépassée. J'en appelle aux nerfs de tout lecteur.

2. La pagination entre parenthèses renvoie à l'édition citée par Jean Bonnerot, celle des *Œuvres complètes* publiées par Flammarion et Fasquelle en 1923 avec une postface de Gustave Geffroy. J'aurais voulu donner ici la pagination de la présente édition s'il m'avait été possible de consulter à la Bibliothèque Nationale l'édition Geffroy. Ma fiche de consultation m'a été renvoyée avec la mention : « perte constatée ».

P. 326 *(237)* cerveau de première communion. Quel est le physiologiste ? ce n'est plus de la peinture morale. Ce n'est pas de la science rigoureuse.

Eau de seltz. Voilà des explications d'amphithéâtre et de laboratoire. Ce n'est pas possible. Nous ne sommes plus dans l'art. Cela échappe à l'appréciation des lecteurs de goût. Ce n'est pas un article qu'il faut faire, mais un rapport à l'Académie de Médecine.

P. 326 *(238)* l'appassionnement. Pourquoi cette fatigue d'expression ? Comme on sent qu'ils se sont mis à deux et à quatre pour faire ça.

P. 376 *(273)* C'est un moral fabriqué à plaisir.

Ça finit comme l'enfant de Crésus et le lecteur reste planté là.

Enfin, d'autres notes, plus longues et presque rédigées, semblent des fragments de chapitres, et des débris du futur article.

Ils disent : c'est mon tempérament ? Rabelais aussi a du trop, et on peut dire de lui, pour excuse qu'il a du tempérament. Mais s'il avait eu un frère, Rabelais cadet ou Rabelais aîné, et que tous deux attelés au Pantagruel se fussent cotisés pour grossir les kyrielles courantes et le trop-plein de la veine, l'ombre de Rabelais ne serait pas bienvenue aujourd'hui à dire pour toute raison, à chaque critique exact et méticuleux : « Que voulez-vous, c'est mon tempérament ! » La vérité pour MM. de Goncourt c'est qu'ils obéissent à un parti pris, à un concert et à un rythme.

Ils lisent et apprennent à force, juste à temps pour faire un livre : les lectures de la veille y passent toutes vives ; mais un peu crues. C'est forcé et gorgé. Ils n'ont jamais eu la vue large et libre des choses, la vue à distance ; ils sont comme des myopes qui n'auraient jamais vu chaque chose qu'à la loupe ou le nez dessus.

Ils semblent s'être proposé ce problème : étant donné toutes les questions de Rome, toutes les décisions et les compartiments de la Rome antique et moderne, chercher, trouver une existence de femme qui trouve dans sa condition et dans sa nature d'esprit tous les motifs pour y passer, pour y habiter successivement et puis les creuser à fond. C'est ainsi que ces géomètres ont cherché la somme des courbes, quitte à passer par certains points déterminés.

L'un devrait être le frein de l'autre, au lieu d'être l'aiguillon.

Si on leur dit que Mme Gervaisais ne peut avoir fait telle chose, ils répondent : « Elle était comme ça », et à ceux qui leur disent que leur style est trop travaillé, trop renchéri, ils répondent : « Nous sommes ou plutôt je suis comme ça ; c'est mon tempérament. » De telles réponses coupent court à tout. Qu'ils me permettent de leur parler avec l'autorité de nos propres erreurs et fautes.

Ces bribes de notes jetées sur le papier, les unes au cours de la lecture du roman, les autres après la conversation que Sainte-Beuve avait eue avec les Goncourt au sujet de *Madame Gervaisais,* correspondent bien aux termes de la lettre qu'il leur adressait le 9 avril 1869 pour leur annoncer « après toute réflexion » qu'il ne ferait pas l'article. Il excellait trop dans l'art d'envelopper les critiques et de présenter les objections ! Mais les Goncourt furent maladroits de répéter que l'article serait un « éreintement ». Ils jugeaient un peu rapidement des pages qui n'étaient pas encore écrites. Sainte-Beuve était très susceptible ; la maladie dont il souffrait rendait à certains jours sa susceptibilité plus aiguë. Il fut froissé aussi de ce que l'incident eût été commenté dans les journaux. Quand le bruit fut un peu calmé, les romanciers écrivirent à Édouard Charton pour lui demander enfin cet article dans le *Temps*.

1ᵉʳ mai.

Cher confrère de Magny,

Vous savez que Sainte-Beuve devait faire dans le *Temps* la critique de *Madame Gervaisais* et qu'il y a renoncé pour des considérations en dehors du volume.

Nous serions heureux si vous vouliez bien faire à ce livre l'honneur d'un article.

Croyez-nous vos tout dévoués.

E. et J. de Goncourt.

Mais il est quelque peu injuste ce jugement du *Journal* : « jusqu'à la fin, même au bord de la tombe, Sainte-Beuve sera le Sainte-Beuve de toute sa vie, l'homme mené toujours dans sa critique par les infiniment petits, les minces considérations, les questions personnelles, la pression des opinions domestiques autour de lui ». La rancune et la colère sont mauvaises inspiratrices. Sainte-Beuve trop souvent a eu la faiblesse de les écouter et ces lignes, épinglées sous un autre nom que celui de Sainte-Beuve, ne dépareraient pas les carnets des *Poisons*.

Cependant Sainte-Beuve avait oublié l'incident de l'article non publié sur *Madame Gervaisais* : la souffrance lui laissait à peine le répit suffisant pour écrire la série de ses articles sur le général Jomini ; il s'inquiétait encore de la santé de ses amis d'hier : aussi lorsqu'il apprit, par un visiteur, que Jules de Goncourt, malade d'une crise de foie, était venu suivre un régime sévère à Royat, il lui envoya aussitôt ce petit mot :

15 juillet 1869.

Mon cher ami,

J'ai bien du regret d'apprendre que les eaux de Royat ne vous ont pas fait de bien. Pour moi c'est tout simple : à un certain âge la souffrance est de droit, à votre âge c'est une injustice et vous devez vous révolter. Le docteur Philips, quand vous le rencontrerez, vous dira assez mes misères.

Travaillez, mais pas trop.

A vous deux.

Sainte-Beuve.

Il ne semble pas que les Goncourt aient répondu à cette lettre : leur amour-propre d'auteurs avait été trop froissé pour qu'ils pussent pardonner.

Voici maintenant la version des Goncourt, Journal, *t. II, mardi 2 mars 1869 (p. 498-501) :*

Jusqu'ici, nous n'avons pas rencontré encore une personne qui nous ait fait de notre livre un compliment, même banal.

Nous allons, avant Magny, chez Sainte-Beuve. Il redescend de la chambre où il se sonde ; et il commence à nous parler immédiatement de notre roman, comme un homme ayant à en dire long. Il se le fait lire dans l'intervalle de son travail.

Ce fut d'abord une espèce de patelinage, des mots qui ressemblaient à la caresse d'une patte de chat qui va sortir ses griffes, et les égratignures ne tardèrent pas. Cela arriva menu, menu, à petits coups : qu'en tout, nous voulions trop, que nous allions toujours à l'excès, poussant et forçant nos qualités, qu'il ne disait pas que nos morceaux, lus, ne pouvaient, avec la voix d'un très bon lecteur, avoir un agrément, dans un certain décor,... mais que les livres étaient faits pour être lus : « Mon Dieu, on les donnera peut-être comme des morceaux dans *excerpta,* plus tard... Mais moi, fit-il, je ne sais pas, ce n'est plus de la littérature, c'est de la musique, c'est de la peinture. Vous voulez rendre des choses... » Et il s'anime : « Tenez, Rousseau, eh bien ! avait déjà trouvé un procédé exagéré. Est venu après lui Bernardin de Saint-Pierre, qui l'a poussé plus loin. Chateaubriand, Dieu sait !... Hugo !... » Et il fit la grimace qu'il fait toujours à ce nom-là. « Enfin Gautier et Saint-Victor... Eh bien, vous, n'est-ce pas ? c'est encore autre chose que vous voulez ! C'est du mouvement dans la couleur, comme vous dites, de l'âme des choses. C'est impossible... Je ne sais pas, moi, comment on prendra cela plus tard, où on ira. Mais, voyez-vous, pour vous, il vous faut atténuer, amortir... Tenez, eh bien, votre description, là, au bout, tout au fond, le pape, quand il est tout blanc, eh bien non [3] !... Peut-être une autre courbe... »

Et puis partant par une tangente inattendue de colère : « *Neutre-alteinte,* qu'est-ce qui sait ce que c'est que ça, *neutre-alteinte ?* Ce n'est pas dans le dictionnaire, c'est une expression de peintre. Tout le monde n'est pas peintre !... C'est comme un ciel *couleur de rose-thé*... De rose-thé ! Qu'est-ce qui sait ce que c'est qu'une rose-thé [4] ? Pour un paysage de Rome ! Si c'était encore dans la banlieue... »

---

3. Ici, du fait de Sainte-Beuve, contamination entre deux passages de *Madame Gervaisais.* D'une part, le pape apparaissant au fond de Saint-Pierre le jour des Rameaux (p. 119 de cette édition) ; on a là l'impression de perspective indéfiniment prolongée, mais non celle de blancheur. D'autre part, le pape se montrant au balcon de Saint-Pierre pour la bénédiction pascale : « Et surgissant dans toute la candeur magnifique de son costume, on le vit immobile dans sa gloire blanche » (p. 129 de cette édition), — blancheur, mais non point profondeur (Note de Robert Ricatte).

4. Il s'agit d'un effet de crépuscule sur la via Appia : « Et bientôt, ... à travers le mystère du sourd et puissant neutre-alteinte montant de la terre du pays dans l'air sans jour, elle poursuivait un chemin noir qui avait au bout, tout au bout, Rome et ses dômes, détachés, dessinés, lignés dans une nuit

Et il répète :

« Rose-thé ! Il n'y a que la rose ! Ça n'a pas de sens.

— Et cependant, monsieur Sainte-Beuve, si j'ai voulu exprimer que le ciel était jaune, de la nuance jaune rosée d'une rose-thé, d'une *Gloire de Dijon* par exemple, et n'était pas du tout du rosé de la nuance de la rose ordinaire ?

— En art, il faut réussir, continue Sainte-Beuve sans écouter. Je voudrais que vous réussissiez. »

Et là, il y a une suspension, avec quelques paroles ravalées, qui nous fait soupçonner que le livre n'a pas eu de succès dans son entourage et qu'il a peut-être ennuyé la *Manchote*.

Et il se met à nous prêcher d'écrire pour le public et de descendre nos œuvres à l'intelligence de tous, nous reprochant presque cet effort et cette ambition de notre conscience, ce travail de nos œuvres, suées de notre sang et qui nous tuent, cette passion héroïque de notre satisfaction personnelle dans nos œuvres ; vils conseils de courtisan de tout succès et de toute popularité, au milieu desquels, comme nous lui disions qu'il n'y avait pour nous qu'un public, non celui si bas et si ravalé du moment, mais le public de l'avenir, il nous fit avec un haussement d'épaules : « Est-ce qu'il y a un avenir, une postérité ?... On se figure ça ! » blasphéma le journaliste, touchant à chaque article le viager de la gloire et ne la voulant pas plus longue pour les autres, pour les non-récompensés de leur vivant et les livres méconnus qui espèrent leur paye de la Postérité.

Il gronde, il grogne, il argutie, avec cet agacement de nerfs, que tous ceux qui le connaissent à fond lui ont toujours vu pour toute œuvre un peu haute, l'espèce de colère jalouse, qui le congestionne dans la discussion de cette œuvre, avec la mauvaise foi qui s'emporte et une inquiétude de l'acceptation du public, présente ou future. C'est alors qu'il mêle les coups de boutoir aux reproches aigres et qu'il sort de ses habitudes de politesse prêtreuse.

Tout à coup, — ici, nous voyons percer une visite de cet ami qui ne nous aime pas, Taine, — il nous fait un grand reproche d'avoir fait lire à notre héroïne Kant qui, de son temps, n'était pas traduit : « Alors, quelle foi voulez-vous qu'on ait à votre étude ? » Et il nous a répété cette grosse erreur, en en grossissant toujours la faute. Nous avons eu pitié de l'ignorance du grand critique, avec lequel sans doute nous nous serions fâchés, si nous lui avions dit que de 1796 à

---

violette, sur une bande de ciel jaune, — du jaune d'une rose thé » (*Madame Gervaisais*, p. 100 de cette édition). — Les dictionnaires français ignorent le *neutre-alteinte* que le *Meyer Lexikon* (Leipzig, 1928) définit comme une « couleur d'aquarelle d'un gris violet, obtenue avec de l'encre de Chine, du bleu de Paris et un peu de laque carminée » (*id.*).

1830, il y avait à peu près eu une dizaine de traductions de divers livres de Kant en français !

Le 22 mars 1869 (Journal, *t. II, p. 506*). *L'esquive de Sainte-Beuve et l'irritation des Goncourt atteignent un point critique :*

Nous allons chez Sainte-Beuve, qui nous fait proposer par un ami commun un éreintement de *Madame Gervaisais,* en nous conviant courtoisement à lui répondre. Et pendant une heure, il nous tient sous une espèce de sermon rabâcheur et aigre, tournant à des accès d'une colère en enfance.

Au bout d'une heure de cette douche, il nous accuse d'avoir dénaturé le sens de l'*Imitation,* ce doux livre d'amour et de mélancolie, et envoyant Troubat chercher son exemplaire, il nous le montre, pareil à un herbier, plein de fleurs séchées et d'annotations en marge ; et se met, se tournant vers le jour qui tombe, à en nasiller le latin, qu'il épelle avec une voix subitement changée, une voix prêtreuse, et il ferme le livre sur ce mot : « Oh ! il y a un amour là-dedans... On en a un sirop pour toute sa vie [5] ! »

Et nous, en nous-mêmes, nous étions en train de rire de l'idée que peut-être l'*évêque du diocèse des athées* allait prendre contre notre livre la défense hypocrite de la Religion [6] !

Enfin, le 16 avril, la rupture est consommée :

Il nous est arrivé ces temps-ci une aventure, assez bizarre depuis son commencement jusqu'à sa fin, avec Sainte-Beuve.

Après ses expectorations amères et haineuses contre notre roman et son hostilité comme personnelle contre son héroïne, il nous a fait proposer, par l'intermédiaire de Charles Edmond, de nous faire deux articles dans le *Temps*. Il nous prévenait qu'il nous demandait d'en accepter le plaisir et le déplaisir ; que d'ailleurs, il entendait que nous lui fassions, dans le journal même, une réponse à ses sévérités. Nous acceptions de premier coup cette proposition de Sainte-Beuve et cette courtoisie de la réponse.

Cela bien convenu dans une visite, nous rencontrions quelqu'un

---

5. Cf. *Madame Gervaisais*, chap. LXXXI, p. 167 de cette édition : l'*Imitation,* ce « dur livre », ce « *De profundis* de la vie de la terre », contribue à dessécher l'héroïne et à la détacher des plus légitimes tendresses (*id.*).

6. Le surnom de Sainte-Beuve lui vient de son discours sénatorial du 19 mai 1868 : contre les catholiques, qui dénonçaient le matérialisme de la Faculté de Médecine et réclamaient un enseignement supérieur « libre », Sainte-Beuve avait revendiqué « l'entière liberté philosophique pour les idées » et opposé aux diocèses de l'Église « un autre diocèse sans limites fixes, ... celui de la libre pensée » (*id.*).

qui nous apprenait que Sainte-Beuve ne faisait pas les articles et qu'il disait que c'était de notre faute. Nous lui écrivions. Il nous répondait une lettre où il remplaçait le *Chers amis* par *Chers Messieurs*, lettre embarrassée, entortillée et où il semblait dire, à mots couverts, que sa position actuelle vis-à-vis de la Princesse l'empêcherait de faire les articles qu'il devait nous faire. Au premier mot de cette lettre, je devinai quelque cancan d'ennemi, de quelque espion du dîner du mercredi, — on ne sait pas, peut-être d'un Taine...

Allons, jusqu'à la fin, au bord même de la tombe, Sainte-Beuve sera le Sainte-Beuve de toute sa vie, l'homme mené toujours dans sa critique par les infiniment petits, les minces considérations, les questions personnelles, la pression des opinions domestiques autour de lui ! Un critique qui n'aura jamais jugé un livre librement et personnellement !

Le fond de tout cela, c'est qu'il veut rompre en ce moment avec les amis de la Princesse, en voulant faire croire que la brouille vient d'eux.

(*Journal,* t. II, p. 515.)

II. ÉMILE ZOLA

Avec *Madame Gervaisais,* le cadre du roman se simplifie encore. Il ne s'agit même plus d'une galerie de portraits, d'une série de types nombreux et variés, se complétant les uns les autres, se heurtant et arrivant à produire le grouillement d'une foule. Cette fois, c'est une figure en pied, la page d'une vie humaine et rien autre. Pas de personnages, ni au même plan, ni au second plan ; à peine le profil d'un enfant, qui est comme l'ombre de sa mère, et encore cet enfant est-il presque un animal, une pauvre créature à l'intelligence tardive, dont la langue reste embarrassée dans les zézaiements du nouveau-né. Il n'y a plus de roman proprement dit. Il y a une étude de femme, d'un certain tempérament, mis dans un certain milieu. Cela a la liberté et la simplicité d'une enquête scientifique rédigée par un artiste. La dernière formule est brisée, le romancier prend le premier épisode venu d'une vie, le raconte, en tire toute la réalité et tout l'art qu'il y trouve, et ne croit rien devoir de plus au lecteur. Il n'est plus nécessaire de nouer, de dénouer, de compliquer, de glisser le sujet dans l'antique moule ; il suffit d'un fait, d'un personnage, qu'on dissèque, en qui s'incarne un coin de l'humanité souffrante, et dont l'analyse apporte une nouvelle somme de vérité.

L'héroïne, ou plutôt le sujet de MM. de Goncourt, est une femme de grand mérite, Mme Gervaisais, mal mariée, qui s'est réfugiée dans le travail. Elle a une culture d'homme, latiniste, helléniste, savante en toutes choses, d'âme artiste, d'ailleurs, et faite pour la passion du beau. Elle est allée si loin, qu'elle a traversé Locke et Condillac, pour se reposer ensuite dans la philosophie virile de Reid et de Dugald Stewart. Depuis longtemps, elle a secoué la foi catholique comme un fruit trop mûr. C'est alors que le souci de sa santé la conduit à Rome ; elle emmène avec elle son fils, Pierre-Charles, cette chère créature d'une beauté d'ange et d'une existence instinctive de bête. Là, ses premiers mois sont donnés à l'Antiquité, à Rome, à son histoire, à tout ce que l'horizon met d'émotion dans son esprit de savante et dans son cœur de poète. Elle se repose et aime son enfant, ne voit personne, à peine quelques figures qui passent. Puis, commence le drame. Mme Gervaisais baigne dans ce parfum catholique, dans cette odeur de Rome qui souffle une sorte d'épidémie religieuse. Peu à peu, elle est pénétrée. Il y a en elle une femme qu'elle ne connaissait pas, la femme nerveuse, que le mariage n'a pas satisfaite. Et elle glisse à l'extase et à la mysticité. D'abord, ce n'est qu'un effleurement charnel, la pompe des cérémonies. Ensuite, l'intelligence est attaquée, la raison sombre sous les pratiques, sous la règle imposée. Mme Gervaisais rentre dans la foi ; elle va d'un directeur tolérant à un directeur sévère, oublie le monde, descend chaque jour davantage, jusqu'à n'être plus femme et n'être plus mère. Elle se donne entière, vit dans l'ordure, repousse son enfant, elle autrefois si élégante et si passionnée pour Pierre-Charles. Anéantissement farouche, peur de la lumière, crise de la chair et de l'esprit qui ne laisse chez Mme Gervaisais rien de la femme qu'elle a été.

Tout le livre est là. MM. de Goncourt ont étudié avec un art infini les lentes gradations de la contagion religieuse. Rome leur fournissait un décor splendide. Leur héroïne lettrée leur a permis de peindre la Rome de l'Antiquité, et leur héroïne dévote leur a donné la Rome des papes. Au dénouement, ils ont eu ce que j'appellerai une faiblesse. Ils ont voulu finir. Alors, ils ont ménagé une scène dramatique, qui ôte un peu à leur roman le caractère d'une étude dégagée de toute formule. Mme Gervaisais est très malade de la poitrine. Elle se meurt dans l'égoïsme féroce de sa foi. Son frère, un lieutenant, accourt de l'Algérie, la décide à fuir Rome ; mais il doit lui permettre d'aller, avant son départ, recevoir la bénédiction du pape ; et c'est là, au Vatican, dès que le Saint-Père apparaît à ses yeux, que Mme Gervaisais meurt comme foudroyée, tandis que Pierre-Charles trouve enfin la parole, dans ce cri déchiré : « Ma mère ! » C'est fort beau, mais cette mort violente, logique pourtant avec l'œuvre, détonne un peu comme vérité. Mme Gervaisais mourant de sa belle mort, dévote, étroite, parcheminée, achevait de donner à l'œuvre un caractère particulièrement original. L'effet y perdait, la réalité y gagnait.

Madame Gervaisais n'eut pas de succès. Cette nudité du livre, ces continuels tableaux, cette analyse savante d'une âme, déroutèrent le public, habitué à d'autres histoires. Il n'y avait pas le plus petit mot pour rire dans l'œuvre, ni péripéties vulgaires, ni coups de théâtre ; et, avec cela, la langue était étrange, pleine de néologismes, de tournures inventées, de phrases compliquées traduisant des sensations que des artistes seuls peuvent éprouver. MM. de Goncourt se trouvaient isolés, tout en haut, compris seulement d'un petit nombre, dans l'épanouissement complet de leur personnalité et de leur talent.

(*Les Romanciers naturalistes*, 1881, dans *Œuvres complètes*, édition d'Henri Mitterand, Paris, Cercle du Livre Précieux, 1960, t. XI, p. 172-173.)

III. PHILIPPE SERRET

La tendance au déclassement et à une sorte de promiscuité, où disparaît toute diversité, toute opposition de types et de genres est une de nos maladies intellectuelles. Dans les sciences naturelles, l'école transformiste fait rentrer les unes dans les autres les espèces vivantes dont elle nie la séparation originelle. Ces systèmes révoltent ; les espèces protestent par l'immutabilité de leurs types à travers les siècles et par les inimitiés qui les divisent, par leur horreur et leur effroi des mélanges hybrides. La prétendue science transformiste ne s'obstine pas moins avec un froid délire ; elle est soutenue par la hauteur des visées. Ne s'agit-il pas de brouiller le récit biblique de la création et de découvrir le lien de parenté de l'homme et du gorille ?

Le même mouvement, le même travail transformiste se révèle partout. Il serait tristement curieux d'observer la simultanéité sur une foule de points de ce phénomène morbide. On le retrouverait jusque dans la politique où les opinions se métissent et se confondent et où les partis faute de doctrine fixe ne démêleront bientôt plus la ligne qui les divise. On le retrouve dans la littérature et l'art, comme dans les sciences naturelles. Plus rien ne demeure dans son orbite. Certains peintres, au lieu de peinture, font de l'archéologie ou de l'érudition. En revanche certains écrivains sont peintres, sculpteurs, ciseleurs, se font un style qui parle aux yeux plus qu'à l'esprit, un style qu'on croit voir avec les yeux du corps, et palper avec la main, tant les contours et la couleur en sont solidement modelés. MM. de Goncourt nous paraissent avoir poussé plus avant que personne, jusqu'à sa plus extrême, à sa plus audacieuse limite cette brillante hybridation de la forme littéraire. Ils ne sont pas simplement coloristes au sens figuré du mot, leur prose originale, mais d'une originalité violente, de parti pris, fait réellement passer dans les yeux des lecteurs la sensation de tous les tons de la palette. Il y a du rouge, du violet, du jaune dans ce style. Ils ne décrivent pas un site, ils peignent des paysages, brossent des fonds. On les voit à l'œuvre, reculant une perspective, dégradant une teinte, affermissant une touche. S'arrêtent-ils devant un groupe, une statue, un torse antique, le critique disparaît et fait place au sculpteur.

Est-ce beau en somme? *Beau* ne rend pas compte de l'impression reçue. Cela étonne comme toute témérité, comme toute entreprise périlleuse. Je suis certain que MM. de Goncourt déploient une réelle puissance de talent dans ce combat contre l'immatérialité de la parole, et dans cette persévérante visée, souvent atteinte, de matérialiser l'expression de l'idée; mais comme toute dépense sans but, comme toute déperdition sans aboutissement d'efforts et de style, ce jeu à l'air puéril et ressemble à un perpétuel tour de force. Il y a du titan et du bateleur dans les auteurs de *Madame Gervaisais*.

Au reste que le lecteur juge, voici une vue de Rome prise du Janicule :

> Une après-midi de la fin d'avril, en passant contre la fontaine Pauline et les trois torrents versant l'eau Trajane avec le bruit des cataractes, sur la plate-forme de cette rampe qui descend en tournoyant l'ancien Janicule, et où cheminent lentement des capucins et des ânes chargés d'herbages, Mme Gervaisais fit arrêter sa voiture devant cette grande Rome, répandue, éparse, au bas du mont, sous un éclairage étrange.
>
> Dans un jour voilé de cinq heures, sous un lourd et pesant nuage violet, crêté de blanc, elle avait à sa gauche, au delà du fort Saint-Ange, les lignes d'une campagne verdoyante avec la levée de deux mamelons, pareils à des *tumulus* de peuples enterrés ; à droite, par-dessus le Palatin, le bleu sourd des collines où se cache Albano ; et devant elle toute la plaine bâtie, l'infinie étendue de Rome, un chaos et un univers de pierre, un entassement, une mêlée, une confusion, une superposition de maisons, de palais, d'églises, une forêt d'architectures, d'où se levaient des cimes, des campaniles, des coupoles, des colonnes, des statues, des bras de ruines désespérés dans l'air, des aiguilles d'obélisques, des Césars de bronze, des pointes d'épées d'anges, noires sur le ciel.
>
> Vaste panorama en amphithéâtre que cette capitale de Dieu, portée et étagée sur ses sept collines, et montant, par des escaliers de monuments et des assises de temples, à ces belles lignes acropoliennes qui l'arrêtent, la profilent et la font trôner sur l'horizon !
>
> Une solennité immobile et muette, une grandeur de mort, un repos pétrifié, le sommeil d'une ville endormie par une puissance magique ou vidée par une peste, pesait sur la cité sans vie, aux fenêtres vides, aux cheminées sans fumée, au silence sans bruit d'activité ni d'industrie, où rien ne tombait qu'un tintement de cloche, espacé de minute en minute. Mais c'était le ciel surtout qui donnait à tout une apparence éteinte par une lumière grise et terne d'éclipse, empoussiérant le mousseux des toits, le fruste des murs, enveloppant une Rome jaune et blafarde d'un ton qui rappelait à Mme Gervaisais des tableaux d'Afrique, des paysages étouffés sous une nuée de désert.

Indiquons encore ce curieux passage où le style joute avec l'outil et où les mots atteignent la réalisation de la forme sculpturale :

Elle [Mme Gervaisais] demeurait en contemplation devant ces effigies de Dieux et de Déesses matérielles et sacrées : les Isis sereines et pacifiques, les Junons superbes, altières et viriles, les Minerves imposantes portant la majesté dans le pan de leur robe, les Vénus à la peau de marbre, polies et caressées comme par le baiser d'amour des siècles, le pêle-mêle des immortelles de l'Olympe et des impératrices de l'empire, souvent représentées presque divinement nues, comme Sabine, la femme d'Adrien.

Ce morceau que nous ne pouvons citer en entier, donne sans doute la perfection du genre et il ne paraît pas probable que l'art du trompe-l'œil puisse être poussé plus loin. C'est ainsi tout au long du livre, une suite ininterrompue de galeries de statues, de paysages, de peintures de décors. Il y a des flots de vie et de jubilante lumière, et il y a parfois de solennelles mélancolies dans un certain nombre de ces pages picturales. Il s'y révèle aussi de la puissance, ou ce qui ressemble de plus près à la puissance : de l'audace. Oser est le principal procédé de style de MM. de Goncourt. Mais l'effet est obtenu au prix d'un effort continu, immense. Rien de spontané et d'une venue facile et prompte : des amoncellements, des Pélion sur des Ossa de phrases à relief : pour l'écrivain et le lecteur quelque chose comme une perpétuelle fatigue d'escalade. Passe encore pour l'effort : il n'est pas indispensable qu'un livre soit de lecture attrayante et facile. Mais il y a pire, il y a une fatalité attachée à ce style, qui n'est plus un style, comme ce style haut en couleur et qui arrive à la plasticité, à la ductilité fantasque de la matière maniée par l'artiste. Les écrivains qui se sont fait cette puissance de créer à volonté des formes peuvent se passer et se passent sans façon d'avoir et d'exprimer des idées. En dehors de toute analyse des choses du cœur et de l'esprit, grâce à cette exorbitante prestesse d'exécution et de facture, un livre sans une ombre d'intérêt intellectuel peut encore faire figure comme objet d'art, ou en tout cas de curiosité.

MM. de Goncourt semblent avoir compté à peu près exclusivement sur leur habileté de main et sur l'éclat de la partie décorative de leur ouvrage. Le personnage qui se meut à travers ces opulences de mise en scène, Mme Gervaisais, est d'une insignifiance à laquelle rien ne semble pouvoir être comparé parmi les plus fragiles et les plus factices figures des romans modernes. Jusqu'aux trois quarts du volume, ses stations aux basiliques ou devant les restes de tombeaux de la Voie appienne et ses excursions à travers la campagne romaine et à Castel Gandolfo ont simplement l'utilité d'être un prétexte à paysage, et de donner carrière à l'exceptionnelle faculté descriptive des auteurs. « *Ce ne sont que festons, ce ne sont qu'astragales.* » On passe cent pages, on en passe deux cents, sans que ce caractère se définisse et que l'on puisse savoir ce que vient faire là Mme Gervaisais. Puis subitement cette femme, qui jusque-là, paraît-il, a été une âme forte, bonne de sa seule bonté native, vertueuse de sa vertu intrinsèque, une libre penseuse en un mot, exempte de toute faiblesse religieuse, restée au-dessus de tout agenouillement, de toute prière, de toute adoration, cette femme s'abîme, s'engloutit dans la superstition catholique. Le prétexte est futile.

Un jour, Mme Gervaisais s'est désenchantée de l'art antique : cet art ne lui a plus apparu que comme la glorification de la force, de la vanité et de la beauté corporelle, comme le réfléchissement d'une société de marbre, sans tendresse et sans pitié. L'art grec ne peut remplir les immenses vides de l'âme ; c'est pourquoi Mme Gervaisais se précipite non dans une religion simplement spéculative, mais dans la fervente religion des œuvres. Et c'est pourquoi aussi MM. de Goncourt, maîtres ouvriers aux ciselures de la phrase, au lieu de continuer de nous donner de la littérature décorative et d'écrire pour les yeux du lecteur, chose où ils excellent, c'est pourquoi, disons-nous, MM. de Goncourt se risquent à essayer une analyse du phénomène physique de la piété.

Disons tout de suite qu'une telle entreprise fait foi d'une lamentable inintelligence. On n'étudie pas la piété : on ne l'analyse pas à froid comme le premier ordre venu de phénomènes scientifiques, on la pratique ou l'on est condamné à l'ignorer absolument. Oui, sans doute, la vie sainte a ses lois, dont la connaissance est une science profonde et radieuse entre toutes les sciences, mais cette science est interdite aux superbes, inabordable à qui prétend se placer au point de vue du libre examen et de la liberté de pensée. Elle ne se laisse pénétrer qu'aux humbles, aux suppliants, aux prosternés. Les livres des ascètes exposent les merveilles de la science spirituelle ; ces merveilles sont réelles, vivantes, leur certitude est au moins égale à toute certitude scientifique et doctrinale. Mais c'est à genoux que les ascètes ont écrit leurs livres ; c'est parmi les gémissements de l'oraison qu'ils en ont cueilli les incomparables pages. Plusieurs de ces grands mystiques furent des hommes sans lettres, dont la science des choses de la sainteté effrayait les théologiens et les docteurs. Laissons à ces génies de l'humilité le domaine qui n'est qu'à eux. Profanes à tous les degrés, possédés plus ou moins mais tous de préoccupations mesquines, contentons-nous d'être les moins infidèles qu'il se pourra. Il ne nous appartient pas, il n'appartient qu'aux saints et aux pénitents de décrire l'admirable ouvrage de la grâce dans les âmes élues.

Ce n'est rien que de connaître les écrits des mystiques. Mais cette connaissance, cette teinture, même purement littéraire, des maîtres de la vie spirituelle fait totalement défaut aux auteurs de *Madame Gervaisais*. Ils citent quelques lignes de saint François de Sales : on peut gager à coup sûr qu'ils n'ont pas lu deux chapitres de l'*Introduction à la vie dévote*. S'ils s'étaient approchés de cette lumière, de cette persuasion, de cette paix immense, ils n'auraient pas écrit leur inqualifiable parodie. Un peu de vérité, si peu que ce soit, est reconnue indispensable dans les œuvres les plus perfidement sophistiquées. C'est l'amorce où se prend le lecteur, et c'est le passeport d'un mauvais livre ; les habiles excellent à ce dosage du vrai et du mensonge. Considérée comme étude morale, il ne nous semble pas que *Madame Gervaisais* puisse prétendre à ce triste honneur de passer pour un mauvais livre. Tout y est hyperboliquement faux, faux sans palliatif, crûment absurde ; rien ne s'y rencontre qui ne soit au rebours de ce qui a lieu chaque jour sous les yeux de tous.

La soi-disant conversion de Mme Gervaisais n'est qu'une fièvre, un long délire de la compétence de la médecine aliéniste. A ses ardentes pratiques de piété, la malheureuse femme ne gagne pas en vertu et se dépouille une à une de ses qualités natives. Jusqu'à son cœur de mère qui s'y pétrifie. Mme Gervaisais a un fils de sept ans, le petit Pierre-Charles, dont il a plu à MM. de Goncourt de faire une douloureuse anomalie. Ce petit être est entré dans la vie par une porte de malheur. Les fers du chirurgien lui ont comprimé un côté de la tête : il n'articule qu'avec effort de rares paroles et ce n'est pas simplement l'organisme physique, c'est la faculté mentale de parler qui est lésée.

Pierre-Charles est atteint d'aphasie. L'enfant d'ailleurs est suavement beau : ce qui lui a été refusé quant aux facultés de l'esprit lui a été rendu avec prodigalité en facultés aimantes. Les mots lui manquent, il a l'éloquence des caresses. Durant une maladie de Mme Gervaisais, l'enfant a fait une chose sublime : il a passé ses journées à écrire des lettres au bon Dieu pour lui demander de conserver sa mère. Il n'ignore pas qu'il ne sait pas écrire, et il ne jette pas moins, le cher ange, sa désolation et son amour dans les lignes informes dont il couvre le papier. Dans sa grande foi, le petit Pierre-Charles ne doute pas que le bon Dieu saura lire ses missives. Mme Gervaisais devenue catholique pratiquante se sèvre d'aimer cet enfant et prive inhumainement Pierre-Charles de ses caresses, qui sont sa vie.

C'est son directeur, le P. Sibilla, un formidable moine Trinitaire, qui réclame ce dernier détachement, et mesure durement à l'enfant la chétive part qui doit lui rester du cœur appauvri de sa mère. MM. de Goncourt ont fouillé cette fiction inepte et en ont tiré à plaisir des détails qui font horreur. Mme Gervaisais est prise de passion pour la mort ! Elle passe ses journées aux catacombes, et comme d'arides ossements ne lui présentent pas un assez poignant spectacle de la décomposition, elle court à je ne sais quels charniers, où des montreurs de reliques font voir des membres humains auxquels adhèrent des lambeaux momifiés de chair.

L'enfant qu'elle ne considère plus que comme un embarras et un danger attaché à sa vie, l'enfant dont la poitrine a besoin d'air pur, dont les yeux ont besoin de ciel et de lumière, est traîné par elle sans pitié dans ces cryptes lugubres. Le singulier ascétisme de Mme Gervaisais est une longue torture, une tourmente, une détresse sans fin. Toute l'assistance de l'implacable directeur se réduit à flageller, à terrasser chaque jour davantage cette âme désespérée. L'hallucinée est condamnée par le confesseur monomane à une solitude claustrale.

Elle tranche tous les nœuds de la famille et du monde, et s'isole au fond du Transtévère, en un lieu sans horizon, dans un logement presque sans meubles, pauvre, dénué, sinistre. Son vêtement invariablement noir, étale l'horreur de la pénitence : elle soumet son corps malade à des châtiments insensés. Un dernier trait : un jour, la pauvre folle veut faire confesser le petit Pierre-Charles et comme l'enfant épouvanté balbutie qu'il ne peut pas, qu'il ne sait pas, sa mère lui jette cette réponse idiote : *Tu diras ce que font les domestiques.* Voilà une turpitude qui côtoie la littérature de M. Victorien Sardou. MM. de Goncourt auraient mieux fait d'envoyer leur mot à l'auteur de *Séraphine* : il est digne d'être joint à sa collection.

Si les auteurs de *Madame Gervaisais* avaient voulu décrire de fantaisie une forme innommée de l'aliénisme, on comprendrait leur livre jusqu'à un certain point : autant ce prétexte qu'un autre à une débauche de plume : mais s'ils ont eu quelque peu sérieusement la volonté d'entreprendre une étude de ce qui se passe dans une âme pieuse, quel nom reste-t-il à donner à leur production, et où sont les termes pour exprimer leur incompétence et pour coter leur sincérité, leur probité d'écrivains ? Leur est-il arrivé de rencontrer une mère dont la ferveur religieuse ait fait une marâtre ? La piété fertilise et centuple tous les amours. Il s'en faut qu'elle isole l'homme et le désintéresse des sollicitudes de la vie.

En donnant à Dieu ce qui appartient à Dieu, c'est-à-dire rien de moins que la totalité du cœur, elle n'ôte rien à la famille et à la société humaine, et ne prend rien qu'elle ne leur rende avec surabondance. La piété chrétienne ne supporte pas, elle proscrit avec une souveraine autorité non pas l'inimitié simplement, mais l'indifférence et jusqu'à la tiédeur vis-à-vis du prochain. Elle multiplie les sollicitudes et les affections ; il n'existe pas d'étranger ou d'indifférent pour les âmes ferventes, leur vie est mêlée à toutes les vies, prodiguée autour d'eux à toutes les souffrances du corps et de l'esprit.

Ceci n'a rien de fictif ni de spéculatif, c'est la réalité de la piété, trop rare dans sa perfection, mais point aussi exceptionnelle qu'on veut le supposer. Si clairsemés que soient ces élus de Dieu, nous en avons tous rencontré sur notre chemin. A qui n'a-t-il pas été donné de connaître quelqu'une de ces âmes d'ambroisie ? Ces privilégiés, en se donnant tout entiers à l'amour de Dieu, ont résolu le problème de se donner plus entièrement que les autres à la famille, à la société, à tous les devoirs et à toutes les légitimes tendresses humaines. Ils répandent en secret l'aumône matérielle, et leur parole est encore une largesse, une effusion de charité; elle répare, elle instille l'apaisement, l'espérance vaillante.

La piété est joyeuse, ennemie de la mélancolie, ennemie même des tristesses désespérées qui suivent une chute. Saint François de Sales a écrit un chapitre *De la douceur envers soi-même.* Le saint ne veut pas que l'on soit trop fâcheux à soi-même, que l'on se courrouce, qu'on tempête contre son propre cœur, après être tombé. Voici comment il propose de se doucement morigéner en pareille rencontre : « Or sus, mon pauvre cœur, nous voilà tombés dans la faute, laquelle nous avions tant résolu d'échapper! Ah! relevons-nous et quittons-la pour jamais; réclamons la miséricorde de Dieu et espérons qu'elle nous assistera pour désormais être plus fermes et remettons-nous au chemin de l'humilité. »

Les guides de la vie dévote sont très opposés aux intempestives exaspérations de la pénitence matérielle. Saint François de Sales dit à ce sujet que l'âme seule est coupable de nos chutes, et que c'est elle qu'il convient de reprendre et de châtier, plutôt que le corps qui n'en peut mais. L'admirable maître se moque un peu de ces intempérantes macérations de la chair, et il les compare au prophète Balaam, lequel frappait son ânesse, qui refusait d'avancer parce qu'elle avait vu l'épée nue de l'Ange. Ce n'était pas la bête de somme que le méchant prophète devait châtier, c'était lui-même à qui son aveuglement n'avait pas laissé voir la justice de Dieu prête à le frapper.

Les maîtres de la vie spirituelle ne permettent pas qu'on oublie le soin des affaires. Saint François de Sales qui est inépuisable, qui est élémentaire, simple jusqu'à la sublimité, saint François de Sales a un chapitre sur les affaires. C'est là que se trouve cette délicieuse image si souvent reproduite : « Faites comme les petits enfants qui, de l'une des mains, se tiennent à leur père et de l'autre cueillent des fraises ou des mûres le long des haies. Car de même, amassant et maniant les biens de ce monde de l'une de vos mains, tenez toujours de l'autre la main du Père céleste, vous retournant de temps en temps pour voir s'il a agréable votre ménage ou vos occupations. » L'aimable maître déconseille l'empressement et l'inquiétude : « Les bourdons, dit-il, font bien plus de bruit et sont bien plus empressés que les abeilles; mais ils ne font sinon la cire, et non point de miel : ainsi ceux qui s'empressent d'un souci cuisant et d'une sollicitude bruyante ne font jamais ni beaucoup ni bien. » Une sagesse purement humaine conseillerait-elle mieux, conseillerait-elle aussi bien?

Voilà la vraie vie dévote. Les docteurs qui l'enseignent tendent à des fins plus hautes que les fins terrestres et, par surcroît, sans presque y prendre garde, ils ont écrit du même coup les codes les plus parfaits de la sociabilité et de la sagesse pratique dans la conduite des intérêts, dans la vie commune et de tous les jours. Nous renvoyons MM. de Goncourt à ces maîtres de la science spirituelle ; cela sera notre seule réponse à la perpétuelle contre-vérité de leur roman mystique... Leur fiction est trop inconsistante, trop dans le vide, pour qu'il y ait lieu de la discuter autrement.

(*L'Univers,* 26 mai 1869.)

IV. BARBEY D'AUREVILLY

La *Madame Gervaisais* de MM. Edmond et Jules de Goncourt n'est rien de plus qu'une analyse. Ce n'est point un roman. Et ce n'est point par l'unique raison qu'il n'y a pas d'amour dans ce livre. Car il y a beaucoup de romans sans amour, et ce sont même les plus grands. Il y a le *Robinson* de Defoe, le *Gordon Pym* d'Edgar Poe, le *Caleb Williams* de Godwin, le *Cousin Pons* de Balzac, et bien d'autres ! Mais il n'y a pas ici de roman, parce qu'il n'y a pas d'action, d'événements, de passions en lutte, de caractères, et que la synthèse de la vie n'y introduit pas la concentration de son ensemble tout puissant ; parce qu'on n'y trouve, en définitive, qu'une description psychique et physiologique d'un cas d'organisation très particulier.

Madame Gervaisais est l'histoire de la conversion religieuse d'une âme, l'histoire du lent envahissement, pied par pied, pouce par pouce, ligne par ligne, de cette âme dite philosophique, et que le catholicisme prend tout entière et emporte... Un tel sujet, assurément peut être intéressant, mais cela est presque de la nosographie, MM. de Goncourt ont regardé à la loupe ce phénomène dans tous ses détails, et ils nous l'ont rendu avec cette saillie de style qui est une autre loupe fixée sur l'objet regardé et déjà grossi. Vous comprenez alors le degré d'énormité, et même de difformité que les choses prennent sous ces deux espèces de verres grossissants. La souris dans le télescope semblait un monstre dans la lune. Ce monstre de *Madame Gervaisais* n'en est un, je vous assure, que dans la double lunette de ces messieurs de Goncourt.

Nous le disons donc d'abord, — et parce que nous avons quelque chose de plus grave à dire, — à le prendre comme une analyse leur livre n'est pas un livre d'observation exacte, précise, désintéressée et profonde ; car vous vous permettriez, les uns après les autres, tous les excès, toutes les violences, et toutes les outrances, que vous ne feriez pas avec tout cela de la profondeur ! Comme observation, cela n'est pas. Comme art et comme style, c'est ce qu'ils ont l'habitude de faire : du kaléidoscope dans son tournoiement incohérent et son flamboiement tintamaresque pour l'œil ; mais d'intention, voici qui est nouveau pour MM. de Goncourt et je ne l'aurais jamais cru, d'un assez joli petit machiavélisme et perversité. Au moment où tout le monde tombe par devant et de côté sur le catholicisme, on ne lui a jamais, sans avoir l'air de rien, donné dans le dos un plus dextre coup de couteau !

Et ici, nous voilà bien loin de l'art et de la littérature ! Nous voilà, et de la faute à qui ?... en pleine philosophie, et en pleine philosophie active, militante et hostile. En art et en littérature, nous savions bien que MM. Jules et Edmond de Goncourt étaient des matérialistes assez osés d'impression et d'expression, visant en tout à une plasticité presque impossible. Nous savions bien qu'ils avaient fait leur éducation et leurs études dans les livres et les choses du XVIIIᵉ siècle, et qu'ils avaient doublé, dans leurs œuvres, le sensualisme de ce temps-là du sensualisme de celui-ci. Mais à cela près des habitudes d'écrire et d'un style laborieusement faux, dont je soupçonne jusqu'à la corruption peut-être encore plus systématique que vraie, je ne croyais pas, certes ! que ces deux jeunes hommes *comme il faut,* de bonne race, de manières charmantes, préoccupés, à ce qu'il semblait, uniquement d'art, dévorés par cette préoccupation ardente, fussent les ennemis du catholicisme de leurs pères, et les ennemis, à la dernière façon du XIXᵉ siècle, à la dernière mode que le XIXᵉ siècle a inventée ; car nous avons une manière, nous avons une mode d'être les ennemis du catholicisme, que les hommes du XVIIIᵉ siècle, que le bouillonnant et fougueux Diderot par exemple, que même le diabolique Voltaire, ne connaissaient pas ! Ils le haïssaient, eux, vigoureusement et ouvertement, et ils le frappaient, l'*infâme,* (c'était leur mot de colère), avec furie et presque avec férocité. S'ils avaient pu *faire du mal* à Dieu, ils l'auraient fait. Ils l'auraient poignardé, assassiné, torturé jusque dans son ciel, s'ils l'avaient pu, ces idolâtres à la renverse, qui se croyaient des philosophes ! Mais l'hostilité contre le catholicisme au XIXᵉ siècle n'est plus cela. Au XIXᵉ siècle, on est plus vieux. On est plus rassis. On est indifférent, scientifique et serein. On ne frappe point à tour de bras, même dans le dos, mais on enfonce doucement la chose où il faut l'enfoncer, et c'est ce qu'ont fait MM. de Goncourt ! Il n'y a pas dans tout leur livre de *Madame Gervaisais,* un seul mot d'insulte, d'ironie, d'irrévérence, d'impatience contre le catholicisme. Les esprits innocents, qui ne voient que les mots, trouveront ce livre aussi innocent qu'eux. Mais, allez ! pour qui voit à travers les mots leur lumière, jamais il ne fut livre où l'idée catholique ait été plus réellement visée et atteinte. Ce que l'entomologiste fait, quand il darde adroitement son épingle entre les segments articulés d'un insecte qu'il pique et fixe pour l'observer, MM. de Goncourt l'ont fait pour le catholicisme, qu'ils voulaient aussi observer et surtout faire observer aux autres, et ils lui ont très bien enfoncé, entre les deux épaules, un tranquille couteau que je reconnais parfaitement pour être de la fabrique du XIXᵉ siècle, et de ceux-là dont on se sert au Restaurant Magny, dans ces fameux dîners qu'on y fait, tous les quinze jours, contre Dieu.

Et, en effet, les dîners contre Dieu, c'est encore une invention du
XIXe siècle ! On dîne maintenant contre Dieu, comme, du temps des
banquets de la Réforme, on dînait contre les gouvernements. Les
dîners contre Dieu, cette idée qui a pris naissance dans le *catimini* de
quelques libres penseurs discrets, a gagné les proportions d'une
Institution publique, et est entrée triomphalement dans nos mœurs.
Dernièrement, n'annonçait-on pas solennellement, pour le Vendredi
Saint prochain, un dîner gras de Solidaires au Grand Hôtel, où l'on
pourrait manger contre Dieu et son Eglise, même sans faim et même
sans plaisir ; car manger est une sensation vivante, passionnée, et
d'un autre temps que ce temps de crevés exsangues où l'on fait tout
sans jouir, même le péché. Pour revenir aux dîners Magny, vous
rappelez-vous la rêverie de Fontenelle devant un troupeau de
moutons ? « Quand je songe — disait-il en les voyant paître, — qu'il
n'y en a peut-être pas un de tendre ! » Eh bien, de tous les gaillards,
assez peu gaillards, qui dînent contre Dieu chez Magny, il n'y en a
peut-être pas un seul qui soit un gourmand ! et pourtant ils y
viennent tous allonger des dents déjà longues. Mais il ne s'agit pas
d'estomac ; il s'agit d'impiété. Il s'agit de jouer contre Dieu de la
mâchoire, comme Samson en joua contre le Philistin, fût-ce sans la
vigueur de Samson. Or, c'est inévitablement dans ces dîners que
MM. de Goncourt, qui en sont les fidèles, ont trouvé, en s'y asseyant
entre MM. Sainte-Beuve et Renan, cet art délié de frapper sûrement
le catholicisme, avec cette rouerie de sérénité qui est l'hypocrisie
moderne. C'est dans ces banquets, où il y a plus de plats que de
Platons, c'est dans ces petits régals blasphématoires, où l'on boit la
haine du catholicisme à la glace, que MM. de Goncourt l'auront
bue. Esprits chauds, à ce qu'il semblait autrefois, âmes qui furent
sans doute chrétiennes, ils n'ont pu toucher impunément à ces
cuisines, et voilà comme ils ont fait leur *Madame Gervaisais !*

Et cependant, il y avait là des choses comiques qui auraient dû les
dégriser de ces dîners, pour eux si malheureusement inspirateurs.
Quand par exemple M. Sainte-Beuve qui les présidait, —
M. Sainte-Beuve, l'évêque du *diocèse* des Athées comme il s'est
appelé lui-même, — ne voulait pas présider et fuyait la tête
enveloppée dans une serviette comme Scapin, si par hasard on était
treize à table, et que les convives, désolés mais sérieux, ne trouvaient
rien de mieux pour le faire rester que d'envoyer chercher le petit
garçon ou la petite fille du sieur Magny et par ainsi être quatorze,
est-ce que cette force d'une tête d'athée ne repoussait pas tout
doucement MM. de Goncourt vers le catholicisme et ne rendait pas
leur petit athéisme songeur ?... et qui sait ? peut-être honteux ?...

Mais non, rien ! et *Madame Gervaisais* a paru ! Conçue dans le
système objectif de M. Renan, cette conscience momie, aux procédés
froids, *Madame Gervaisais* n'est pas une étude plus vraie de la
conversion d'une âme devenue chrétienne que l'histoire de Jésus-

Christ par M. Renan n'est son histoire. MM. de Goncourt ne
connaissent que la superficialité des choses catholiques, et, comme la
plupart des écrivains de ce temps, ils se donnent des airs furieusement docteurs, quand ils ne seraient pas de force à répondre aux
questions du cathéchisme de *persévérance*. Ils ont eu je ne sais quelles
vagues lueurs sur la méthode de conversion des Jésuites, mais sans
se douter seulement de la profondeur et de la beauté morale du
procédé de ces Maîtres des Ames, en confession. Pour ce qui est de
leur Trinitaire, qui *tortionne* si vilainement la pauvre diablesse d'âme
de leur Madame Gervaisais, ce n'est guère plus qu'une caricature
outrageante pour le catholicisme, — ou plutôt tout le livre est une
caricature outrageante, et qui n'a demandé pour la tracer, ni
grandeur de talent ni grandeur de caractère. Triste livre et livre
attristant, qui ne rachète par aucun genre d'agrément sa tristesse.

Excepté chez Magny, les jours où *ils* s'y grattèrent la côte en
mangeant leurs côtelettes, ce livre ne sera goûté avec plaisir par
personne. Quant au catholicisme, dont on espère par des livres
pareils nous dégoûter, ou qu'on voudrait nous faire maudire, il en a
vu d'autres, ce vieux cèdre du Liban !... et il usera encore bien des
douzaines d'athées, et bien des douzaines de serviettes, dans les
restaurants et les cabarets insurgés !

(*Le Nain jaune,* 7 mars 1869, XVIII, p. 39, reproduit dans *Le
XIX⁰ siècle, des œuvres et des hommes,* choix de textes de Barbey
d'Aurevilly établi par Jacques Petit, Paris, Mercure de France, 1966,
t. II, p. 128-131.)

V. CHARLES ASSELINEAU

... C'est ce que viennent de tenter dans des conditions et à des
points de vue différents un auteur dramatique et deux romanciers,
M. V. Sardou dans sa comédie de *Séraphine,* et MM. de Goncourt,
dans le roman intitulé *Madame Gervaisais.*

De la comédie de M. Sardou je n'ai que peu de chose à dire. S'il a
prétendu donner dans *Séraphine* le portrait de la dévote du moment,
il s'est absolument trompé. Cette mère, épouse coupable, qui, pour
expier son adultère, veut mettre sa fille au couvent contre son gré,
s'imaginant payer sa faute du bonheur de son enfant, n'est ni une
dévote, même fausse, ni une mère ; c'est une coquine tout simplement. Ce n'est pas de la comédie de mœurs, c'est du mélodrame ; et
le sujet, témoin Molière, comportait une comédie. Il fallait, pour
laisser au type toute sa valeur, le considérer en lui-même, et ne pas le
compliquer par une action qui le dénature et l'*estrange,* comme on
disait jadis. La peinture du caractère devait être traitée par le détail.
Il fallait étudier le langage, les habitudes de conversation, la lecture,

le jargon, les mœurs en un mot. L'Œuvre des petits Patagons mise là pour parodier l'Œuvre du baptême des petits Chinois, la bannière brodée par Yvonne, sont de tous les temps et ne marquent pas plus le XIXe siècle que le XVIIe, et l'an 1869 que l'an 1660. Chapelard, le Tartuffe de M. Sardou, est un benêt, un gourmet et un douillet, grimaçant la piété pour se faire dorloter par de vieilles folles, et qui se laisse dindonner par son neveu comme un Géronte. Ce n'est pas Tartuffe, c'est Orgon. Il n'a pas même l'esprit de capter un héritage ni de bien marier ce chérubin de neveu qu'une gourgandine lui souffle sous son nez. Quant à Séraphine, elle n'est pas seulement odieuse, elle est absurde. Une dévote, tant fausse dévote que vous voudrez, ayant une faute dans son passé, se gardera bien de l'éventer en provoquant la rébellion de sa fille, surtout si elle lui sait un père tendre et résolu à la défendre. La comédie de M. Sardou pourrait s'appeler *l'Épouse adultère,* ou *la Fille sacrifiée,* tout aussi bien que *la Dévote;* c'est une anecdote, ce n'est pas une étude de caractère. Quant au style, nous n'en parlons pas ; on sait que M. Sardou et son école ont un médiocre souci du travail littéraire. Et pourtant la forte scène du *Tartuffe,* celle où Molière a porté tout son effort et manifesté tout son génie, est bien la scène de la déclaration, où tout l'intérêt ressort de nuances ménagées et d'une subtilité d'expression incomparable. Peu m'importe le succès qu'a obtenu devant le public la pièce de M. Sardou ; comme ouvrage littéraire, elle est manquée.

Le roman de MM. de Goncourt marche d'une autre allure. Là du moins nous trouvons un problème posé et, sinon résolu, poursuivi avec conscience et par des voies littéraires. Quelles sont, de notre temps, les conditions, les circonstances qui peuvent jeter une femme raisonnable dans une dévotion exagérée, au point de lui ôter tout sentiment d'humanité et même de maternité ? Telle est la question que se sont posée les auteurs. Comme on le voit, ils ont travaillé à l'inverse du procédé ordinaire : au lieu d'étudier le phénomène dans ses effets, ils en ont recherché la cause. Mme Gervaisais est une bourgeoise, une femme du milieu, femme intelligente, lettrée même, se dédommageant dans le veuvage de la gêne imposée pendant des années à ses goûts et à ses études par un mari brutal et jaloux de la supériorité de sa femme. La voici à Rome, soignant son enfant malade ; non pas malade, mais délicat et, comme disent les mères, *en retard.* Dans son petit salon de la place d'Espagne les mêmes livres qu'elle lisait à Paris garnissent son étagère, c'est Thomas Reid, c'est Dugald Stewart... Ne vous récriez pas ! Ainsi que l'observent MM. de Goncourt, « il y eut sous le règne de Louis-Philippe une petite élite de femmes bourgeoises qui eurent le goût des choses de l'esprit, » et qui, sans prétendre le moins du monde à être auteurs et à jouer aux bas-bleus, se lancèrent avec une curiosité désintéressée, qui n'était que le désir de s'instruire, dans des lectures et dans des études dont, jusque-là, au moins depuis la fin du siècle précédent leur sexe s'était désaccoutumé. L'essor donné au mouvement intellectuel sous la Restauration et que redoubla la révolution de Juillet explique ces vocations. Il y eut comme une émulation non pas de succès, non pas d'ambition, mais de savoir et de compréhension avec les études viriles, lutte où plus d'un homme était vaincu. On se rappelle de ce temps-là des salons, non pas des salons, des boudoirs non plus, des chambres, petites bibliothèques ou petits cabinets d'étude où telle femme, quitte de ses devoirs de maison, passait ses heures de loisir à lire, à apprendre, à traduire, à commenter, sans arrière-pensée de pédanterie ni de parade, seulement pour être en état de comprendre, de suivre une conversation, de se rendre compte d'un terme employé, d'une théorie énoncée devant elle. On pourrait citer des noms ; mais à quoi bon ? Laissons ces studieuses modestes dans l'ombre d'où elles n'ont point voulu sortir. L'observation de MM. de Goncourt est vraie ; elle fait honneur à ces jeunes auteurs, trop jeunes pour avoir été témoins de ce mouvement, et qui n'en ont pu recueillir que des souvenirs.

Mme Gervaisais est de ces liseuses intrépides. Enfant, ses jouets ont été des livres. Plus tard, l'éducation d'un frère plus jeune qu'elle a entretenu sa curiosité pour les études sérieuses. De tout cela s'est dégagée une nature d'esprit philosophique, portée à la méditation, attirée vers les phénomènes et les systèmes, raisonneuse, un peu sceptique, un peu protestante, un mélange d'enthousiasme et de défiance, de certitude et de vague, tous les extrêmes que l'on a confondus depuis sous l'appellation de libre-penseur. *Libre-penseuse,* le mot y est ; c'est elle-même, Mme Gervaisais, qui l'écrit d'elle-même dans une lettre à son frère, officier en Algérie.

Arrivée à Rome et dans les premiers jours de la solitude, Mme Gervaisais continue la vie qu'elle menait à Paris : les soins à donner à son enfant, la promenade et la lecture, la clôture avec ses chers livres, dans son petit logement garni. Sans compagnons, sans relations dans la ville, livrée à elle-même, elle subit plus passivement que d'autres, plus distraites ou moins retirées, les impressions successives du séjour à Rome, et ce qu'on peut appeler l'influence absorbante de l'air romain. Vive résistance d'abord au charme de cette atmosphère moite et languissante qui vous envahit, et vous pénètre comme l'effluve et le parfum d'un bain tiède, vous insinuant l'obéissance et l'abandon ; dégoût des matérialités du culte qu'elle traite d'idolâtrie orientale, et qui lui rappellent « les ruées du peuple indien sous le char de l'idole de Jaggernat ». Cérémonies, images, fauves enthousiasmes d'une populace moitié tendre, moitié féroce, tout la révolte, et blesse en elle le sentiment de la dignité humaine et la conception métaphysique de la divinité. Mais bientôt le charme opère ; seule, à l'ombre des beaux arbres de la villa Pamphili, aux jardins Farnèse, dans les places désertes aux extrémités de la ville, elle se sent peu à peu maîtrisée et comme environnée par une surveillance invisible. La répétition des mêmes objets, la fréquence des mêmes spectacles, l'accoutumance émousse son indignation et la jette dans les doutes qui la troublent. La stupeur la gagne. En voyant le calme sur tous les visages, le même sourire sur les lèvres des prêtres, la joie du peuple dans les cérémonies, elle se demande si le sentiment qui rend ce peuple heureux n'est pas plus fort que sa raison, si aisément troublée et toujours en lutte ; si elle-même n'a pas touché l'extrémité de la raison humaine et s'il ne lui reste pas au delà à pénétrer et à parcourir tout un monde inconnu dont elle n'a pas la clef. Et la voilà rebutant les livres de ses chers philosophes et se plongeant avec avidité dans les lectures théologiques. Mais dans ce labyrinthe de problèmes nouveaux, qui contredisent plus ou moins ses convictions anciennes, il lui faut un guide. Un jour, Mme Gervaisais entre à l'église des jésuites et s'en vient faire sa soumission au confessionnal du P. Giansanti. Ici, nouvelle phase : plus de résistance, plus d'alternatives. La pénitente domptée, soumise, savoure la douceur de l'obéissance et de la paix sous le joug ; elle n'a point cessé cependant de discuter encore avec son directeur, qu'elle fatigue de ses hésitations sur elle-même, de ses subtilités de conscience et d'esprit, puisqu'un jour, à la fin de sa confession, il la gourmande sur son manque de conscience et lui représente les dangers de la « maladie du scrupule ». Mme Gervaisais en est arrivée là : la direction, douce et coulante (*di manica larga*), du jésuite romain ne lui suffit plus. Elle aussi est prise par l'orgueil de la pénitence. Après l'obéissance, elle rêve l'anéantissement. Elle entrevoit, comme un progrès dans la dévotion, un idéal d'immolation, de macération, « de martyre en détail », de sacrifice perpétuel et absolu. Elle cherche dans Rome entière le confesseur le plus dur, non seulement le plus sévère et le plus exigeant, mais le plus rude et le plus brutal ; la cruauté même ne l'effrayerait pas, en souvenir de sainte Thérèse battue par le prêtre qui la confessait. Ce directeur nouveau, elle croit l'avoir trouvé dans le P. Sibilla, Trinitaire, un homme d'action, ancien soldat, puis missionnaire chez les sauvages, et qui s'est fait une clientèle de pauvres gens du peuple, de paysans, de brigands, de malfaiteurs et de femmes perdues. Dans la direction de ce Père, Mme Gervaisais « trouve une brutalité pareille à celle de ces grands chirurgiens, restés peuple, humainement doux avec leurs malades de l'hôpital, mais durs aux gens du monde, à ceux qu'ils ne sentent pas leurs pareils et qui leur apportent la gêne d'une éducation supérieure ». Sibilla, ce *Calabrais bronzé au soleil d'Afrique,* et qui « avait l'air d'avoir pris dans son apostolat chez les noirs un peu de la dureté d'un négrier », a tout fait d'ailleurs pour écarter de son chemin cette pénitente aux airs romanesques, dont il appréhendait le verbiage et l'indiscrétion. Habitué à traiter les dures misères du peuple, il méprise les douleurs vagues nées de l'oisiveté et de l'imagination, où son instinct de prêtre et de confesseur pressent moins une piété véritable qu'une maladie de l'esprit, et, par-dessus tout, un incommensurable orgueil. Aussi est-ce à cet orgueil qu'il s'attaque, il l'abat, le mate ; il rejette cet esprit des hauteurs où il se plaît à souffrir, il lui retranche les discussions, lui supprime les lectures spirituelles ; il réduit sa dévotion au régime des humbles et des endurcis, et, pour mieux humilier sa pénitente, la châtie dans sa chair et dans ses sentiments. Cette troisième phase est pour Mme Gervaisais celle des abattements et des désespoirs, mais aussi celle des extases et des ravissements. Son imagination, exaltée par les austérités, bondit vers le ciel en élans et en prières jaculatoires et se délecte dans des visions et dans des colloques mystiques avec les saints et avec le Christ. Au retour de sa migration céleste, le monde terrestre disparaît pour elle : ses yeux ne voient plus. Elle ne reconnaît plus ni sa servante fidèle, effrayée de ses absences, ni son enfant même. Chaque jour compte un détachement, un sacrifice : ses amis d'abord, puis son frère, puis son fils. Sa chambre est une cellule ; au lieu du cilice qu'on lui refuse, elle porte sur sa chair des branches de rosiers dont les épines ensanglantent son linge. Mais ici arrêtons-nous : si le roman n'est pas fini, la thèse est arrivée à son terme de développement.

On sait avec quelle rigueur irréfrénable MM. de Goncourt déduisent leur thèse une fois posée. Dans *Germinie Lacerteux* ils n'ont fait grâce au lecteur d'aucun des degrés d'ignominie que pouvait descendre la misérable créature. Dans *Renée Mauperin*, une jeune fille, noble et bonne, se résout, par esprit de logique et pour ne point démentir son caractère, à un expédient qui coûte la vie à son frère, et qui la tue elle-même de désespoir. Ici, au point où ils ont conduit leur héroïne, il n'y a plus qu'un dénoûment possible, la mort. Mme de Gervaisais meurt dans l'antichambre du pape, en entendant le bruit de la sonnette qui lui annonce son audience de congé.

Sans doute, en de telles études, il est difficile de s'arrêter sur la pente de la curiosité ; pourtant cette méthode de déduction rigoureuse a ses dangers. Certes, dans les affaires humaines, la mort est un dénoûment toujours possible, puisqu'elle est inévitable ; mais dans l'art, elle n'est qu'un expédient tout à la disposition de l'auteur, et qu'il dépend de lui d'employer ou d'écarter. Dans le genre démonstratif, particulièrement, la mort n'est point un dénoûment, parce qu'elle ne *conclut pas*. Laissons vivre Mme Gervaisais, qu'arrivera-t-il ? Cette mort, ce n'est point le sujet qui l'exige, ni la donnée, ni le caractère. Elle sera reprochée aux auteurs par tous les lecteurs plus ou moins imaginatifs qui aiment à trouver à la fin d'un livre quelque peu d'*et-cœtera*. J'aurais d'ailleurs, sur la fin du livre, plus d'une réserve à faire. J'admets le despotisme inflexible et brutal d'un moine-soldat irrité des scrupules raffinés d'une âme faible et infatuée d'elle-même ; mais je me demande si les désordres vertigineux, si le délire poussé jusqu'à l'horrible dans la troisième partie, concordent

bien avec le caractère de femme annoncé et analysé au début par
MM. de Goncourt ; et si cette gentille dame parisienne, langoureuse,
mélancolique, liseuse de romans et de traités de philosophie, atteinte
de phtisie dès les commencements du livre, suppose bien l'ardeur
de passion et de piété espagnole des derniers chapitres ? J'en doute.
Passions de tête, me dira-t-on ; et il est vrai que ce sont les plus
extrêmes. Mais pour passer dans l'application à de si rudes
pratiques, il faut, en aide à l'imagination, une violence de tempérament et une énergie naturelle que le *sujet* ne comporte pas. On en
veut presque aux auteurs des soins qu'ils ont pris pour rendre cette
dame, femme intelligente, charitable, intéressante, à peu près aussi
odieuse que la *Séraphine* du Gymnase.

Je me garderai bien d'opposer M. Sardou à MM. de Goncourt, et
leur talent fin et consciencieux à la grossièreté du dramaturge. Mais
si M. Sardou, prenant pour titre la *Dévote*, n'a produit qu'une
banalité, le livre de MM. de Goncourt, à cause de son caractère
individuel et exceptionnel, n'a en somme que la valeur d'une
biographie ou d'un accident. Le type, le type de la dévote au XIXe
siècle, ils ne l'ont point créé ou plutôt ils ne l'ont point formulé, car il
existe, et il est tentant.

(Bulletin du bibliophile et du bibliothécaire,
35e année, Paris, 1869, p. 119-125.)

VI. LÉON DAUDET

Voici un livre austère et rare, un livre où des maîtres du style ont
éteint volontairement l'éclat des mots, où tous ornements sont voilés,
où les phrases douces et longues brûlent lentement dans la haute
chapelle de l'idée. Une mère au regard profond et calme, au cœur
qui s'ignore et s'imprègne, son enfant beau et chéri comme un dieu,
victime d'une fatalité intérieure qui le prive presque du langage et
laisse vivre l'intelligence sensible, une ville ancienne et sainte, la
Ville, Rome aux sept collines, voilà les personnages. Le drame, c'est
la pénétration de l'âme maternelle, pure, uniquement passionnée
pour l'être faible qu'elle créa, par l'âme de la cité lourde de souvenirs
et de croyances, dépositaire du monde ancien et religieux. Peu à peu,
des pierres souveraines où sont superposés les reflets de tant de
soleils, les ombres de tant d'hommes, des statues pompeuses, blancs
fantômes au clair de lune, des églises infinies où la foi scintille sans
trêve depuis combien de siècles devant le tabernacle, sortent des

forces élémentaires, un tapinois d'hôtes mystérieux qui enlacent et pénètrent Mme Gervaisais. L'action du catholicisme, héritière des âges païens, sinueuse, insaisissable, dorée, tiède, et pleine d'encens, puis noire et dure par alternatives, envahit cette femme méthodiquement. Elle utilise des routes physiques : une phtisie commençante, le réveil de la volupté quand le corps va s'engourdir dans la vieillesse. Elle se fraye un chemin moral tout d'angoisses, de luttes et d'abandons, et s'installe triomphante sur deux cadavres, celui de l'amour maternel et celui de la mère elle-même, en pleine béatification, aux pieds du pape, parmi la pourpre des cardinaux.

Je crois cet ouvrage unique dans l'histoire de la littérature française. Dans l'œuvre même des deux célèbres maîtres si brillante, formée de joyaux si splendides, il éclate comme un pur diamant noir. A son apparition, il passa presque inaperçu. Pour ce qui est vraiment fort, l'obscurité primordiale est un avantage. Ainsi se fonde un culte à fidèles restreints, mais sûrs de leur croyance, d'autant plus fanatiques qu'elle est moins partagée. Ainsi se creuse le tunnel magique et souterrain par lequel un labeur n'arrive à la lumière et à sa récompense qu'à une longue distance du point où il s'enfonça, mais mûri par la durée, grossi par la sève de toutes les racines qu'il a pu rencontrer et qui sont celles de l'arbre Avenir. Il semble qu'aujourd'hui l'heure soit singulièrement propice à cette nouvelle édition de *Madame Gervaisais*. En face des partisans de la réalité, toujours nombreux et pleins de zèle, se dressent les rénovateurs d'un curieux mysticisme. La science n'a pas donné ce qu'espéraient d'elle ceux qui méconnaissent l'éternelle ardeur du cœur humain vers l'au-delà. Elle n'a fait que développer la conscience d'un fatalisme brutal, conscience toujours douloureuse. Suivant une expression qui fut initiatrice et qui nous est bien chère, nous désirons *rêver sur le divin.* Rien que dans la quinzaine qui vient de s'écouler, nous avons eu d'Albert Jhouney un beau volume de vers : *Rédemption,* tout voilé de lin, parfumé de l'encens nouveau, retentissant de lointains carillons ; l'*Embarquement pour ailleurs,* de Gabriel Mourey, une brassée de sensations infiniment délicates, d'aperçus électriques, de badinages à fleur d'abstraction : enfin de Théodore de Wyzewa, les *Pèlerins d'Emmaüs,* où circule un filet du sang si pur des Évangiles, essence de piétisme et de quiétisme à la fois, brochurette intense et rare. Ce sont là, en si peu de temps, trois fleurs charmantes du terrain mystique, trois essors vers une foi possible en dépit de la desséchante raison. C'est une vraie gloire pour les Goncourt d'avoir, dans le passé, élevé avec tant de soin, un tel mépris des contingences, un tel souci de l'art pour l'art, cette construction divinatrice.

Dans toutes les rêveries les plus hautaines passent des images de la réalité. Il y a pour les songes mystiques comme pour les songes de nos nuits des signes périodiques et certains ; la taille et l'éclat des pierres précieuses, la secrète influence des nombres, les formes et

sonorités et analogies des mots et, dans les mots, des lettres, voici
quelques-uns des points de départ de ces tourbillons bleus, de ces
infinies vapeurs. Les souvenirs, les hallucinations, les hypothèses
s'enlacent avec une molle cadence. Ces élans spirituels eux-mêmes
n'échappent point hélas ! à l'analyse. Quant à *Madame Gervaisais* qui
est un roman sur la foi, mais, après tout, un roman et non une
plongée dans les abîmes comme la *Mystique* de Görres ou *Aurora* de
Jacob Bœhme, ses origines sont nettement visibles. A l'occasion de
cette nouvelle édition, M. Edm. de Goncourt nous a renseignés lui-
même sur la genèse de son œuvre et la femme délicate et charmante,
pastel de famille et d'idée à la manière de Latour, qui, réfractée par
l'âme de deux poètes, nous a valu cette pénétrante étude et ces
inhabituelles envolées :

> C'est elle qui m'a donné le goût de la littérature. Elle était, ma tante, un
> esprit réfléchi de femme, nourri, comme je l'ai dit, de hautes lectures et dont
> la parole, dans la voix la plus joliment féminine, une parole de philosophe
> ou de peintre, au milieu des paroles bourgeoises que j'entendais, avait une
> action sur mon entendement, et l'intriguait et le charmait. Je me souviens
> qu'elle disait un jour, à propos de je ne sais quel livre : L'auteur a touché le
> « tuf » ; et cette phrase demeura longtemps dans ma jeune cervelle,
> l'occupant, la faisant travailler. Je crois même que c'est dans sa bouche que
> j'ai entendu pour la première fois, bien avant qu'ils ne fussent vulgarisés,
> les mots *subjectif* et *objectif*. Dès ce temps, elle mettait en moi l'amour des
> vocables choisis, techniques, imagés, des vocables lumineux... je l'écoutais
> avec le plaisir d'un enfant amoureux de musique et qui en entend. Et certes
> dans l'ouverture de mon esprit et peut-être dans la formation de mon talent
> futur, elle a fait cent fois plus que les illustres maîtres qu'on veut bien me
> donner... A Rome, le récit de la vie de Mme Gervaisais, de la vie de ma
> tante, en notre roman mystique, est de la pure et authentique histoire. Il n'y
> a absolument que deux tricheries à l'endroit de la vérité dans tout le livre.
> L'enfant tendre, à l'intelligence paresseuse que j'ai peint sous le nom de
> Pierre-Charles était mort d'une méningite avant le départ de sa mère pour
> l'Italie... Enfin, ma tante n'est pas morte en entrant dans la salle d'audience
> du pape, mais en s'habillant pour aller à cette audience.

Voilà certes un précieux récit. Nous avons là les lignes réelles où
se cristallisèrent tant d'images brillantes. Quand nous lisons ensuite
l'ouvrage sur les fondements duquel nous sommes ainsi renseignés, il
semble que nous assistions au travail intellectuel des écrivains, à
l'assemblage des matériaux qui viennent par et pour enchantement
construire la cathédrale merveilleuse. Et ici le problème est encore
plus subtil et touchant. C'est l'union d'un double et pénible labeur
qui nous valut *Madame Gervaisais*. Elle fut l'enfant chérie qui tue en
venant au monde, car Jules de Goncourt mourut de la recherche
enfiévrée du style, jeta sa raison dans les flammes du verbe pour que
sortît un chef-d'œuvre paré d'affres et d'angoisses désormais invisibles, devenues son, couleur et parfum. Ainsi périrent Charles

Baudelaire, victime du beau devoir d'écrire, Henri Heine et tant d'autres. Mais ne sont-ils pas heureux, ceux dont la vie s'est échappée pour se fixer en signes durables, crier par les mille petites voix des mots parfaits, des idées neuves : « Ceci est ma chair, ceci est mon sang ! » Quelles choses dureraient ici-bas, autrement que par le sacrifice !

Ceux qui préfèrent *sentir* à *comprendre* boiront avec ce livre aux sources de l'émotion pure. Elle est réservée, contenue, accessible aux seules âmes hautes. Point d'effets cherchés, point de hâte, rien d'extrême. Les êtres y sont naturels, mais vaporeux, plongés dans une atmosphère spéciale de respect, de souvenirs, de croyances. Les endroits sont tels que les voit Mme Gervaisais, et ces descriptions achevées de la ville éternelle nous projettent les états d'esprit de cette mère peu à peu détachée de la maternité. A mesure que monte le brouillard de la foi, il paraît pénétrer aussi les monuments et les perspectives. Un art suprême soumet toute la nature physique aux prodigieux débats de la nature morale. Quand elle meurt au seuil de la chambre papale, cette femme infortunée, Rome meurt en elle à nouveau. Ainsi l'humanité explique, exalte, puis replie avec elle les aspects successifs du monde.

Les œuvres d'art parfaites comportent cette harmonie que réclamait Lessing : *Madame Gervaisais* appartient au genre classique, et, si bizarre que cette juxtaposition puisse paraître, nous la rapprocherons des pièces de Racine. Même fondu sentimental, même poursuite du drame intérieur unique auquel tout concorde et conduit. Et pour les auteurs d'aujourd'hui, comme les difficultés sont plus grandes de parcourir finement les obscurs labyrinthes du cœur ! La réalité a pénétré les regards. Le relief des choses nous saisit, nous obsède. Supposez la *Princesse de Clèves* aux mains d'un psychologue de nos jours. Elle serait noyée dans mille détails ; appartement, toilettes, bibelots, voyages et paysages. Et tout cela nous serait offert pêle-mêle, suivant le caprice de l'auteur, non selon les hasards de l'émotion qui déforme, les raccourcis de la passion qui nous flambe tout le monde extérieur. Dans *Madame Gervaisais* la terrible difficulté est vaincue. Nous parcourons une ville d'abord exaltée, brillante, païenne et philosophique, puis chrétienne et croyante et grise. Nous rencontrons des formes mondaines dont nous nous détachons bientôt, des prêtres successivement souples et austères, des amitiés, des dévouements, un amour maternel qui s'efface. Bref, nous vivons par l'héroïne, notre cœur bat selon le sien, nos regards ont ses acuités et ses voiles, et nous voyons comme elle rêve.

Certes les Goncourt ont une œuvre vaste. Ils peuvent en se retournant considérer avec orgueil la longue avenue plantée d'arbres majestueux dont chaque feuille porte leur signature. Mais il en est un sur la droite, d'aspect crucial et singulier, qui semble peu à peu s'éclairer, concentre et multiplie la lumière dans sa grandissante frondaison. Et si le survivant des deux frères s'étonne, le souffle de l'avenir qui traverse l'avenue idéale lui chuchotera : *Madame Gervaisais !*

(*Les Idées en marche,* Paris, Charpentier et Fasquelle, 1896, p. 119-125.)

NOTES

Page 69.

1. Voir *Mémoires d'Outre-Tombe,* éd. Pléiade, 1951, t. I, p. 509 :
« J'avais eu beaucoup de peine à me procurer cette retraite, car il y a
un préjugé à Rome contre les maladies de poitrine, regardées comme
contagieuses. » Voir note dans le carnet préparatoire, f° 23 r°.,
résumant cette phrase.

2. Cette « mise en abysme » du titre du roman attire l'attention
sur le nom de l'héroïne. En 1866, au verso du faux titre d'*Henriette
Maréchal* (Paris, Lacroix, 1866), il était annoncé parmi les romans à
paraître des deux frères : *Romans bourgeois : Renée Mauperin, Mademoiselle Tony Fréneuse.* Selon Robert Ricatte, les Goncourt auraient hésité
entre un projet de biographie mondaine (qui aboutira, après la mort
de Jules, avec *Chérie*) et un projet de roman de conversion qui
aboutira beaucoup plus tôt avec *Madame Gervaisais.* Reste à interpré-
ter le nom de cette héroïne qui est aussi le titre du roman. Ce nom de
grande bourgeoise attirée par le catholicisme, c'est-à-dire aussi par
la tradition aristocratique française, est en fait emprunté à Nicolas-
Louis Magon, marquis de La Gervaisais (1765-1838). Celui-ci avait
rencontré en 1786, aux eaux de Bourbon, Louise-Adélaïde de
Bourbon-Condé, sœur du duc d'Enghien que Bonaparte fera
assassiner dans les fossés de Vincennes. Un grand amour réciproque
était né, que la distance des rangs rendait impossible (voir les *Lettres
intimes de Mlle de Condé à M. de La Gervaisais,* éd. par Paul Viollet,
préfacées par Ballanche, Paris, Didier, 1878, 3ᵉ éd. ; la première
édition date de 1834). Pendant l'émigration, Mlle de Condé suit son
grand-père et son frère, tandis que M. de La Gervaisais, sur les
ordres de la jeune fille, rentre en France où il n'est pas inquiété et se
marie. Mlle de Condé décide en 1793-1794 d'entrer en religion. Sa
Vie, publiée en 1843, avec d'abondantes citations de ses journaux
intimes et de ses écrits spirituels, est une des sources les plus souvent
consultées par les Goncourt pour reconstituer la vie intérieure de
leur héroïne. Mlle de Condé, en religion sœur Marie-Joseph de La

Miséricorde, fondatrice de l'ordre du Temple, est aussi un de leurs modèles pour leur drame *Blanche de Rochedragon* (1867), ancêtre du *Dialogues des carmélites* de Bernanos. Quant au marquis de La Gervaisais, il publia sous la Restauration et la monarchie de Juillet d'innombrables brochures dont un certain Damas-Hinard fera la synthèse : *Un prophète inconnu, prédictions, jugements et conseils par M. le Marquis de La Gervaisais* (Paris, Ledoyen, 1850). Le choix du nom situe donc par avance Mme Gervaisais au cœur du légendaire catholique du romantisme. Il sous-entend aussi que, sous la « folie mystique », se cache toujours l'amour charnel inassouvi.

Page 73.

3. A rapprocher de ce passage du *Journal,* éd. Ricatte, 1956, t. I, p. 267, à la date du 17 septembre 1856 : « Pour la nouvelle de ma tante : craignant que son enfant ne lui soit enlevé, chante *Le Roi des Aulnes.* »

Page 75.

4. « Dunkerques » : « Nom donné aux cabinets, étagères, collections de curiosités [...] A Paris existait, à l'angle des rues Menars et Richelieu, une boutique de bibelots à l'enseigne du *Petit Dunkerque* » (Littré).

Page 77.

5. Rapprocher cette description de la cour de l'appartement loué par Mme Gervaisais place d'Espagne de celle de la maison louée par Chateaubriand pour Pauline de Beaumont également « près de la place d'Espagne » : « Il y avait un petit jardin avec des orangers en espalier et une cour plantée d'un figuier », et aussi de celle des notes de voyage d'Edmond et de Jules, publiées sous le titre *L'Italie d'hier* (Paris, Charpentier et Fasquelle, 1894), p. 201 : « La maison dont la description présente l'intérêt d'un croquis d'une maison bourgeoise à Rome en 1856, a un puits au fond de la cour où tous les seaux de la maison descendent et remontent, à toute minute, en grinçant. »

Page 83.

6. Les Goncourt songent ici au livre de Jean-Jacques Ampère, l'*Histoire romaine à Rome,* Paris, Michel Lévy, 1862, 4 vol., cité dans le carnet f° 63 et utilisé pour les explorations archéologiques de Mme Gervaisais, plus loin.

Page 85.

7. Cette « chine » de Mme Gervaisais chez les marchands de curiosités romains est une transposition des goûts de Nephtalie de Courmont tels que les évoque Edmond dans le passage du *Journal* de 1892 cité dans notre préface, p. 18.

Page 92.

8. Rapprocher du couple du vieux harpiste et de Mignon dans *Wilhelm Meister,* trad. Théophile Gautier fils, Paris, Charpentier, 1861, 2 vol., t. I, p. 157. Mignon, l'enfant sauvage et géniale, privée de langage mais douée pour l'amour pur et la musique, est un des modèles de Pierre-Charles.

Page 93.

9. Voir le portrait de Nephtalie par Edmond, *Journal,* t. IV, p. 301 : « Ses traits à fines arêtes, auxquels la phtisie fit garder, toute sa vie, la minceur de la jeunesse. »

10. Rapprocher du portrait de Mme Marcelin Berthelot dans le *Journal,* t. II, p. 386 : « Une beauté remarquable, singulière, inoubliable ; une beauté intelligente, profonde, magnétique ; une beauté d'âme et de pensée, semblable à ces créations de l'extra-monde de Poe. Elle a l'air d'une statue et d'une conscience. Ces cheveux à larges bandeaux presque détachés, l'apparence d'un nimbe... et la femme avec un corps tout plat et une robe de séraphin maigre. Avec cela, une voix de jeune garçon et le dédain, dans la politesse et l'amabilité, d'une bourgeoise supérieure. Un enfant, son aîné, est venu près d'elle, beau comme un enfant fait au ciel ! » (27 octobre 1867). Voir aussi, t. I, p. 1341-1342, le portrait de Mme Camille Marcille, la fille de Walckenaer : « Une femme, parisienne jusqu'au bout des ongles, intelligente, lettrée... Et près d'elle, près de cette femme rare, attirante, douloureuse et serpentine à la fois, ma pensée allait à ce grand roman qui était là, à côté de moi : le crucifiement volontaire de la femme dans le devoir » (16 au 19 octobre 1863).

11. Pour reconstituer la culture intellectuelle de Mme Gervaisais, grande bourgeoise de la monarchie de Juillet, les Goncourt sont partis du modèle de Mme Victor Destutt de Tracy, née Sarah Newton (1789-1850), belle-fille du célèbre idéologue, et qui tint un brillant salon à Paris après 1830. Ils avaient sur elle la tradition directe de son ami Hippolyte Passy (1793-1880), figure politique de premier plan sous Louis-Philippe, pair de France en 1843, plusieurs fois ministre, et membre depuis 1838 de l'Académie des Sciences morales. Les Goncourt étaient très étroitement liés à son neveu, Louis Passy, camarade d'études de Jules, entré à l'École des chartes en 1850, docteur en droit en 1857, membre de l'Académie des Sciences morales comme son oncle, et auteur, entre autres nombreux ouvrages, d'intéressants *Mélanges scientifiques et littéraires,* Paris, Guillaumin, 1888-1907. Louis et surtout sa sœur Blanche, que les Goncourt ont beaucoup fréquentés, entre autres dans la demeure familiale des Passy à Gisors, ont posé pour *Renée Mauperin,* peinture de mœurs de la bourgeoisie moderne et éclairée. Outre cette

tradition orale, ils ont consulté abondamment les *Essais divers, Lettres et pensées* de Mme de Tracy publiés après la mort de celle-ci, chez Plon à Paris en 1852. Quoique convertie très tôt au catholicisme, et très pieuse, Mme de Tracy y apparaît typique en effet de « cette petite élite de femmes bourgeoises, qui eurent le goût des choses de l'esprit » sous Louis-Philippe. Ses *Journaux et souvenirs* sont une version « éclairée », enjouée et bourgeoisement mondaine des autobiographies féminines et dévotes qui foisonnent sous le Second Empire (voir carnet, f°s 50 et 63 v°).

Page 94.

12. Voir l'avertissement à l'édition des *Essais divers* de Mme de Tracy : « Madame de Tracy avait su se créer des ressources inépuisables contre l'ennui, ce terrible fléau des femmes du monde. Tout le temps qu'elle ne consacrait pas à la musique ou à la peinture, elle l'employait à des études sérieuses sur la littérature et la philosophie et prenait soin de consigner par écrit le résultat de ses lectures. »

13. Calquée intellectuellement sur Mme de Tracy, l'héroïne des Goncourt devait être d'abord privée d'un trait de celle-ci, sa foi catholique. Pour suggérer ses convictions philosophiques premières, les Goncourt ont donc étudié, ainsi qu'en témoignent de nombreux extraits du carnet, les œuvres de Théodore Jouffroy et de Victor Cousin, qu'ils ont à juste titre jugés caractéristiques de l'*establishment* de la monarchie de Juillet. Dans une certaine mesure, la chute de Mme Gervaisais sera aussi l'échec de l'éclectisme spiritualiste des deux philosophes, maîtres de la jeunesse de l'héroïne, et le triomphe implicite de ce sensualisme et de cet empirisme qu'ils combattaient chez les disciples de Locke, mais aussi dans la gnoséologie kantienne. La technique impressionniste des Goncourt renvoie de fait à une philosophie antiplatonicienne de l'Idée phosphorescence du sensible, et non pas objet de réminiscence à partir de son reflet dans le sensible.

Page 96.

14. Les Goncourt ont fait des extraits de la longue et très belle préface de Théodore Jouffroy aux *Œuvres complètes de Thomas Reid, chef de l'École écossaise*, Paris, Victor Masson, 1836, p. I à CCXIX. Ils ont aussi consulté la traduction par Jouffroy des *Esquisses de philosophie morale* de Dugald Stewart, disciple de Reid. Dans sa préface à Reid, Jouffroy, en philosophe et non en croyant qu'il n'est plus (comme sa disciple Mme Gervaisais), combat la prétention de la science à atteindre autre chose que les phénomènes et les attributs des objets, et lui ôte tout magistère sur les causes et la substance. Il définit par opposition aux sciences de la Nature, dont le domaine propre est somme toute modeste, une « science de l'esprit » dont

l'ambition proprement philosophique est de se poser des questions sur les causes et la substance autant que sur les phénomènes et les attributs. Il y a chez Jouffroy comme chez Cousin un retour à Platon à travers Descartes, une critique remarquable de l'évolution philosophique de Locke à Hume et Condillac, de Kant à Hegel. Les Goncourt ont obscurément senti que cette école philosophique française était l'adversaire de leur cher XVIIIe siècle, et surtout de leur propre rhétorique de la sensation.

15. Sainte-Beuve reproche aux Goncourt (*Journal*, t. II, p. 500) d'avoir commis un anachronisme en faisant lire Kant à une grande dame du temps de Louis-Philippe. En fait ils pouvaient s'appuyer sur les *Essais divers* de Mme de Tracy, t. III, p. 152, qui cite Kant, et sur Victor Cousin, la *Philosophie de Kant,* Paris, 1857, qui publie un cours professé en 1815-1821. Victor Cousin fait d'ailleurs dans son introduction un bilan de la fortune de Kant en France avant 1815, citant Charles de Villers (1801), De Gerando (1804), Mme de Staël, *De l'Allemagne* (1813-1814), et Destutt de Tracy parmi les initiateurs. La monarchie de Juillet vit paraître la traduction par Claude-Joseph Tissot de la *Critique de la raison pure* (1835), des *Principes de métaphysique et de morale* (1830) et de *La Religion dans les limites de la raison* (avec une lettre d'Edgar Quinet, 1841). Voir B. Munteano, « Episodes kantiens en Suisse et en France sous le Directoire », *Revue de Littérature comparée,* XV, 1935, p. 387-459. Les Goncourt ne prêtent d'ailleurs à Mme Gervaisais qu'une connaissance sommaire de la seule éthique kantienne. L'ouvrage de Victor Cousin sur Kant est en fait une polémique contre le philosophe allemand, considéré comme le destructeur du « rempart élevé par Descartes contre le scepticisme », et comme favorisant « la pente qui entraîne tout sensualisme au scepticisme universel ». Dans leur carnet, les Goncourt ont fait des extraits du *Cours d'histoire de la philosophie moderne* de Cousin, Paris, 1846, 6 vol.

Page 101.

16. Tout ce développement sur le génie musical de Pierre-Charles, inversement proportionnel aux limites de son intelligence inarticulée, a pour origine, outre le personnage de Mignon (voir n. 8), les théories de Franz Liszt dans *Les Bohémiens et leur musique en Hongrie,* Paris, Bourdillat, 1859, dont des extraits figurent dans le carnet, f° 7. Liszt fait des Bohémiens, marginaux, asociaux et amoraux, des génies spontanés de la musique qu'il rapproche à plusieurs reprises des enfants.

Page 105.

17. Le portrait du docteur Monterone a pour point de départ les *Lettres d'un pèlerin,* d'Edmond Lafond, 1856, t. I, chap. XLI, p. 385-386 : « Brutus médecin », qui fait la satire d'un médecin romain

libéral : « Nous avons fait la connaissance d'un médecin romain qui est pour moi un curieux sujet d'étude. Je me contenterai pour piquer ta curiosité de te dire que tu peux chercher son nom parmi les vieux types de la Commedia dell'Arte : je te laisse le choix entre Arlequin, Giangurgolo, Cassandrino, etc. » Suggestion retenue par les Goncourt pour leur autre médecin romain, celui-là ignare et superstitieux, Scarafoni. Lafond reprend : « Il est le docteur favori des étrangers à Rome, le seul qui ait le droit de dire " Favorisca il polso " aux pudiques Anglaises de la Place d'Espagne... Il est savant antiquaire, artiste, grand amateur de tableaux et de curiosités... C'est un libérâtre, un de ces modérés très enragés qui auraient fait mourir Louis XVI et chasser Pie IX. Il a voulu jouer un rôle dans la révolution de Rome, et il se fit nommer député. Il a reçu dans ses bras et soigné Rossi. »

Voir des extraits de ces passages dans le carnet, f° 51. Au f° 12, l'autre saillie prêtée à Monterone : « Que voulez-vous ? Nous sommes sous les prêtres ! », est attribuée à un barbier napolitain et citée comme de Stendhal, *Promenades dans Rome,* où je ne l'ai pas trouvée.

Page 109.

18. Voir *L'Italie d'hier,* ouvr. cit., p. 191. Ministre des Finances puis secrétaire d'État, le cardinal Antonelli (1806-1876) fut surnommé le pape rouge tant il parut diriger souverainement la politique surtout extérieure du Saint-Siège pendant la presque totalité du pontificat de Pie IX.

Page 110.

19. *Ibid.,* p. 202 (anecdote sur Antonelli).
20. *Ibid.,* p. 205 (anecdote sur Rossi). Le « pauvre » Rossi fait allusion à la fin tragique du comte Pellegrino Rossi (un ami de Mme de Tracy), ambassadeur de Louis-Philippe auprès de Grégoire XVI, puis ministre de Pie IX, assassiné en 1848 à l'intérieur du palais de la Chancellerie par des *carbonari* romains. Les Goncourt semblent avoir été tentés d'écrire une « chronique italienne » sur l'assassinat de Rossi (voir longs fragments dans le carnet du Cabinet des dessins, p. 218-241-242, et dans *L'Italie d'hier,* ouvr. cit., p. 205, fragments dont le point de départ est Lafond, *Lettres d'un pèlerin,* ouvr. cit., t. I, p. 580-595).

Page 111.

21. Voir *L'Italie d'hier,* ouvr. cit., p. 205.

Page 112.

22. Ce détail, d'après le carnet, f° 12, est emprunté aux *Promenades dans Rome,* ouvr. cit., t. II. Voir aussi l'abbé J. Gaume, *Les Trois*

Rome, 1847, t. II, p. 94-96 sur la Rote, Chambre d'appel et de cassation de Rome. La France supprima son auditeur en 1846.

Page 113.

23. Cet éloge du catholicisme gallican, en la personne de M. Flamen de Gerbois, doit beaucoup à Michelet qui, dans son pamphlet *Le Prêtre, la Femme et la Famille* (voir la n. 31 de notre préface), regrette la disparition des derniers héritiers des *Quatre Articles,* entre autres de Montlosier, dont le chef-d'œuvre est le *Mémoire à consulter sur un système religieux et politique tendant à renverser la religion, la société et le trône,* Paris, Dupont et Moutardier, 1826. Cette question du gallicanisme au XIXe siècle romantique est d'une complexité redoutable. En effet, d'un certain point de vue, le haut clergé de l'Empire et de la Restauration (tel Mgr de Quélen) préservait les traditions gallicanes de l'Ancien Régime. Et c'est en réaction contre celles-ci que le premier romantisme catholique, celui de Chateaubriand et du Lamennais de l'*Essai sur l'indifférence,* est ultramontain à un point jusqu'alors inconcevable en France. Après 1830, et la fondation de *L'Avenir,* Lamennais et ses amis, tout en restant ultramontains, se préoccupent de réconcilier l'Église et la société civile issue de la Révolution. Ce qui dans une certaine mesure les rapproche du gallicanisme, soucieux de ne pas séparer l'Église de France du pouvoir temporel et de la société civile : on a affaire à un bizarre mélange d'ultramontanisme et de gallicanisme d'un type nouveau, libéral. Lamennais et ses amis sont d'ailleurs hostiles aux jésuites, représentants d'un ultramontanisme conséquent. Après la condamnation de *L'Avenir* par l'encyclique *Mirari vos,* en août 1832, Lamennais demeure seul. Ses amis, Lacordaire, Montalembert, Gerbet, obéissent à Rome. *L'Avenir* cesse de paraître. Avec les *Paroles d'un croyant* (1834), condamnées par l'encyclique *Singulari nos* en juin 1834, Lamennais en arrive à une hostilité violente envers Rome, qu'il compare à la Synagogue au temps de Jésus. Du « gallicanisme libéral » il passe à un « gallicanisme révolutionnaire » qui ne voit de réconciliation entre Église et société civile que dans la subversion de l'une et de l'autre dans une palingénésie à la fois religieuse, sociale et politique (voir Paul Bénichou, *Le Temps des prophètes,* Paris, Gallimard, 1977, p. 149-152). Le catholicisme libéral de Lacordaire, Montalembert, Ozanam, Tocqueville, adopte, dans une fidélité inconditionnelle au magistère romain, des positions extrêmement diverses et nuancées, mais qui demeurent sourdement en consonance avec la pensée de Lamennais. Ce n'est pas le lieu de le montrer ici. Retenons le fait que, par deux fois, en 1836 et en 1851, Lacordaire interrompit, sur pressions ultramontaines (entre autres celles de *L'Univers,* le journal de Louis Veuillot), ses conférences de Notre-Dame. La seconde fois, il se retire en effet pour fonder le couvent dominicain de Flavigny, près de Dijon, dans le sein de

l'ordre qu'il avait ressuscité, mais dont un autre que lui, le P. Jandel, allait être nommé Général par Rome. Sans pouvoir entrer dans le cœur du débat, les Goncourt, qui s'identifient ici à M. Flamen de Gerbois, sympathisent avec tout ce qui, gallicans anciens ou nouveaux, manifeste dans l'Église de France quelque réserve vis-à-vis de la papauté du *Syllabus* (1864) et du dogme, proclamé en 1870, mais dès longtemps passé dans les faits, de l'infaillibilité pontificale.

Page 114.

24. Cette description reprend l'esquisse qui figurait déjà dans le carnet de voyage en Italie (Cabinet des dessins du Louvre, cote F 3987, p. 198) : « Alexandre VII. tombeau. au-devant une Mort, squelette ailé, tout or soulevant au-dessus d'une porte une énorme portière de marbre rouge, d'un bras qui élève un sablier, la tête embarrassée et voilée par un sur pli [*sic*] de la rude draperie de marbre rouge, les pieds fuyant dans l'ombre de la porte. » Un dessin du tombeau illustre les notes manuscrites.

Page 115.

25. Dans le carnet du Cabinet des dessins, toujours p. 198, on trouve cette brève notation sur un effet de lumière dans la coupole de Saint-Pierre : « Rayons lumineux coupés par les barreaux des fenêtres — de la fenêtre de la coupole un brouillard d'azur volant sur l'or, comme des flèches de poussière rayonnante. » Voir aussi *ibid.*, p. 199 : « Religion basée sur un calembour, par à peu près : Tu es petrus et super petram. »

Page 118.

26. Ce passage sur le carnaval est emprunté au tome II des *Lettres d'un pèlerin* d'Edmond Lafond, p. 121. « *Moccoli*, ce sont de petites bougies allumées que l'on tient à la main. » « *Senza moccolo :* l'infortuné qui a sa bougie morte est montré du doigt et on lui crie aux oreilles avec dérision : *Senza moccolo, Senza moccolo...* »

Page 120.

27. Ce détail, comme beaucoup d'autres de cette description, est emprunté à Edmond Lafond, *Lettres* cit., t. II, p. 464 et suiv. : « Ces palmes sont de très longues branches de palmier desséchées, jaunes comme l'or, artistement roulées, plissées, ornées et terminées par une pointe barbelée comme un épi de blé. Rien n'est gracieux comme cette lance flexible et magnifique, quand la main qui la porte lui imprime de légères ondulations. Lorsque Sixte-Quint fit dresser l'Obélisque de Néron sur la place Saint-Pierre, on sait que cette entreprise eût manqué sans la présence d'esprit d'un homme qui cria de mouiller les cordes. C'était un capitaine de bâtiment génois, nommé Bresca. En récompense il obtint du pape pour lui et ses

descendants de vendre au Palais apostolique les palmes des Rameaux. La famille Bresca qui habite San Remo est encore en possession de ce privilège. »

Page 123.

28. Ce *Miserere* d'Allegri (Rome, 1582-1652), composé pour le pape Urbain VIII Barberini, passe pour n'avoir été communiqué jusqu'en 1770 qu'à l'empereur Léopold Ier, au roi de Portugal et au Padre Martini, tant les pontifes tenaient à se réserver pour leur chapelle le privilège de cette partition sublime. En 1770 Mozart la nota de mémoire lors d'un passage à Rome. La célébration de ce *Miserere*, un des ornements les plus attendus des touristes et pèlerins pendant la Semaine sainte à Rome, est un des lieux communs de la littérature romantique sur la Ville éternelle (voir Raymond Lebègue, *Aspects de Chateaubriand*, Paris, Nizet, 1979, p. 278-300). Dans leur carnet du Cabinet des dessins, on trouve p. 229 une description de la chapelle Sixtine et, p. 230, deux morceaux, sur deux colonnes, consacrés au *Miserere*, sous le titre « Le Miserere du Mercredi saint ». L'un est de la main de Jules : « Espace si petit que les prêtres calottés de noir à côté de moi tournent les feuillets de leur paroissien de leur langue. Vapeur bleuâtre montant dans le bleu poussiéreux du Jugement dernier — Chapelle pleine des nymphes élégantes de Botticelli. Les voix claires de cristal aigu montant et descendant une échelle roucoulante de tonalité tendue ; filtrages dans le clair, une sonorité pleine et déchirante, s'enflant lentement et progressivement jusqu'à un éclat prolongé, qui meurt sans se briser, une seule note montant comme une langue de cristal, dardant toute droite dans les ondes sonores, sur laquelle mille autres lances montent et l'entourent ; — notes comme modulées par un orgue de cristal, voix mariées dans le clair. — Et toujours de la fusée des notes une note persistante et rejaillissante autour de laquelle grimpe en festons une note qui tourne autour d'elle et l'enguirlande — des horizons et des lointains de voix qui se rapprochent et qui s'enfuient ; voix seule — castrat ? — l'ululement du chien qui aboie à la lune. » Et de la plume d'Edmond : « Le jour s'en allant peu à peu des peintures et dans l'obscurité de l'autel le flamboiement rouge de 15 cierges de cire jaune fichés sur un triangle... Lamentations qui n'ont pas le caractère de chants d'Église, Jérusalem qui parle une voix large et pleine... On éteint un à un lentement les cierges — les castrats — voix qui je crois ressemble au ou ou de Carnaval [*sic*] voix qui se hausse à se gracieuser, à se féminiser, vibrations. 20 heures : succession d'échos de cristal et voix mouillées de pleurs de musique non formulée dans la sonorité, pluie de sons qui semblent s'enfoncer dans les ténèbres, réponse qui fait comme un écho infiniment prolongé d'une plainte féminine. Dans cela le frappement régulier et scandé des antiennes (je crois), des voix larges et étoffées, puis

comme de lointains crissements de verre cassé. — La mitre blanche du pape dans le fond graduellement obscurci. Encore dans le jour du plafond l'Ève mythique et penchée comme une apparition de celle qui est sa cause [*sic*] et conduit tout le deuil de la terre avec sa chair et sa forme resplendissante (quelque chose sur son rôle dans les mauvaises actions de l'homme) Michel-Ange exprimant au fond sur le mur toute la matérialité des souffrances de l'humanité, pendant que toutes les souffrances spirituelles gémissent par la voix du *Miserere*. L'ombre mourant loin [*?*] de la terre et il n'y a plus de visible que les groupes du Jugement dernier comme ces ascensions de nuages qui s'enlèvent sur les ciels bleus quand la nuit est venue, qui ont gardé leur bleu mais un bleu qui n'est plus éclairé, dans le crépuscule toute la chair gémissante et souffrante, des corps nus sombrés dans la nuit, on ne distingue plus que l'harmonie blanche des épaules, des cris qui s'éteignent, des lamentations isolées, des roulements de voix douces qui montent et descendent, des sons de voix se perdant dans l'abîme, des gémissements infinis, le murmure triste du soleil au déclin dans la nature, récitatifs terribles, des notes tombant comme des pierres tout au fond de l'eau, des harmonies sourdes et bruissantes, des chœurs lointains de peuples gémissants dans des ruines, des frémissements qui semblent courir sur le verre d'un harmonica, des pleurs d'enfant, des plaintes qui sautillent comme un oiseau blessé de branche en branche, des voix de femme en détresse et dans ce [*?*] d'harmonie murmure toujours un cri qui monte et descend. » On remarquera dans ce dernier texte, qui est à tant d'égards un résumé de tout le pathos de *Madame Gervaisais*, le lien établi par Edmond entre la faute d'Ève et le « triste hôpital » dont le *Miserere* et les fresques du *Jugement dernier* rivalisent à traduire la souffrance.

Page 127.

29. Cette scène est le redoublement « réaliste » des damnés du *Jugement dernier* de Michel-Ange que les Goncourt ont décrit un peu plus haut, à l'occasion du Mercredi saint dans la chapelle Sixtine.

Page 133.

30. Mirbel (Mme Lizinka-Aimée-Zoé de), née Rue (1796-1849), miniaturiste réputée au temps de la Restauration et de la monarchie de Juillet, élève d'Augustin. « Son talent sobre et vigoureux lui avait valu de beaux succès (A.-P. de Mirimonde, « Un document inédit sur le portrait d'Ingres par Mme de Mirbel », *Bulletin de la Société d'histoire de l'art français*, 1970, p. 159-161).

31. Voir dans le carnet préparatoire, f° 50 v°, les notes des Goncourt prises dans le recueil 1836 du journal *La Mode*, dont Gavarni était un collaborateur.

Page 135.

32. Tout ce retour en arrière reflète les idées des Goncourt sur le mariage moderne et bourgeois, à quoi ils avaient consacré une de leurs premières œuvres, *La Révolution dans les mœurs,* 1854.

Page 140.

33. Voir plus haut, n. 6.

Page 145.

34. Sur l'étonnante fortune du Torse du Belvédère (musée du Vatican) dans l'histoire du goût européen, voir Francis Haskell et Nicholas Penny, *Taste and the Antique,* Yale University Press, London et New Haven, 1981, p. 311 et suiv. Le débat *pro et contra* le Beau antique, que les Goncourt prêtent aux chap. XXXIV-XXXVII à leur héroïne, résume celui qu'ils rapportent dans le *Journal,* à de nombreuses reprises, entre leur ami Paul de Saint-Victor et eux-mêmes. Ils sont hostiles au « Beau païen » et le christianisme, à cet égard, leur paraît plus conforme au goût « moderne », romantique. Voir sur cette question Frank Paul Bowman, *Le Christ romantique,* Genève, Droz, 1973, p. 232-254, et Paul Bénichou, *Le Temps des prophètes,* ouvr. cit., p. 187-200.

Page 147.

35. Ce persiflage désigne peut-être l'oratorien Alphonse Gratry, auteur d'un *Jésus-Christ, réponse à M. Renan,* Paris, Plon, 1864, où le mot « rencontre » ne figure pas, mais où l'idée mystique d'*expérience* directe d'une présence surnaturelle soutient toute l'argumentation. Voir p. 165 : « Puis, après avoir médité ce divin portrait du modèle, du fondateur et roi de ce monde nouveau que nous sommes, osez, je vous le répète, concevoir la pensée d'aller à lui, et de converser avec lui, par expérience intime, de personne à personne... » ; p. 171 : « La vérité réelle, vivante, présente, apportée par le Christ est plus belle que toute poésie. J'ai le droit d'admirer et d'aimer. Qu'on ne me dise point : Est-ce donc là la critique ? »

36. Ici les Goncourt résument le ton et l'esprit de la *Vie de Jésus* de Renan, publiée en 1863.

Page 148.

37. Cette identification du Christ au génie de la Mélancolie est déjà suggérée dans le *Génie du christianisme* de Chateaubriand (voir 4ᵉ partie, 1. 3, chap. 1ᵉʳ : « De Jésus-Christ et de sa vie » : « Il s'est déclaré de préférence le Dieu des misérables » ; ou encore : « Ce fut alors que ce mot, où respire la sublimité de la douleur, échappa à sa bouche : " Mon âme est triste jusqu'à la mort ". » Sur le succès de ce thème, voir Frank Paul Bowman, *Le Christ romantique,* ouvr. cit.

Page 154.

38. Dans le carnet préparatoire, plusieurs extraits concernent les convulsions d'enfant. Il n'y a aucune indication de source (voir f° 66 r° et v°, 67 r°).

Page 167.

39. Sur l'*Essai sur l'indifférence en matière de religion* de Lamennais publié en 1817, voir les travaux de Louis Le Guillou, *L'Évolution de la pensée de Lamennais,* Paris, A. Colin, 1966, et *Lamennais,* Paris, Desclée de Brouwer, 1969. En 1834, les *Paroles d'un croyant* furent sévèrement condamnées par l'Encyclique *Singulari nos.*

40. Citation d'un passage des *Lettres de Mme Swetchine,* publiées par le comte de Falloux, Paris, Didier, 1862, t. I, p. 453, à la princesse Alexis Galitzin, Paris, 18 mars 1833 : « Vous me demandez des nouvelles de M. de Lamennais. Il est toujours au plus profond de l'abîme humain qui, quoique un gouffre, n'est pas sans fond. » L'autobiographie que les Goncourt, au chapitre suivant, attribuent à la comtesse Lomanossow a plusieurs sources. L'une est évidemment la *Vie* de Mme Swetchine par Falloux. Mme Swetchine (1782-1857) s'était convertie au catholicisme en 1815, en même temps que son amie la princesse Alexis Galitzin. Rappelons qu'à partir de 1825, son salon de la rue Saint-Dominique fut le rendez-vous des catholiques libéraux, Lacordaire, Montalembert, Tocqueville, Broglie. Elle fut plus particulièrement l'égérie de Lacordaire. Une autre source est la vie de la princesse Galitzin sur laquelle les Goncourt ont pris des informations (carnet, f°s 25 et 34). Mais ils ont aussi pu tenir compte de l'ouvrage du R. P. Gagarin, S.J., *Conversion d'une dame russe à la foi catholique racontée par elle-même,* Paris, 1862, qui est peut-être l'autobiographie d'Alexandrine Protassof, princesse Galitzin. Une *Liste de Russes convertis au catholicisme,* à la fin du livre du P. Gagarin, met en honneur la princesse, ses enfants (dont l'une, Élisabeth, est entrée au Sacré-Cœur) et son frère. Le carnet des Goncourt marque leur intérêt pour les rapports entre orthodoxes et catholiques. Ils ont lu un ouvrage du P. Gagarin et du duc de Broglie, *La Question religieuse d'Orient et d'Occident,* dont je n'ai pas retrouvé trace. En revanche, la Bibliothèque nationale possède un tiré à part de *Civiltà Cattolica,* « La question religieuse en Orient », dont l'auteur est le P. Gagarin, traduit et publié en français chez Lanier en 1854. Ils ont aussi consulté le P. Thiemer, *L'Église schismatique russe,* traduit par Mgr Luquet, Paris, Gaume, 1846. Enfin l'héroïne du *Récit d'une sœur,* de Mme Craven (1866), qu'ils ont lu attentivement, est Alexandrine d'Alopeus, d'origine russe, mais luthérienne, convertie au catholicisme en Italie auprès de son jeune époux mourant, Albert de La Ferronays. Elle eut par la suite pour directeur le P. Ravignan, jésuite et, dans les lettres citées par

Mme Craven, elle défend la Compagnie contre celle-ci (née Pauline de La Ferronays) qui, amie de Montalembert, se montre favorable à un autre ami de la famille, Vincenzo Gioberti, auteur du pamphlet *Il Gesuita moderno,* Lausanne, Bonamici, 1847, que cite le carnet des Goncourt.

Page 170.

41. Ce trait final de la comtesse semble repris d'une note d'un carnet, avec en marge : « Pour la Slave », extrait semble-t-il d'un ouvrage intitulé *Méditations sur l'amour de Marie,* Paris, 1861, in-24° : « Dieu qui surnaturalise nos affections. Aimer une âme. Non pour l'attirer en soi, avec une satisfaction égoïste, l'aimer pour l'entraîner vers le Christ qui est la vérité, l'amour ! N'est-ce pas l'aimer comme le Sauveur nous aime ?... et veut que nous l'aimions ? S'approcher de celui qui pleure, la vérité abreuve, le rencontrer,... faire tressaillir en lui la grâce. »

Page 171.

42. Ces *Pensées religieuses* sont la transposition romanesque de l'ouvrage de Mme Swetchine : *Journal de sa conversion, Méditations et prières,* publié par le comte de Falloux sous le titre de : *Lettres de Mme Swetchine, Journal,* etc., Paris, éd. cit., ou du t. II de *Madame Swetchine, sa vie et ses œuvres,* publié également par Falloux, Paris, Didier, 1860 : une section du t. II s'intitule *Pensées,* p. 73 et suiv. L'une d'entre elles, p. 141, a pu faire rêver les Goncourt : « VII. Je suis avec le bon Dieu comme on dit que les femmes russes sont avec leur mari ; plus il me bat, et plus je l'aime. Voilà tout ce que le démon y gagne. »

43. Selon le carnet, f° 7, ce passage sur la « Fiancée du vent » est tiré de Liszt, *Les Bohémiens et leur musique...,* ouvr. cit. Nous ne l'y avons pas retrouvé.

Page 173.

44. Cette interprétation réductrice de la spiritualité salésienne (voir Henri Bremond, *Histoire littéraire du sentiment religieux,* Paris, 1923, t. I, p. 107 et suiv.) est une des raisons profondes de l'hostilité de Sainte-Beuve à *Madame Gervaisais :* voir, dans les *Causeries du lundi,* t. VII, p. 266-286, lundi 3 janvier 1853, un remarquable essai sur saint François de Sales, où le « véritable et sérieux esprit chrétien » de sa doctrine est bien mis en évidence. Les Goncourt ont préféré suivre la version salace qu'en donne Michelet dans *Le Prêtre, la Femme et la Famille.*

Page 174.

45. Dans cette définition-description de l'art jésuite, les Goncourt s'arrangent pour conjuguer la version hostile qu'en donnait Miche-

let (érotisme frôleur d'obsédés impuissants) et la suggestion assez génériquement favorable qu'en donnait Stendhal dans *Rome, Naples et Florence* (éd. Cercle du Bibliophile, t. I, p. 391-392) : « Les jésuites sont beaucoup plus favorables à l'art et au bonheur que le méthodisme. »

Page 175.

46. L'adjectif « divin » dissimule sous l'éloge ce que « Temple de l'Amour » implique de sous-entendus galants.

47. Il n'est pas sans intérêt de comparer la description faussement enthousiaste, selon la technique impressionniste, des Goncourt, de celle que donne une des sources les plus souvent citées dans le carnet préparatoire, les *Lettres d'un pèlerin*, d'Edmond Lafond, Paris, A. Bray, 1856, 2 vol., t. I, ch. LV : « La chapelle de saint Ignace, sur les dessins du P. Pozzi, est éblouissante de marbres, d'agates, de cristaux de roche, et de bronzes dorés ; le globe de lapis-lazuli que tient le Père éternel est le plus gros qu'on connaisse. Deux sculpteurs français, Tendon et Legros, ont fait l'un la Religion convertissant les idolâtres, l'autre la Foi terrassant l'hérésie. C'est là toute la vie de saint Ignace. Les reliques reposent dans une urne de bronze doré. Son tombeau est aussi riche que sa vie fut pauvre. » Le sens de la chapelle, bien interprété par Lafond (résumé allégorique d'une hagiographie, *concetto* sur la pauvreté terrestre transmutée en richesse céleste), est sacrifié par les Goncourt aux sensations de surface que Jean-Pierre Richard, dans *Littérature et sensation,* Paris, Seuil, 1954, p. 265-283, leur reproche avec une sévérité qui, dans le cas du grand représentant de l'impressionnisme critique, ne va pas sans un curieux masochisme.

Page 176.

48. C'est ici que le corps de Mme Gervaisais commence à prendre sa revanche sur une intelligence « rare chez son sexe ».

Page 177.

49. Ce « journal religieux », dont les Goncourt ne donneront qu'un court extrait (voir plus loin, n. 58), est en quelque sorte « en sous-œuvre » du récit à la troisième personne de la conversion de Mme Gervaisais. Leur carnet est rempli d'extraits de la littérature autobiographique catholique et féminine. Outre les textes du XVIIe siècle et le *Journal de la conversion* de Mme Swetchine, déjà cité, on y trouve également des notes prises d'après *La Vie et les révélations de la sœur Nativité, religieuse converse au couvent des Urbanistes de Fougères, écrites sous sa dictée, suivies de sa Vie intérieure, écrite aussi d'après elle-même par le Rédacteur de ses révélations et pour leur servir de suite,* Paris, Beaucé, 1817 ; la *Vie de Son Altesse Sérénissime la princesse Louise-Adélaïde de Bourbon-Condé, première supérieure et fondatrice de l'ordre du Temple,* Paris,

Dufour, 2 vol., 1843, tissée de longues citations du journal intime, d'une correspondance et d'écrits de piété, modèle suivi par Falloux pour son ouvrage sur Mme Swetchine ; le t. III de *La Chrétienne de nos jours*, de l'abbé Bautain, Paris, Hachette, 1862, 3 vol., ouvrage déjà utilisé par les Goncourt pour peindre l'abbé Blampoix, dans *Renée Mauperin* et où est reproduit le « Journal anonyme d'une jeune Anglaise convertie en France » ; le *Journal* d'Eugénie de Guérin publié en 1862 par Trebutien, l'ami de Barbey d'Aurevilly ; G. Pillon, *Marie de Longevialle, en religion Sœur Marie-Bernard,* trappistine, Lyon, Bridat, Paris, Doubiol, 1866, essentiellement constitué de lettres et de journaux intimes ; et *Le Récit d'une sœur* (1866), ouvr. cit., montage de correspondances et de journaux tenus par les divers membres de la famille La Ferronays, dont la haute noblesse n'a d'égale que la foi romantique et doloriste. Tous ces ouvrages relèvent en fait d'un « genre » dont le succès fut immense et dont l'étude reste à faire (voir l'article de Frank Paul Bowman, « Le statut de l'autobiographie spirituelle », dans *Le Statut de la littérature,* mélanges offerts à Paul Bénichou, Genève, Droz, 1981). Les écrivains du XIXe siècle se trompaient moins sur l'intérêt de ce genre (qui remonte aux *Confessions* d'Augustin, elles aussi lues et annotées par les Goncourt dans leur carnet) que les historiens ou critiques modernes. Sainte-Beuve a fait un compte rendu admiratif du *Journal* d'Eugénie de Guérin, lors de la publication des *Reliquiae* en 1855 (*Causeries du lundi,* t. 12, p. 231-247, 9 février 1856). Et Huysmans, dans *A Rebours* (chap. XII), fait lire à Des Esseintes, qu'elles irritent, Eugénie de Guérin et Mme Craven.

Page 179.

50. Le Gesù était célèbre pour ses prédicateurs. Edmond Lafond, dans les *Lettres d'un pèlerin,* ouvr. cit., écrit : « Pendant le carême de 1851, le R. P. Passaglia a fait au Gesù des Conférences fort suivies, qui ont été imprimées et traduites, je crois, en français. Je vais tous les dimanches au Gesù écouter la *predica*. J'y entends un jeune orateur, le P. Franco, qui est fort remarquable. Hier, il comparait énergiquement les âmes brûlant dans le Purgatoire à ces chrétiens enduits de poix auxquels on mettait le feu :
Pour servir de flambeaux aux fêtes de Néron » (t. I, p. 164).
Dans la traduction française des *Conférences prononcées dans l'Église du Gesù à Rome pendant le carême de 1851, par le R. P. Passaglia,* Paris, Gaume, 1852, on peut lire dans la préface cet extrait de *Civiltà Cattolica,* la revue des jésuites : « Nous n'avons point à envier les Wiseman et les Newman à l'Angleterre, les Lacordaire et les Ravignan à la France. » Les Goncourt, qui ont utilisé l'ouvrage (cit. dans le carnet f°s 54-56) ont au contraire poussé à la caricature satirique la prédication à l'italienne, alors qu'ils admirent, tout comme le fera Huysmans, l'éloquence de Lacordaire. Le P. Ravi-

gnan, célèbre prédicateur et directeur de conscience jésuite (il dirigea Alexandrine d'Alopeus), passa pour le rival de Lacordaire à qui il succéda à la chaire de Notre-Dame.

51. La formule est une citation de Vigny, *Servitude et grandeur militaire* (Œuvres complètes, éd. Conard, 1914, p. 182-184), qui la place dans la bouche de Pie VII commentant l'éloquence à son endroit de Napoléon Ier.

52. La prédication prêtée au P. Giansanti est un pastiche tissé de citations tronquées des *Conférences* du P. Passaglia qui écrivait par exemple : « Hommes imprudents et téméraires, et non seulement imprudents et téméraires, mais misérables et infortunés... » (Carnet, f° 54) ou encore, p. 33, sur la liberté de penser : « On voudrait nous insinuer et nous persuader qu'alors seulement nous prouverons que nous avons la conscience de notre personnalité humaine et de l'indépendance qui en est le caractère, quand nous tiendrons pour incontestable que dans l'exercice de la pensée, nous sommes les maîtres et les souverains absolus de nous-mêmes. Triste souveraineté ! Royauté malheureuse et véritable esclavage ! Car elle est fille de l'erreur et mère de l'arrogance. » On est loin de l'éloquence prêtée par Stendhal à Fabrice del Dongo à la fin de la *Chartreuse*. Sur cet aspect de la littérature du XIXe siècle, que le roman reflète comme tous les autres, voir Frank Paul Bowman, *Le Discours sur l'éloquence sacrée à l'époque romantique*, Genève, Droz, 1980.

Page 183.

53. Cristina Trivulzio, princesse Belgiojoso (1808-1871), une des égéries romantiques et romanesques du Risorgimento italien. Elle tint salon pour les exilés italiens à Paris après l'échec des soulèvements de 1831, et fonda en France *La Gazzetta italiana*, d'inspiration mazzinienne (voir Luigi Vergnini, *La Principessa Belgiojoso*, Milano, Vergilio, 1972). Le P. Giansanti attaque moins la politique de la princesse que ses conceptions religieuses, formulées dans un *Essai sur la formation du dogme catholique*, Paris-Leipzig, Jules Renouard, 1842, 3 vol. Cet ouvrage savant, qui précède de peu *Essay on the Development of christian dogma* (1845) de Newman, s'inspire comme lui des thèses de Johann-Adam Möhler, théologien de Tübingen, et offre une apologétique réconciliant la transcendance du dogme et son progressif dévoilement dans le temps historique. Il n'est pas surprenant que M. Flamen de Gerbois, catholique éclairé, soit favorable à la princesse Belgiojoso et réprouve les attaques grossières des jésuites contre son prétendu athéisme rationaliste.

54. Tout ce morceau de bravoure oratoire est un persiflage de l'apologétique de Rome par les catholiques ultramontains. Voir entre autres Mme Swetchine, *Journal de sa conversion*, éd. cit., p. 263 : « Rome est la grande paroisse du monde catholique, les églises des nations sont comme des autels dans l'édifice qui les réunit tous. Ce

que c'est que le pays où l'on peut voir les chefs-d'œuvre de Raphaël, de Michel-Ange, entendre le *Miserere,* lire Dante chez lui ! On ne saurait comprendre cette étonnante magnificence qui embrasse tout, s'adresse à chacun de nos sens pour l'émouvoir, l'enivrer et porter ses délices à ce haut degré où elles se confondent toutes dans un seul ravissement » (suit une description du *Miserere* qu'il faut ajouter à la liste dressée par Raymond Lebègue, ouvr. cit.). Voir aussi, source très abondamment consultée par les Goncourt (carnet, f° 26 r°-33 v°), l'abbé J. Gaume, *Les Trois Rome, journal de voyage en Italie,* ouvr. cit., Paris, Gaume frères, 1847, 4 vol., en particulier t. III, où l'auteur fait un exposé impressionnant et exhaustif des « prédications, stations, catéchismes, retraites » et services religieux mis en œuvre par la communauté chrétienne de Rome pour « affirmir, accroître ou ranimer » la foi.

Page 186.

55. Ici Mme Gervaisais suit les traces de Mme de Tracy, dont l'éditeur des *Essais divers,* ouvr. cit., écrit : « Elle ne voulut embrasser le catholicisme que par suite d'une conviction profonde, réfléchie et pour atteindre ce but, elle se livra à l'étude des écrivains sacrés. » Le t. II des *Essais* publie des études inédites de Mme de Tracy sur Ambroise, Athanase, Antoine, Tertullien.

Page 187.

56. Cette intervention de Platon (nous n'avons pas trouvé la source de la citation) situe bien le drame philosophique que les Goncourt attribuent à leur héroïne : d'un platonisme rationaliste, elle est en train de glisser, à travers la découverte des sensations, à l'expérience mystique, c'est-à-dire pour les Goncourt en deçà de la surface sensible des choses, dans le corps en souffrance de sa propre mort.

57. Ce résumé élogieux des conférences de carême, prêchées à Notre-Dame par Lacordaire en 1835-1836 en présence de Chateaubriand, Berryer, Lamartine, Tocqueville, lave les Goncourt (comme plus haut leur éloge du gallican Flamen de Gerbois) de toute imputation d'anticléricalisme systématique. Ces conférences, qui furent un triomphe, avaient été précédées par des conférences au collège Stanislas, accueillies avec enthousiasme par les élèves, au point que Mgr de Quélen dut en tenir compte. Voir Martin-Stanislas Gillet, *Lacordaire,* Paris, Dunod, 1952.

Page 188.

58. C'est le seul et bref passage cité d'un « Journal de conversion » que tient désormais, à l'instar de Mme Swetchine, l'héroïne des Goncourt. Il suffit à colorer le récit à la troisième personne des aléas de cette conversion d'une suggestion autobiographique, sur le

modèle des *Vies* dévotes, mais avec, chez les rédacteurs du récit, des intentions tout autres qu'édifiantes.

Page 192.

59. Toutes ces notations sur la météorologie nerveuse de l'héroïne s'inspirent du *Journal* de Mme de Tracy, ouvr. cit., t. III (cité dans le carnet f° 50), p. 5 et suiv.

60. La campagne contre les jésuites avait atteint son apogée avec les cours de Quinet et Michelet au Collège de France en 1843 et en 1844 et l'immense succès remporté par le livre qu'ils en tirèrent, *Des Jésuites,* publié en 1843. Ce succès avait été soutenu par celui du *Juif errant,* d'Eugène Sue (1844-1845), où les jésuites sont décrits, avec toute la rhétorique du roman-feuilleton, comme une conspiration de vampires féroces et machiavéliques. Michelet, dans *Le Prêtre...*, éd. 1861 cit., p. 216-217, note 1, tout en célébrant « l'admirable romancier », lui reproche d' « idéaliser » (dans le mal) leur commun adversaire. Les Goncourt se démarquent ici de Sue pour suivre l'image « ridicule » du jésuite recommandée par Michelet.

Page 201.

61. Ce long pastiche satirique de la parole du confesseur, venant après le pastiche de la parole du sermonnaire, et le pastiche du « journal spirituel », en attendant les citations fictives du P. Sibilla, fait de *Madame Gervaisais* un vrai recueil anthologique des divers genres de la littérature catholique. La littérature d'art, en s'en moquant, montre qu'elle peut sans peine les pervertir et même les traiter en ornements de sa propre royauté. Dans leur carnet, les Goncourt ont noté des extraits de l'abbé Pochard, *Méthode pour la direction des âmes,* Besançon, 1811, et de Jacques Matter, *Le Mysticisme en France au temps de Fénelon,* Paris, Didier, 1864.

Page 205.

62. Ce passage, qui illustre indirectement la solitude cruelle où Mme Gervaisais, en proie aux « hommes noirs », laisse son fils, est une variation sur un poème en prose de Baudelaire, « Le Joujou du Pauvre », publié dans *La Presse* le 24 septembre 1862.

Page 211.

63. Cette référence au roman noir en signale allusivement la présence active dans la « fabrique » du roman. Mme Gervaisais est manifestement atteinte d'un « bovarysme » du roman noir, dont la parenté avec l'œuvre de Sade est bien établie. Voir le numéro spécial de *L'Herne*, « Romantisme noir », 1978.

64. Cette monographie sur les Trinitaires est empruntée par les Goncourt au *Dictionnaire des ordres religieux ou Histoire des ordres monastiques, religieux et militaires par le R. P. Hélyot,* publié par l'abbé Migne, Encyclopédie théologique, t. 20 et suiv., chez l'éditeur, 1847. L'article sur les Trinitaires, qui suit celui consacré à la Trappe, figure au t. 23, col. 706-790. San-Giovanni-Crisogono avait été donné aux Trinitaires par Pie IX en 1856. Pour une mise au point plus récente, voir Paul Deslandes, *L'Ordre des Trinitaires pour le rachat des captifs,* Toulouse, Privat, 1903, 2 vol. Le costume de l'ordre, sa clientèle de forçats, puis de Nègres d'Afrique, créent un décor mêlant sournoisement la religion, l'exotisme et la violence.

Page 214.

65. Le nom du P. Sibilla, d'après le carnet, est emprunté à la Correspondance de Lacordaire et de Mme Swetchine, d'où est extraite cette formule : « Un vieux dominicain d'un nom tout prophétique, le P. Sibilla » (f° 41 v°).

Page 216.

66. Voir Michelet, *Le Prêtre...,* ouvr. cit., p. 22 : « Deux sortes de personnes contractent nécessairement beaucoup d'insensibilité : les chirurgiens, les prêtres. A voir toujours souffrir et mourir, on meurt peu à peu soi-même dans les facultés sympathiques. Remarquons toutefois cette différence que l'insensibilité du chirurgien n'est pas sans utilité ; s'il était ému dans son opération, il pourrait trembler. Celle du prêtre au contraire demande qu'il soit ému : la sympathie serait souvent, pour guérir l'âme, le remède le plus efficace... »

Page 219.

67. Cette interdiction de lire la Bible est un trait de la tradition catholique qui est loin de s'être effacé au XIXe siècle.

Page 223.

68. Cette interprétation de l'*Imitation,* que Sainte-Beuve ne pardonna pas plus aux Goncourt que leur travestissement de saint François de Sales, est due autant à Eugène Sue qu'à Michelet. Voir *Le Juif errant,* chap. XXX :

Voici ce qu'il lisait machinalement à chaque instant du jour ou de la nuit, lorsqu'un sommeil bienfaisant fuyait ses paupières rougies par ses larmes :

— CELUI-LA EST BIEN VAIN QUI MET SON ESPÉRANCE DANS LES HOMMES OU DANS QUELQUE CRÉATURE QUE CE SOIT.

— CE SERA BIENTÔT FAIT DE VOUS ICI-BAS... VOYEZ EN QUELLE DISPOSITION VOUS ÊTES.

— L'HOMME QUI VIT AUJOURD'HUI NE PARAÎT PLUS DEMAIN... ET QUAND IL A DISPARU DE NOS YEUX, IL S'EFFACE BIENTÔT DE NOTRE PENSÉE.

— Quand vous êtes au matin, pensez que vous n'irez peut-être pas jusqu'au soir.

— Quand vous êtes au soir, ne vous flattez pas de voir le matin.

— Qui se souviendra de vous après votre mort ?

— Qui priera pour vous ?

— Vous vous trompez si vous recherchez autre chose que des souffrances.

— Toute cette vie mortelle est pleine de misères et environnée de croix ; portez ces croix, châtiez et asservissez votre corps, méprisez-vous vous-même et souhaitez d'être méprisé par les autres.

— Soyez persuadé que votre vie doit être une mort continuelle.

— Plus un homme meurt a lui-même, plus il commence a vivre a Dieu.

Il ne suffisait pas de plonger ainsi l'âme de la victime dans un désespoir incurable, à l'aide de ces maximes désolantes ; il fallait encore la façonner à l'obéissance *cadavérique* de la société de Jésus ; aussi les révérends pères avaient-ils judicieusement choisi quelques autres passages de l'*Imitation,* car on trouve dans ce livre effrayant mille terreurs pour épouvanter les esprits faibles, mille maximes d'esclave pour enchaîner et asservir l'homme pusillanime.

Ainsi on lisait encore :

— C'est un grand avantage de vivre dans l'obéissance, d'avoir un supérieur... et de n'être pas le maître de ses actions.

— Il est beaucoup plus sûr d'obéir que de commander.

— On est heureux de ne dépendre que de Dieu dans la personne des supérieurs qui tiennent sa place.

Et ce n'était pas assez ; après avoir désespéré, terrifié la victime, après l'avoir déshabituée de toute liberté, après l'avoir rompue à une obéissance aveugle, abrutissante, après l'avoir persuadée, avec un incroyable cynisme d'orgueil clérical, que se soumettre passivement au premier prêtre venu, *c'était se soumettre à Dieu même,* il fallait retenir la victime dans la maison où l'on voulait à tout jamais river sa chaîne...

Tout ce qu'il y a de désespérant et d'impie, tout ce qui se cache d'atroce machiavélisme politique dans ces maximes détestables qui font du Créateur, si magnifiquement bon et paternel, un Dieu impitoyable, incessamment altéré des larmes de l'humanité, se trouvait ainsi habilement sauvé aux yeux de M. Hardy, dont les généreux instincts subsistaient toujours. Bientôt cette âme aimante et tendre, que ces prêtres indignes poussaient à une sorte de suicide moral, trouva un charme amer à cette fiction : que, du moins, ses chagrins profiteraient à d'autres hommes. Ce ne fut d'abord, il est vrai, qu'une fiction ; mais un esprit affaibli qui se complaît dans une pareille fiction l'admet tôt ou tard comme réalité, et en subit peu à peu toutes les conséquences.

Les Goncourt devaient être d'autant plus familiers de ce roman, publié en feuilleton, puis en volume (Paris, Paulin, 1845, 2 vol.), qu'il avait été, dans cette édition luxueuse, abondamment illustré par leur intime ami et mentor Gavarni, dont la verve satirique s'est surpassée contre les atroces trognes de jésuites.

Page 234.

69. Sur les *Exercices spirituels,* le carnet cite des extraits du P. Rodriguez, *Pratique de la perfection chrétienne,* une *Retraite d'après les Exercices spirituels de saint Ignace* que je n'ai pas réussi à identifier, et, du R.P. Scaramelli, S.J., *Méthode de direction spirituelle ou l'art de conduire les âmes à la perfection chrétienne,* trad. Pudeau, Paris, 1854.

70. Dans la fin de ce chapitre et dans le chapitre suivant, les Goncourt se livrent à un montage du passage suivant du journal spirituel de la princesse Louise-Adélaïde de Bourbon-Condé (*Vie,* ouvr. cit., t. I, p. 251-255, voir extraits dans le carnet, f°s 10, 49 r° et v°) :

> Je fondais en larmes, ne faisant pas d'autre oraison que de contempler ce tableau avec un déchirement de cœur et une sorte de tendresse que je ne puis bien exprimer. Après cela, il m'a semblé que Jésus-Christ cherchait au moins un cœur pour y faire reposer son amour souffrant, et le mien a osé se mettre en avant avec plus d'ardeur que de réflexion peut-être... Il a daigné y venir ; et que n'éprouvais-je pas en le possédant ? La reconnaissance, le zèle, et quelque chose ressemblant à l'amour, et aussi un vif repentir ; car il ne m'échappait pas que mes péchés avaient beaucoup contribué aux souffrances de Jésus-Christ mon sauveur et mon époux. Tout broyait mon pauvre cœur, et je désirais que d'autres, plus purs, rendissent à mon Dieu les hommages qu'il mérite. Le temps de l'oraison qui a suivi celle-ci s'est passé dans un état bien différent, bien humiliant, et bien propre à me faire sentir douloureusement et profondément toute mon indignité et ma propre nullité. Je m'y suis toujours trouvée, ou dans l'assoupissement, ou dans l'absence totale de tout souvenir de Dieu, et *totale* au point de ne m'en pas apercevoir... Seigneur, soutenez, aidez ma faiblesse et ma misère...
> Durant une oraison, une partie du temps s'est encore passée dans l'impuissance pénible d'appliquer ou d'attacher mon esprit et mon cœur ; ensuite, je me suis comme ensevelie dans mon néant, que je tâchais seulement de tenir sous les yeux de mon Dieu et de lui offrir, me soumettant à l'absence actuelle de ses regards de miséricorde, qui seuls me vivifient, sentant bien que je n'étais pas digne qu'il les abaissât sur moi ; mais espérant pourtant que sa bonté infinie ne m'en priverait pas toujours. Je n'ai point ressenti, je dois le dire, d'affliction de cet état ; mais j'ai fait l'abandon entier de tout moi-même pour l'extérieur et l'intérieur, et j'ai demandé seulement à mon Dieu qu'il en ôtât ce qui pouvait être manque d'amour, de fidélité de ma part ; mais qu'il m'en laissât, si c'était son bon plaisir, tout ce qui ne servirait qu'à m'humilier, m'anéantir, me faire souffrir, même en vue de satisfaire à sa justice, ou d'acquérir son pur amour. Cet état de soumission m'a dominée aussi pendant la sainte Messe, où mon cœur a été un peu moins froid et stérile. Dans l'après-midi, j'ai fait une visite au Très-Saint-Sacrement ; placée de manière à pouvoir apercevoir l'Hostie sainte, je ne me lassais pas d'y fixer mes regards, en versant un torrent des plus douces larmes, sans pouvoir dire que je pleurasse. Je ne sais si cela s'entend ; je ne dirai qu'un mot pour donner l'idée de ce que j'éprouvais, c'est que je n'ai pu comprendre, quelques moments, qu'on n'aimât pas la vie, fût-elle malheureuse et de quatre-vingts ans, quand Dieu y accordait une seule demi-heure comme celle-là. « O Jésus-Christ ! O amour !... »

Assistant au salut du Très-Saint-Sacrement, dans un ardent et intime désir d'aimer mon Dieu, il m'a semblé entendre Jésus-Christ au fond de mon cœur me dire : *Je suis en toi.* Je ne puis rendre ce que j'ai éprouvé. Je pensais aimer, et cependant ce n'était pas assez. Je ne pouvais même me persuader que cela fût. Que dirai-je ? le bonheur de mon état était tel, que je craignais qu'il n'y eût de l'illusion, et même que je la fisse partager à mon guide, par la manière dont je m'expliquais sur tout cela. Néanmoins, cette espèce de crainte n'était pas du trouble ; il y avait quelque chose en moi qui tenait comme de force mon cœur en paix. J'interrompais seulement de temps en temps mon adoration, et mes élans d'une sorte d'amour, pour demander à Dieu qu'il ne permît pas que je fusse dominée par des illusions qui m'éloigneraient de lui, au lieu de m'en approcher, et qui me feraient peut-être l'offenser au lieu de le glorifier, comme j'avais un si grand désir qu'il le fût. Je lui demandai aussi d'éclairer son organe auprès de moi. Mais bientôt ces prières étaient suspendues par le sentiment profond de l'adoration. Celui-ci c'était comme la source et le principe d'autres prières qui s'exhalaient du fond de mon cœur en faveur de l'Église affligée, de la Religion persécutée, etc., etc.

Dans l'oraison suivante, occupée à implorer la bonté de Dieu, je lui disais simplement, en m'appuyant sur son divin cœur, comme il me l'a enseigné une fois : *J'ai besoin de votre secours, et j'y compté.* J'ai entendu aussitôt au plus intime de mon cœur : *Quels sont-ils, vos besoins ?* O bonté admirable !... et moi, j'ai répondu avec vivacité : *Faites que je puisse aimer, que je vous serve avec fidélité, et seul, remplissez toute mon âme, consolez aussi la juste douleur que je ressens de l'éloignement où sont de vous* (quelques personnes que j'ai désignées) ; *voilà, Seigneur, voilà mes besoins, c'est que vous opériez leur prochaine et entière conversion.* Et après avoir fait ces demandes, je suis demeurée dans une grande paix et un grand silence aux pieds de Jésus-Christ. Lors de la sainte Communion que j'ai faite pour les pécheurs, la sainte présence a été tellement au fond de mon cœur, que dans l'action de grâces je ne pouvais que répéter à mon Dieu qu'il savait tout ce que mon cœur avait à lui dire, tant pour moi que pour les autres, que je sentais qu'il m'était impossible de lui en parler alors, et que j'espérais que mon silence parlerait pour moi, etc.

Durant une grande partie du temps de mon oraison, j'ai été occupée de la perfection de l'amour de sainte Madeleine, et il me semblait qu'elle l'avait prouvé, moins encore par sa ferveur et ses transports que par sa fidélité aux commandements de son Dieu ; fidélité qui lui fit faire le plus grand des sacrifices, puisque après avoir vu descendre son divin maître dans le tombeau, elle retourna chez elle et y demeura tranquille toute la journée du sabbat comme l'ordonnait la loi. Certes, son empressement à aller dès le grand matin du jour suivant auprès de l'objet de son unique amour, ne laissa nul doute du mérite qu'elle a eu à s'en séparer le temps qu'elle s'y crut obligée. Mais cette obéissance n'était-elle pas le témoignage le plus réel de son ardent et véritable amour ? J'ai demandé de l'imiter ; j'ai suivi Jésus-Christ dans le sépulcre, et là, j'ai encore trouvé sa miséricorde s'exerçant envers les âmes justes qui l'attendaient depuis longtemps dans les limbes. C'est donc partout, me suis-je écriée, partout où est Jésus-Christ, qu'habite cette admirable miséricorde ! etc., etc., etc.

Levée dès trois heures du matin, comme cela m'avait été permis, pour aller en esprit au Saint-Sépulcre, j'y suis restée environ deux heures en la présence de Dieu, dans un grand et sensible recueillement. J'ai presque toujours prié mentalement ; je me suis tenue longtemps aux pieds de Jésus-

Christ, désirant l'aimer comme Madeleine, et jouissant de l'amour de cette sainte pour lui, quoique n'ayant pas le bonheur de l'éprouver tel. Je m'adressais souvent à elle, pour qu'elle fût mon interprète, ou plutôt pour qu'elle me suppléât dans les sentiments d'adoration auxquels j'avais besoin de me livrer, ainsi que dans les ardents désirs que je sentais de savoir mon Dieu glorifié. Mais souvent aussi j'étais interrompue par ce touchant et attachant son de voix qui articulait ce mot : *Marie;* et quoique je ne me nomme pas ainsi, cela me faisait le même effet que si Jésus-Christ m'eût appelée, et je répondais avec Madeleine : *Rabboni, mon bon maître !* Puis je baisais ses pieds et versais des larmes ; mon cœur était pénétré de sentiments de confusion, de reconnaissance, et l'un augmentait l'autre. Ensuite je revenais à Madeleine, et tout à coup je me sentis portée à l'établir auprès de son bien-aimé, la protectrice de toutes les âmes consacrées ou brûlant de se consacrer à lui. Je lui parlais presque sans le savoir, avec la confiance et la simplicité que j'aurais eues envers une amie, en présence d'un ami commun, bon et puissant, auprès duquel elle aurait eu plus de droits que moi : j'ai donc remis les intérêts de toutes ces âmes entre ses mains, parce qu'ils me semblaient être ceux de Jésus-Christ.

Page 236.

71. La formule est donnée dans le carnet (f° 8) comme provenant des *Méditations sur l'amour de Marie,* Paris, 1861, dont les Goncourt ne donnent pas l'auteur et dont ils ont tiré d'autres extraits.

Page 237.

72. Ces détails, quoique embellis, ont sans doute été inspirés par les tourments que s'inflige Véronique Graslin, l'héroïne du *Curé de village* de Balzac (éd. Folio, 1975, p. 294 ; Pléiade, t. IX, 1978, p. 849).

Page 238.

73. Comparer avec la source des Goncourt, Edmond Lafond, *Lettres d'un pèlerin,* ouvr. cit., t. I, p. 479, décrivant Sainte-Marie-du-Transtévère : « A l'inverse des autres églises de Rome, elle est sombre et mystérieuse comme nos cathédrales ou plutôt comme Saint-Marc de Venise. On y respire un parfum d'antiquité et de catacombes : colonnes antiques qui portent encore les attributs d'Isis et de Sérapis ; riche pavé en porphyre et autres marbres précieux ; mosaïques symboliques de la *tribuna ;* à droite près du sol, ouverture ovale où l'on lit : FONS OLEI... Ce fut la première église des chrétiens, la première que Rome vit élever en l'honneur de la Vierge, sous le nom de *Sancta Maria in Fontem olei.* Le Dominiquin a peint l'Assomption du plafond... La sixième chapelle à gauche, chef-d'œuvre du XIVe siècle, où je retrouve avec joie toutes les richesses de notre art ogival. C'est le tombeau que se fit élever le cardinal Philippe d'Alençon, frère de Philippe le Bel. » Ironiquement les Goncourt ont fait de la dernière église fréquentée par Mme Gervaisais le dépositaire de l'esprit gothique et de l'esprit gallican à Rome...

Page 240.

74. Cette description de l'état extatique doit beaucoup à l'ouvrage de Görres, *La Mystique divine, naturelle et diabolique,* trad. de l'allemand par Charles de Sainte-Foi, Paris, Poussielgue-Rusand, 1854. Voir entre autres chapitres qui ont dû retenir l'attention des Goncourt t. I, chap. 2, *Vocation des femmes à la vie mystique,* p. 145. Mais ils ont aussi consulté, d'après leur carnet, le docteur A. Bertrand, *De l'extase* (pas d'exemplaire à la Bibliothèque nationale).

Page 241.

75. Ici commence ce que les Goncourt, dans leur *Journal* (t. II, p. 489), appellent fièrement leur « morceau de la phtisie », « sorti, écrivent-ils, du dessert de Magny, échappé au cerveau nuageux et plein d'éclairs, de cette langue et de cette science qui s'exaltent en bredouillant chez Robin. Car cela, à quoi nous avons donné la netteté et le caractère, ne serait jamais sorti de lui, frappé du style et de l'osé de notre plume. Il aurait eu devant le papier les timidités baveuses et les corrections un peu intimidées qu'il nous a envoyées sur nos épreuves ». Les Goncourt avaient demandé au docteur Robin, convive des dîners Magny et célèbre professeur d'histologie, une consultation écrite sur les effets moraux de la phtisie. Ils en ont extrait un poème en prose, et leur orgueil de n'avoir pas cédé aux corrections scientifiques du médecin, sur épreuves, manifeste assez leur sens de la supériorité de la littérature sur toutes ses sources auxiliaires, théologiques aussi bien que médicales.

Page 242.

76. Ici les Goncourt s'appuient sur une autre source médicale, Alexis Favrot, *De la catalepsie, de l'extase et de l'hystérie,* Paris, 1844 (carnet f° 88, qui renvoie aussi aux *Annales médico-psychologiques* par MM. les docteurs Baillarger, Croise et Longet, chez Testin, Masson et Cie, septembre 1844, 2ᵉ année).

Page 248.

77. Cette formule terrible est empruntée, selon le carnet, à la *Vie de Louise-Adélaïde de Bourbon-Condé,* ouvr. cit : « Vous m'avez appris à broyer mon cœur, pour ainsi dire à écraser mes sentiments qui s'élèvent en lui, et qui n'ont pas assez puissamment la sainte volonté de Dieu pour principe et pour fin (f° 10). » Les Goncourt semblent avoir été effrayés aussi par la spiritualité de M. Olier, dont Michelet fait d'ailleurs dans *Le Prêtre...* une analyse propre à révulser les âmes sensibles.

Page 257.

78. Cette description des Catacombes, métaphore spatiale de « la mort spirituelle » où est désormais plongée vivante Mᵐᵉ Gervaisais,

a pour point de départ Edmond Lafond, *Lettres d'un pèlerin,* ouvr. cit., t. II, p. 256 et suiv., et l'abbé J. Gaume, ouvr. cit., *Les Trois Rome,* t. III, entièrement consacré aux Catacombes.

Page 259.

79. Le point de départ de cette description date du carnet du Cabinet des dessins, p. 202 (voir aussi fragment p. 215) : « Jamais je n'avais vu une grotte pareille ni si curieusement ni si joliment ornementée. La rocaille y riait par tous les coins, une rocaille mieux tordue, brisée, renouée et contournée que la rocaille des plus beaux jours de Louis XV. Il courait en cette caverne rustique aux parois comme aux plafonds des rinceaux et des festons, des caissons et des astragales, des moulures et des arabesques d'une hardiesse, d'une fantaisie, d'une folie, d'un caprice, d'une galanterie sans pair. Et je m'imaginais de voir la grotte de Calypso décorée par le goût d'une Du Barry. Je me dis qu'il avait fallu bien des squelettes pour mener cet ouvrage à bonne fin. Car festons, astragales, caissons et moulures, toute cette rocaille aimable était... »

Page 266.

80. Dans les trois derniers chapitres, les Goncourt s'inspirent, pour décrire l'état ultime de Mme Gervaisais, de l'ouvrage du docteur Trélat, *La Folie lucide, étudiée du point de vue de la famille et de la société,* Paris, Delahaye, 1861, cité dans le carnet, f° 79, avec cette note : « Effrayant, le nombre d'irresponsables... » Le docteur Trélat écrivait en effet dans son avant-propos : « Ces malades sont fous, mais ne paraissent pas fous parce qu'ils s'expriment avec lucidité... Ils ont assez d'attention pour ne laisser échapper rien de ce qui se passe autour d'eux, pour ne laisser sans réponse rien de ce qu'ils entendent, souvent pour ne faire aucune omission dans l'accomplissement d'un projet. Ils sont lucides jusque dans leurs conceptions délirantes. Leur folie est lucide. »

Page 272.

81. On peut s'étonner de cette erreur, ou de cette mise en scène chronologique : lors de leur second voyage à Rome, destiné expressément à préparer *Madame Gervaisais,* les Goncourt, selon le témoignage du *Journal,* n'y sont arrivés que le 6 avril 1867.

COLLECTION FOLIO

*Cet ouvrage
a été achevé d'imprimer
sur les presses de l'Imprimerie Bussière
à Saint-Amand (Cher), le 4 janvier 1982.
Dépôt légal : 1er trimestre 1982.
N° d'édition : 29284.
Imprimé en France.
(1955)*

29284